【大宋群英传】

杨家将传奇

李 铁◆著

华东师范大学出版社
上 海

图书在版编目（CIP）数据

杨家将传奇/李铁著. —上海：华东师范大学出版社，
2024
（大宋群英传）
ISBN 978 - 7 - 5760 - 4929 - 9

Ⅰ. ①杨…　Ⅱ. ①李…　Ⅲ. ①章回小说－中国－当代
Ⅳ. ①I247.4

中国国家版本馆 CIP 数据核字（2024）第 091977 号

大宋群英传·杨家将传奇

著　　者　李　铁
责任编辑　孔　灿
责任校对　李琳琳
装帧设计　冯逸珺
插图绘制　孙　强

出版发行　华东师范大学出版社
社　　址　上海市中山北路 3663 号　邮编 200062
网　　址　www. ecnupress. com. cn
电　　话　021 - 60821666　行政传真 021 - 62572105
客服电话　021 - 62865537　门市（邮购）电话 021 - 62869887
地　　址　上海市中山北路 3663 号华东师范大学校内先锋路口
网　　店　http：//hdsdcbs. tmall. com

印 刷 者　常熟高专印刷有限公司
开　　本　787 毫米×1092 毫米　1/16
印　　张　22.75
插　　页　2
字　　数　285 千字
版　　次　2024 年 5 月第 1 版
印　　次　2024 年 5 月第 1 次
书　　号　ISBN 978 - 7 - 5760 - 4929 - 9
定　　价　45.00 元

出版人　王　焰

序

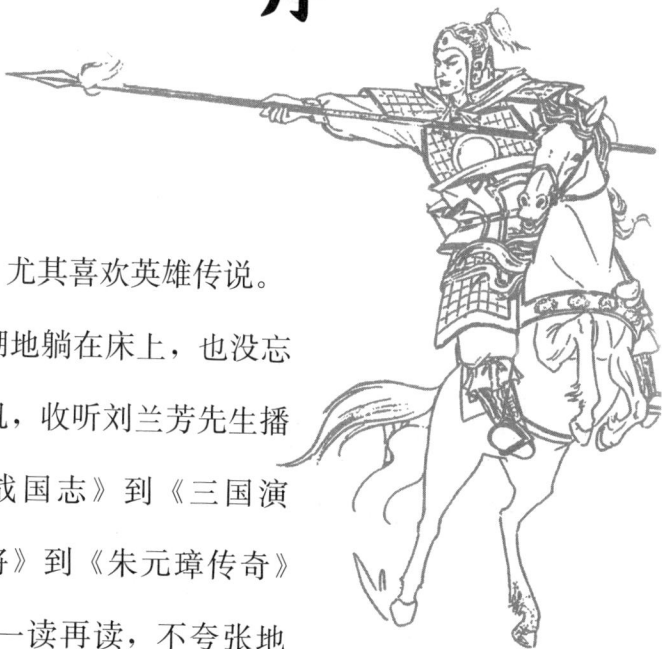

我从小就喜欢历史故事，尤其喜欢英雄传说。

有一次生病，我迷迷糊糊地躺在床上，也没忘了傍晚六点半准时打开收音机，收听刘兰芳先生播讲的《杨家将》。从《春秋战国志》到《三国演义》，从《杨家将》《呼家将》到《朱元璋传奇》《大明英烈传》，这些故事我一读再读，不夸张地说，已经把它们融化进了自己的生命和血液之中。

半年前的一次线上分享时，主持人问我：读了那么多英雄传记和历史故事，你觉得对自己有什么影响？我说，一个最大的影响就是，如果没读这些书的话，想收买我花 100 万就够了，但是读了这些书之后起码要 2000 万才行。

当然，这只是个玩笑。我真正想说的是榜样的力量。读了这么多的历史故事，受这么多英雄人物的影响，我不自觉地产生一种敬畏之心。

杨家将传奇

正是这种敬畏之心，让我不敢也不愿去做那些不该做的事情。

刚开始写《杨家将传奇》的时候，主要是一种信仰在支撑着我。我觉得我从这些英雄们身上学到了许许多多，所以我想把他们的故事以我自己的方式再一次讲述出来，传播出去。

起初，我没有预料到会有多少人喜欢。事实上，《杨家将传奇》的有声版在喜马拉雅上线的时候，刚开始收听人数并不多。但是随着时间的推移，越来越多的人开始收听，接下来的《包青天传奇》更是一跃成了喜马拉雅儿童新品榜的第二名。那个时候我意识到，这些英雄传奇，滋生于中华五千年的土壤之中，在一代代的民间口口相传中不断得到丰富完善，传递着中华民族的价值观与精神，可以说是万古长青的。即便是出生于 21 世纪的孩子，互联网原住民一代，依然可以从这些故事中汲取养分，照亮他们的人生。

也是从那时候开始，我产生了一个大胆的想法：创作一整套中华历代英雄传，在历史故

事、民间传说、戏曲诗文的基础上，加上自己的再创造，打造一个中华历代英雄的"元宇宙"。这套英雄传奇，有些部分是三实七虚，有些部分是七实三虚，但贯穿其中的是在历经千年的历史长河中凝聚而成的人生观与价值观。《大宋群英传》五部，就是这个系列的先锋。

中国的历史故事中，从来都不缺乏泽被苍生、守国护民的英雄。无论是传说中的神仙，还是历史上的人物，比如尝百草的神农、治水的大禹、鞠躬尽瘁的诸葛武侯、还我河山的岳武穆……在代代流传的过程中，这些故事中的人物形象越来越丰富、立体和鲜明。创作这些故事的时候，我经常会忘记自己身在何处，只觉得自己和故事中的那些忠臣良将、英雄义士同呼吸、共命运，我想把我观察到的一切，一点点地讲述给我的孩子，还有许多的孩子听。

愿英雄的种子深埋在少年的心间，不断被浇灌，直到日久经年，终成大树参天。

是为序。

李铁

杨家将传奇

杨

目 录

3

杨家将传奇

4

杨家将传奇

杨

第一回　宋太祖兵发北汉
杨令公定计破敌

距今一千多年前的宋朝，是中国历史上经济文化极其繁荣的时代。但是，宋王朝重文轻武，无力抵御外敌的骚扰，边境常常不得安宁——北境有辽国时常侵扰，西界有西夏屡屡犯境。英雄造时势，时势造英雄。正是在这样一个时代，世代保国、威震天下，至今为后人景仰的杨家将登上了舞台。

话说宋朝开国皇帝赵匡胤，本来是北周皇帝柴荣手下的得力大将，后来发动"陈桥兵变①"，黄袍加身做了皇帝，建立了北宋。当时，山西一带的北汉政权经常侵扰边境，于是赵匡胤亲率三十万大军，带领众将直逼北汉。

大军来到太原城下，赵匡胤悄悄叫来王彦升、遵训两人，对他们说："你们两人带上几十匹好马，假扮是西夏卖马的商人，以做生意为名，到太原城里里外外观看地理形势，同时记得把周围的情况画成详细地图，带回给朕。"

"是！"二将答应一声，奉命而去。

北汉王刘钧听说宋军大军压境，也急忙调兵遣将，准备迎战。

北汉有一位大将，姓杨名业，字继业。此人祖居山西火塘寨，是火山王

---

① 陈桥兵变：赵匡胤夺取后周政权的政变，又称黄袍加身。陈桥兵变创造了"不流血而建立一个大王朝的奇迹"。

杨衮之子，用一杆金刀，武艺高强，足智多谋，深通兵法，人称"金刀令公"。妻子姓佘，名叫佘赛花，武艺智谋都不在令公之下，他们一共有八个儿子、两个女儿。八个儿子分别是延平、延定、延光、延辉、延德、延昭、延嗣、延顺，两个女儿分别是延琪、延瑛。这几个孩子从小跟随父母学习武艺与兵法，都是难得的人才。北汉王刘钧就命杨继业为大将，带领八个儿子率军到前线与宋军作战。

杨继业率领二十万大军，来到白坂河前下寨，看见宋军就在对面扎营，于是派三儿子杨延光到宋营去下战书，约定来日交战。宋太祖正坐在帐中，听手下人报告说刘钧派人来下战书，于是就把杨延光召进来。延光呈上书信，赵匡胤看过后，冷笑着说："我如今扫平天下，小小太原城弹丸之地，早晚会被我攻破，回去告诉你家主公早早投降，不失封侯之位，如果还在犹豫，来日待我踏破城池，后悔可就晚了。"说着，赵匡胤就在书信上写下"来日交战"四个字，把书信还给了杨延光。

杨延光收回书信，转身走出宋军大营，正走到辕门①的时候，从外面走进来两个人。他扫了这两个人一眼，不由心里一惊，暗想："怎么是他俩？"但他表面上装得若无其事，跟没看见一样，一转身离开了。

原来这两个人不是别人，正是前几天赵匡胤派去探查太原地理的王彦升和遵训，他俩以卖马为名，转遍了太原城里城外，画出了详细的山川地形图。此时两人来到帐中，见过赵匡胤，献上地图。赵匡胤打开地图，大喜，对手下众将说："有这么一幅图，太原城就在我掌中了。"于是调兵遣将，准备攻城。

---

① 辕门：古时军营的门或官署的外门。

首先，他叫过来大将高怀德，嘱咐他："你今晚带三千精兵到白坂河左侧的大汀州埋伏，明天午时杀出，直扑北汉军的左后方。"接下来又安排大将高怀亮："你今晚带三千精兵到白坂河右侧的鸡笼山埋伏，明日午时杀出，直扑北汉军的右后方。"接下来又派大将王守贞、李继仁率领一万人马去白坂河后埋伏，令他们明天正午直扑北汉军正后方。

与此同时，北汉王刘钧也在召集众臣商议对策。他说："这次赵匡胤亲自率大军前来，声势非同寻常，不知道众卿有什么破敌的妙策？"还没等众人回话，外面报告说，杨延光下战书回来了。杨延光进帐，把下战书的情况描述了一番。另外，他又说："我从宋军大营出来时，见两人进去，看他们的相貌，好像是前些天在太原城卖马的商人。想必是宋军的奸细，特地来窥探我们太原城地形的。"

刘钧大吃一惊："宋军这次来势汹汹，又提前了解了我们的地形，这可如何是好？"这时，金刀令公杨继业走上前来，对刘钧说："主上宽心，我已有了破敌之计。"刘钧又惊又喜，急忙问："老令公有何妙策？"杨继业回答说："此处地形宽阔，不便埋伏，但是左侧大汀州、右侧鸡笼山，都可以埋伏兵马。宋军既然探知了我们的地理，一定会提前派人到那里埋伏，到时候从背后袭击我军。所以我们可以提前准备，在半路上杀他个措手不及。"刘钧大喜，急忙请杨继业安排。

杨继业回到帐中，首先叫过来长子杨延平、次子杨延定，吩咐他们说："明天你二人各率一千人马去左侧大路埋伏，只等炮声一响，一路杀往大汀州，劫杀埋伏在那里的宋军，另一路杀奔宋军大营。"接下来，他又叫过来三子杨延光、四子杨延辉，告诉他们："明天你二人也各率一千人马前往右侧大路埋伏。炮声响起后，一路杀往鸡笼山，劫杀埋伏在那里的宋军，另一

3

路杀奔宋军大营。"跟着,他又派妻子佘赛花与七子杨延嗣,带领一千人马到白坂河后,防止宋军从背后偷袭。而他自己则带着五子延德、六子延昭、八子延顺,准备明日正面迎敌。

第二天一早,赵匡胤头戴冲天紫金冠,身披金龙绣罗袍,骑一匹追风腾云马,亲率王全斌、潘仁美、李继勋、石守信等三十六员大将一字列开,叫北汉王刘钧来阵前会话。刘钧打马出阵,问道:"赵匡胤你贪心不足,既得了北周,又来侵犯我太原,是何道理?"

赵匡胤答:"我如今扫平四方,一统天下,而你割据太原,屡屡犯境,侵扰我子民!如今大兵到此,你还不赶紧投降?"刘钧冷笑说:"北周柴荣待你不薄,你却欺负他孤儿寡母,篡位①自立,如今又来侵我疆土,实在是大言不惭②!"

赵匡胤大怒,回过头问左右:"谁去擒下此贼?"大将李继勋应声而出,手持双鞭杀过阵来,北汉军中,六郎杨延昭挥枪截住。两人各举兵器大战了三十多个回合,眼看李继勋抵挡不住,王全斌手提长枪赶来助战。这边金刀令公杨继业拍马舞刀,也上前助战。一时之间,四员大将杀得难分难解。

宋太祖赵匡胤看得兴起,命军中放起号炮,自己亲自出战。令公看见赵匡胤亲自出阵,心想:"要是把这宋朝皇帝给捉住,胜过斩他一百个大将。"于是他放开对手,直奔赵匡胤而来。赵匡胤抖擞精神,挥起通天棍,与杨继业大战起来。杀了十几个回合,杨继业虚晃一招拨马就走,赵匡胤不知是计,大叫"休走",飞马急追。结果杨继业转身一箭,正中赵匡胤的战马。宋营这边,潘仁美见势不妙,赶紧杀出来护住赵匡胤。杨继业大怒,挥起金

---

① 篡(cuàn)位:臣子夺取君主的地位。
② 大言不惭(cán):说大话而毫不感到难为情。

刀，疾如闪电，快似流星，刀刀不离潘仁美要害，杀得潘仁美丢盔卸甲，狼狈逃回本阵。

就在这个时候，忽听左右两侧炮声震响，又有两支人马赶到。赵匡胤以为是自己的援军到了，正在高兴，却见军旗上打的是北汉旗号，不由大惊失色。这时杨继业又率大军从中路杀来，三路夹击，宋军大败。杨继业一马当先，突入宋军之中，北汉兵高喊"活捉赵匡胤"。宋太祖依仗王全斌、李继勋等人拼死护住，宋军仓皇退出三十余里才安顿下来。

宋太祖回到帐中就问："昨日埋伏下的三支人马，都去哪了？怎么一路都没来接应？"这三支人马去向何方？欲知详情，我们下回再见分晓。

杨家将传奇

第二回 杨继业两败宋军 赵匡胤传位晋王

上回说到宋太祖中了杨继业之计，被三路大军杀得大败，兵退数十里下寨。这时有人来报，说昨天晚上安排的三支伏兵都被杨继业用计击退。

先是高怀德带领一支伏兵在大汀州埋伏，眼看快到午时，正准备出发去突袭北汉军左翼，迎面正遇着一支北汉军。高怀德大吃一惊："想不到北汉军早有准备！"这时候，杨延平杀到，高怀德见此情景，担心后面还会有大军杀到，无心恋战，于是虚晃一枪，引军后退。杨延平追杀了一阵，收兵回营。

再说高怀亮。他率领军队从鸡笼山前往北汉军大营，路上经过一片树林。宋军刚进入树林，忽然只听一声锣响，树丛里万箭齐发，原来是杨延辉在此设下伏兵。宋军损伤惨重，高怀亮也被杨延辉射中左臂，带伤逃回大营。

而王守贞、李继仁一路，绕道白坂河，打算包抄到北汉军大营之后进行偷袭。没想到走了十余里，被一支军马拦住去路。为首大将，正是杨继业的夫人佘赛花。两人见对方是女将，有些轻敌，笑着说："北汉居然让女将领兵，可见已经无人能用了。"说着，李继仁挥刀上前与佘赛花交战。没想到，不到十个回合，他就被佘赛花一刀砍于马下。王守贞大吃一惊，飞马来救，不到二十个回合，也被杀败。这时八郎杨延顺趁势率兵掩杀，宋军死伤无数。

赵匡胤听说三路伏兵都被用计杀败，不由大为吃惊，问道："北汉是谁领兵，竟然能识破了我的计谋？"王全斌回答道："北汉领兵的大将是杨继业，此人深通兵法，文武双全，人称金刀令公。"赵匡胤叹道："没想到北汉还有这样的人才！"

这时候，元帅曹彬走上前来道："陛下，今天我军伤亡很重，敌人一定不会有防备，我们可以趁夜劫营，杀他个措手不及。"赵匡胤却摇了摇头："杨继业足智多谋，今天晚上他一定会有提防。如果我们贸然去劫营，恐怕又会中他的埋伏啊！"曹彬笑了笑，说："陛下，我也考虑到这一点了。我可以带几千敢死军先去，在营里放火。如果他们有伏兵的话，一定会掩杀过来。这时候陛下再率大军从背后杀到，到时候我们里应外合，一定可以大获全胜。"赵匡胤一听："的确是好计！既然如此，你与石守信带五千人马先行，王全斌、高怀亮、潘仁美、王彦升，你四人带三万精兵，与我随后杀到。"

"是！"众将领命，分头布置去了。

那边北汉营中，北汉王刘钧正在称赞杨继业："爱卿巧设伏兵，先胜了宋军一阵，来来来，本王敬你一杯。"杨继业连连称谢："这都是托了大王洪福，众将努力。不过，宋军没有伤到元气，今晚必然会来劫营，我们还得多加防备。"大将赵遂笑着说："老令公多虑了，今日一战，宋军已经心惊胆寒，哪里敢再来劫营？"杨继业摆摆手："那赵匡胤也是深通兵法之人，他料定我们今天大胜，必然不做防备，定会来偷袭。"两人争执不下。

刘钧想了想："我看还是依杨继业之言吧，慎重些好。杨爱卿你看该如

杨家传奇

杨

何布置?"杨继业一抱拳:"回大王,今夜宋军来劫营,必然分作两队,第一路突入我营中,待我伏兵杀出后,他自率大军从背后杀到。既然如此,我们可以将计就计,等他第一队兵马杀入时,我们只摇旗呐喊却不杀出,引他第二队大军杀来。黑夜里看不清楚,他们两队兵马必会自相残杀,到那时我们再从四路杀出,必获全胜。"刘钧一听:"哎呀!爱卿神机妙算,有你在,北汉无忧啊。"于是北汉军就按照杨继业的布置,悄悄地撤出了大寨,四下埋伏起来。

这天夜里,曹彬、石守信率领五千人马,悄悄奔北汉大营而来。快到寨门时,看见营内毫无动静,于是一声号令冲了进去。等杀到营中,却发现周围静悄悄的,一个人都没有。他们知道中计,赶紧转头向外冲,准备和后面接应的大军会合,却听四面忽然喊杀连天。正在紧张之中,却又不见一个北汉兵杀出。

再说外面赵匡胤率大军在后,听到北汉大营中一片大乱,催动大军赶紧杀入,果然如杨继业所料,因为黑夜里看不清楚,两路宋军顿时自相残杀起来。直到石守信迎面撞上了高怀德,才明白误杀的都是自家人马。就在这个时候,外面号炮三声,北汉军从四路杀来,宋军大败,宋将米伦也被杨继业一刀斩于马下。

赵匡胤率败军退回营中,曹彬前来请罪,赵匡胤安慰他说:"胜败本是兵家常事,何况杨继业料事如神,用兵不亚于孙武、吴起这样的古代名将,这不是你的过错。"经过这两战之后,赵匡胤知道杨继业厉害,于是安营扎寨,做好了打持久战的准备。但是人算不如天算,两天后,天降大雨,而且一下就下了一个多月。于是双方决定议和,各自收兵。

赵匡胤收兵回京城之后,本想休整一段时间再次出兵,没想到入冬之后得了重病。眼看病势加重，就把弟弟晋王赵光义叫到面前，对他说："我本来打算一统天下，没想到如今重病不起。当年太后有遗命，为了避免皇帝年幼管不了国家，不能传位于小儿。所以，我死之后传位给你，将来你再把皇位传给我的儿子赵德芳，德芳再传给你的儿子元侃，你一定要牢记。另外，北汉大将杨继业，智勇双全，人才难得，将来一定要想方设法收服他，可以重用。"赵光义连连称是。

当天夜里，赵匡胤病情加重，招赵光义来嘱咐后事。赵普等大臣在殿外等着，只看见窗纸上人影晃动。不久，众人听到玉斧落地的声音，赵匡胤高声说："你好好去做！"然后就没了动静。过了片刻，赵光义走出殿门，告知众人太祖已经驾崩。于是赵普等人拥立赵光义为皇帝，史称宋太宗。第二天，太宗即位，大赦天下，封赵匡胤之子赵德芳为八王，又封自己的儿子赵元侃为七王。文武众臣，都有封赏。

即位之后第一件大事，宋太宗召集众臣商量："先帝去世之前，叮嘱我先取太原，众卿有何主意？"曹彬回答说："如今国家强盛，兵甲充足，攻破太原指日可待，陛下不必犹豫。"于是宋太宗留宰相赵普、开国王曹彬、平东王高怀德留守京城，命潘仁美为元帅，铁鞭王呼延赞为先锋，八王赵德芳为监军，平西王高怀亮、长胜王石延超护驾，御驾亲征，起兵二十万，直逼太原城。

要知道这次出征结果如何，我们下回再见分晓。

杨家将传奇
杨

第三回 七郎劫营受军法
八王使计疑汉王

上回说到赵匡胤临终前传位给弟弟赵光义，赵光义继位之后，命潘仁美为元帅，呼延赞为先锋，御驾亲征北汉。消息传到太原城，刘钧便派杨继业率一支人马在太原城外安营扎寨，与宋军对峙。潘仁美闻知杨继业率兵来，率众将出阵迎战。

来到阵前，潘仁美高声叫道："如今我大军到此，攻取太原是早晚的事，将军早早归降，免得英名毁于一旦。"杨继业大怒，命五郎杨延德出战。宋军这边，呼延赞出列，挥双鞭截住五郎厮杀。两人战了二三十回合不分胜负。高怀亮、王全斌见状双双杀出助战，这边六郎延昭、七郎延嗣截住。双方一直杀到傍晚，也未见胜负，于是各自收兵。

到了晚上，高怀亮对潘仁美建议说："元帅，今天我军新到，立足未稳，可要小心提防敌兵劫营啊。"潘仁美点点头："王爷说得对，就请你和呼延王爷各率一军，埋伏在大营两侧，我率军退后十里，如果杨继业来劫营，我们就一齐杀出。"于是众将各自领命，分头而去，只等北汉军晚上来偷袭。

北汉营中，七郎杨延嗣急着立功，想趁宋军路途疲惫前往劫营。他没有告诉父亲和其他几个哥哥，悄悄带了三千人马，趁着夜色，直扑宋军大营。由于他走的时候特意叮嘱不要让令公知道，所以直到他出发后多时，才有人报知杨继业。令公闻讯，大吃一惊："哎呀！宋军初来此地，今晚一定会提防我们劫营，七郎这一去非得吃亏不可。"于是赶紧派六郎延昭、八郎延顺各率一支军马前去接应。

七郎率军冲进宋营，发现中计，正要后退，呼延赞、高怀亮从两路杀出，潘仁美也率大军杀来。杨七郎奋力杀出重围，兵马损失大半，半路上幸亏有六郎八郎接应，这才回到营中。杨继业见了七郎勃然大怒："你不知兵法，不听号令，贪功冒进，给我推出去斩了！"大将王贵急忙出来求情："七将军虽然有罪，毕竟是年少莽撞，又是一心为国，望令公刀下留人。"众将也都来求情。杨继业怒道："死罪可免，活罪难饶，虽是我的儿子，也应当重罚，拖出去重打四十军棍。"

这一顿军棍打得杨七郎鲜血淋漓。大家见杨令公如此秉公行事，个个肃然起敬。

接下来几天双方虽然有交战，但是一直没能分出胜负。宋太宗在营中闷闷不乐，无计可施。八王赵德芳走了进来，问："陛下发愁，是否因为没有办法招降杨家父子？我现在有一条计策，不知道是否可行？"宋太宗大喜说："杨家父子忠勇无比，若能让他们归降，胜过攻下太原城，你有何妙策？"八王回答说："我听说北汉王刘钧手下大将赵遂嫉贤妒能，素来与杨家父子不和，而且又十分贪财。我们可以派人混进太原城，多送金银珠宝给他，让他在刘均面前进谗言，使北汉王对杨继业父子疑心，然后我们再见机行事。"

宋太宗听了赵德芳的计策，准备了黄金千两、珍珠十升，派杨光美潜入城中，去使这离间计。杨光美混入城中，趁夜晚来到赵遂府中，说明来意，献上礼物。赵遂本来就嫉妒杨继业父子，又见了黄金珠宝，更是高兴坏了，说："你回去告诉宋王殿下，我一定尽力。"第二天，他悄悄地散布谣言，说

11

杨家将传奇

杨继业收了宋朝皇帝的珠宝，准备造反。接着他又写信给杨光美，让宋军暂且不要出战，静待其变。于是宋太宗传下御旨，各军只可坚守，不能出战，杨继业屡次挑战，宋军就是不出战。

没过几天，太原城内纷纷传言，说杨继业得了宋军的好处，所以一直不肯出力作战。这时候，八王赵德芳又出了一个主意：他让宋太宗写了一封给杨继业的劝降信，然后派人把信转交给了赵遂。赵遂拿到这封信，去见刘钧。刘钧一看，信上写着和杨继业约定时间、献城投降云云，顿时大怒，就问赵遂："此事该如何处置？"赵遂说："这事简单，您可以召他回城中，就说有军机大事商量，提前在殿下埋伏好士兵，等他来的时候，把他擒住就行了。"

第二天，刘钧命杨继业回城议事。杨继业刚刚来到殿上，就被伏兵捉住。杨继业大惊，叫道："臣并无罪过，陛下这是为何？"刘钧怒骂道："你和宋王约期投降，所以作战故意不肯用力。还敢说无罪？推出去斩了！"宰相郭有仪赶紧上前求情："陛下，这只怕是宋人用的奸计。杀了杨继业，谁来抵挡宋军？"其他几位大臣也纷纷求情，于是刘钧命士兵给杨继业松绑，对他说："看在众位大臣的面子上，我给你十天期限，十天之内一定要打退宋军。"说完拂袖而去。

杨继业回到营中，几个儿子得知此番遭遇，都愤愤不平。第二天，杨继业率兵前往宋营前挑战，这边宋太宗坚守不出，杨继业带兵几次冲到营边，都被弓箭射了回去。几天过去了，眼看着离刘钧要求的时间越来越近，杨继业十分忧愁，却又无计可施。宋营这边，宋太宗与八王知道时机已经成熟，便派杨光美趁夜前往杨继业寨中，杨光美对杨继业说："杨将军，古人云：良禽择木而栖，良臣择主而依。你们父子忠勇，天下闻名。如今北汉王昏庸无道、不辨忠奸，而我陛下仁德兼备、求贤若渴①，将军何不弃暗投明，早日来归？"杨继业沉吟了半天，对杨光美说："今天我不杀你，你回去告诉宋王，明日早早来战。"说完便让八郎延顺将杨光美送出寨去。当夜，杨继业与妻子佘赛花和几个儿子一同商议，几个儿子都说北汉王不辨忠奸，不如早早归降宋朝。

杨继业正在犹豫不决，副将王贵来报，说捉住了一个辽国奸细。他听得一愣："辽国屡次犯我中原、杀我黎民，今日派奸细到太原城下干什么？"于是便令人把这奸细押进帅帐，亲自审问。正是这一次审问，最终导致杨继业归顺大宋，此后守边疆、抗辽国，成就一代英名。

在这次审问中究竟发生了什么？我们下回再见分晓。

① 求贤若渴：形容寻求贤才的心情非常迫切。

第四回 太原城杨业归宋
瓦桥关令公破敌

　　上回说到杨继业的副将捉到一名辽国奸细，杨继业要亲自审问。原来这辽国地处中原东北，其皇族姓耶律，善于骑马射猎，不擅农耕，经常侵扰中原，抢劫粮食、财物等。杨继业对于辽国向来是恨之入骨，这次听说捉到辽国奸细，当即令人带来审问。这一审，不由让杨继业大吃一惊——原来，北汉王刘均担心宋军过于强大，竟请来辽国军队助战，约定联手击破宋军之后，把中原的部分土地割让给辽国。

　　听了这名奸细的话，杨继业恨得咬牙切齿，他想："好你个刘钧！我们父子在边境上浴血奋战，你却引狼入室。既然如此，不如归顺宋主。"他的妻子佘赛花也劝他说："大丈夫在世，应该上保国家、下保百姓，如今刘钧无道，我们不如去投靠大宋。"于是杨继业下定决心，写下一封书信，派人悄悄送到了宋营。宋太宗见到书信，大喜过望，当即安排众将，来日按杨继业信中计策行事。

　　第二日，杨继业又率军在阵前叫骂，太宗便派呼延赞出战。杨继业挥动金刀与呼延赞大战了五十多个回合，渐渐有些抵挡不住。忽然，呼延赞双鞭一挥，杨继业躲闪不及，头盔被打落在地。杨继业大吃一惊，拨马就走，宋军趁势追杀，一直追到太原城下。杨继业在城下高叫"开门"，刘钧想放杨继业进来，赵遂阻拦说："不行，杨继业武艺高强，今天怎么这么轻易地败给了宋将？"杨继业在城下高叫："这名宋将实在厉害，我不是他的对手，请大王速速放我进城，我甘愿受罚。如果大王实在不肯放我进去，我只好归隐山林，再也不问世事了。"

刘钧一想："如今大辽的援兵还没到，杨继业要是真的走了，谁来抵抗宋军？"于是赶紧命令开城门。城门刚刚打开，杨六郎、杨七郎双双杀到，占住城门。杨继业率军入城，高叫道："北汉王无道，我父子已归顺大宋，你等快快投降！"太原城里的将士大都敬服杨家父子，闻听此言，纷纷抛下兵器，表示愿意归顺宋朝。刘钧在城头上捶胸顿足、后悔不已，但为时已晚，宋军已经如潮水一般涌来，刘钧以及他的文臣武将只得束手就擒。

杨家将传奇

宋太宗进了太原城，见到杨继业，高兴地说："我得到将军一人，胜过得到十个太原城。"当即封杨继业为代州刺史，兼任兵马元帅，接下来又封他的八个儿子做团练使①。杨继业赶紧推辞说："陛下如此厚待，我等粉身碎骨也难以报答，只是臣子寸功未立，现在就委以官职，难免有人会说陛下赏罚不明，还是请陛下等他们有功之后再进行封赏。"太宗一听，感叹说："将军主动推辞封赏，真有君子之风啊。"

再说辽国。辽国的天庆王听说宋太宗平定太原，灭了北汉，召来众臣商议："如今宋王取了太原，只怕将来会兴兵犯境，我们不如先下手为强。"大将耶律休哥挺身而出："我愿率一支人马，直捣汴梁城。"天庆王大喜，命耶律休哥为元帅，耶律沙为先锋，起兵十万，出幽州，直奔中原。

宋朝边关守将见辽军来势汹汹，于是一边坚守城池，一边派人向朝中告急。没几天，消息报入汴梁城，宋太宗召集大臣们商议对策。八王赵德芳奏道："如今有杨继业父子，智勇兼备，臣愿意保举他们率兵前去救援边关。"于是太宗下旨，让杨继业带领五万大军前往边关救援，杨继业让长子杨延平率领大军在后，自己带着五郎延德、六郎延昭和一万骑兵先行。辽军这边听说宋朝救兵到了，先锋耶律沙就对耶律休哥说："元帅，如今宋朝的救兵来了，我先去杀他一阵，也好探探虚实。"耶律休哥点点头："也好，就劳烦先锋走这一趟，我再派黑达、耶律胜二将同去，由你调派。""谢元帅！"就这样，耶律沙带着黑达和耶律胜两人，又点了一万精兵，来到杨继业营前挑战。

这边杨继业父子刚刚安营扎寨，就见一支军马杀到。杨继业亲自带着两

---

① 团练使：官名，宋代为武将兼衔，官阶高于刺史、低于防御使。

个儿子出阵，只见对面一员大将，手提飞廉锯齿大砍刀，身披精钢锁子甲，如同一座黑铁塔一般，正在阵前高声叫阵。杨继业正要亲自出马，旁边五郎杨延德大叫一声："杀鸡焉用宰牛刀①，看孩儿的！"说着冲上前去。

杨家枪法神妙无比，杨家兄弟几个都是用枪的，就连老令公年轻的时候也用一杆亮银枪。只有杨五郎性格急躁，力大无比，觉得大斧用起来更加得心应手，所以他是兄弟八人中唯一一个既用枪又用斧的。他挥动大斧与辽将黑达在阵前交锋，杀过十几个回合之后虚晃一斧，调转马头就往回跑。黑达以为五郎不是他的对手，于是挥刀急追，眼看追近，五郎忽然一勒马，回身就是一斧，只听得"咔嚓"一声，竟将黑达砍于马下。

杨继业见儿子斩了辽将，一招令旗，宋军一起冲了上去。耶律胜挥叉来战，又被六郎一枪挑于马下。耶律沙见己方连连失利，只得带着残兵败将一路逃回大营。耶律休哥听说是杨家将来了，大吃一惊，当即决定退守瓦桥关。

接下来一段时间，辽军坚守不出。杨继业见辽军按兵不动，就带了十几个骑兵去观察地形，回来之后召集几个儿子和副将王贵商量："辽军坚守不出，是等着我们粮尽自退，我看现在正是寒冬天气，草木干枯，如果用火攻的话，可破此关。"接着叫过五郎安排道："你带领五千步兵，悄悄绕到瓦桥关左侧山上，听到我这边放起号炮，就开始点火。"又叫过六郎："你带五千骑兵，从瓦桥关右侧的黑水河渡河，假装偷袭敌人的后路。如果遇到敌人拦截，只许失败，不许取胜，原路退回大营。"然后又叫过二郎杨延定、三郎杨延光，如此这般地安排一番。他自己则带着七郎、八郎前去埋伏，只留大

① 杀鸡焉用宰牛刀：比喻做小事情不值得用大的力量。

郎、四郎和王贵守营。

耶律休哥见宋兵连日攻城,也不放在心上,一边安排众将严加防守,一边派人不断地打探宋军消息。这天夜里,士兵来报:"见一路人马正在趁夜色渡河。"耶律休哥不由大喜:"杨继业果然忍耐不住,派人偷袭我后方。我趁他渡河时,率兵杀出,必获全胜。"于是命耶律沙率一支人马到河边,等宋军即将登岸时杀出,他自己则率一支人马直扑宋军大营。

要想知道这一战结局如何,我们下回再见分晓。

第五回 杨家将大破辽兵
潘仁美暗生私心

上回说到耶律休哥听说宋军渡河，于是便派耶律沙前去截杀，自己则带一路人马，乘虚直扑宋军大营。先说耶律沙一路，来到河边，杨六郎的军马正准备登岸，看见辽兵杀来，故作惊慌，且战且退。耶律沙不知是计，奋勇追赶，追出十几里，忽然一声锣响，四下乱箭齐发。杨延光、杨延定从两路杀来，耶律沙大惊："不好，中了杨继业之计。"他正想退兵，迎面一员大将飞马杀到，大呼："杨延昭在此！"耶律沙措手不及，被六郎一枪挑于马下。

再说耶律休哥一路，直奔宋军大营来，快到营边，忽然听得一声炮响，宋军大营中火把亮起，如同白昼一般，营内万箭齐发，耶律休哥惊疑不定，忽然士兵报说关上起火，原来五郎延德带领五千步兵趁夜色登上山坡，单等大营中号炮响起，便一起放火，此时火光冲天，黑暗中耶律休哥看不出是关内还是关外起火，他担心瓦桥关失守，赶紧收兵回去。走到半途，忽然又是一声炮响，杨继业带七郎延嗣、八郎延顺杀来，此时辽兵，人人胆寒，无心恋战，四下逃窜，辽军大将耶律陵被杨延嗣一枪刺死，耶律休哥在几百名亲兵的掩护下拼死逃出，宋军趁势夺取了瓦桥关。耶律休哥收拾残兵败将，检点人数，发现损折过半，不由长叹一声："都说杨家将天下无敌，果然名不虚传。"于是上奏辽主，请求暂且退军回幽州。几天之后，辽主传下圣旨，

19

安慰了耶律休哥一番，让他暂且收兵，等待时机。于是耶律休哥亲自断后，数万辽军缓缓地撤回。杨继业听探马报告说辽军已经撤退，就和诸将商量说："如今我军刚刚获胜，士气高涨，可以上奏陛下，请求补充粮草，一鼓作气，收复几十年前被辽国夺取的燕云十六州。"众将都非常赞成，于是杨继业写了一道奏折，派人飞马传递给宋太宗。

宋太宗接到杨继业的奏章，知道前方大捷，非常高兴，于是和大臣们商量要不要乘胜追击。高怀德、高怀亮、呼延赞等人力主追击，但潘仁美嫉妒杨家将立了大功，反对说："如今天下刚刚安定下来，不如趁此机会让杨继业撤兵回来，好让百姓休养生息，陛下也可以过安宁的日子。"由于潘仁美的女儿最近刚刚进宫，深得宋太宗的宠爱，因此宋太宗就听了潘仁美的意见，下诏书让杨继业收兵回朝。

接到宋太宗的旨意，杨继业非常遗憾，他的几个儿子包括边关的守将也都觉得可惜。他们建议杨继业说："所谓将在外，君命有所不受。如今是难得的机会，不如先出兵伐辽，等打了胜仗，再向陛下回复。"杨继业叹了口气："我也不是不知道机不可失，但如今圣旨在此，再要进兵就是抗旨不遵了。今日我能拿战机当借口抗旨，他日难免不会有人拿别的事当借口犯上作乱，如此便得不偿失，不如收兵。"于是安排好边关防务，班师回朝。

杨继业父子回到京城，皇上重赏了杨继业，并给他的八个儿子都封了官职。当年赵匡胤"陈桥兵变"之后，柴荣的儿子让位，赵匡胤为了笼络人心，对他格外优待，还把他的妹妹收作义女，封为郡主，与八王赵德芳以兄妹相称。如今柴郡主长大成人，八王赵德芳看六郎杨延昭一表人才，又未曾娶妻，就跟皇帝商议说："陛下，我家御妹如今已经成年，也该有个归宿。我看老令公的六子杨延昭文武双全、气宇轩昂，将来一定能够成为国家的栋梁，我想把御妹嫁给他，您意下如何？"宋太宗点点头说："你看得不错，六郎确实配得上郡主。"于是八王出面，请铁鞭王呼延赞做媒，把柴郡主许配给了六郎，从此京城中也称六郎为杨郡马。

接下来的几年，总算是四方无事。赵光义当了几年太平皇帝，渐渐地就开始懈怠起来，不像前几年那么励精图治，而且对于呼延赞、高怀亮、杨继业这些武将也不像以前那样信任有加。反倒是潘仁美，由于女儿进宫当了贵妃，有了国丈这层身份，越来越受到皇帝的宠信，被封为太师。潘仁美知道，自己不比呼、杨、高那几位，人家是在战场上一刀一枪拼出来的功名，虽然现在自己是太师，但私底下他们说不定怎么看不起自己。于是他就更加嫉恨这些功臣，整日盘算着怎么排挤他们。

这一天宋太宗接到消息说边关告急，他大吃一惊，赶紧把报信人传进殿内询问详情。原来这几年辽国励精图治、选拔人才，挑选出了一位文武双状元。此人姓韩名昌字延寿，文韬武略，样样兼备。天庆王和萧太后见他是个人才，就把大女儿许配给了他。如今天庆王命大将萧天佐为左军元帅，萧天佑为右军元帅，耶律休哥为前军元帅，耶律斜轸为后军元帅，韩延寿为中军元帅，起兵二十万，来犯大宋边关。

边关的告急文书传到朝廷，宋太宗向大臣们征求对策："想不到辽寇野心未死，再次起兵进犯，各位卿家看如何是好？"还没等别人说话，太师潘仁美抢先一步，向前启奏道："微臣愿保举一人为元帅，带兵出征。"宋太宗大喜："不知太师保举何人？""回陛下，此人乃我三子潘豹。臣保举他为三军元帅，前去驱逐辽寇，为陛下分忧。"宋太宗听了潘仁美的话，非常高兴，说："明日你把儿子带上殿来，让寡人一见。"

这时，铁鞭王呼延赞眼睛一瞪，想上前说话，但老令公悄悄地拉了他一

把，把他拦了下来。散朝后，呼延赞就问杨继业："老令公，你刚才为何拦我？""唉，呼延王爷，我要是不拦你，你准备做什么？""当然是劝阻皇上，辽军大军压境，派一个没见过世面的年轻人去挂帅？潘仁美他哪里是为国分忧，分明是想抢兵权！"呼延王爷越说越气，声音也慢慢高了起来，老令公摆摆手："王爷，岁月不饶人啊。咱们原来这些能带兵打仗的，不是年过半百，就是白发苍苍，皇上不能不考虑起用年轻人了。""就算用年轻人，你们家大郎延平、六郎延昭，哪个不是帅才？皇上也是，现成的人选不用，偏偏听他老丈人的，想让他小舅子挂帅。行，就让他老丈人一家帮他守卫江山吧！"老令公叹了口气："王爷啊，你总算琢磨明白了，如今潘太师正受宠信，举荐人才挂帅出征又是他分内之事，这个时候你强行阻拦他推出自己的儿子也是无用。只是不知道这潘豹能耐如何。兵权不兵权我倒不在意，我担心跟着上战场的将士们啊！"

却说这边潘仁美回到家里，叫来了长子潘龙、次子潘虎、三子潘豹，把在金銮殿上保举潘豹为元帅的事一五一十地告诉了他们。听潘仁美这么一说，三个儿子都高兴坏了。潘虎说："这下好了，老三拿到兵权以后，看谁还敢小看咱们潘家。"潘龙想得更多一些，他说："父亲，拿到兵权固然是个好事，可带兵打仗也不轻松，虽然老三本事不小，但辽军也不是无用之辈啊！"

潘仁美阴阴地一笑："你们三个也是成年人了，考虑事情还是不周全。皇上远在京城，离边关千里之遥，前线发生了什么他怎么知道。你挂帅到了边关，如果看辽军势大，不容易取胜，那就跟他们和谈。"潘豹一听，吓了一跳："私自和谈，让陛下知道了，这可是满门抄斩的罪过啊。"潘仁美却说："怕什么，兵权已经在你手上，再过上几年，这个天下说不定就姓潘不姓赵了！"

"啊！您这是要造反？"三个儿子都吓了一跳。"为什么不能，既然赵匡胤能够推翻后周，咱们家为什么就不行？到时候我就是皇帝，你们可就是皇子了！"听了这话，三兄弟顿时精神一振："还是父亲有远见。"

第二天，潘仁美收拾整齐，带着儿子潘豹一同上朝，来到殿上，看见太宗旁边坐着一人，仔细一看，不由暗暗倒抽一口冷气。此人是何人？为何坐在太宗旁侧，又令潘仁美如此惊恐呢？我们下回再见分晓。

杨家将传奇
杨

第六回　金銮殿潘豹演武
天齐庙国舅立擂

　　上回说到潘仁美有了野心，想借这次挂帅出征的机会夺取兵权，将来推翻大宋江山，自己当皇帝，于是推荐自己的儿子潘豹挂帅出征。这天早上他带着儿子上朝，远远看见太宗皇帝赵光义旁边坐着一人，他不由倒抽一口冷气——原来此人正是太祖皇帝赵匡胤之子，八王赵德芳。

　　前面我们提到，赵匡胤临终前将皇位传给兄弟赵光义，约定赵光义去世后传位赵德芳，然后再传赵光义之子赵元侃。赵光义即位后，赐八王赵德芳王命金锏一把，上打昏君不贤，下打奸臣不忠。八王为人正直，喜爱忠臣良将，好管朝中不平之事，奸臣们在他面前个个都战战兢兢，而杨继业、呼延赞、高怀德、高怀亮等人，都非常敬重这位八王千岁。老百姓也都喜欢他，称他"八贤王"。

　　八王平日里无事不用上朝，有事随时可以入宫见皇上。昨天他听说辽国进犯，潘仁美推荐自己的儿子潘豹挂帅出征，他知道这不是小事，于是今天也来到了朝堂上，坐在皇帝身边等着潘豹觐见。潘仁美平日里最怕八王，今天看见八王坐在一旁，心里就是一沉。这边潘豹走上前去给皇帝行了礼，几位王爷一看，这人体格魁梧，膀大腰圆，看着确实有些威风，只是眉宇之间多了一些戾气①，不像个善良之人。宋太宗在殿上就问："潘豹，太师既然推荐你为帅，想必你武艺不凡，可否给朕及各位大臣演示一番？"潘豹一拱手："谨遵圣命，请万岁恕臣无礼。"说着，便在殿上演练起来。

潘豹存心要显显本领，一套拳施得呼呼生风，就连铁鞭王呼延赞也不由点了点头，暗想："这年轻人功夫确实不错。"宋太宗又问了潘豹一些兵书战策的问题，潘豹也对答自如，非常高兴，高声说道："潘豹听封。"

八王一听，赶忙拦道："且慢！皇叔，辽国这次来势汹汹，非同小可。潘豹的确武艺高强，也熟悉兵书战策，可他毕竟年轻，万一有个闪失，一来于国家不利，二来对他本人也不是好事。"宋太宗一想，说得也对："那依皇侄之见该如何？"八王说："依我之见，不如在天齐庙搭下擂台，让天下英雄上台挑战潘豹，十日之内如果没人能胜得了他，再由他挂帅出征不迟。"宋太宗点点头："既然如此，就这么办吧！"

潘仁美听了，眼珠一转，上前奏道："陛下，臣还有一事上奏，请陛下恩准。""太师所奏何事？""请陛下传旨，各大臣家的公子不得上台打擂。""这是为何？""擂台之上拳脚无眼，真要比试起来，难免有人受伤。但要一开始就缩手缩脚，又显不出真本事，大家同朝为官，伤了谁家的公子也不好，所以请皇上降旨。"宋太宗一听，此话说得倒也有理，于是点头道："准奏。"

老令公回到家中，妻子佘赛花迎上前来。令公把朝堂上的事情一五一十跟她说了一遍。佘赛花皱了皱眉说道："如今皇上宠爱潘妃，他自然偏向潘豹这个国舅。既然圣旨已下，我们约束好自家孩子也就是了。只是担心孩子

25

---

① 戾（lì）气：暴戾的习气；邪恶的情绪。

杨家将传奇
杨

们年轻气盛，万一这段时间惹出事来，反倒不好。"于是，她便让人去把大郎延平、六郎延昭传来，对他俩说："皇上让潘豹在天齐庙立下擂台，同时不准各府公子上台打擂。你们两个要约束好其他兄弟，特别是延德、延嗣，他俩的性子暴躁，你们要多加留意。"

兄弟俩领命退下，刚走到院内，大郎就跟六郎商量起来："六弟，其他几个兄弟我不担心，只是这老五跟老七，一个脾气暴躁，一个性烈如火，恐怕咱们得多费点心思。"六郎想了想说："大哥，五哥虽然脾气暴躁，但既然是父亲发话，又有你这大哥盯着，他也会听从。七弟年少不懂事，但咱们七个人一起盯着他，这十天里整日陪他骑马练武，总能对付过去。"两人回到后院，大郎把父亲的安排一说，兄弟们个个无话。

接下来的几天，杨家的几个儿子都在府内读书、练武。就连五郎延德也按捺住了自己暴躁的脾气，不出大门半步，还帮其他几个兄弟陪着七郎，生怕他哪天溜出门去，惹出事来。七郎延嗣是个好动爱热闹的人，这十天不让出门，对他来说可不是一般难熬，好在兄弟七个都来陪着他，他才勉强安心留在家里。

再说潘豹，在天齐庙立擂。他武艺的确不差，出手又格外狠毒。打擂比武一般是点到为止，但潘豹心狠手辣，对手已经认输了，他还要下毒手。结果几天下来，上台打擂的有好几个都死在他的手上，保住命的也都受了重伤。八王赵德芳在南清宫，听手下的太监们隐隐约约提了个大概，于是进宫去找太宗赵光义："陛下，这潘豹在天齐庙立擂，听说他手段极其毒辣，上台打擂的人不是死就是重伤，虽说是拳脚无眼，但这也太过了。"宋太宗摆摆手："皇侄，擂台之上，本来就是各安天命，生死不论。再说了，选出的元帅，可是要到边关上一刀一枪厮杀的，难道你还指望辽兵对他们手下留情？"八王一看，皇帝明显偏袒潘豹。既然潘豹打死人他不管，要是有人把潘豹打死了呢？于是他顺着太宗皇帝这句话，就赶上了一句："还是陛下思虑周全。擂台之上确实如此，不管谁伤了谁，都不应当问罪。"太宗也没多想，点了点头："正是如此。"

时间过得飞快，一转眼，潘豹在天齐庙立擂已经第九天了。这几天里被他打死、打残的各路英雄不在少数，到了最后一两天，也没人敢再上台了。到了第十天，整整一上午，没有一个人敢来挑战。潘豹得意扬扬，在擂台上叫阵："那么大的一个东京汴梁城，居然没有一个英雄好汉能在潘某手下走过十个回合，难道京城里只有酒囊饭袋①不成？"

话音刚落，忽然台下有人大喊一声："小子休得猖狂，我来也！"话音未落，一个黑大汉纵身跃上擂台，此人不是别人，正是七郎杨延嗣。七郎是怎么从家里溜出来的呢？原来这一天令公有事，叫走了大郎延平和二郎延定，偏偏铁鞭王呼延赞又派人叫走了六郎杨延昭。七郎早就已经被憋坏了，今天听说大哥、六哥都不在家，他趁人不注意来到后院，看看四下无人，把手搭在墙头上，双脚用力，"蹭"的一下飞身跳出院外。

要知道后事如何，我们下回再见分晓。

---

① 酒囊饭袋：比喻无能的人。

第七回 杨七郎怒打潘豹
潘仁美金殿告状

上回说到七郎趁着大郎、六郎不在家，从后院翻墙出去，来到大街上逛了一会儿，看看到了中午，就径直前往平日里和兄弟们常去的酒楼。等他到了酒楼前，却发现大门紧闭。有知道的人告诉他："七公子，这家酒楼的主人办丧事去了。他的独生儿子，前几天去天齐庙打擂，被潘豹打死在擂台上。"

"什么？"七郎大吃一惊，"擂台比武讲的是点到为止，这潘豹下手怎么如此狠毒？""七公子，你是不知道啊，那潘豹心狠手辣，手下几乎不留活口，听说这家酒楼主人的儿子当时在擂台上已经认输了，潘豹还是不依不饶，照着他心口飞起一脚。那孩子被踢下擂台，当场吐血而死。""啊，这潘豹着实可恶！"杨延嗣听了这番话，火冒三丈，饭也不吃了，转身直奔东城天齐庙。

走着走着，他冷静下来，想："爹爹再三嘱咐，不准闹事，我要真上台把潘豹给打了，岂不给爹爹招来麻烦？"然后转念又一想："潘豹如此可恶，我怎能坐视不理？我先去看看，见机行事。"

七郎来到天齐庙，看擂台下挤了不少人，擂台上却只有潘豹一人。他有些好奇，就问旁边的人："怎么没人上台打擂？"那人答道："哪有人敢上去啊！那潘豹力大无穷，下手又狠，一般人不是他的对手。而且他还特别阴险，前两天有一个功夫高的，他看不是人家对手，假装受伤摔倒。对方一看打伤了国舅，赶紧去扶，结果被他趁机一脚踢成重伤。潘豹还不肯罢休，把对方高举起来，摔下擂台，结果那人当场丧命。"

　　七郎一听此言，气得浑身发抖。就在这个时候，潘豹又在台上洋洋得意地叫骂。这一来，七郎什么都顾不上了，一声大喝，飞身跃上了擂台。潘豹学艺下山没几天，没跟七郎打过照面，他一看七郎身材魁梧，威风凛凛，知道此人不好对付，于是也不打招呼，上来就是一拳，直捣七郎心窝。七郎一看潘豹如此阴险，火更大了。他一闪身，飞起一脚踢了过去，两个人晃动身

杨家将传奇

体打在了一处。

一开始七郎守多攻少，等过了二十来招，他渐渐看出了潘豹的拳法路数，于是招式一变，转守为攻。又打了几个回合，七郎一脚踹过去，把潘豹踢倒在擂台之上，接着抢上前去，一脚踏在潘豹胸口说："你服不服？"七郎这个人是吃软不吃硬，如果潘豹这个时候苦苦求饶，七郎心一软说不定就把他给放了，可偏偏潘豹不知好歹地骂道："大胆的黑大个，你敢对国舅爷如此无礼，你要敢动我一根汗毛，我明天就让你满门抄斩！"他这一番话气坏了杨七郎，他想："你小子仗势欺人，心狠手辣，打死了多少无辜之人，今天你七爷爷就让你偿命。"七郎火气一上来，脚上一用力，潘豹身上顿时感觉有千斤巨石压下来一般，大叫一声，吐血而死。

台上台下顿时一片大乱。潘龙和潘虎一边上来查看弟弟的伤势，一边高叫："别让那黑大个跑了！"七郎一想："哎呀，我闯下大祸了！此时不走，更待何时。"于是趁士兵们还没围上来，赶紧一纵身，跳下擂台。这几日潘豹在擂台上飞扬跋扈，打死、打伤不少人，早就招了众怒，擂台下观战的人都盼着他有这一天。所以七郎一下台，大家纷纷给他让道，转眼间就让他逃了出去。潘龙、潘虎没抓住杨七郎，凑在一起商量怎么回去跟父亲交代。说着说着，潘虎忽然说："大哥，我看那黑小子怎么这么眼熟？"他这么一说，潘龙想起来了："是不是杨七郎？""没错，我也想起来了，快回去禀报爹爹。"

这边潘仁美听说擂台上出了事，急匆匆地赶了过来，潘龙、潘虎迎上去哭诉："父亲，我们三弟让杨七郎给打死了！""杨继业呀杨继业，你抗旨不遵，纵子行凶，打死我儿，我岂能和你善罢甘休！我要上朝见陛下。"说完，他留下两个儿子处理潘豹的后事，自己来到殿上，放声大哭："陛下，杨继业他不遵圣旨，让他的七子杨延嗣登台打擂，打死臣子潘豹，请陛下给老臣做主！"

宋太宗一听，大吃一惊："有这等事？太师你可确认凶手是杨延嗣？""正是杨延嗣，老臣的两个儿子把他认出来了。"宋太宗大怒，一拍龙案："来人，把杨继业传上殿来！"

不多时老令公来到殿上："微臣见过陛下。""杨继业，你可知罪？"老令公一愣："不知微臣何罪之有？""你抗旨不遵，放纵你家七子杨延嗣登台打擂，打死了潘豹，潘太师如今在此，你还敢抵赖？"老令公一听大吃一惊："启禀陛下，可否容臣回府一看，若是臣子惹下这滔天大祸，臣定当把他押上金殿，请陛下发落。"宋太宗知道杨继业素来正直无私，于是点点头："如此也好，你速回府中，查明真相，然后回来报朕。""是。"杨继业退出殿外，急匆匆赶回家中。

再说七郎匆忙赶回家中，从后院翻墙回到自己屋里，还没坐稳，就有人推门进来了。原来六郎从呼延王爷那里回来，他不放心七弟，想去看看，结果进门一看，坏了，七郎满身的尘土，还有血迹。"七弟，你干什么去了？""六哥，我闯下大祸了！"这时大郎二郎也闻声赶来，听说七郎打死了潘豹，顿时面面相觑。

大郎一跺脚："七弟呀七弟，你怎么如此糊涂，你抗旨打擂不说，还把潘豹给打死了！他姐姐现在是贵妃，他爹是太师，正受着皇上的宠信，他家怎肯善罢甘休！"七郎一低头："大哥，我错了，可潘豹那小子的确该死。"七郎把潘豹在擂台上那些事一说，五郎第一个忍不住了："这小子该死！"六郎聪明，他一想："听七弟这么一说，潘豹他的确该死，但是难保皇上不偏向潘家，这个时候就得请八王去帮忙了。"于是他把大郎拉过一边，悄悄说

31

杨家将传奇
杨

道："大哥，此刻潘仁美必然已经上殿告状，我看今天的事非得请八王出面不可，你在家约束好众兄弟，我现在就去南清宫见八王。""你不等爹爹回来?""不能等，依父亲的脾气，一定是直接绑走七弟上殿，那时候可就来不及了。"

说完，六郎火速奔往南清宫去见八王。要知后事如何，我们下回再见分晓。

第八回 老令公绑子上殿
汝南王大闹法场

上回说到杨七郎登台打擂，一怒之下打死了潘豹，惹下了滔天大祸。六郎一看知道事情不好，赶紧去南清宫找八王相助。老令公回到府内，急匆匆地去找七郎，想问个明白。七郎看到父亲回来，还没等父亲问话，"扑通"一声就跪下了："爹呀，我给您闯祸了。"老令公大吃一惊："是你打死了潘豹？""没错，可他确实可恶。"

杨延嗣把潘豹在擂台上打死打伤多人的事一说，老令公一跺脚："他就算该死，也应该上奏皇上，按律处置。你怎么能抗旨不遵，私自上去打擂，还把他给打死了呢？""我也没使劲啊，是这小子太不经打了。""小畜生，你惹下了大祸，还在这儿胡言乱语，拿绳子把他给我捆了。我要带他上殿，向皇上请罪。"兄弟几个面面相觑，都不想动手。老令公火了："还不快快动手！"七郎也说："哥哥们，快把我绑上吧，别再惹咱爹生气了。"无奈之下，大郎延平找了根绳子，把七郎捆上。杨令公带上七郎，上殿去了。

再说杨六郎出了家门，急匆匆直奔南清宫，在路上他忽然脑筋一转，暗想："这事不能只找八王，我得多找几个人。"想到这，他调转马头，直奔铁鞭王呼延赞的王府，呼延赞一看："延昭啊，你刚走，怎么又来了，看你神色凝重，出什么事了？""王爷，出大事了，我七弟把潘豹给打死了。""啊！

33

现在七郎在哪？""我出门的时候还在家，估计我参要带他上殿请罪了。所以我来请王爷去帮我七弟说说情。"接着六郎又把从七郎那听来的关于潘豹的那些事一说，呼延赞一听就火了："这个潘豹死有余辜，我这就上朝去见陛下。"

呼延赞的儿子呼延丕显就在一边，这孩子虽然才十二岁，但特别聪明，他在旁边插了一句："父亲，依孩儿看，您先去找几个证人，证明潘豹在擂台上打死多条人命，被我七哥打死是罪有应得，然后再跟皇上求情，就更有话说了。""说得对，我这就动身。"呼延赞正要出门，忽然停下脚步，"延昭你赶紧去南清宫请八王，丕显你也别闲着，去请其他几位王爷，高王、郑王，人越多越好。""是！"大家分头而去。

那边老令公绑着杨七郎来到金銮殿上。"启禀陛下，臣教子无方，七儿杨延嗣私自上台打擂，伤了潘豹，请万岁降罪。"宋太宗一看，杨七郎就跪在下面，于是直接质问他："杨延嗣，朕早已传下口谕，不准你们上台打擂，你为何抗旨不遵，而且还在擂台上下毒手打死了潘豹？""皇上，为什么潘豹立擂，我不能去打擂？我是打死了他，可他打死了那么多人，您怎么不管？分明是处事不公！"宋太宗一听，急了，一拍龙案："大胆的杨延嗣，你抗旨不遵，打死人命，还敢如此无理！来人，推出午门外问斩！"

老令公一听，心如刀绞，他想："七郎说得对啊，潘豹擂台行凶、打死多人，你不管，我儿子打抱不平、为民除害，反而要被杀？"他一赌气，上前启奏："陛下，我儿打死潘豹有罪，我管教不严，应该与我儿同罪。"宋太宗听了，心想这是对我的处置不满意啊。一气之下，点点头说："好，你教子无方，依律同罪！来呀，把杨继业也推出午门，一同问斩！"

潘仁美在一边可乐坏了，他上前启奏说："臣愿监斩。"宋太宗点点头：

"准奏。"

古代刑场的规矩，杀人前要放三声追魂炮，炮响三声之后人头落地。可是，这边第一声追魂炮刚刚放起，就听场外有人大喊一声："刀下留人！"潘仁美赶紧站起身来，手搭凉棚观看，只见迎面走来一人，此人正是汝南王郑印。

汝南王郑印是什么人呢？原来他的父亲郑子明是赵匡胤的结拜兄弟，大宋江山有三分之一是郑子明帮着赵匡胤打下来的。但是赵匡胤当了皇帝以后，怕有朝一日郑子明会造反，于是在一次酒席上，借口郑子明酒后失礼，把他杀了。郑子明的妻子陶三春一怒之下来到金銮殿上，痛骂赵匡胤忘恩负义，赵匡胤自觉理亏，于是厚葬了郑子明，封他的儿子郑印为汝南王，代代相传，还赐他一杆钢鞭，可以上打昏君、下打奸臣。郑印为人正直，和呼家、杨家、高家感情深厚。这天，呼延丕显赶来找他去救杨家，他刚赶到午门外，就听到追魂炮响了第一声，不由心中大怒，暗想："皇帝你也太无情了，天下一太平，就要杀忠臣，这真是飞鸟尽，良弓藏①啊！"当即大喊一声"刀下留人"，闯进刑场一看，不光是七郎，连老令公都被绑在那里。

郑王气得浑身乱颤，直奔监斩台而去。潘仁美硬着头皮上前迎接："不知王驾千岁来到，有失远迎，恕罪恕罪。"郑王冷冷一笑："太师，请您通融一下，先不要开炮杀人，待我去金殿上向万岁求情。""您请。"潘仁美心中暗想："等你走远了我就赶紧下令放炮，到那时候人头落地，你再来找我也没用。"

郑王转身走下监斩台，正打算上殿见驾，旁边一个刀斧手小声叫住了

---

① 飞鸟尽，良弓藏：出自《史记·越王勾践世家》，把鸟打尽了，良弓就没有用处了。指一个人失去了利用价值，就被杀掉或落下个比别人更惨的下场。

他："王爷，您走了，这边潘太师要放炮杀人怎么办？"郑印恍然大悟："对！我不能走，我得看住法场，等其他王爷们来。"于是他返身走回台上。潘仁美一看郑王又回来了，大吃一惊："王驾千岁，您还不上朝保本？""不着急，我等等八王千岁和其他几位王爷。"

潘仁美一听，心想："八王一到，没准就直接用王命金铜把我给打死了，我得赶紧走。"于是他站起身来道："郑王，有您在这儿保着，没人敢动杨家父子，您在这稍坐片刻，我去去便回。"说完也不等郑王回话，就匆匆下了监斩台。郑王一琢磨："他要再去万岁面前使坏怎么办？不行，我得跟着。"但他又转念一想："万一他趁我上殿的时候，再回来用刑怎么办？"

就在郑王拿不定主意的时候，刑场之外忽然人喊马嘶，几个人骑着马一路飞奔而来。郑王抬头一看，心中大喜，来的不是别人，正是杨家兄弟。原来杨府家人见老令公被绑上刑场，赶紧回去报信，兄弟们一听大吃一惊，杨五郎脾气急，当时就火了："这个无道的昏君，潘豹打死多条人命他不管，我七弟打死潘豹一人，他就要杀七弟和咱爹，几位哥哥，咱们反了吧！杀进午门，救出父亲和七弟，顺便砍了那昏君！"大郎一摆手："你别胡来！咱们这样，八弟，你去告知母亲，其他人跟我去刑场，见机行事。"于是兄弟几个顶盔贯甲，扬鞭催马，直奔刑场。郑王在监斩台上，看见杨家兄弟赶到，赶紧下来迎住："你们几个来得正是时候，听我的命令，守住刑场，护好老令公和七郎，我去见陛下。"

说完，郑王手提打王钢鞭，怒气冲冲直奔金銮殿。欲知后事如何，我们下回再见分晓。

第九回　八贤王殿前辩理
杨家将遭贬出京

　　上回说到郑王及时赶到刑场，拦住了潘仁美。潘仁美一看，有郑王在这盯着，杀不了杨继业父子，他赶紧溜走，来到了金銮殿上。皇帝一看，潘仁美回来了，就问他："追魂炮才响了一声，你这监斩官为何就回来了？"潘仁美答："老臣无能，做不了监斩官。"宋太宗一愣："你说清楚些。"

　　"启禀万岁，老臣来到刑场之上，刚刚响了第一声追魂炮，郑王千岁就来了。他一听说要杀杨继业父子，不问青红皂白，举起打王鞭，就要打死老臣。老臣无能，只好回来了。"潘仁美添油加醋这么一说，本想惹怒皇帝，宋太宗听了却没作声，因为他知道郑王心直口快、性格直爽，那把打王鞭又是太祖所封，自己虽然是皇帝，对他也是敬畏三分。

　　不一会儿，郑王来到金殿："万岁，微臣有一事不明！""何事？""我进殿之前，在午门外看见杨继业父子要被开刀问斩，不知是何人陷害忠良？"宋太宗一皱眉头："爱卿有所不知，前些日寡人传下口谕，各家公子不得上台打擂。杨继业他教子无方，纵容儿子杨延嗣上台打死了潘豹，所以寡人传下旨意，要将他两人开刀问斩。"

　　君臣两个正在说话，八王来了。原来六郎去找了八王，八王一听知道大事不好，一路打马狂奔，先赶到午门外，看见老令公和七郎被绑在那，他赶

紧过去说话："老令公受惊了，我这就去见驾。"五郎延德一看八王来了，高兴地说："王驾千岁，您可来了，您要再不来，我们都打算直接抢人了。"老令公一瞪眼："不许胡说，你这是要造反吗？"五郎一看父亲生气，赶紧改口："八王爷，不管怎么说，皇上这事处理得有点不公平。您快去上殿见驾吧，就看您的了。"

此刻八王来到殿上，上前启奏道："陛下，人人皆知杨家将是忠臣，杨七郎虽然违抗了旨意，私自上台打擂，但毕竟是年幼无知，望陛下饶过他们这一次。"宋太宗一听这话不高兴了："皇侄说哪里话？如果仅仅是抗旨不遵上台打擂，朕倒是可以宽恕他年少轻狂。可他打死潘豹，杀人自当偿命。"八王一听，心中暗笑，我正等着你这句话呢。"陛下，如此说来，就更不应该杀杨继业父子了。""这是为何？""陛下，三天前，我曾向您禀报过潘豹在擂台上打死人的事。您当时说，擂台比武拳脚无眼、死伤不论，到了疆场之上，辽兵辽将的兵器可不长眼。您是不是说过这话？"这一下把宋太宗给问住了："啊，这……"

就在这个时候，铁鞭王呼延赞怒气冲冲走上殿来："陛下，我听说七郎打死潘豹，您要杀他？""正是。""陛下，七郎不该杀，潘豹在擂台上打死多人，这才惹怒了七郎，他打死潘豹是为民除害。"说着，呼延赞递上了奏章。皇上打开一看，原来都是潘豹在擂台上行凶伤人的证据。"启禀陛下，这些都是事实，证人我都找到了，您要不信，可以亲自询问。"

宋太宗还在犹豫之时，平东王高怀德、平西王高怀亮、开国王曹彬等人也来到了殿上，"各位爱卿，你们怎么都来了？""陛下，臣等听说要杀杨家父子，特来求情。"皇帝一看这阵势，有点心虚。这郑王的打王鞭和八王的王命金锏，都能打自己。而平东王高怀德是自己的姐夫。其他几个王爷，也都是跟着太祖赵匡胤打天下的老臣。真要把这几个人得罪急了，他的皇位都坐不稳。

潘仁美在一边看得真切，他想："看来，我儿子的仇今天是报不了啦！"他眼珠一转，走上几步："万岁，老臣也向您求个情，饶了杨继业父子。"此言一出，宋太宗和各位王爷都是一愣："你也要为杨家父子求情？""陛下，老臣刚才是疼儿子疼糊涂了，现在想起来，我儿打死人命有错在先。杨延嗣他年少气盛，打抱不平，失手打死我儿，也算是情有可原。请陛下宽恕老令公与杨延嗣的死罪，至于杨继业管束不严，导致杨延嗣抗旨，私自上台打擂，这个罪过不大。陛下不妨将他们贬出京城，来日立功之后再召回也就是了。这样一来既保全了杨家父子，又不乱了朝廷法度，不知陛下意下如何？"

宋太宗一听，心里高兴："太师深明大义，实在令人敬佩。既然如此，就依众王与太师所请，把杨继业父子带上殿来。"

不一会儿，杨继业父子来到殿上。宋太宗说道："杨继业、杨延嗣，看在众王爷和潘太师给你们求情的份上，免去你们的死罪！杨继业教子无方，贬为应州指挥副使，三日内离京，八个儿子随同前往。此后望你严加管束，莫令杨家蒙羞。""谢陛下。"

老令公领旨谢恩，带着七郎下了金銮殿，谢过众王，回到家中，把金殿上的事情一说，佘赛花点点头："虽然陛下的处置有些偏私，但毕竟保住了你父子性命。八个儿子随你去应州，那里临近边境，也好让他们有机会到疆场上为国效力。京城这边，家中有我照料，你不必多虑。"

老令公收拾两日，第三天便带上八个儿子离开京城，前往应州上任。应州指挥使杨雄向来敬重杨家将，在府上摆下酒席为令公父子接风，还把自己的儿子杨兴叫出来，与令公等人相见。杨兴这孩子性格憨直，不但老令公喜

39

杨家将传奇

欢他，杨延平他们兄弟八个也拿他当自己的弟弟看待。就这样，杨继业父子九人在应州暂且安下身来。

这边杨家父子走了没几天，那边边关的连环告急文书就送到了宋太宗的案头。报说辽军来势汹汹，边关失守，主将阵亡。朝廷再不出兵，辽国大军就要深入腹地了。宋太宗一看，赶忙召众臣商议，准备御驾亲征①。潘仁美看见机会来了，上前启奏说："陛下，臣子潘豹虽然已经身亡，但老臣愿为主分忧，带兵出征。"宋太宗非常高兴："既然太师肯为朕分忧，那就辛苦太师了。"

于是宋太宗传下圣旨，七王元侃、开国王曹彬、汝南王郑印留守京城，由潘仁美为兵马大元帅，铁鞭王呼延赞为先锋，平东王高怀德、平西王高怀亮、长胜王石延超一同随军出征。天子御驾亲征，宋军士气高涨，加上呼延赞、高怀德等人也都是有名的大将，一路上三战三胜，不仅把辽兵赶出了边关，而且还杀到了辽国境内。

这一天，先锋呼延赞率兵杀到了辽国重镇幽州城下。奇怪的是，城上并没有一个辽兵守卫，仿佛幽州是一座空城。呼延赞暗想："难道辽兵真被我们吓破了胆，这么大一座幽州城就拱手让给我们了吗？"于是他派人前去侦查。不一会儿，探马回报："报王爷，幽州城内并无一个士兵，确是一座空城！"

要知道宋军能否顺利进驻幽州城，我们下回再见分晓。

---

① 御驾亲征：皇帝亲自带兵出征。

第十回 宋太宗幽州受困
高怀德兄弟捐躯

上回说到宋太宗御驾亲征，宋军士气高涨，连战连胜。先锋大将呼延赞率军杀到了辽国重镇幽州城下，探马报告说幽州城内并无半个辽兵。呼延赞见状，不敢自作主张，赶紧派人向宋太宗和元帅潘仁美禀报。

潘仁美一听大喜："传我的命令，进城！"平东王高怀德是久经沙场的老将，他一听，赶紧劝阻："元帅，幽州是辽国的重镇，我们贸然进城，恐怕会中敌人的奸计啊。""老王爷不必担忧，如今我军士气正盛，辽军已经被吓破了胆，哪里还有什么诡计，你我只管放心进城！"宋太宗也点点头："太师言之有理，近日以来，我军势如破竹，想那辽国兵将定然望风而逃，而且我军连日赶路，如今正好进城休整几日。"

高怀德一看皇上都点头了，也不好硬去阻拦，但他思来想去，还是有些不放心，于是说："既然皇上和元帅都打定主意要进驻幽州城，我愿带一支人马驻扎在城外。万一有变，也好里应外合，互相照应。"于是，高怀德、高怀亮兄弟两人带了三万精兵，在幽州城外安营扎寨。潘仁美率领大军，会同铁鞭王呼延赞、长胜王石延超，还有平东王高怀德的儿子高琼一起，保护着皇上和八王，浩浩荡荡开进了幽州城。没想到刚到半夜，就听到幽州城外面炮声震天，大家陪着皇上登城一看，只见城下黑压压一片，不知有多少人马，

41

杨家将传奇

把幽州城包围得水泄不通。

再说高怀德、高怀亮驻扎在城外。半夜的时候，副将闯进帐中："二位王爷，大事不好，辽军已经把幽州城团团围住，另外又有一支辽军向我们杀来！"两人大吃一惊，赶紧上马迎敌。来到阵前，高怀亮对高怀德说："兄长你压住阵脚，我先去杀他一阵。"说完一抖亮银枪，催动战马，冲上前去。来到敌将面前，高怀亮高喊一声："我乃大宋平西王高怀亮是也，对面辽将报上姓名！""我乃辽国大将耶律斜轸，你们皇帝中了我们元帅之计，已被围在城中，插翅难逃。你们还不下马投降？"高怀亮大怒，挺枪就刺，杀了几个回合，耶律斜轸看自己不是对手，虚晃一刀，败下阵去。高怀德在后面一看辽军主将败了，于是命令："全军追击，冲开一条路，打破幽州城的包围，救出皇上。"但是追了没几里地，忽然侧后方有一支人马杀来，前面耶律斜轸也返身杀回，把宋军团团围住。

高怀德、高怀亮两人一看，中了敌人的埋伏，共同商量说："今天恐怕是冲不出去了，咱们和辽军拼了吧！"兄弟俩各率一支军马，一个向前，一个往后，拼命厮杀，一直杀到天亮，宋军死伤惨重。高怀亮筋疲力尽，被耶律斜轸一刀砍于马下。高怀德身中数箭，眼看杀不出去，长叹一声："我兄弟自追随太祖皇帝起兵以来，身经百战，今天到了以死报国的时候了。"于是这位老王爷又和敌人拼杀了几十个回合，在刺死数名辽兵之后，拔出他的宝剑，自杀殉国。耶律斜轸见驻扎在城外的这支军队已经被彻底击垮，于是收兵回营，向中军元帅韩延寿交令。

第二天早上，韩延寿在幽州城下摆开阵势，派人到阵前喊话，请宋朝皇帝相见。宋太宗带着赵德芳、潘仁美等人来到城头，手扶城墙往下一看，辽军兵强马壮、声势浩大。他故作镇定，对着城下问道："你等要见朕，有什么话要说?"韩延寿在城下高声答道:"如今你们君臣被我困在这幽州城内,插翅难逃,城外的宋军也已被我军击溃,两员主将被杀,你们还不快快投降?"宋太宗一听,大吃一惊:"什么?平东王、平西王都阵亡了?""不错,那两位老王爷已经阵亡,我敬重他们都是英雄,所以厚葬了他们。你如果能赶紧写下降书顺表,把大宋的江山分给我辽国一半,此后年年进贡、岁岁称臣,我就放你们一条生路。"

"我们要是不投降呢?""不投降?左右将官!""在!""准备攻城!"眼看着辽军大队人马就要涌上来,八王赵德芳急忙在城头上大喊一声:"且慢!韩延寿,写降书顺表,割让疆土,这都不是小事,容我们几天时间仔细商议。如果现在就逼我们表态的话,那么你尽管攻城,我们拼个玉石俱焚!"韩延寿听罢点了点头:"说得有理,既然如此,我就给你们十天时间!"

宋太宗下了城头,和众臣商量对策。八王说:"杨家将忠心报国,又个个英勇善战,调他们前来救驾才是上策。"宋太宗眉头紧皱,叹了一口气:"要说调援兵来,杨家将当然是最好的人选。可是前些日子朕差点斩了杨继业跟杨七郎,后来又把他们父子九人贬到应州,现在想起来,实在是愧对杨家父子。我怕他们心里有隔阂,对朝廷不满,不愿奉召前来啊!"八王心想:"你现在知道对不起杨家将了。"他又继续劝解道:"陛下无需多虑,老令公深明大义,不会因为个人恩怨对此等家国大事坐视不理。我们现在需要考虑的,是派谁杀出城去应州求救兵。"

宋太宗看了一眼两边的武将,正犹豫不决,长胜王石延超建议说:"陛下,要论武艺,呼延王爷和高琼小将军最高,但呼延王爷作战经验丰富,更适合留守城池,巡查防务。高琼小将军年轻体力好,适合冲出去。"于是宋太宗下定决心派高琼突围,去应州找杨家将来救驾。高琼顶盔掼甲,骑上战

43

杨家将传奇

马，带好干粮趁着夜晚辽兵不备，悄悄打开城门，突然杀出。辽兵没有防

备，顿时一片混乱。趁这个机会，高琼摆开银枪，就冲进了辽军营内。

高琼此去能否顺利突出重围，请来杨家将解困？我们下回再见分晓。

第十一回 高君宝应州求救 杨七郎独闯幽州

上回说到宋朝君臣被辽国大军包围在幽州城中，宋太宗派高琼去应州传旨，召杨家将来救驾。当天晚上，高琼趁夜色从南门杀出，遇到辽兵辽将拦路，他摆开银枪左挑右刺，兵来杀兵，将来杀将，只杀得辽兵纷纷后退。眼看着就能杀出一条血路，突然迎面一员大将拦住去路："宋将哪里去？左军元帅萧天佐在此！"

高琼一听，不由倒吸了一口冷气，他知道萧天佐是辽国有名的大将，武艺高强，但此时也容不得多想，他只得催马上前，摆枪就刺。萧天佐挥动大斧往外一挡，只听"当"的一声，高琼这一枪被挡在圈外，高琼一想："此人力大无比，不能硬碰硬，我得用快枪胜他。"想到这儿，他招式一变，把手中亮银枪挥舞得如同一团梨花，一枪快似一枪，枪枪不离要害。

高琼的枪法是祖传的，他的曾祖父高思继，是多年前五代十国时期的第一名枪，人称"白马银枪无敌将"，和铁枪无敌王彦章齐名。他的祖父高行周、父亲高怀德也都是一流的武将，再加上他身处绝境，因此更加打起了百倍的精神。萧天佐一看，赶紧挥动大斧护住全身，他想："你的枪法虽然快，但是力气没我大，你这柄枪只要碰上我的大斧，我就能给你震飞了。"高琼也看出了他的心思，于是故意放慢了速度，一枪直刺萧天佐咽喉。萧天佐心

45

中高兴，铆足了力气，挥起大斧一个"海底捞月"，想把高琼的枪震脱手。没想到高琼这一枪是虚招，等萧天佐的大斧抡圆了，来不及收回的时候，他的枪迅速往后一收，接着急如闪电般刺向萧天佐的小腹。萧天佐一看，中计了，他拼命一闪身，总算是躲开了要害，但这一枪还是扎在他的大腿上。萧天佐疼得大叫一声，翻身落马。他手下的辽兵辽将一看元帅受伤，顿时慌了，一拥而上，护住了萧天佐。高琼趁这个机会，挥开银枪就往外冲，一直杀到天色发亮的时候，总算是冲出了敌营。这个时候，高琼身上也带了好几处伤，他草草地包扎了一下，就扬鞭催马往应州方向奔去。

高琼知道，救兵如救火，他昼夜不停，没命地赶路，终于在第四天早上赶到了应州。正要进城，迎面来了几个人，高琼抬眼一看，其中一人正是七郎杨延嗣，他可高兴了，催马正要上前说话，突然一阵天旋地转，从马上摔了下来，昏迷过去。七郎一看对面的人从马上摔下来了，赶紧跳下马来，走到近前一看，竟然是高琼。他不由大吃一惊，赶紧安排人把高琼送回去。等高琼睁开眼一看，老令公和杨家八个兄弟都围在身边，他翻身下床，跪在地上就哭了："叔父，我们中了辽兵的空城计，我父亲、叔叔都阵亡了，现在辽军把幽州城围得水泄不通，皇上和八王让我来搬兵救援！"

"啊！"老令公赶紧站起身来，先安慰了高琼几句，让他留在应州好好养伤，接着转头正准备安排儿子们随自己出发，却不见了七郎。这时候杨兴跑了进来："父亲、伯父，我七哥单枪匹马说要去幽州救驾，我拦不住他，他已经走了。"

原来杨七郎听说皇上被困在幽州城中，调他们父子去救驾。他想："这次父亲和哥哥弟弟们一起被贬到应州这个地方来，完全是我惹的祸，这一次我得早点赶去，立下战功，好让我们全家回京团聚。"想到这儿，他骑上自己的乌骓马①，提起虎头湛金枪，就要去幽州城救驾，迎面正好撞上杨兴。

"七哥，你要去哪?""去幽州城救驾!"杨兴一愣:"你不和杨伯父他们一起?""他们要点齐人马才能上路，走得太慢，我先走一步，去立个头功。"说完催马就走，杨兴也拦不住他，只好赶紧来找令公报信。杨继业听了一跺脚，心想:"这孩子怎么不打招呼就跑了呢?"他赶紧对大郎说:"你七弟一个人去幽州救驾，孤掌难鸣，你们兄弟赶紧带上几百骑兵紧追在他后面，我带八郎率大军随后就到。"杨延平答应一声，跟几个兄弟匆匆去了。

再说杨七郎，立功心切，催动乌骓马，一路狂奔。走了三天多，就来到了幽州城南门外的连营边上。辽兵看他单骑闯营，呼啦啦冲上一群人，把他团团围住，杨七郎也不在乎，挥起他的长枪，如同猛虎下山一般，把阻拦他的辽兵杀得是鬼哭狼嚎。这时候就有人飞报给萧天佐:"报左军元帅，有一员宋将杀进营来!""带了多少人?""就他一个!""啊?"萧天佐一愣，他有伤在身，不便行动，于是一边派人往韩延寿的大营报信，一边派手下的大将耶律黑去拦截。

此时杨延嗣已经杀出重围，来到了幽州城南门外。耶律黑远远看见杨七郎一杆枪如入无人之境，杀得辽兵四散逃窜，不由大怒，挥舞他那60斤重的狼牙棒迎上去:"宋朝小将休走，辽军大将耶律黑在此，快快报上名来。"杨七郎毫无惧色，把枪一抖:"我乃杨令公之子，杨延嗣是也。"耶律黑一听是杨家将，心里也有些打鼓，硬着头皮打马上前:"杨延嗣，你好大的胆子，敢单枪匹马闯我辽军连营，拿命来吧!"说着，一个"泰山压顶"，狼牙棒直奔七郎头顶。七郎举枪一挡，反手一枪直刺耶律黑前胸。耶律黑赶紧一闪身

47

---

① 乌骓（zhuī）马:黑马，通体乌黑，油光放亮，唯有四蹄雪白。出自《西汉演义》，楚霸王项羽的坐骑，号称"天下第一骏马"。

躲开这一枪，狼牙棒横扫杨七郎上身，这一棒要是扫上去，七郎就得被打成两截。结果一棒过去，杨七郎不见了。耶律黑不由一愣。忽然，又听杨七郎大喊一声："看枪！"说时迟那时快，长枪已经到了耶律黑的眼前。原来七郎刚刚一个"镫里藏身"，躲到马肚子下面去了，他躲开这一棒，翻身上马，大吼一声，湛金枪直奔耶律黑咽喉，耶律黑来不及招架，被一枪挑于马下，当场毙命。大将阵亡，辽兵更乱套了，纷纷大喊："杨家将来了，快跑啊！"

杨七郎来到了幽州城的南门之下，高喊开门。这几天，幽州城里潘仁美、呼延赞、石延超他们三个人轮流在城头防守。这天正好轮到潘仁美守城，杨七郎跟耶律黑大战的时候，就已经有人跟他报告："元帅，救兵来了！""来了多少兵马？""现在就一个！""胡说，一个人怎么算救兵！你们看清楚是什么人了？""回元帅，是七郎杨延嗣。"潘仁美一听，心想："一定是这小子立功心切，偷偷先跑过来了，我正好借辽军之手宰了你，给我儿子报仇。"想到这，他叫过自己的心腹部将张彪，低声嘱咐了几句，接着转身溜了。这时候七郎正在城下叫门，张彪探出头来高声问话："城下是何人叫门？""我是杨延嗣，来幽州救驾，快快开门放我进去。""哎呀，原来是七公子到了，请恕末将无礼，这城门不能给您开。""为什么？""七公子您也知道，现在辽军把幽州城围得水泄不通，皇上八王都在城里，所以除非潘元帅下令，否则谁也不敢开城门啊。""啊？"七郎听了不由一愣。

要知道杨七郎能不能安全入城，我们下回再见分晓。

第十二回 潘仁美公报私仇 杨七郎力杀四门

上回说到七郎杨延嗣先行一步，到了幽州城下，在南门枪挑辽军大将耶律黑，但潘仁美公报私仇，不给开门。七郎心眼实，听张彪说得客气，就问："那潘元帅去哪儿了？""刚才我没留神，他好像是奔东边城门去了，要不七公子您辛苦一趟，转到东门去找他？""行！"七郎答应一声，又飞马往东门杀去。

杨七郎刚刚杀到东门，就看见对面有一员大将，带领一队辽兵拦住了他的去路，此人正是辽国的前军元帅耶律休哥。耶律休哥催马上前："杨延嗣，你好大的胆子，敢单枪匹马闯我连营，看你往哪里走！"两人正要交手，就听后面有人喊："不劳元帅亲自动手，看末将擒他。"耶律休哥回头一看，是大将土金秀，于是他点点头："杨家将个个武艺高强，你要小心应付。""是！"土金秀答应一声，挺枪直奔七郎杀来。

杨七郎心想："如今敌众我寡，我得速战速决。"看土金秀一枪刺来，他在马上一侧身，躲开这一枪，接着他的虎头湛金枪就直奔土金秀面门，这一枪又快又急，土金秀再用枪挡已经来不及了，赶紧一低头，结果躲得稍稍慢了一点，被一枪挑落了头盔，头皮上蹭出一道伤痕，土金秀心惊胆战，拨马逃回本阵。杨七郎正要追，另一员辽军大将杀了上来："大将麻里吉在此，

49

杨家将传奇
杨

杨延嗣休走。"说着，一挥金背大砍刀向七郎砍来，七郎举枪往外一架，接着右手一压枪头，左手握枪杆往前一推，直刺麻里吉的小腹，麻里吉还没反应过来就被一枪刺穿小腹，疼得他大叫一声，摔下马来。

耶律休哥惊道："好厉害的杨家将！"他知道自己不是七郎对手，赶紧一招手，众辽将一拥而上，把七郎围在核心，杨七郎毫无惧色，紧一紧手中枪，犹如猛虎下山，接连挑死了五六员辽将，这一下辽营的兵将个个心惊胆寒，都怕七郎奔着自己来，不知不觉就闪出了一个空隙。七郎一看，此时不走，更待何时，赶紧打马就走，一口气直奔幽州城的东门。

到了城门下，七郎一抬头，城上站着张彪，他满脸堆笑："七公子，实在对不起，刚才是我看错了，潘元帅没来东门，而是去北门了。您再加把劲，去北门找他吧，我这就赶去北门，让他在那等您，您看可好？"杨七郎是个吃软不吃硬的性格，看着张彪语言谦恭，也不好多说什么。"你快去北门，让潘元帅等我，这次可不能再出差错了！""是是是，您只管放心，我这就去北门。"说完，他一溜小跑，下了城头。杨七郎一看，没办法，还得杀去北门，于是他紧了紧马鞍，晃晃身子，舒活了一下筋骨，又奔北门而去。

负责围困北门的，是辽国的右军元帅萧天佑，他和左军元帅萧天佐是兄弟，两人都用大斧，此刻他正坐在帐中，就有人进来报信："启禀右军元帅，有一员宋军小将，自称是杨七郎，正向我们北门杀来。"萧天佑一愣："宋朝的援军应该从南边来，他到我们北门干什么？""我们也不知道，他的确是从南门杀来的，还刺死了耶律黑将军，不知道为啥他没有进城，然后又杀奔东门，刺伤刺死了土金秀、麻里吉两位将军，杀败耶律休哥元帅，但他还不肯进城，又杀奔北门来了。"

这一番话，听得萧天佑心头火起："这员宋将欺人太甚，居然连杀三门，不让他见识见识厉害，他还真觉得我们辽国无人了。"他提斧上马，冲到营外，正好遇到杨七郎杀过来，萧天佑大叫一声："来者何人，敢来我北门送死？""我乃金刀令公杨继业之子杨延嗣，特来幽州城救驾！"萧天佑点了点头："都说杨家将忠勇无敌，今日一见，名不虚传。但你为何放着南门不进，连杀我三门？"七郎一笑："直接从南门进城太容易了，我想挨个门看看，你们这些辽兵辽将都是怎样的废物。"这可把萧天佑气坏了："大胆的杨延嗣，

杨家将传奇

杨

你休要目中无人，今天咱俩一对一交手，你要胜了我，我就不再拦你！"七郎一听："一言为定，但如果我一枪把你挑死了，你手下人找我报仇，这怎么算？"萧天佑听了大笑："你好大的口气，不过你放心，我说话算话。"于是，他回过头去传令："我和杨延嗣交手，你们不许帮忙，万一我败在他的手下，到时候不论我是死是活，你们都不许拦他，违令者，斩！"说完，他回过身来，大斧一挥，"杨延嗣，你接招吧。"

萧天佑也是辽国有名的上将，一柄大斧，上下翻飞。杨七郎挥起虎头湛金枪，和萧天佑大战了三十多个回合，未见胜负。七郎心想："不行，我独闯连营，久战不利。有了，我用呼延王爷教我的那一招。"这一说已经是几年以前的事了。呼延赞和老令公是生死之交，六郎、七郎和呼延赞的儿子呼延丕显也交情深厚。有一次七郎到呼延赞家找呼延丕显练武，呼延赞就点拨了他两招，教给了七郎"枪里夹鞭"的用法。七郎学会这招以后，一直没机会用上，今天在这个关键时候他想起来了。

趁着二马错镫的时候，七郎抽出钢鞭，对准萧天佑的后背，狠狠就是一下。萧天佑也不是等闲之辈，他听到铁鞭抡起的风声，知道不好，赶紧使了一招"苏秦背剑"，把大斧往后背上一挡。这一鞭就没实打实地砸在身上，而是先砸在了斧杆上，这就等于缓冲了一下。但就算这样萧天佑也受不了，他一张嘴，吐出一口鲜血，逃回本阵。刚刚回到阵前，就摔下马来，昏死过去。因为此前他已经下了将令，如果自己输了，其他人不准跟七郎动手，于是辽兵辽将只好簇拥着昏迷不醒的萧天佑退回营中。

这时候张彪已经来到了北门的城头，眼看着七郎到了北门大喊"开门"，他也没得编了，硬着头皮来到城头边上："七公子，实在对不住，我们家元帅又去西门了。""什么？"这时候杨延嗣是真觉出不对来了，"你老实跟我说，是不是潘仁美这老贼想公报私仇？"张彪心想："是这么回事，但我也不能实说啊。""七公子，小人实在是没办法，元帅不在，我也没权力开城门。""行了，你也不用多说，我去西门找他。"说完，七郎催动胯下乌骓马，杀奔西门而去，他要力杀四门，会斗辽国元帅韩延寿。

要知七郎此去是否有危险，会不会遇见韩延寿，我们下回再见分晓。

杨家将传奇

第十三回 杨延嗣连斩三将
韩延寿大战七郎

上回说到杨七郎鞭打萧天佑之后，还是不能进城，于是又杀向西门。他还没到城边，就听得三声号炮响起，抬眼一望，辽兵辽将已经摆好了阵势，这会儿的阵容和前面三门大不相同。中央一面大旗写着一个韩字，旗下一员大将，头顶八棱金盔，身穿金丝锁子甲，胯下一匹枣红战马，手持一柄五股烈焰托天叉，在他两侧，几十名辽将一字排开，杨七郎心想，中间这人，应该就是辽国的中军元帅韩延寿了。

杨七郎刚闯营的时候，就有人报告给了韩延寿，因为杨七郎是单枪匹马，所以他也没在意，结果过了一个多时辰，耶律休哥派人来报，说杨七郎从南门杀到东门，如今又转奔北门去了。这下可把韩延寿给搞糊涂了，又过了一会儿，北门有人来报，右军元帅萧天佑被打得口吐鲜血，昏迷不醒，杨七郎又杀奔西门来了。韩延寿也火了，他不知道这是潘仁美故意陷害杨七郎，心想："好你个杨延嗣，也太目中无人了，我倒要看看，你有多大的本事！"于是，他带上自己本部二十四员大将，列队迎战。

到了阵前，他一看对面杨七郎，手提虎头湛金枪，胯下乌骓战马，威风凛凛，不由暗暗称赞。正想亲自上去迎战，旁边大将梁天霸说话了："元帅且慢，待末将前去会会他。"韩延寿点点头："此人武艺高强，萧天佑元帅都败在他的手上，你可要多加小心。""是。"梁天霸冲上前去，挥棍就打，七郎举枪架开，两人打了五六个回合，七郎看准对方一个破绽，飞起一枪，刺穿了梁天霸的咽喉。韩延寿一看，杨七郎果然厉害，手下的大将在他面前居然走不了十回合，怪不得他敢力杀四门呢。这时候，又一员辽将挥双鞭冲了出去，来到杨七郎面前，双鞭一抡，向七郎头顶砸去。七郎一看双鞭砸过来了，他一抖大枪，用了个一打二拨三平杆的招数，分开了对手的双鞭，同时他的长枪直接扎进了这位辽将的心口。还没等七郎的枪拔出来，又有一名辽将飞马杀到，大刀直劈七郎头顶，七郎赶紧一闪身，大刀落空，也不等这辽将收刀，七郎就抽出铁鞭，把他打落马下。

杨七郎一个上午力杀四门，这一会儿，又在片刻之间连杀三员辽国大将，直杀得辽国兵将人人心惊、个个胆寒，从此以后听到杨七郎的名字就打哆嗦。

韩延寿一看，决定自己出马了，于是他手提托天叉，来到阵前。他对着杨七郎一拱手："七公子，杨家将忠心报国，名不虚传，但是宋王昏庸无道，偏听偏信。你在天齐庙打死潘豹，本来是为民除害，结果那昏君却要把你们父子开刀问斩，要不是有几位王爷求情，你们早就身首异处了。这样无道的昏君，你们保他干什么？如果你们杨家愿意归顺我们大辽，我韩延寿情愿让出元帅之位。"杨七郎一瞪眼："你少在这给我说废话，这些年来，你们辽国屡次侵扰我大宋边境，让我们宋朝的百姓遭受了多少苦难！我告诉你，只要我们杨家将还有一人在，就绝不容你们猖狂！"七郎这一番话，把韩延寿气得够呛："杨延嗣，既然你不识好歹，就别怪我手下无情！"说着，他举起托天叉，直刺七郎心窝，七郎举枪一挡，两个人就杀在了一处。

七郎已经冲杀了整整半天，而韩延寿这边是养精蓄锐，十几个回合下

55

杨家将传奇

来，七郎就支撑不住了，身上一阵阵地冒汗，双臂也在打哆嗦。就连韩延寿也看出来了："杨延嗣，你体力不支，已经不是我的对手了，还不早点下马投降？""你做梦！""既然你这么不识抬举，那就别怪我不客气了。"韩延寿说完，摆开他的五股烈焰托天叉，直奔七郎面门，七郎知道韩延寿力气大，没敢用枪硬挡，在马上一闪身，想躲开这一叉，但他实在是疲惫过度，这一闪身的工夫，突然眼前一黑，一头栽下马来。韩延寿举起托天叉，就要往七郎身上刺，就在这个时候，忽然一支利箭直奔他的面门，他赶紧一闪身，躲过了这一箭，再抬眼一看，一员老将冲到他的面前："韩延寿小儿，你休得猖狂，铁鞭王呼延赞在此！"

呼延赞怎么来了呢？世上没有不透风的墙，杨七郎力杀四门这么大的事，很多人看不下去，都明白这是潘仁美公报私仇，就有人悄悄地把这信儿传到了八王赵德芳那里。八王一听大吃一惊，赶紧去找宋太宗，他把事情一说，宋太宗也着急了："快让呼延赞和石延超两位王爷去西门，把七郎接进来。"两位王爷带上几千精兵，一口气奔到西门，正好赶上七郎落马，石延超赶紧放了一箭，呼延赞接着就冲上去拦住了韩延寿。打了十几个回合，呼延赞一看，石延超已经把杨七郎救了回去，知道自己不能恋战，于是虚晃一鞭，拨马就走。韩延寿正要下令全军追击，忽然就听到自己的营中一阵大乱，他一回头，看到一支军队从他背后杀来，大旗上写着一个"杨"字，为首的几员大将，个个手持长枪，把自己手下的辽兵辽将杀得是抱头鼠窜。韩延寿正在吃惊，一员白袍银甲的将军已经杀到，提枪直刺他的面门，马快枪急，韩延寿再想用招架已经来不及了，他赶紧使了个"凤凰大点头"，躲开了要害，但是头盔被一枪挑落，他吓得心惊胆战，再看自己的大营已经被冲乱，匆忙败下阵来。

原来，杨延平他们几个人担心七郎出事，所以带着几百骑兵日夜兼程往幽州赶路。杀到西门的时候，正好赶上呼延赞、石延超救起了七郎，韩延寿正要追杀，兄弟几个赶紧率领军队杀过去，六郎杨延昭马快枪快，冲在前头，一枪挑落了韩延寿的头盔。呼延赞在城下看得清清楚楚，也趁机率军掩杀过去，大家齐心合力一阵冲杀，把西门的辽兵杀退了十多里路，才一起收兵回城。宋太宗和八王此刻正在宫中等待呼延王爷他们的消息，潘仁美来了，八王看见他就气不打一处来，可还没来得及说话，潘仁美先跪下了："万岁，老臣请罪来了。"

　　潘仁美如何用花言巧语来遮掩他的罪行？我们下回再见分晓。

杨家将传奇
杨

第十四回 潘仁美杀人灭口 杨家将大战幽州

上回说到杨七郎力杀四门，最后精疲力竭，昏倒在马下，被呼延赞和石延超救起。这时潘仁美就在西门城头上，看得真真切切，他心里一沉："不好，一定是有人走漏了风声，这可怎么办呢？"这时候他一眼看见张彪从北门赶过来，又想："有了，我这么办！"

他把脸一沉，大喊一声："张彪你给我过来！"张彪赶紧走到潘仁美面前跪下说："元帅何事？""你好大的胆子，敢不让七郎进城，害他连杀四门！"张彪不由一愣，心想："这不是你让我干的吗？"他还没来得及回话，潘仁美又接着说："还好七郎没事，万一他有个闪失，我绝不轻饶。"一边说一边给张彪使了个眼色。张彪一琢磨："元帅这是在和我演苦肉计①呢，让我给他顶罪，然后他再大事化小，小事化了把我给放了。行，元帅平时待我不薄，我就替他认了吧。"于是赶紧叩头说："末将一时糊涂，罪该万死，请元帅责罚。"潘仁美一摆手："死罪暂且记下，回头我再收拾你。潘龙！""孩儿在。""把他给我押下去。"张彪一看潘仁美让自己的儿子把自己押下去，就更放心了，两个人一边走一边小声聊天："兄弟，实在对不住，我爹也是迫不得已，

---

① 苦肉计：用故意伤害自己肉体的方式，骗取对方信任，以便借机行事的计谋。

掩人耳目。等会儿到个没人的地方，你赶紧跑，在城里随便找个地方躲几天，风声过去了再接你回来。""没事没事，元帅一直待我不错，我应该的。"

没多会儿，两个人走到一块偏僻的空地上，潘龙就对张彪说："兄弟，现在没人，你快走。"张彪转身正要抬腿，忽然背上一阵剧痛，回头一看，潘龙的剑已经刺穿了他的身体。接着，潘龙一溜小跑回到城头："父亲，那张彪试图逃跑，孩儿情急之下刺死了他，请父亲责罚。"潘仁美假仁假义地叹了口气："他真是糊涂啊，本来我想绑着他去给老令公求个情，打他几十军棍，说不定就算了，他怎么还想逃呢。看在他跟随我多年的份上，好好地安葬他吧。"

潘仁美把张彪灭了口，接下来急匆匆赶去宫里，见着宋太宗和八王，"扑通"一声就跪下了："启禀万岁，老臣有罪。老臣的部将张彪和小儿潘豹是生死之交。我儿死在杨延嗣手上，他一直愤愤不平，结果今天趁我不在，不放杨延嗣进城，逼着他力杀四门。老臣有约束不严之罪，请皇上降罪。"八王一听，心想："你倒好，把责任全都推出去了。"他看了看宋太宗，宋太宗正愁找不到为潘仁美开脱罪责的借口呢，赶紧一甩袍袖："好你个潘仁美，回头自己去老令公那里赔罪，然后朕再发落你！"

再说另一边，杨家兄弟几个进了城，先去看七弟，军中大夫说没有大碍，就是疲劳过度，休养几日就好。兄弟几个这才放下心来，去金殿见驾。宋太宗一看杨家兄弟几个来了，非常高兴："几位爱卿一路上辛苦了，快快下去休息，等老令公率领大军前来，再一同商议破敌之策。"第二天，杨继业和八郎杨延顺率领援军的主力部队来到幽州城，宋太宗见了令公，又喜又愧："老令公辛苦了，这次我们君臣被困幽州城，多亏了你们杨家父子。"接着他又下旨："把潘仁美宣上殿来，向老令公和杨延嗣赔罪！"潘仁美装出一

59

杨家将传奇

杨

副无地自容的样子，来到老令公面前"扑通"一声跪下了："老令公，都怪我管束不严，我的副将张彪故意不给杨延嗣开城门，害得他力杀四门，差点儿酿成大错，我给您请罪来了。"令公赶紧把他扶起来："潘元帅，何必行此大礼，圣人都有疏漏的时候，你何必如此客气。"老令公这是从大局出发，宋太宗听了心里也非常高兴："难得爱卿如此深明大义，从今开始军务由你来主持。"令公赶紧推辞："陛下，万万不可，临阵换帅是兵家大忌，我父子愿意在潘元帅手下效力。"宋太宗一听，觉得令公说得在理，于是也就不再坚持："既然如此，希望你们潘杨两家抛却前嫌，同心协力。""是。"

　　第二天，士兵报告说辽军列队在幽州城北门外挑战，于是潘仁美点齐精兵，和杨家父子一起，保着宋太宗和八王，一同来到城外。辽军这次挑战，是耶律斜轸的主意。他带着本部人马和手下的十几员大将来幽州城外挑战，往对面一看，宋军兵强马壮，杨家将个个气宇轩昂，威风凛凛，不由暗暗抽了一口冷气，认为韩延寿败在他们手下不算冤枉。想了片刻，他回头问身后的大将："你们谁去赢宋将一阵，立个头功？"大将马飞龙应声而出，他手持一柄大砍刀，来到阵前，高声叫喊："宋将快快前来受死！"五郎延德脾气急，看见辽将如此嚣张，勃然大怒，拍马冲出阵来，挥起大斧，迎头就砍，马飞龙急忙挥大刀挡住，杀了七八个回合，马飞龙手里的刀略微慢了一些，被五郎拦腰一斧，砍下马来。马飞龙的弟弟马飞虎看见哥哥阵亡，赶紧提枪冲上阵来，要找杨延德报仇。五郎正要和他交手，背后六郎冲上来："五哥，你下去歇会儿，这里交给小弟。"马飞虎一看，怎么换人了，便问："来者何人？""杨令公第六子，杨延昭！"马飞虎一听，吓了一跳，因为前两天杨延昭一枪挑落了韩延寿的头盔，辽军大营里已经传遍了。他硬着头皮冲上去，和六郎杀了八九个回合，看看不是对手，赶紧败下阵来。老令公在阵前，看已经连胜两阵，于是把令旗一举，大郎二郎率领左路军杀出，三郎四郎率领右路军杀出。耶律斜轸抵挡不住，狼狈逃窜。

接下来几天，宋军几次挑战，辽军就是坚守不出。正当大家都觉得奇怪的时候，忽然，辽国的使臣来到了宋军大营。那辽国使臣进了大帐，恭恭敬敬地送上一封书信，宋太宗拆开信，看了一会儿，不由得满面喜色，把信又递给身边的八王，八王把书信仔细看了一遍，没说什么，把信又递给了潘仁美、令公、呼延赞等人。原来这信是辽国的天庆梁王写的，信上写着：宋国和辽国本来就是君臣关系，我误听了韩延寿的谗言，以下犯上，冒犯天威，现在已经后悔不及，请陛下恕罪。幽州城北五十里外，有一处地方，名叫金沙滩，我已经派人把那里收拾整齐，请陛下在十天后移驾到金沙滩，我们在那里签订盟约，从此以后辽国世世代代接受大宋的册封。

要知道后事如何，我们下回再见分晓。

杨家将传奇
杨

第十五回 金沙滩辽帅定计
双龙会宋王中伏

上回说到天庆梁王派人送来求和书信，宋太宗看大家伙把信都看完了，于是就说："如今辽国的天庆梁王主动写来求和书信，愿意双方罢兵，世代称臣，这是好事，不知道众卿有何看法？"潘仁美上前一步，对宋太宗说："恭喜陛下，全靠陛下的天威，辽国天庆梁王上表求和，从此以后就可以天下太平，百姓安居乐业，不用再受战乱之苦了。"八王赵德芳觉得不对："陛下，辽国反复无常，不能轻信，况且他虽然前几天败了一场，但并没有伤元气，为什么急着求和呢，我看此中必定有诈。"老令公看了信以后也是将信将疑："陛下还是小心一些好，去金沙滩赴会，如果辽兵有埋伏，如何是好？"潘仁美在旁边笑了笑："令公多虑了，就算辽国有伏兵，不是还有你们杨家将吗，如果令公害怕的话，就请你在这里守城，我保护陛下去就行。"令公一听，叹了口气："既然潘元帅这么说，那么我们父子情愿保驾前往。"宋太宗看到群臣再没有反对的，于是就点了点头，对辽国使臣说："回去告诉你家天庆梁王，十天之后，朕与他在金沙滩相见。"

一转眼十天过去了，这天早上，宋太宗坐上御辇①，八王赵德芳陪同，

---

① 御辇（niǎn）：皇帝坐的车。

老令公带着大郎二郎在前，潘仁美带着两个儿子在中军护驾。三郎四郎在左，五郎六郎在右，七郎八郎在后，附带一千精兵来到了金沙滩。金沙滩有一座小城，到城门外迎接的，是辽国元帅耶律斜轸和耶律休哥。两个人对皇上和八王毕恭毕敬，对杨家父子和潘仁美等人也是和颜悦色，就连八王也放下了戒备。但老令公心里却暗暗叹息，他暗想："等会儿进了城，如果打起来，辽兵把城门一关，我们是插翅难飞啊。"进了城又走了一会儿，就看见前面张灯结彩，装饰得非常隆重，挂着一个高高的牌匾，上面写着"双龙会"三个大字，牌匾下站着一人，正是辽国的天庆梁王，他一看见宋太宗的车驾到了眼前，赶紧率领众人跪下："罪臣耶律尚叩见陛下！"宋太宗一看他如此恭敬，心里高兴，亲自下车扶起了天庆梁王："人非圣贤，孰能无过，知错能改就好。"天庆梁王站起身来说道："谢陛下！如今已经过了中午，臣已经派人为陛下准备好了行宫，请陛下先去歇息，明天早上我们再来谈议和之事，您看可好？"宋太宗点点头："好。"

于是天庆梁王退下，宋太宗带着众人去了行宫，进去一看，这座行宫已经打扫得干干净净，准备得非常周到。宋太宗非常满意："看来我们是多虑了，这天庆梁王是真心诚意地想议和。"潘仁美赶紧在旁边奉承："这全是圣上洪福。"老令公心思可没放在这上面，他叫来大郎延平："你带着几个兄弟在行宫外仔细地转一圈，把防卫部队安排好，有什么问题及时来报告我。"然后安排六郎："你带着亲兵在宫里巡查，千万不要让可疑人混进来。"过了一会儿，辽国士兵送来了宴席，老令公不放心，专门让人试了试，看了看没毒，才敢献给皇上和八王。他自己简单吃了几口，就到宫外去巡查防务去了。一出宫门口，正好碰上大郎延平："父亲，宫外都已经安排好了，但是咱们人少，而且外面还有一道城墙，如果辽军真的有埋伏，派人出去送信都

杨家将传奇

难呀。""现在担心这个已经没用了，只盼天庆梁王他是真心投降，传我命令，士兵们轮流守夜，保持警惕，你们兄弟几个今晚都不要睡，也不要脱掉盔甲，以防万一。""是。"大郎退了下去。

三更天的时候，禁军统领刘庆正率领士兵在外面巡查，突然看见远处有一群黑影在往行宫这边移动，他赶紧高声问道："什么人？敢在皇上行宫周围乱窜！"话音未落，一支利箭飞来，正射中他的胸膛，接着箭如雨下，刘庆和这十几个亲兵顿时死于非命。后面的禁军士兵一看不好，一边赶紧回去报信，一边就和冲上来的辽军杀在一处。虽然禁军个个英勇，但毕竟辽兵人多势众，很快，禁军就支撑不住，被迫退到行宫内，凭借宫墙进行抵抗。

原来，这一切都是韩延寿和天庆梁王定下的计策，本来天庆梁王命韩延寿挂帅，带着二十万精兵和萧天佐、萧天佑等人，只想着一鼓作气踏平边关，挺进中原。没想到杨家将赶来救驾，杨七郎力杀四门，把辽军杀得闻风丧胆。听到前线接连传来失败的消息，天庆梁王坐不住了，他亲自赶到军中，和韩延寿商议："贤婿，你觉得下一步该怎么办？""岳父大人，是我大意轻敌了，如今只能智取，不能硬拼了。"天庆梁王点点头："你说得有道理，可怎么智取呢？杨继业深通兵法，不是有勇无谋的人。"韩延寿想了想："我看这样，委屈您给宋朝皇帝写一封信，就说兴兵犯境是我的主意，您现在后悔了，愿意求和，请他到金沙滩来赴宴，我提前调好军队埋伏起来，他只要来了，可就别想走了。"天庆梁王一听大喜："好计，好计！就这么定了。"于是，他写信派人送往宋营，宋太宗不知是计，前来赴约。

就这样，宋朝君臣中了辽兵的埋伏，整个行宫被包围得水泄不通。要想知道宋朝君臣这次如何脱险，我们下回再见分晓。

第十六回 杨大郎代主受难 辽国君箭下丧生

上回说到宋朝君臣来金沙滩赴双龙会，结果中了辽人的计策，半夜无数辽军围住了行宫，禁军指挥使战死，禁军损伤惨重。辽兵偷袭的时候，老令公刚刚被六郎劝进去休息，他隐隐约约听到外面喊杀连天，正要下床，六郎就进来了："父亲，大事不好，辽军已经把行宫给围住了！"老令公长叹一声："果然不出我所料啊，快把你的兄弟们叫来，一起商量对策！"

外面的喊杀声，把宫里所有的人都惊醒了。宋太宗面带惊慌："令公，外面是怎么了？""陛下，我们中了辽人的奸计了。""哎呀，这可如何是好？""陛下您不必担心，容老臣和几个儿子商量对策。"正说着，潘仁美也进来了："陛下，现在辽国的大军已经把我们团团围住，我想请老令公在这里保驾，老臣带着两个儿子先去杀他一阵，探探虚实。"说完他带着潘龙、潘虎，骑上战马杀了出去。

大家听外面杀声震天，过了一会儿，哨兵跑进来报信："辽军把行宫团团包围，潘元帅父子杀进重围，不知去向。禁军正在宫墙边苦战，死伤惨重。"宋太宗紧张得面如土色，八王扶着他去后殿休息了。老令公和几个儿子正在苦苦思索对策，就听外面喊杀声一阵高过一阵，接着"轰"的一声巨响，喊杀声像潮水一样，越来越近。一名士兵浑身是血，冲进来报告："老令公，大事不好，第一道宫墙已被冲破，辽兵已经冲到第二道宫墙了。"七郎抓起他的金枪就要往外冲："既然如此，我们就和辽军拼了。"

"回来！"大郎延平赶紧把七郎喊住，接着对令公说，"父亲，我倒是想出一个办法。我们找一个人假扮成皇上，就说是愿意投降，辽军知道我们投降了，自然不会再继续进攻，防守也一定会松懈，这个时候皇上和八王就可以悄悄地撤出去。"老令公点点头："这倒是个办法，可这是九死一生的事，该派谁去呢？"杨延平笑了笑："父亲，既然我想出了这个计策，自然是我去。""啊？"老令公心里一慌，还没说话，其他几个儿子争先恐后地说话了："大哥自己假扮皇上肯定不行，我假扮八王，随身保护大哥。""我假扮大哥的护卫！""我也去！""我也去！"老令公看着几个儿子，顿时热泪盈眶："此去凶险万分，当初我们父子被贬出京城的时候，你母亲就曾经嘱咐过我，要我好好地照顾你们，如今你们要有个闪失，我有什么脸面回去见你们的母亲和你们的妻子啊！"

杨延平眼圈也红了："父亲，无论是母亲还是您的几个儿媳，也都是深明大义的巾帼英雄。她们都明白，大将既然上了战场，就有可能牺牲。如果能够保皇上脱险，保我大宋江山永固，百姓永享安乐，我们杨家做出些牺牲也是应该的。"老令公强忍泪水，拍了拍延平的肩膀，连说了几个"好"，就再也说不出来话了。

情况紧急，来不及拖延，于是令公请出了皇帝和八王，把刚刚商议的计划跟他们说了一番，宋太宗眼睛也红了："难得你们父子如此忠勇，可寡人实在是于心不忍啊。"老令公向前劝说："陛下，您身上还肩负着大宋的社稷江山，我们杨家只愿大宋国泰民安，这本来就是我们做臣子的责任。"就这样，老令公一边安排皇上和八王准备撤退，一边赶紧派人向外传信，就说宋朝皇帝愿意投降，天庆梁王听说宋朝皇帝愿意投降，非常高兴，下令停止进攻，对宋军的包围也就松懈多了。就在这个当口，老令公杨继业保着宋太宗和八王赵德芳，悄悄出了重围。

另一边，杨大郎戴上冲天冠，披上衮龙袍，登上只有皇帝才能坐的御辇，假扮成宋太宗的模样前去受降，其他七个兄弟带上士兵，假装皇帝的亲卫军，保护在他身边。因为大郎没有穿盔甲，也没有骑马，所以二郎杨延定特意叮嘱众兄弟："等会儿一旦开打，七弟和我负责保护大哥，其他几个人先往外杀，等大哥上了马，穿好盔甲，我们就一同杀出去。""好！"

一行几百人来到受降台前，天庆梁王正端坐在台上。他的女婿，辽国的大元帅韩延寿就陪在身旁。因为这是大事，耶律斜轸、耶律休哥，包括受伤的萧天佐、萧天佑都带伤出席，其他的文臣武将按照顺序坐在两边，一个个喜气洋洋，等着宋朝皇帝亲手递上降书顺表。眼看对面的车马已经越来越近，韩延寿站起身来，走到台边，对着下面高喊一声："宋朝皇帝，我家陛下就在台上，还不快来献上降书？"杨大郎抬头一望，受降台正中坐着一人，衣着华丽，得意扬扬，正是辽国的天庆梁王。他心想："射人先射马，擒贼先擒王。这么多年来，你们贪心不足，犯我边境，杀我子民，今天我就要为那些无辜遇难的黎民百姓和阵亡在沙场上的宋军将士报仇！"想到这儿，他在车中弯弓搭箭，对着天庆梁王就是一箭。

杨家将个个武艺高强，箭法也好，而天庆梁王满心等着宋朝君臣前来投降，一点儿防备都没有，结果被杨延平一箭正中咽喉，大叫一声，栽倒在地，台上顿时一片大乱。韩延寿扶起自己的岳父，定睛一看，这辽国的皇帝已经魂归九天，他又悲又气，对着台下高喊："赵光义，你好大的胆子，竟敢暗下毒手，害死我家陛下？"杨大郎一声冷笑："我家皇帝早已离开这龙潭虎穴，我乃金刀老令公之子，杨延平是也。"周围的辽兵一听是杨家将来了，个个心惊胆战，不觉"哗啦啦"退散到了一边。韩延寿一咬牙："众将听令，把他们团团围住，一个都不许放走，为我们家陛下报仇！"

辽兵辽将听到号令，各举刀枪冲了上来，二郎、三郎、四郎等人也各取兵器，带领着士兵与辽军厮杀起来。杨大郎从车上站起身来，准备下车上马，就在这个时候，一员辽将飞马杀来，一杆明晃晃的长枪直刺大郎前胸。杨大郎手里并无兵器，手里只有那把宝雕弓，急忙挥弓隔开长枪。这员辽将正要再刺，七郎杨延嗣已经赶了过来，只见他手中枪快如闪电，直奔辽将前胸，对方还来不及躲闪，就被他挑于马下。还没等七郎圈回马来，又有一员辽将赶到，一刀劈向大郎，杨延平再次用弓一挡，只听"咔嚓"一声，弓被砍为两截。就在这危急时刻，二郎杨延定赶了过来，一枪正中辽将后身心。接着他把大郎的马牵了过来，正要招呼大郎上马，前面又有两名辽将各举刀枪扑了过来，杨延定又和他们杀在了一处。

这时候七郎拨马回来："大哥你快上马。"话音未落，又有一员辽将冲过来，手中狼牙棒直奔杨延平头顶，七郎赶紧举枪拦住。此时大郎已经下了御辇，正准备飞身上马，没想到背后又杀来一员辽将，一枪直扎杨延平的后心。因为大郎身上没有盔甲防护，结果这一枪毫无阻挡，直接刺透了他的身体。一边的二郎杨延定救护不及，眼睁睁地看着大哥倒下，不由得双目通红，狂吼一声，甩开面前的敌人，冲了过来，只用了一个回合就把这员辽将刺死在马下。他跳下马，扶起杨延平高声呼唤："大哥，你怎么样？"

要知大郎杨延平性命是否得保，我们下回再见分晓。

第十七回 二郎力托千斤闸
三郎捐躯金沙滩

　　上回说到大郎杨延平假扮宋王，在受降台前一箭射死了辽国的天庆梁王，自己也被辽将一枪刺穿了身体。二郎杨延定扶起哥哥一看，他双目微闭，气若游丝，一看就知道已经不行了。这时候，其他几个兄弟也围了过来，杨延平努力睁开眼睛，看了看几个弟弟，强撑着最后一丝力气，用虚弱的声音说："兄弟们，我已经不行了，不要管我，你们赶紧走，以后，爹娘，还有大宋江山，就靠你们了。"话刚刚说完，一歪头，气绝身亡，为大宋江山流尽了最后一滴血。

　　众兄弟悲痛万分。二郎杨延定最先冷静下来，他想："如今大哥不在了，我必须带着兄弟们冲出去。"于是高声叫道："兄弟们，大哥的仇将来再报，现在都跟着我往外冲。""那大哥的尸体怎么办？"二郎一咬牙："带不走了，先顾活的。"他从地上捧起一把黄土，撒到了大郎身上。接着翻身上马，带着六个弟弟往外杀去。一将拼命，万将莫敌，特别是五郎和七郎，这两个人在兄弟八个里面性子最急，又最重感情，此刻都已经是红了眼，把辽兵杀得鬼哭狼嚎。

　　眼看着他们兄弟一行就杀到了内城的城门边上，却听城门嘎嘎作响，千斤闸正在缓缓落下。一旦这千斤闸落下来，他们兄弟除非插上双翅，才能飞

69

出城外。二郎高喊一声："兄弟们让开了!"用力一催战马，他的马长嘶一声，风驰电掣般地赶到了城门之下，接着二郎把大枪挂在马上，双手一举，把那个缓缓降下的千斤闸生生给托了起来。六郎一看，赶紧招呼兄弟们："大家赶快往外冲，这个样子，二哥撑不了多久!"但是一层层的辽兵围上来，杀退一批又来一批，他们有心快走也走不快。杨延定用尽全身的力气托着千斤闸，豆大的汗珠噼里啪啦往地上落，五郎七郎先冲到了城门边上，有心替一下二哥，却也知道二哥肯定不同意，纠缠下去反而浪费时间，于是一咬牙，从二郎身边快速冲了过去，接着三郎也过了城门。

这时候城头的辽军看见千斤闸放不下去了，也不知道是怎么回事，于是抢起大锤用力往下砸千斤闸，这几锤下来，也是好几百斤的力量，二郎的手臂一软，千斤闸就下来了一尺多。二郎一想："还有三个弟弟没出来，无论如何我也不能让这千斤闸给落下来。今天我杨延定就是死，也得等到这几个弟弟出来。"想到这他抖了抖精神，双臂较劲，大吼一声，硬是把这千斤闸又推回去了一尺多。城头的辽兵看见千斤闸不但没落下去，反而上来了，都大吃一惊："什么人，好大的力气!""使劲用锤往下砸，千斤闸放不下去，韩元帅非宰了我们几个不可!"于是城头上的辽兵，铆足了精神，抢起大锤使劲往下砸这千斤闸，震得城门之内"嗡嗡"作响，二郎双臂发麻，两眼充血，但这个时候他已经什么都不想了，只有一个念头——绝不让千斤闸落下来!

这时候，四郎、六郎和八郎也从二郎身边冲出了城门。一出城门，四郎赶紧圈回马来："八弟你先走，六弟，你跟我赶紧用枪支住千斤闸，让二哥出来。"六郎的马才圈回来一半，后面追杀的辽兵就涌上来了，一支飞来的利箭正中二郎延定的肩膀，他再也支撑不住了，不自觉地手一松，这千斤闸

"哐当"一声落到了地上，把他关在了城内，接着三百短剑军一拥而上，举剑乱砍。二郎此刻已筋疲力竭，连站都站不起来了。就这样，为了让六个弟弟冲出重围，二郎杨延定被乱剑砍死在城门之下。

城外，三郎拨马杀回来："你们几个还不快走！""三哥，二哥他……"三郎眼中含泪："我们先走，来日再报仇！"兄弟四个再往前看，五郎、七郎已经不知去向，估计已经杀到了前面，于是他们四个人也杀了上去。金沙滩外面还有大批的辽军，他们如同潮水一般涌了上来，把杨家兄弟几个围在了中间。兄弟几人顾不得多想，挥起长枪就杀了上去，杀着杀着，六郎突然发现八郎不见了，他赶紧冲到三郎、四郎身边："两位哥哥，八弟不见了，是不是落在后面了？"三郎杨延光一听，大吃一惊："不好，八弟年纪小，是不是被围住了，我得赶紧回去救他！"四郎在旁边点点头："这样，六弟你继续往前冲，去找五弟、七弟，我和三哥杀回去，把老八接出来！"

于是兄弟三个，分兵两路，向前后冲杀，三郎、四郎两个人去找八郎。往外冲的时候，他们是哪儿人少往哪儿冲，现在为了找八郎，是哪儿人多往哪儿冲。这时候城内的辽兵正好也追了出来，两个人很快就被辽兵冲散了。三郎心想："八弟是王令公的儿子，他们家就这么一根独苗，无论如何我得把人给救出来，要不然回去没法跟父母交代。"他也不管面前有多少辽兵，一催战马就冲了进去，辽军呼啦啦涌上来几十员战将把他团团围住，三郎毫无惧色，拼命厮杀，接连挑死十三员辽国大将，但辽国的人马越来越多，他杀退一批，又上来一批，自己受了十几处伤，还想硬撑着再往前冲，但他的战马已经受不了了，"扑通"一声摔倒在地，这时候前面尘土大起，辽军的精锐骑兵冲了上来，三郎再想站起来已经来不及了，几千匹战马从他身上践踏而过，就这样，三郎杨延光死在了乱军之中。

杨家传奇
杨

再说六郎他向前冲杀，遇上了七郎杨延嗣："七弟，五哥呢？""不知道，刚刚和我走散了，三哥、四哥、八弟呢？""八弟没跟上，三哥、四哥去找他了！"这兄弟俩一琢磨，其他人是不是都困在里面了？于是他俩又杀了回去。冲杀了半天，他们俩也没看见其他人，还是七郎眼尖："那不是三哥的点钢枪吗？"两人仔细一看，这才勉强辨认出三郎的尸体，已经被踩踏得不成样子了。两个人强忍泪水，继续冲杀，这个时候他们已经整整冲杀了大半天，身上全都带伤，完全没有力气支撑了。六郎一想："不行，就这个样子，别说找其他人了，我们两个也得搭进去。"于是他赶紧招呼七郎："七弟，我们先冲出去！""其他人怎么办？""说不定他们已经杀出去了，咱们走一个算一个！"于是，七郎打头，六郎断后，兄弟两个人又一前一后地往外冲，终于冲出了重围。

走了没几里路，看见前面尘土飞扬，有一支宋军杀到，为首一员老将，金盔金甲，手提一柄金刀，威风凛凛，正是他们的父亲老令公杨继业。原来杨继业保着皇上和八王悄悄地逃出金沙滩，快到幽州城的时候，呼延赞接到前面哨兵报信，赶紧率大军出城接应。见面以后，老令公把金沙滩上的事一说，呼延赞担忧道："延平他们兄弟几个现在处境危险，你快带兵去救援！我来护送皇上和八王回城！"宋太宗也惦记着杨延平兄弟几人的安危，催老令公赶紧去接应。于是，老令公带三万精兵杀回金沙滩，正巧遇见了六郎和七郎，两个人一见父亲，飞身下马，跪在父亲面前放声痛哭。

要知道后事如何，我们下回再见分晓。

第十八回　潘仁美卖国求生　宋太宗追封忠良

上回说到金沙滩一战杨家将伤亡惨重，大郎、二郎、三郎为国捐躯，四郎、五郎和八郎下落不明，只有六郎和七郎杀出重围，在回幽州城的路上遇上了前来接应的老令公。两人一见父亲来了，放声痛哭。老令公一看就知道情况不妙，还没等问话，六郎跪了下来，把在金沙滩发生的一切详详细细地讲了一遍，说着说着又哭了："父亲，我大哥、二哥、三哥、四哥、五哥，还有八弟，全没了，我没能保护好他们，向您请罪！"

老令公一听，昨天还好好的八个儿子，今天就剩下了两个。他一阵心痛，顿时昏死过去，过了好半天才醒过来。他扶着六郎和七郎慢慢站起身来，眼望金沙滩的方向，老泪纵横，连连点头："好，好，好！延平、延定、延光，还有延辉、延德、延顺，你们不愧是我杨家的好儿郎。"

老令公派人送六郎和七郎回幽州城休息，自己带着三万精兵又杀奔金沙滩。他还心存一丝希望，说不定还能遇到一两个下落不明的儿子。可等他赶到金沙滩之后，发现辽兵已经全部撤离了，战场上横七竖八全是尸体。老令公又担心皇上在幽州城有危险，只好带着军队匆匆赶了回去。回到幽州城之后，老令公上殿去见皇帝，刚走上殿，就看见潘仁美浑身是伤，坐在一边。

这潘仁美是怎么来的呢？原来头天晚上，潘仁美带着两个儿子杀出行宫，本来是想趁乱逃脱，但刚冲出去没多远就被辽军团团围住。潘仁美见事不好，赶紧对辽兵高喊："我是宋军主帅潘仁美，要见你们元帅，有要事商量。"带队的辽军将领一听他是宋军元帅，倒也不敢怠慢，就把他和潘龙潘虎带到了韩延寿的帅帐，韩延寿对他也挺客气，一拱手："潘元帅此刻要见我，不知有何指教？""韩元帅，虽然你用计策困住了我们，但是宋朝疆土辽阔，你们不可能派兵完全占领，如果你愿意的话，我倒可以给你做个内应。"韩延寿这才明白过来："原来潘仁美跑这来是投降的。"他最看不起这种贪生怕死的人，但他想了想，觉得潘仁美说得也对，要想入主中原，还真少不了潘仁美这样的人。于是他点点头："潘元帅，如果你愿意做内应的话，我不但能保你今天不死，将来也少不了你的好处。"

第二天早上，金沙滩一场血战，杨家将死伤惨重，但是辽国的皇帝也被杨延平一箭射死。韩延寿回到大帐见了潘仁美，对他说："宋朝皇帝现在已经脱离了险境，我先放你回去，等你回去之后，要想办法削弱宋朝的实力。"就这样，他把潘仁美和潘龙、潘虎放了回去。出了金沙滩后，这父子三个人各自在身上划了几道小口子，然后又涂抹一番，装得伤痕累累，打马狂奔回到幽州城。所以，当令公回来的时候，潘仁美正在殿上陪着皇上说话呢。

宋太宗看见老令公回来，赶忙起身："老令公，大郎他们怎么样了？"老令公跪在殿前，热泪盈眶："启禀陛下，老臣的三个儿子延平、延定、延光，都已经战死沙场，延辉、延德、延顺生死不明，只有延昭、延嗣杀出重围，正在殿外候旨。"宋太宗一听，赶紧把六郎和七郎召进殿来。六郎跪在殿下，把金沙滩的一切又详详细细地给皇上和八王讲了一遍。他一说完，不光是八王，连宋太宗的眼泪都下来了："杨家将满门忠烈，朕实在对不起你们杨家，心里有愧啊！"老令公强忍悲痛，向前一步说道："微臣平日里就教导他们要以国家为重，如今他们虽然为国捐躯，也算是死得其所，陛下您不必难过。"
宋太宗点点头："功高莫过救驾，杨延平替我而死，其他几人也是为国尽忠，
追封杨延平为护天侯，杨延定、杨延光等也都追封侯爵，在汴梁城为他们立
一座庙，纪念他们的大功。老令公这次救驾有功，教子有方，封无佞①侯，
雄州指挥使。杨延昭、杨延嗣封招讨使。在金水河边，修建一座无佞天波
府，供杨家居住，门前设下马碑一块，文武百官从天波府门前经过时，文官
下轿，武官下马，以此表彰杨家的大功。"老令公带着两个儿子向皇上谢恩，
然后退了下去。

又过了两天，宋太宗病了，因为这些天来征途劳顿，又加上经历幽州城
被围、金沙滩被困，也受了不少惊吓，身体实在是撑不住了。于是他和八王
一商量，暂时收兵回朝，杨继业父子也到雄州上任去了。

一晃眼冬去春来，大半年日子过去了，这一天边关又传来了告急文书，
说韩延寿再度起兵进犯边境，原来辽国的天庆梁王死后，他的妻子萧太后主
持政务，这位太后的文才武略不比她丈夫逊色。所以，虽然杨延平射死了天
庆梁王，辽国却并没有出现群龙无首的混乱情况，朝中反而因此上下一心，
再次起兵进犯中原。宋太宗看了告急文书，非常恼火，他想："上次金沙滩
一战的仇还没报，你们自己又找上门来了。"他当即传旨，命潘仁美为元帅，
率军出征。

潘仁美接旨以后，垂头丧气，回到家里，两个儿子迎上去："父亲您怎
么无精打采的，出什么事了?"潘仁美叹了口气："你们两个有所不知，如今
辽国元帅韩延寿又带兵进犯，皇上派我当元帅去边关抵抗。""这不是好事

75

① 无佞（nìng）：不用花言巧语谄媚人，这里称赞杨家将忠诚、正直。

吗？您又能拿到兵权了！"潘仁美一瞪眼："先不说我和那韩延寿有过约定，辽国兵强马壮，咱们三个到战场上去，顶什么用？"潘龙一听笑了："父亲，您是糊涂了。您当元帅，自然得有人当先锋，当先锋必须英勇善战，咱们大宋朝谁最适合当先锋？""你是说让杨继业来当先锋？""没错，让他们当先锋，有了功劳算您的，而且到了军前，在您的手下，要想抓个罪名处置他们，给我三弟报仇也容易。"潘仁美一拍桌子："还是你聪明，就这么办！"

要知道后事如何，我们下回再见分晓。

第十九回　铁鞭王受命监军　宋教练献计害人

上回说到潘仁美听了潘龙的主意，第二天上朝在皇帝面前保举杨继业为先锋，和他一起抵抗辽国入侵。皇帝一想，抵抗辽军，还真得用杨家将，于是就同意了潘仁美的请求，派人去雄州传旨，调杨家父子去边关。

八王知道这件事以后，大吃一惊，赶紧去找宋太宗："陛下，听说这次出兵，潘仁美做元帅，杨继业和他的儿子做先锋？""正是。""陛下，这可万万使不得，杨七郎打死了潘仁美的儿子潘豹，潘仁美的部将又害七郎力杀四门，在前线打仗要是将帅不和，这可不是好事。"

宋太宗一听，有些为难："哎呀，寡人已经发下旨意，再收回来恐怕不好。"八王想了想，对宋太宗说："陛下，我想保举铁鞭王呼延赞去做监军，避免他们两家不和，惹出麻烦，不知您意下如何？"宋太宗一想，觉得呼延赞去合适，就同意了八王的请求。

第二天，皇上把潘仁美和呼延赞都宣上殿来，先嘱咐潘仁美："你和杨家过去有仇，如今已经和解了，这次到了前线，一定要秉公办事，不准公报私仇。"接着又嘱咐呼延赞："你这次做监军，朕给你先斩后奏之权，无论是元帅还是先锋，谁有错你就打谁。""是！"呼延赞高兴坏了，他想："潘仁美，到了前线，你要敢动坏主意，我就让你死在我的铁鞭之下！"

77

杨家将传奇

　　潘仁美回到家中，闷闷不乐。他心想："呼杨两家交情深厚，有呼延赞在旁边盯着，我想害杨家也没办法呀！"三天之后大军出征，潘仁美带着两个儿子，还有呼延赞，一起开赴边关。杨继业父子则从雄州出发，两路人马约定在边关会师。

　　几天后，大军到达边关，潘仁美还是没能想出害杨家的办法。这天，他正坐在大帐里发愁，他的一个心腹部将米教练走上前来，低声问："元帅，我看您近日来愁眉不展，是不是担心呼延王爷监军的事？""你说的没错，我本来打算除掉杨家父子给我儿子报仇，没想到皇上派呼延赞来监军。你有没有什么好的办法？"米教练说："如今我们大军到达边关，辽军必然会来挑战，到时候您派我们几个上战场，先输上两阵，呼延赞见到这种情况一定会亲自出战。他是个有勇无谋的人，很容易中辽兵的埋伏，等他死在辽军手里，您再下手除掉杨家父子，自然就没有人管了。"潘仁美一听大喜，连连称赞："好！好！还是你有办法！"

　　再说辽国那边，韩延寿听说宋朝派杨家父子为先锋，潘仁美为元帅，呼延赞为监军率大军前来。他心想，潘杨两家将帅不和，正是个好机会。于是他一大早就召集众将："如今宋朝援军刚到，我想探探他们的虚实，你们谁敢出战？"大将耶律奚应声而出："末将愿往！"韩延寿一点头："好，就请耶律将军辛苦这一趟了。"

　　潘仁美一看辽军挑战，于是下令："出兵迎敌！"他带着呼延赞、潘龙、潘虎、米教练、刘君其、秦昭庆等战将来到阵前。这时候，就看见对面这员辽将手提开山斧，骑一匹枣红马，身材魁梧。潘仁美回头看了一眼自己的几个心腹部将，问："你们谁愿去立下这头功？"米教练心领神会，一拍战马："我去会会他！"说着，就冲上前去。耶律奚见宋将出马，也不答话，挥起大斧照头就砍，米教练举刀一挡，两人打了几个回合，米教练虚晃一刀，败下阵来。刘君其一看，他装得还真像那么回事，于是也提枪杀上前去。他和耶律奚打了五六个回合，明白了，米教练不是装的，是真打不过人家。他正想败下阵来，结果耶律奚大斧一挥，他躲得稍微慢了一点，头盔和一大块头皮被削了下来，吓得他面如土色，狼狈地逃了回来。

耶律奚连胜两阵，得意扬扬地在阵前叫骂："你们这些宋将都是些无能之辈，赶紧下马投降，免你们一死！"呼延赞一看辽将如此嚣张，气坏了："元帅，我去杀他一阵！"说着就挥舞双鞭冲了上去。耶律奚一看，这员宋将头顶黑金盔，胯下乌骓马，手提一双镔铁鞭，威风凛凛，知道此人不好对付，他定定神，问道："来将何人？""宋军大将呼延赞！"耶律奚一听，倒抽一口冷气，他知道呼延赞是宋朝有名的大将，于是十分小心，举起大斧，与呼延赞杀到一处。杀了二三十个回合，呼延赞一鞭扫在耶律奚的肩膀上，他这双镔铁鞭有五十斤重，打得耶律奚大叫一声，开山斧落在地上，赶紧逃回本阵。呼延赞趁势挥起双鞭追杀过去，把辽兵杀得大败。

回到营里，潘仁美喜气洋洋，对呼延赞说："今天多亏王爷在战场上立下大功，挫了辽国的锐气，长了我军的威风。明天辽军可能还会来挑战，到时候还得指望您。"呼延赞也没多想，一口答应下来："元帅尽管放心，只要辽将敢来，我就让他尝尝我双鞭的厉害。"

辽军那边，耶律奚回到大营，向韩延寿请罪："元帅，宋军大将呼延赞武艺高强，我不是他的对手，回来向您请罪。"韩延寿一挥手："你下去吧，好好养伤。""谢元帅！"耶律奚退下去了，韩延寿又和其他人商量说："呼延赞是宋朝有名的大将，武艺不在杨继业之下，我看我们还是智取为好，不知道各位将军有什么主意？"耶律斜轸坐在椅子上拱了拱手："元帅，呼延赞有

79

勇无谋,明天我们可以假装战败,等他追来的时候,我再带一支人马,从背后杀出,两下夹攻,一定能活捉呼延赞。"

要知耶律斜轸的计策能否成功,我们下回再见分晓。

第二十回　呼延赞中计遭困
　　　　　　杨继业阵前破敌

　　上回说到耶律斜轸定下破敌之策。第二天早上，萧挞赖率军到宋营前，口口声声叫呼延赞出阵。哨兵进去报信："报元帅，辽将又在大营外挑战，指名道姓地要呼延王爷出战。"呼延赞一下子就站起来了："元帅，我去杀他一阵。"

　　潘仁美心里暗暗高兴，他想："辽兵指名让呼延赞出战，这背后一定有诈，呼延赞啊呼延赞，这回你是别想活着回来了。"他一边想着，一边还煽风点火："呼延王爷，辽将敢指名让您出战，说不定真的不好惹，要不您先在营里躲躲？"呼延赞一听更火了："我呼延赞从跟着太祖皇帝打江山开始，到现在也有二十多年了，在战场上从来没躲过，今天不用其他人帮忙，我自己带三千人马出战就够了！"

　　他气冲冲走出帐来，跳上战马，手提双鞭，冲到寨外："来将何人，敢叫我出战？"萧挞赖一看，呼延赞还真来了，他大刀一挥："都说呼延赞英勇无敌，我看也不过如此。这样吧，看在你年纪大了的份上，我饶你不死，你赶紧回大营，换个年轻的来和我交手！"呼延赞更火了，挥鞭就打，萧挞赖急忙接住，打了十几个回合，萧挞赖虚晃一刀，拨马就走。呼延赞一看萧挞赖跑了，于是率军紧紧追赶。追了七八里地，他的副将从后面赶上来把他拦

杨家将传奇
杨

住："王爷，不能再追了！""为什么？""万一辽军有埋伏，怎么办？咱们人少，一旦被围住，大营再没有接应，那我们就得全军覆没呀。"呼延赞一晃

脑袋："你说得对，我被那辽将气糊涂了，传令，快撤！"但这个时候已经晚了，只听他们背后炮声响起，一支人马杀了出来，为首的正是辽国大将耶律斜轸。

呼延赞一看，坏了，中计了。他只好率领军队拼命厮杀，想冲出一条血路，但辽军越杀越多，他的士兵则不断地减少。呼延赞心想："我追杀出这么远，大营里也不派人出来接应我一下，八成是潘仁美没安好心，想借辽兵的手除掉我。"这个时候耶律斜轸手提大刀迎面杀了过来，大叫："呼延赞快快下马投降，饶你一命！"呼延赞大怒，举双鞭直奔耶律斜轸，两个人杀了十几个回合，不分胜负。这时候萧挞赖也赶来助战，呼延赞看自己身边的士兵越来越少，知道不能恋战，于是虚晃一鞭，准备从山间小路杀回大营。这时候，萧挞赖率领辽兵，返身杀回，耶律斜轸的部将贺云龙又率一支人马杀到，三支军马把呼延赞和他手下的士兵团团围住。呼延赞一看自己已经陷入绝境了，只好打起精神，奋力冲杀，但毕竟是寡不敌众，杀了一个多时辰，自己也渐渐没力气了。

就在这个危急时刻，忽然听得杀声震天，一路人马从辽军背后杀来，军中一面大旗写着一个大大的"杨"字。呼延赞一看，心里高兴，知道是杨家父子来了。果然，不一会儿，一员老将手提金刀杀了过来，呼延赞赶紧大叫："老令公，快来救我！"原来杨继业父子镇守雄州，前几天接到圣旨，父子三人赶紧点齐人马往边关进发，这天正好遇上呼延赞被围。贺云龙一看是杨家将，不敢交手，拨马就走。老令公趁势冲到了呼延赞的身边："呼延王爷受惊了。"呼延赞擦擦汗："多亏老令公你来救我，要不然现在我已经是刀

下之鬼了。"这时候，杨延嗣杀退了耶律斜轸，杨延昭杀败了萧挞赖，大家合兵一处回到大营。杨继业安排两个儿子："你们两人先送呼延王爷回营休息，我去见潘元帅。"说完他率兵奔大营去了。

这边潘仁美在大营里正得意，就有人来报告说："呼延王爷中了埋伏，被辽军困住，幸亏老令公及时杀到，救出了呼延王爷，现在老令公已经奔大营来了。"潘仁美一听，心里老大不痛快："好你个杨继业，早不来，晚不来，偏偏在这个时候来。我给你安个罪名，把你斩了算了。"外面又有人来报，说杨继业在帐外求见。潘仁美一点头："传他进来。"

老令公刚刚进了帅帐，还没来得及行礼，潘仁美就一拍桌子："杨继业，你可知罪？"老令公一愣："末将何罪？""前方军情如此紧急，圣上传旨让你火速赶来和我会合，你却迟迟不到，这不是罪又是什么？"杨继业赶紧解释："启禀元帅，我自从接到圣旨，就赶紧前来，只是雄州离边关路途遥远，所以比大军晚到了两天，望元帅恕罪。"潘仁美哼了一声："你说得轻巧，我念你们杨家将英勇无敌，才在皇上面前力保你们做先锋，结果我们大军到了，你这先锋还没到，害得我军连败两阵，今天呼延王爷也差点死在辽军手里。军法无情，来人！给我把杨继业推出去斩了！"

潘仁美要杀杨继业，偏将贺怀浦看不过去："元帅，强敌未破，先斩大将，于军不利。而且老令公他不是有意违背军令，实在是因为路途遥远，请元帅恕罪。"潘仁美一瞪眼："什么有意无意，违背军令，就是违背军令，你不要在这里胡言乱语，给我乱棍打出去！"贺怀浦被赶出帐外，他心想："不行，我得去找呼延王爷。"刚刚跑到寨门边，顶头碰上了呼延赞和六郎、七郎。

他们三个怎么来得这么及时呢？本来六郎、七郎是送呼延赞回大营休息

的，但六郎说："呼延王爷，您刚才陷入埋伏，潘仁美却不发援兵，就说明他没安好心，我父亲现在去见他，不知道会发生什么事，要不您还是辛苦一趟，先去看看再说。"呼延赞一想也对，于是他们三人调转马头来到大营，正好撞上了贺怀浦。贺怀浦一看："呼延王爷，您来得正是时候，潘元帅要杀老令公，您赶紧去求情，晚了可就来不及了！""啊？"这三个人一听连忙赶去，到帅帐门口，果然看见老令公被绑在柱子上。呼延赞气坏了："延昭、延嗣，你们哥俩在这守着你爹，我现在就去见潘仁美，他要敢跟我说不放人，我就让他当场死在这铁鞭之下！"说完他抽出铁鞭，大步走进帅帐。

　　要知道呼延赞是否能保住老令公，我们下回再见分晓。

第二十一回 潘仁美帐中定计 韩延寿谷内设伏

上回说到潘仁美借口老令公来迟，耽误了军情，要把他推出帐外斩首，这时候呼延赞正好赶到，看见老令公被绑在柱子上，要开刀问斩，一怒之下拔出镔铁鞭，闯进了帅帐。

潘仁美一看呼延赞手提铁鞭，怒气冲冲地走了进来，脑袋"嗡"的一下子就大了。他赶紧站起身来，满脸堆笑："呼延王爷，您急冲冲来到帅帐，不知道有什么事？"呼延赞把眼睛一瞪："潘元帅，你为何把杨令公绑在帐外？""您问的是这事啊。"潘仁美心想，坏了，今天是杀不成杨继业了。"老令公率军来迟，我身为三军主帅，不得不做做样子，给下面人看看。""既然如此，本王想给他求个情，不知道潘元帅准不准？""准准准，其实不用您亲自求情，本来我也没想把老令公怎么样。"呼延赞瞪他一眼，转身走出帐外，让刀斧手放了老令公。老令公回到帐中见了潘仁美："多谢元帅不斩之恩。"潘仁美赶紧扶起老令公："老令公不必客气，刚才我就是做做样子，让您受惊了。"于是众人坐下来开始讨论战事。潘仁美说："老令公，这辽军厉害，明天我想让你们父子打头阵，不知道老令公意下如何？"老令公一拱手："杨继业自当尽力。"

辽军那边，耶律斜轸三路大军围住了呼延赞，本来是稳操胜券，结果没

85

杨家将传奇

想到被杨继业父子杀败，韩延寿知道杨家将来了，不敢大意，第二天亲率众将一起出阵，看对面宋兵队列整齐，中间一员大将，正是老令公杨继业。左边一员少年将军，身披素罗袍，头顶银盔，手提一杆亮银枪，正是六郎杨延昭。右边一位少年将军，头顶镔铁盔，身披玄铁甲，手里提着一根虎头湛金枪，正是七郎杨延嗣。韩延寿回头问："谁敢出战？"部将贺云龙应声而出，宋军这边杨延嗣冲上前来，贺云龙一看是杨延嗣，顿时就是一哆嗦。因为自从杨七郎力杀四门之后，辽军大将人人胆寒，都念叨着打仗的时候千万别碰上杨延嗣。他硬着头皮和七郎杀了七八个回合，被七郎一枪刺中肋下，顿时落马而死。韩延寿一看杨七郎确实厉害，就想亲自出马，这时候萧挞赖说："元帅且慢，我先去看看他杨延嗣到底有多厉害！"韩延寿知道萧挞赖也是一员勇将，于是点点头："你要多加小心"。

萧挞赖来到阵前，大刀一举，一个"力劈华山"直奔七郎头顶，七郎一招"举火烧天"挡住，接着就是一枪直奔萧挞赖面门。打了二十多个回合，萧挞赖一个没留神，腿上挨了七郎一枪，赶紧败下阵来。韩延寿看杨七郎连胜两阵，知道自己的部将不是他的对手，于是亲自杀了上去。两人还没交手，就听见辽军左后方一阵大乱。原来，老令公请呼延赞率领一支军马绕到辽军的侧后方，趁双方交战的时候发动袭击。辽军猝不及防，顿时大乱，负责守护后军的大将黑虎，被呼延赞一鞭打死。韩延寿看见后军大乱，赶紧后退，老令公知道是呼延赞的伏兵杀到，于是把令旗一挥，六郎七郎率先闯入辽军营中，兄弟俩的两条枪犹如猛虎下山，把辽军杀得四散逃窜。

韩延寿败了这一阵，回到大营里闷闷不乐，这时候，耶律休哥就说："元帅不必担忧，那潘仁美本来就答应和咱们合作，而且他本来就和杨家将有仇，我们给他写封信，让他除掉杨家将。"韩延寿眼睛一亮："对，这是个办法!"于是他赶紧给潘仁美写了一封信,派人悄悄地送给了潘仁美。潘仁美收到韩延寿的来信以后,悄悄地把自己的几个心腹和两个儿子叫来商量。刘君其眼珠一转:"元帅,我有个办法,您给韩延寿写信,让他坚守不出。日子久了,咱们这边的军粮供应不上,您就可以名正言顺地调呼延赞去催粮草。等他离开大营之后,您就能放开手脚对付杨继业父子了。"潘仁美一听:"好主意,我这就写信!"

韩延寿收到潘仁美的信后,传下将令:不管宋军怎么挑战,都不准出战,违令者斩。辽兵不出战,和宋军在这耗着,宋军的粮食越来越少。潘仁美看了看时候差不多了,就把呼延赞请来,故作愁眉不展的样子对他说:"呼延王爷,如今军中粮草短缺,不知道为什么,后面的粮草到现在还没供应上,我想请老令公去催促一下,不知道您意下如何?"呼延赞一听赶忙阻拦:"元帅,老令公是先锋大将,怎么能让他去催粮草呢?他不在的这段时间,辽兵攻过来怎么办?要不我去走一趟吧。"潘仁美一听,虚情假意地说:"既然如此,就辛苦王爷了。""为国为民,说什么辛苦,我收拾一下,明天就去。"呼延赞告辞走出帅帐,去找老令公,跟他说了要去催粮的事。六郎一听:"哎呀,呼延王爷,皇上派您在这儿监军,为的就是盯住潘仁美,怕我们潘杨两家不和,他公报私仇,你现在一走,少说也得十天半个月,这段时间万一出啥事怎么办?"呼延赞一想也是:"要不我就不去了?"老令公摇摇头:"军粮这也是大事,你早去早回也就是了。"

第二天,呼延赞率领一支军队去催粮草,他刚走,潘仁美就给韩延寿又写了一封信,韩延寿一看信,当即传令后撤。辽军大将都不理解,耶律休哥就问:"元帅,这是怎么回事?"韩延寿让其他人都出去,留下了这几位大将,把潘仁美的信拿给他们看:"潘仁美在这封信上写让我们假装撤退,设

杨家将传奇

下埋伏，然后他会派杨家将来追击，但是又不给杨家将提供援军，这样一来，只要杨家将进了我们的埋伏圈，他们插翅都飞不出去，不知道几位将军有什么好的计策？"耶律休哥说："这附近有一座山叫两狼山，山下有一座山谷叫陈家谷，是他们撤退的必经之路，我们可以派兵在那里埋伏，等到追兵进入陈家谷之后，我们从四面杀出，让他有去无回。"韩延寿一听，的确是个好办法，他点了点头，开始下令："耶律休哥！""在！""你带一万人马去陈家谷谷口埋伏，遇到宋军不要出击，等他们进入我军埋伏之后，截断他们的归路。""是！""耶律斜轸！""在！""你带一万人马，等宋军进入我军埋伏圈后，听我炮声后就从背后杀出。""是！""土金牛、土金秀！""在！""你们两人各带一万人马，等到宋军进入我军埋伏圈后，从左右两翼杀出。""是！""耶律奚！""在！""你带一万弓箭手埋伏在两狼山的高处，一旦宋军进入山谷就乱箭齐发，同时放起号炮！""是！""萧挞赖！""在！"你率一万人马在陈家谷外等待。如果潘仁美言而无信，派兵来援助杨家将，你就在谷口外截杀。""是！""其余各将跟随本帅明天撤退，一定要将宋军引入我们的埋伏圈！""是！"

就这样，辽军布置妥当，韩延寿下令，趁夜撤退，要在两狼山设下埋伏，专等老令公父子进入圈套。要知道后事如何，我们下回再见分晓。

第二十二回

奉帅令杨家追敌
中埋伏父子被困

上回说到潘仁美借口调粮支走了呼延赞，然后又写信让韩延寿假装撤退。第二天早上，七郎杨延嗣又率军来辽营前挑战，却发现辽军大营里空无一人，赶紧回营禀报。潘仁美一听辽军撤了，就请老令公来商议："老令公，辽军悄悄撤退，一定是怕了我们，这是个千载难逢的好机会，我想请你们父子率兵追杀。"老令公一听，赶忙劝道："元帅万万不可，辽兵前几日闭营不出，今天忽然撤退，我想这里面一定有诈，还是小心些的好。"潘仁美冷笑了一声："老令公，你实在是多虑了，像你这样前怕狼后怕虎，难道要眼看着辽军在我大宋领土上烧杀抢掠一番，然后平平安安地返回去？如果就这么放他们回去，皇上怪罪下来，到时候谁负得了这个责任？"

老令公一听，话都说到这份上了，不追是不行了，于是点点头："既然元帅有命，我父子不敢不努力向前，只是辽军奸诈，韩延寿又深通兵法，撤退的路上一定会有埋伏。所以在我去追赶辽军的时候，请元帅一定及时派出援军，这样的话，即使辽军有埋伏，我们前后夹击也可以取胜。"潘仁美点点头："老令公你只管放心去追，援军的事包在我身上。"

老令公率领前军追赶，追了没几里路就碰上了辽军大将兀环奴，他手持钢叉拦住老令公的去路。七郎一看，催马就杀了上去，两个人打了十几个回

89

合，兀环奴不是七郎的对手，率领军队就败了下去，七郎正要追，六郎赶紧把他喊住，回过头来对老令公说："父亲，前面山势险要，我怕辽军会有埋伏，咱们不能再追了。"老令公叹了口气："我也怕里面有埋伏，可元帅让我们追击，如果擅自撤回的话，那就是违背军令了。"于是老令公派人通知王贵带领后军慢慢前进，自己带着六郎和七郎，一咬牙追了上去。他们杀进陈家谷之后，接二连三地有辽将出来拦截，七郎杀得兴起，一马当先冲在了前面，这时候就听到山头一声炮响，四下乱箭齐发，六郎大叫："七弟快回来！"老令公一看中了埋伏，赶紧率军后撤，想和后军会合，然后一同杀出去，可等他们退到陈家谷的谷口时，土金牛、土金秀、耶律斜轸三路兵杀到，把杨继业父子围在了核心。

就在这危急时刻，谷口杀来一支宋军，为首一员大将正是王贵，王贵冲到老令公面前："老令公，现在谷口防守得非常严密，潘元帅答应的援军也没跟上来，咱们只能往前冲了！"七郎气得哇哇大叫："潘仁美老贼，等我冲出去，非宰了你不可！"老令公一看，后退是不可能了，于是只好率领军队往前冲，七郎一肚子火气无处发泄，结果前面挡路的几员辽将就倒霉了，被他接连刺死在马下，就这样，他们冲开一条血路，来到了两狼山的山腰上。老令公往周围一看，这里的地形还算险要，于是赶紧命令士兵收集石块木棒，在这里建起防御的屏障。

老令公跳下马来，脱掉盔甲，坐在旁边的石头上休息。这时候，六郎走了过来："父亲，咱们没带粮草，全靠士兵身上那点干粮，恐怕撑不了几天啊。"老令公看了看山下，几万辽军已经把他们团团围住。"现在我们很难冲出去，只能一边坚守一边等待救兵了。"就在这个时候，听见山下有人高喊："请老令公出来说话！"老令公站起身来，往前走了两步一看，见山下有一队辽兵，为首一人正是韩延寿。韩延寿看见老令公出来了，于是高声喊道："老令公，你们父子已经被我团团围困，我韩延寿向来敬重你们杨家父子，只要你们能赶紧投降，我绝没有伤害你们的意思。"老令公冷笑一声："韩延寿，你是看错人了吧？你们辽国屡次兴兵犯境，杀我百姓，我怎能和你们同流合污？"

"老令公，良臣择主而易，良禽择木而栖。如今宋王昏庸，信用奸臣。金沙滩一战，他不听你的忠言，害杨家损失那么惨重，如今你陷入我的重围，潘仁美又不派兵来救。上有昏君，下有奸臣，这样的朝廷，你保他干什么？"韩延寿劝道。老令公一听金沙滩这三个字，心里一阵刺痛，他想："韩延寿说的，也不是没有道理，可是，我杨家将沙场征战，抛头颅，洒热血，为的从来就不是他宋家天子，而是为了黎民百姓啊。"想到这，他哼了一声："韩延寿，你不必多费口舌，今天我父子既然被困在这，那就只有以死报国，来人，给我放箭！"韩延寿一看山上要放箭了，赶紧退下去，传令各处严加防守，不能让杨家将冲下山来。

杨继业父子被困的消息很快就传回了大营。贺怀浦一听杨继业父子被围，有点着急，赶紧向前一步说道："元帅，既然老令公父子被围，就应当速速发兵救援。"潘仁美看他一眼，心想："上次你就给杨继业求情，看来跟我不是一条心。"想到这，他点点头："好，既然这样，你就带领你的本部人马速去接应，不得有误！"贺怀浦一听才算明白过来，潘仁美根本就不想救杨家父子，因为他很清楚，自己手下只有三千人马，拿这点人马去救杨家将，分明就是让自己去送死。但是帅命难违，他一赌气走出大帐，点齐兵马，杀奔陈家谷。

在陈家谷外驻守的是辽军大将耶律斜轸，他听探马报告说有一支宋军杀

91

杨家将传奇

到，赶紧问："来了多少兵马?""报将军，只有几千人。"他一听放心了，对自己的副将叮嘱了几句，手提大刀就迎上前去："对面的宋将，快来受死!"贺怀浦也不搭话，挺枪来战，杀了七八个回合，耶律斜轸就往后退。贺怀浦率军追杀，追了一两里路，耶律斜轸的副将率大军从山脚转出，耶律斜轸也杀了回来，把贺怀浦的三千人马团团围住。

要知贺怀浦此战结局如何，我们下回再见分晓。

第二十三回 贺将军遇伏殉难 杨八郎上山见父

上回说到老令公父子被困在两狼山上，大将贺怀浦一向都敬重杨家父子，主张赶紧派兵接应，潘仁美故意害他，让他带自己的三千人马去救，结果被耶律斜轸的军队团团包围。贺怀浦一看，知道自己是走不了了，于是率军拼命死战，这时候耶律斜轸挥舞大刀杀了过来，两个人杀了十几个回合，贺怀浦被耶律斜轸一刀劈于马下，他手下的士兵也全部阵亡。

再说杨继业父子被困在山上，半夜里，老令公忽然听到哨兵高声喝问："什么人？"接着又听到一个声音回答："不要放箭，我要见老令公！"没过一会儿，几个士兵押着一个人走上前来，这人一身辽国人的装束，走到令公面前，"扑通"就跪在地上，放声痛哭。一边的六郎、七郎眼尖，一下认出来了："八弟，你怎么来了？你这身装束是？"

八郎是怎么来的呢？原来金沙滩一战，他和几个哥哥冲出城门，又遇上了辽国的大军，被辽军团团围住，一员辽将的大斧眼看就要劈向他的头顶。他眼睛一闭，心想："这次死定了。"就在这时，忽然听得一声大喝："贼将拿命来！"他再睁开眼看时，那员辽将已经翻身落马，原来是四郎杨延辉杀到："八弟，你还好吧？""没事，四哥，你怎么来了？""我和三哥杀回来找你，结果我俩也被冲散了，你跟在我后面，咱们赶紧往外冲！"这兄弟两人

正要往外冲，忽然又杀来一支辽军，为首的是两员女将，把他俩围在了核心，兄弟两人的战马先后被绊马索绊倒，让辽兵给捉住了。他俩以为这次绝对逃不掉了，没想到，他俩不但没有被当场斩首，反而被分别关押在两座营帐里，这几天一直有人给他们送水送饭。又过了几天，他们才被押了出去。原来，天庆梁王被大郎杨延平一箭射死后，辽国群龙无首，直到最终确定由天庆梁王的妻子萧后主持朝政，才想起要处理这些被俘的宋将。

萧后和韩延寿都有个特点，那就是喜欢英雄。四郎和八郎被押上殿来之后，怒气冲冲地站在那，丝毫没有下跪求饶的意思，结果萧后不但没有生气，反而很欣赏他俩。她就问两人："你们可愿归顺我大辽？"两人不约而同地回答："我们堂堂大宋的将军，怎么能投降？"萧后一拍桌子："来人，给我把他们俩带下去，严加看管！"这一次兄弟俩被关到了一个营帐里，两人就商议起来："四哥，为什么没杀咱俩？""我也不知道，也不知道其他几个兄弟现在怎么样了？"

到了下午，兄弟俩正聊天，韩延寿进来了："二位将军，得罪了。"他们双方以前在阵上见过面，他俩认得韩延寿，但韩延寿却不知道他俩是杨家将。兄弟两人一愣，四郎说："要杀就杀，何必多言！"韩延寿笑了笑："两位将军误会了，我家陛下欣赏两位是英雄，想招你们做驸马，不知道你们意下如何？"

原来，当时率军捉住四郎、八郎的，就是萧后的两个女儿。萧后和天庆梁王一共有三个女儿，大女儿铁镜公主许配给了韩延寿，二女儿银镜公主、三女儿玉镜公主都还没有出嫁。这两个女儿在阵前见四郎八郎人才好、武艺高，就先动了爱慕之心，所以活捉他俩之后，没有杀害，反而极力向萧后推荐。萧后也喜欢英雄，就把韩延寿叫来，让他代表自己去劝降。

八郎年轻气盛，眼睛一瞪："做你们的美梦，小爷我宁做大宋的鬼，也不做你们辽国的驸马！"韩延寿耐着性子继续劝说："你们两位都还年轻，将来有大好的前程，何必一时意气用事呢？"这时候四郎说话了："韩元帅，这不是小事，能否让我们两个人考虑一下？"韩延寿一想也对，这么大的事，哪能硬逼人家当场答应呢？于是点点头说："好，请两位将军好好考虑一番，希望你们能够弃暗投明，共保我大辽。"说着又叫外面士兵进来："给两位将军松绑。"然后他拱拱手告辞了。

韩延寿一走，八郎就小声问四郎："四哥，你这是什么意思？""八弟，咱们要是死在这太不值了，依我看不如先答应下来，也等于在辽国的心脏里打上两颗钉子，将来找机会跟父亲他们联系。"八郎一开始还不同意："四哥，父母经常教育我们，自古以来只有断头将军，没有投降将军，你都忘了？而且你在这儿做了驸马，娶了公主，我嫂子怎么办？"四郎叹了口气："留得青山在，不怕没柴烧。只要能有机会为国为家出力，咱们杨家将死都不怕，还怕担什么骂名吗？"四郎一番苦劝，总算是说服了八郎："行，我听四哥的。"于是四郎走到帐门口，马上就有两名辽兵迎上来："二位将军有事？"四郎点点头："麻烦你请你们家元帅过来一趟。"

不一会儿，韩延寿来到帐内："两位将军考虑好了？""考虑好了，承蒙陛下和公主看得起我们两人，我们愿意归顺，但是我们有个条件。"韩延寿心想，真没见过这样的，当驸马还得要条件，但他嘴上依然客气道："请讲。""我们二人好歹也算是大宋的战将，手足相残的事儿我们不干，所以投降之后，我们不上战场。"韩延寿一听："行，这个没问题。既然如此，我就去回报我们家陛下。"韩延寿转身要走，忽然又停了下来，"哎呀，我是糊涂了，马上就要是一家人了，我还不知道两位将军的高姓大名？"四郎、八郎

一愣——忘记商量这事了。还好四郎反应快："在下姓木，名易，这位将军姓王，叫王顺。"

就这样，兄弟两人隐名埋姓，成了辽国的驸马。一年多以后，宋辽交兵，萧后留四郎和二女儿在京城镇守，自己带着三女儿和八郎来到前线。这一天，韩延寿派人把八郎请到帅帐："贤弟，现在杨继业父子已经被我军困在两狼山上，我敬重他们杨家将是英雄，想劝他们投降，能不能辛苦你走一趟。""什么，老令公父子被困在山上了？"八郎大吃一惊，"韩元帅，我去可以，但让老令公投降这事，你就别想了，他老人家可不像我这么贪生怕死。"八郎一边说，一边心里难过，因为他知道父亲的脾气，这次被困在两狼山上，一定是九死一生。想到这里，眼泪忍不住落了下来。韩延寿看见八郎落泪，还以为是自己提到杨家，这王顺觉得自己投降了，心里感到内疚，于是又把他安慰了一番。

四郎和八郎投降一事，会不会得到父亲的原谅呢？我们下回再见分晓。

第二十四回

说前事八郎下山
搬救兵七郎突围

上回说到韩延寿请八郎上山，劝说老令公投降。起初，八郎想拒绝，后来他想了想，趁这个机会去见见父亲哥哥也好，于是他点了点头："行，我去走一趟，你也别抱太大希望。"

就这样，八郎上了两狼山，被带到了老令公面前，他见着父亲，跪地痛哭。老令公一看八郎这副打扮，吃惊地问："孩子，你这是？"八郎把事情的来龙去脉一说，六郎、七郎挺高兴：原来不光是八弟，四哥也还在世！而老令公内心是五味杂陈，又喜、又气、又悲。喜的是两个儿子还活在世上，气的是两个儿子居然投降了辽国，悲的是父子在这种情况下见面。想到这里，老令公半天没说出一句话。

又过了一会儿，他看见八郎还跪在地上，伸出手去，本想拉他起来，忽然狠狠地给了他一个耳光："你们两个小畜生，将军战死沙场是本分，怎么就投降了呢！你们怎么对得起在金沙滩战死的延平、延定、延光？"老令公越说越气，一下拔出了宝剑。旁边兄弟俩看形势不好，七郎赶紧抱住老令公的胳膊，六郎赶紧挡在八郎面前，跪在地上："父亲，万万不可！"

八郎在后面拉拉六郎："六哥，你别拦着，我的确给杨家将丢人了，就让父亲杀了我吧。"六郎心想："那可不行，父亲正在气头上，真要把你给杀

97

杨家将传奇

了，等会儿还不得心疼死，我还得继续劝。""父亲，您千万不能杀了八弟，刚才八弟说得明白，四哥和他虽然答应投降，但是心在大宋朝，他们是为了更长远的打算。"老令公看看三个儿子，长叹一声，把宝剑扔在了地上："你说得也对，刚才我真是在气头上。延顺啊，你也不是小孩子了，有些事儿我也该让你知道，如果刚才是延辉来的话，我这一剑说不定就下去了。""为什么？"七郎和八郎听了都是一愣，六郎心里却明白："父亲，您真要跟八弟说？""是时候了。"老令公长叹一声，又开口道："延顺啊，你其实不是我的亲生儿子。""啊？"八郎这是第一次听说这事，不由得大吃一惊。"当初在北汉的时候，你父亲和我同朝为官。没想到你刚刚出生后不久，你父母就双双病故，临终前把你托付给了我。所以你排在了延嗣后面。"

八郎听了放声痛哭："父亲，您和母亲就是我的亲生父母，我对不起你们，对不起三位哥哥。我不走了，我杨延顺生是杨家将，死是杨家鬼。"老令公也哭了："孩子，这里是死地，你还是走吧。回去也给延辉带个话，只要你们有机会为大宋效力，就还是我杨家的好儿郎。"六郎、七郎也劝他："八弟，你回去吧，将来还有用得着你出力的地方。也替我们向四哥带个好。"八郎擦擦眼泪，站起身来："好，父亲，我听您的。我再告诉您一件事，现在东、南、西三面，分别是韩延寿、耶律休哥和耶律斜轸的军队，防守非常严密。只有北面，因为离宋朝大营远，所以只有一员副将萧挞赖把守。无论是要突围，还是派人出去求救，走北边相对容易些。"老令公点点头："好，我知道了。"他把八郎拉到面前，又仔细地看了看他，双手放在八郎肩膀上，用力地按了按："你下山吧，告诉韩延寿，我杨继业誓死不降。"说完之后他就转过身去。八郎流着泪跪下来，恭恭敬敬磕了三个头，又站起身来，对六郎、七郎说："六哥、七哥，好好照顾父亲，你们也多保重。"然后，他最后看了父亲一眼，默默地下山去了。

送八弟下了山，六郎、七郎转过头与父亲商量对策。六郎说："父亲，咱们带来的粮食撑不了两天，得赶紧想办法呀。"老令公一点头："现在突围明显不可能，只能派人杀出重围去找潘元帅求救了。"七郎抢着说："我去！六哥深通兵法，留在这里可以帮父亲守营。"六郎摇摇头："不行，你忘了你和潘仁美有杀子之仇了？"七郎不服气："我就不信他还敢公报私仇，他要敢，我当场把他摔死！"老令公想了想，对七郎说："你去可以，但你要答应我两件事：第一，见了潘仁美要客客气气地请他出兵，不准发火。第二，我知道你好喝酒，这次去求救兵，一杯酒都不能喝。只要你答应，我就放心让你去搬救兵。"七郎一点头："行！"

第二天半夜，七郎整顿装束，准备下山，临走前，他嘱咐六郎："六哥，代我照顾好咱父亲。"然后七郎又来到老令公身前，跪下磕了个头："孩儿去了，父亲您多保重。"说完他飞身上马，趁着夜色，悄悄地冲向北边的辽军营寨。守营的辽兵一看有人闯营，赶紧各举刀枪，把他围住，结果被七郎一杆大枪杀得四散奔逃。萧挞赖一听说有宋将闯营，赶紧提刀上马，来拦截七郎。两个人打了七八个回合，被七郎一枪刺中大腿，翻身落马，七郎也没心思恋战，继续往外冲。萧挞赖的亲兵赶紧把他扶起来："将军您怎么样？"萧挞赖疼得脸色苍白，心道："好厉害的杨七郎！这一枪不白挨，至少元帅知道我尽力了，脑袋算是保住了。"

萧挞赖这么一落马，没有大将督战，辽兵就更不卖力了，都知道杨七郎厉害，没事谁乐意去送死？就这样，到天明的时候，七郎已经杀出了重围。七郎停下马来，稍稍休息了一会儿，辨认一下方向，赶紧往宋军大营的方向奔去。等到了宋军大营外，大营的守军一看："七将军，您回来了？"一边赶

99

紧打开营门，让七郎进来，一边去报告潘仁美。潘仁美这边正得意洋洋地和自己的几个亲信聊天："这都过去两天了，估计杨继业父子已经没命了，这回可算是给我儿子报了仇。"米教练还有点担心："老太师，过几天呼延王爷回来以后怎么办？"潘仁美冷笑了一声："你们放心，他回不来了。""啊？"他们几个都一愣。潘仁美接着说："我已经派人在他押解粮草的必经之路设下埋伏，就算杀不死他，丢失粮草这个罪名他也承担不起！"他们正在得意呢，忽然外面传令兵来报："元帅，杨延嗣在帐门外求见！"潘仁美吓了一跳："你说什么？杨延嗣？""是，就他一个人。"潘仁美点点头："知道了，请他进来。""是！"传令兵刚刚走出帐外，潘龙就说："您太客气了，还用个请字，依我看，您就把他抓起来，治他个贪功冒进之罪，杀了就是。"潘仁美脸一沉："杨七郎勇冠三军，你们这些人绑一块儿也不是他的对手！你们先退出去，一切听我安排！"

　　要知道杨七郎此去能否搬来救兵，我们下回再见分晓。

第二十五回　害忠良奸贼用计　贪杯酒英雄丧生

上回说到杨七郎杀出重围回到大营，他走进帅帐，看见潘仁美，气就不打一处来，暗想："你个老贼！可把我们父子给害苦了。"但是想到临行前父亲的叮嘱，他只好强压怒火，恭恭敬敬地走上前去："潘元帅，末将杨延嗣有礼了。"潘仁美疾步走上前来，亲手扶起七郎："不必行此大礼，赶快坐下，前方战事如何？"七郎一愣，心想："潘仁美今天的态度怎么这么好？既然如此，我也得对他客气点。"于是恭敬回答："元帅，我父子中了辽兵的埋伏，被困在陈家谷内，援军不知为何迟迟不到。现在我们被困在两狼山上，粮草已尽，请元帅快快发兵！"

"哎呀！"潘仁美大叫一声，把七郎吓了一跳："元帅，怎么了？"只看潘仁美满脸怒气，咬牙切齿地说："秦昭庆、刘君其这两个东西，把我骗得好苦。我派他俩去接应你们，结果他们说你们父子贪功冒进，中了埋伏，全军覆没，我以为你们都已经战死了，所以才没派援军啊。"七郎听得半信半疑："既然如此，请元帅速发救兵，我们撑不了多久了。"潘仁美连连点头："那是当然。"接着就叫潘龙、潘虎进来，下令道："你们两人赶紧去办这样几件事：第一，点齐三万精兵，我要亲自率军去救老令公；第二，把秦昭庆和刘君其给我捆上，等我回来发落；第三，赶紧准备酒席，给七郎接风！"七郎

赶紧阻拦："别别，潘元帅，酒席就不用了，父亲和六哥还在山上，我实在吃不下去东西。"潘仁美摆摆手："年轻人性子急，下午的时候还得指望你带路冲杀呢，你现在不吃点东西怎么行？"七郎的性格是吃软不吃硬，看见潘仁美对他如此客气，反倒有些不好意思起来。他一想："我临来之时，父亲叮嘱我两件事，第一，要对潘仁美客客气气，第二，不准喝酒，免得误事。现在潘仁美已经同意发兵，对我又这么客气，如果一口饭都不吃，也确实不够礼貌。"于是他点点头："既然如此，就多谢潘元帅了。"潘仁美脸色一沉："我和你父亲同朝为官这么多年，你们兄弟就如同我的侄子一样，现在前方打仗，是将帅一心的时候，出兵救援理所当然，你和我客气什么。"

不一会儿酒席摆下，潘仁美带着潘龙、潘虎坐下，米教练在一边作陪。一开始，七郎还牢记父亲的嘱咐，滴酒不沾。过了一会儿，潘仁美说话了："贤侄，我先敬你一杯。在幽州城的时候，我对下属管教不严，害得你力杀四门，如果你原谅我，就请把这杯酒喝了。"七郎一听，心想："潘仁美怎么说也是当朝国丈，比我大一辈的人，他给我赔罪，这杯酒还真得喝。"于是一仰脖子把这杯酒干了。接着潘仁美又端起一杯酒："这第二杯酒是敬你们兄弟的，我身为三军元帅，没看出韩延寿的计策，害得你几个哥哥战死沙场，这事我有责任。"说着他眼圈都红了，看上去要掉眼泪。七郎一看，赶紧劝阻："潘元帅，这也不全是您的责任，您别难过，这杯酒我也喝了。"潘仁美看着七郎喝下这杯酒，点点头："最后一杯酒是敬老令公和你们兄弟俩的，我听信了刘君其和秦昭庆的谎言，没有及时发兵接应你们，导致你们被困两狼山，作为主帅，这事我的责任最大。"七郎看潘仁美如此诚恳，又把这杯酒喝了。

接下来，潘龙、潘虎举着酒杯也走了过来："七将军，你得跟我们哥俩喝几杯，说实话，你打死老三的时候，我们兄弟俩是真的恨你，但现在我们想开了，老三他是咎由自取。以前的事都别挂在心上，从今以后咱们就跟兄弟一样。"七郎虽然脾气急，但是年轻正直，为人又宽厚，看潘仁美父子这样跟他道歉，不由得放下了戒备，把老令公叮嘱他的话忘得一干二净。他们敬一杯，七郎就喝一杯，没过多会儿就喝得大醉，趴在桌子上什么都不知道了。这时候潘仁美站起身来，冷笑了一声："杨延嗣啊杨延嗣，天堂有路你不走，地狱无门你偏投，今天可算栽到我手里了！"接着他吩咐手下人："把杨延嗣给我捆上，再去调一百弓箭手来，就说抓到一名逃兵，把他绑到高杆上，乱箭射死！"杨延嗣直到被绑在高杆上的时候，才醒过来，知道中了潘仁美的奸计，可惜为时已晚，再高声叫骂也没用了，下面一百弓箭手乱箭齐发。就这样，曾经力杀四门，让辽军人人丧胆的七郎杨延嗣，死在了自己人的乱箭之下，当时他还不到三十岁。

潘仁美射死了七郎杨延嗣，叫过自己手下的部将岑林、柴干："你们两人把他的尸体绑上石块，扔到黑水河里去，不要让人知道。""是。"岑林、柴干带着几十名亲兵，把杨延嗣的尸体带到黑水河边，两人你看看我，我看看你。岑林先说话了："兄弟，我觉得潘仁美这事干得太不地道了，咱们不能助纣为虐。"柴干点点头："大哥，你这话说到我心里了，七郎的尸体不能扔到河里，咱们得把他安葬好，说不定哪天就是潘仁美的罪证。"他俩手下的十几个亲兵也异口同声地说："二位将军，谁不知道杨家将是忠臣，是英雄，我们都听你俩的。"于是两人弄了口棺材，把七郎的尸体埋在了河边的一棵大松树下，然后回去向潘仁美交差，说已经把七郎的尸体沉到了黑水河里。

再说两狼山上，杨七郎走了一个晚上加一个白天了，还是没见山下有援兵来，老令公担心起来，不知七郎到底出什么事了，冲出去了没有，人现在

何方。六郎也担心七弟的安全，但是还得劝着父亲，不让父亲担心。他让父亲休息一会儿，自己站在父亲身边守着，没过一会儿，就听见老令公在梦中惊叫了一声，他赶紧弯下腰去，拍拍令公："父亲，您怎么了？"老令公缓缓地睁开眼睛，看了看四周，长叹了一口气："没什么，做了一个噩梦。"

要知道杨家将能否解开两狼山之困，我们下回再见分晓。

第二十六回 苏武庙令公殉节 李陵碑六郎葬父

上回说到杨七郎突围求援，结果中了潘仁美的奸计，被乱箭射死。这边两狼山上，老令公一直担心七郎，睡了不一会儿就被噩梦惊醒。老令公站起身来，舒展了一下身体，觉得全身酸痛。他看了看山下的辽军，对六郎说："大丈夫保家卫国，战死沙场是应该的。但我还有几件事放心不下：一是辽国屡次犯我大宋；二是你母亲年老，你们兄弟不是战死沙场，就是流落辽邦；三是你七弟去求援，生死不知。你一定要想办法冲出去，将来保我大宋江山，回天波府见你母亲，找到你七弟。"六郎听了，心里一阵阵难受："父亲您别说丧气的话，我们一定能杀出去。"

就在这个时候，下面的哨兵匆匆忙忙地跑来报告："老令公、郡马，辽兵开始攻山了！"原来，韩延寿在山下守了三天三夜，估计山上的人撑不住了，于是趁夜色发动了袭击。老令公的士兵先是用弓箭射，箭射光了，又搬起山上的石头往下扔，就这样防御了一个多时辰，山上能用来防守的东西全部用光了。老令公一看，守是守不住了，只能拼死一冲，于是他叫来六郎和王贵："我在前面冲，王贵兄弟你负责中军，延昭你断后，能冲出多少人算多少人。"接着老令公飞身上马，手提金刀，大吼一声，率领士兵就冲下山来，王贵、六郎也率领军队紧紧跟上。辽军猝不及防，被老令公冲开一道口子。但辽军毕竟人多势众，很快就围了上来，把几位将军冲散了。王贵率领中军想接应老令公，没想到正碰上韩延寿率领的精锐部队。王贵一咬牙："拼了吧！"挥舞大刀就杀了过去。一场激战之后，宋军死伤惨重，王贵也死于乱军之中。

老令公在前面，带着二三百士兵，接连斩杀八员辽将，冲出了辽军的包围。此刻，天色慢慢地亮了起来，老令公虽然暂时冲了出来，却在山谷里迷失了方向。他看看身边的士兵，只剩下了五十多人，而且个个带伤。就在这时，山谷里传来了喊杀声，又有一路辽兵杀到，一边高叫："活捉杨无敌！"杨继业大怒，举刀杀了过去，几个回合就把领头的辽将一刀斩于马下。但当他从这队辽兵中杀出来的时候，回头再看，身边已经一个士兵都没有了。老令公这时也已经是筋疲力尽，身上的伤口一阵阵地剧痛。

他转过一个山坡，看到前面有一座庙，他正想催马到庙前看看，忽然战马一声长嘶，摔倒在地。老令公挣扎着站起身来，走到庙前一看，庙门上写着"苏武庙"三个大字。苏武是汉代著名的忠臣，当初他出使匈奴，匈奴人困住他，想让他投降，但苏武誓死不降，匈奴人为了消磨他的意志，让他到严寒的地方去放羊。他在冰天雪地里生活了整整十九年，才被放回汉朝。老令公走进庙内转了一圈，庙里杂草丛生，到处都布满了蜘蛛网。庙后还有一座石碑，上面刻着"李陵碑"。李陵是苏武的好朋友，他率领军队和匈奴人作战的时候被匈奴人活捉，后来投降了匈奴。苏武被匈奴人困住之后，李陵还曾经去探望过他，想劝他投降，但被苏武严词拒绝。看到眼前这一切，想起这对好朋友做出的不同选择，老令公感慨万千。

　　就在这个时候，外面又隐隐约约传来了辽军的喊杀之声，老令公知道，他这次是冲不出去了。他整理了一下战袍，把头盔摘下来放到一边，脸朝南跪了下去："陛下，杨继业突围不成，只有以死报国了。"接着老令公站起身来，再次看了看庙里苏武的塑像，又看了看李陵碑，仰天大笑："大丈夫在世，当学苏武，不做李陵！"接着狠狠地一头撞向李陵碑，就这样，一代名将，撞死在了李陵碑前。

　　再说六郎，他率领的后军，被耶律斜轸的军队围住，也几乎全军覆没。他一个人费了好大的劲儿才冲杀出来，转来转去也到了苏武庙前。他一眼认出了那匹倒在庙门口的战马，赶紧冲到庙里，看到父亲已经倒在了血泊之

107

中。六郎跪在父亲的尸体旁，放声痛哭。过了一会儿，他慢慢冷静下来，心想："突围前父亲交代给我的三件事，我都得完成，现在不是伤心的时候，我得赶快冲出去。"想到这儿，他跪直了身子，恭恭敬敬地给父亲磕了三个头："父亲，孩儿不孝，只能把您草草地埋葬，您放心，您交代我的事情，我一定办到。"说完，他匆匆忙忙地掩埋了老令公的尸体，上马就往外冲。

到了这个时候，杨继业父子手下的一千多个士兵几乎全部战死，辽兵也松懈了下来，六郎就趁机冲了出去。韩延寿在帅帐里，接到士兵的报告，说在苏武庙内发现了老令公的尸体，他亲自来到现场看了一番，知道老令公是自杀身亡，心里佩服杨家满门忠烈，于是下令厚葬老令公，一边收兵回营。

六郎从两狼山冲出去，走了不一会儿，遇到了一支宋军，为首的正是岑林、柴干。"两位将军，你们怎么在这里？"岑林、柴干赶紧迎上去："杨郡马，您怎么在这？老令公呢？"这一问，六郎就哭了："我父亲突围不成，在李陵碑前自杀殉国了。"岑林、柴干一听，赶紧劝慰："郡马，请节哀，您现在准备去哪？""我准备回大营。""您千万别回去，我俩就是潘仁美派出来，在这等着捉您的。""什么？"六郎大吃一惊。这个时候，岑林、柴干才把杨七郎突围求援，被潘仁美乱箭射死的事情告诉了六郎，六郎一听七弟被乱箭射死，心疼得大叫一声，差点昏过去。岑林、柴干说："杨郡马，您这个时候千万不能让潘仁美这老贼捉住，您得想办法回到京城去，找八王千岁，找皇上，说清楚你们杨家的冤情。要不然七将军他死不瞑目啊！"

两人说着，带六郎来到埋葬七郎的那棵大树前。六郎在树前跪下，发下誓言："七弟，哥哥我一定为你报仇雪恨。"接着，他站起身来道："两位将军，你们对我杨家有大恩，我想在七弟的坟前和你们结拜为兄弟，不知二位意下如何？"两人一听，都十分欢喜："既然如此，那我们就高攀了。"三人在七郎的坟前结拜为兄弟。两人再三叮嘱六郎："六哥，这一路，你一定万分小心。"六郎点点头："我知道了。"于是他告别了岑林、柴干，准备回京城。

为了躲避潘仁美的黑手，六郎不敢走大路，选了一条小路往回走，没想到刚刚走出几里路，忽然撞上了一队辽兵。六郎摆开银枪，正准备决一死战，忽然辽军背后一阵大乱，一个和尚手挥大斧杀了过来，把带头的辽将一斧劈于马下。辽兵一看主将被杀，赶紧四处逃窜。六郎定了定神，下马来到和尚的马前："多谢这位师父相救，杨延昭感激不尽。"再一抬头，他顿时愣住了："这位师父，你……"

要知道这和尚究竟是谁，我们下回再见分晓。

杨家将传奇
杨

第二十七回　五郎下山救兄弟　六郎回京渡黄河

　　上回说到六郎被辽军围住，一位和尚斧劈辽将，把他给救了。六郎正要道谢，和尚翻身下马："哎呀，六弟，我是你五哥杨延德啊！""五哥？真的是你？"兄弟两人抱头痛哭。哭了一会儿，六郎定了定神，问："五哥，你怎么在这？"五郎叹了口气："说来话长，当初我们兄弟在金沙滩被围，我拼死杀出重围。结果我的战马受了惊，带着我一路狂奔进了深山，我从马上摔下来昏了过去，还好山中寺庙的方丈救了我。养伤的这段时间，我听说了金沙滩的消息，得知大哥、二哥和三哥战死，四哥和八弟不知去向。我听得是心灰意冷，想想咱们杨家将忠贞报国，结果落了这样一个下场，我就求寺庙的方丈让我出家。方丈收了我，并且让我带寺庙的年轻僧人练习武艺，也好防身。这几天听说宋辽两军交战，心里挂念你们，所以出来看看，没想到佛祖保佑，让我正好遇见了六弟，不知道父亲和七弟怎么样了？"

　　他这最后一问，把六郎给问哭了："五哥你如今出家为僧，不问世事，哪里知道后面的事情！潘仁美公报私仇，害我们父子陷入重围，他不发援兵，还乱箭射死了七弟，咱父亲突围不成，撞死在李陵碑前。"五郎一听父亲和七弟都被潘仁美害死，怒火攻心，大叫一声昏倒在地，过了好一会儿才醒过来。他咬牙切齿道："好你个潘仁美老贼，我怎能与你善罢甘休！六弟，跟我走！""五哥，你要去哪？""我寺庙中有三百弟子，你和我一起带着他们，去杀了潘仁美那老贼，给父亲和七弟报仇！"六郎急忙拦住："五哥，万万不可，先不说那潘仁美如今是三军元帅，咱们带着三百人根本不够用，更何况他是朝廷命官，没有皇上的旨意，我们就把他杀了，也不合道理。我打算进京面见皇上，请皇上治潘仁美公报私仇之罪。"五郎听了，点点头说："六弟，咱们兄弟几个，属你和大哥最心细。大哥如今已经不在了，进京告状、给父亲和七弟报仇的事就靠你了。我这个人性格暴躁，这方面帮不上什么忙，将来前线打仗，有需要我的时候你随时叫我，母亲面前也要靠你多多替我尽孝了。"六郎也点点头："好，五哥你多保重，咱们来日再见。"说完，兄弟两人洒泪而别。

六郎告别五郎奔往京城，走了一天一夜，他来到了黄河边上。六郎刚到渡口，还没来得及说话，守在渡口的将官忽然脸色一变："这不是叛国投敌的杨延昭吗？"六郎一看，这人正是潘仁美的侄子潘容。原来，潘仁美知道老令公已死，六郎下落不明，担心他逃回京城去告自己的状，所以专门派他的侄子潘容在这里把守。六郎看见潘容，快速调转马头就走，潘容率几个亲兵在后面紧紧追赶。跑出了几里路，六郎忽然看见前面芦苇荡里有一艘小船，船上有一老一少，正在那里钓鱼。六郎赶紧喊："船家，我有急事，请送我过河，我一定多付船钱！"老人抬起头看了看六郎，对那个年轻人点了点头，于是年轻人就把船划到河边，六郎连人带马上了船。这时潘容带着几个亲兵赶到岸边，高声喊叫："船家，赶紧把船划回来，船上这人是个逃兵。"年轻人不但不听，反而划得更快了。潘容大怒，于是传令放箭，就在这个时候，芦苇丛里跳出一人，手持铜棍就向潘容打去。潘容猝不及防，被一棍打死，带来的几个亲兵也被这人打死，一起扔进了河里。

111

这时候小船回来，把这人也接上，一起渡过黄河。到了岸上，六郎正要向他们表示感谢，这三个人却跪在六郎面前。六郎很奇怪："你们三个人对我有救命之恩，本来应该是我感谢你们，你们这是干什么？"打死潘容的那人说道："郡马，您忘了，我们曾经受过令公的大恩，所以特地在这里等着报答郡马。我叫郎千，划船这个是我的弟弟郎万，这位老人是我俩的父亲。早年在太原的时候，我们兄弟俩的母亲去世，当时家里太穷，为了安葬母亲，我到你们府上偷东西，结果被抓住。当时老令公不但没责怪我，反而送了我二十两银子，让我安葬母亲。大恩大德，我们父子三人永生不忘。后来我们在黄河边打渔，这几天听同行的人说渡口盘查严密，是为了捉郡马，所以我们准备了小船，日夜守在河边。这不正好遇见您被潘容追赶，就赶紧把您接过河来。"郎万接过哥哥的话，嘱咐道："郡马，潘仁美盘查得严，虽然过了黄河，你也得多加小心。尽量走小路，别走大路。没进京城之前，可千万不要大意。"六郎一点头："多谢二位叮嘱。我们就此告别，将来后会有期。"

告别了郎千、郎万兄弟，六郎继续往京城赶路。这天，他来到一家客栈，刚进店，一位算命先生走上来："这位兄弟，我看你仪表堂堂，气概非凡，一定不是一般人。我想和你聊聊，怎么样？"六郎仔细看了看这位算命先生，想了一圈，潘仁美身边的亲信没有长这样的，于是放了心："不知道先生您有何指教？""这里不是说话的地方，请跟我来。"于是六郎跟着算命先生到了他自己的房中。一进屋，算命先生把门带好，就给六郎跪了下来："郡马在上，请受小人一拜。"六郎大吃一惊："先生，您认错人了吧？""郡马，您就不用瞒我了。在下姓王名钦，以前读过几年书，后来家道中落，做了算命先生。以前去京城考试的时候见过您。"六郎一看人家都把自己给认出来了，也就不再隐瞒："不错，我正是杨延昭。""郡马，如果我猜得不错，您这是打算进京告御状？""啊？"六郎一愣。王钦赶紧解释："郡马，您不用怀疑，我不是潘仁美的人，您父子受冤屈的事，整个边关已经传遍了。大家伙敢怒不敢言，但私下里谁不同情你们杨家将，骂潘仁美啊！"六郎一听，看来真的是公道自在人心，于是说："没错，我正打算进京向皇上告状。""既然如此，我来替您写这道状纸，您看如何？"六郎见人家一番好意，不便推辞："那就麻烦先生了。"

于是王钦在桌子上铺开纸，把笔准备好。"郡马，麻烦您把详细的经过跟我说一遍。"于是六郎就从潘仁美如何公报私仇，想办法支走铁鞭王呼延赞，逼他父子追赶辽军，到他父子被困后，潘仁美如何不发援兵，射死七郎，导致老令公死在李陵碑前，从头到尾详细地说了一遍。王钦听完，眉头紧皱，大骂潘仁美误国。接着，他拿起笔来，"唰唰唰"一口气把状纸写完了。写完之后，他双手捧起状纸，递给六郎："郡马，您看看，这样行不行？"

六郎拿过状纸一看，不由对眼前的算命先生刮目相看。首先，这字写得太好了。再一看内容，写得情真意切，文采又好，把杨家将所遭遇的一连串陷害，一件件、一桩桩写得脉络清楚，条理分明。看过之后，六郎把状纸收在怀里，连连向王钦道谢。王钦拦住他道："郡马不必客气！所谓天下人管天下事，你们杨家受了冤屈，帮您伸冤也是我分内之事。"然而，他心里却在暗想："我可等到机会了！"

要知道这王钦到底是什么人，我们下回再见分晓。

第二十八回

杨六郎御前告状
铁鞭王宫中见驾

上回说到六郎遇到了一个叫王钦的算命先生，此人字写得好，文采非凡，帮六郎写了一道状纸，六郎非常感激。事实上这人真名不叫王钦，也不是宋朝人。那么他是谁呢？这个人名叫贺黑律，和韩延寿一样，也是辽国的龙虎双状元。他认为宋朝人多地广，单凭战场作战很难彻底地征服宋朝。于是，他向萧后提议，由自己潜入宋朝，想办法去结交宋朝的大臣，然后凭自己的才学，在朝廷里获得重要职务，到时候里应外合，把宋朝灭掉。

贺黑律化名王钦，来到大宋境内，转悠了一个多月，这天一眼就看见了杨六郎。当初他在辽国的时候，在战场上见过杨家父子，但六郎不认识他。他一看找到机会了，赶紧找六郎聊天，主动帮六郎写状纸。六郎哪里知道他的身份，只觉得此人饱读诗书，人品又好，对他非常尊敬。王钦又对六郎说："郡马，我王钦一向敬仰你们杨家父子，今天难得有这个机会，我想跟您结为兄弟，您看如何？"六郎点头答应，于是两个人就成了结拜的兄弟。

六郎在这店里住了一夜，第二天去和王钦告别。王钦对他说："贤弟，现在离京城也不远了，你赶紧进京去告御状。路上多加小心，免得走漏消息，让潘仁美老贼提前有了防备。"六郎点点头："多谢兄长提醒，我一定小心。"

此地离京城不过半日路程。下午，六郎来到京城，他想来想去，决定先去找八王赵德芳。来到南清宫的门口，太监把他给拦住了："什么人？敢乱闯南清宫！"因为六郎这段时间连日奔波，加上心情不好，瘦得只剩一副骨架，脸也晒黑了，太监们都认不出他了。恰巧就在这时，八王的贴身太监陈琳出来了，他一看这人眼熟，就走过来问话："你是什么人？"六郎压低声音说："陈公公，我是杨延昭。"陈琳一听，吓了一跳，再仔细看，果然是六郎。他没敢声张，点点头："你既然要找八王，定然是有要事。跟我来吧。"于是领着他走进南清宫，看看四下无人，他赶紧回过身来，给六郎行礼："郡马爷，您怎么这副模样？前两天边关传来信，说你父子三人贪功冒进，全军覆没，八王正着急上火呢！"六郎摆摆手："别提了，一言难尽，快带我去见八王千岁。"

八王确实正为这事忧心，看见陈琳从外面领了一个人进来，皱眉问道："这是什么人？"六郎扑通跪倒在地上："千岁，我是杨延昭！""啊！"八王上前两步，端详了一会儿，这才认出六郎来："御妹夫，你怎么这副模样？"六郎把事情的前因后果讲了一遍。八王听完气坏了："好你个潘仁美！我绝对饶不了你。"接着，他拿过六郎递给他的御状，一边看一边连连称赞，"好文采！"六郎说："写这个状纸的人是我的结拜兄长，名叫王钦，是个有真才实学的人。""这样的人才可不能埋没了，等你这事了结之后，我一定要向皇上推荐他。现在我们先想一想，该怎样让皇上知道这事。"

八王本想直接带着六郎上朝去见皇帝，但又怕走漏风声，让潘仁美跑了。转念一下，他叫过陈琳："你赶紧去陛下那里，就说我突然得了疾病，生命垂危。""啊？"陈琳一听，吓了一跳，"千岁，您这是让我去犯欺君之罪呀？""没事，我保你无罪，你说得多严重都行，无论如何想办法让陛下来我

这一趟。""是!"陈琳领命去了。八王又对六郎说:"等会儿陛下来了,你在外面等着,我叫你进来的时候你就进来,把状纸给皇上。"

宋太宗听说八王得了重病,也非常担心,带了几个亲随侍卫,匆匆忙忙就去了南清宫。八王正坐在床上闭目养神,突然外面就报告说陛下来了,他装出一副有气无力的样子:"陛下,我这病是因为着急上火,没想到把您惊动了。"宋太宗一听:"你这堂堂的八王,一把王命金铜,上打昏君,下打奸臣,连朕都能管着,有谁能让你着急上火?""万岁您有所不知,潘仁美公报私仇,逼着杨家父子出战,让他们陷入重围,还把来求援的杨七郎乱箭射死,害得老令公在李陵碑前自杀身亡。大宋出了这样的事,我能不着急上火吗?"

"啊?"八王这一番话,让宋太宗大吃一惊,"前几天接到前线的军报,潘仁美弹劾①杨家父子贪功冒进,全军覆没。这难道都是假的不成?""万岁,老天爷保佑忠良,杨延昭现在已经逃回京城,就在我这里,您一问便知。"宋太宗听了这番话,将信将疑:"皇侄,杨郡马现在哪里?"八王坐起身来喊道:"杨延昭,你进来吧!"六郎一直在外面等着,听到八王召唤,赶紧走进来,从怀里掏出状纸:"陛下,这是我的状纸,上面写得清清楚楚,请您过目。"宋太宗拿起状纸一看,上面把潘仁美如何陷害杨家父子的事情写得清清楚楚,他不由得暗想:"国丈啊,如果真是这样,我也帮不了你了!"八王等皇上看完了状纸,就对皇上说:"陛下,本来我打算带杨延昭上殿去见您,但潘仁美现在边关,又掌握着兵权,我担心如果走漏了消息,对国家不利,所以只好装病,请您来我这里。"

———————————

① 弹劾(hé):这里指君主时代担任监察职务的官员检举官吏的罪状。

就在这个时候，忽然有人报告说铁鞭王呼延赞在外面求见，八王和皇上面面相觑，因为杨延昭说呼延赞被潘仁美支走，去押运粮草了，怎么突然回到京城了？皇上赶紧吩咐："快让呼延王爷进来。"不一会儿，呼延赞进来，给皇上和八王行了礼："陛下，刚才去宫里没找到您，听说您来南清宫了，我是来向您请罪的。""你有什么罪？""您派我做监军，结果我上了潘仁美的当，被他支开，结果害死了老令公和七郎。"皇上哼了一声："这事我回头再找你算账！先说说你这押运粮草的，怎么回到京城来了？""回万岁，我押军粮往回赶，半道上被人劫走。后来碰到潘仁美的部将岑林、柴干，他俩挺有良心，告诉了我实情，那是潘仁美派人劫走的，他想给我安个丢失粮草的罪名，把我也杀了。我一听，知道不能回去了，所以赶紧回京城找您告状。"皇上瞪了呼延赞一眼："好你个呼延赞！我让你做监军，盯着潘杨两家，你可倒好，擅离岗位，惹出这么大的麻烦！我现在就罚你回边关去，把潘仁美给我押回来，和杨郡马对质。"皇上说完话，一甩袖子站起身走了。呼延赞傻了，他想："潘仁美本来就给我安了罪名，要杀我。我再回去，不是自寻死路吗？"六郎也说："呼延王爷，您不能去，这太危险了。"

君命在上，呼延赞是否要重回边关，捉拿潘仁美？我们下回再见分晓。

杨家将传奇

杨

第二十九回 双王代父下边关 岑林帐内骂钦差

上回说到六郎在皇上面前告了御状，皇上派呼延赞去边关捉潘仁美回来受审。皇上走后，六郎对呼延赞说："呼延王爷，您不能去，太危险了。"呼延赞摆摆手："没事，我想想办法。延昭啊，你也还没回家吧，快回去见见你母亲，记住都不要走漏风声。"

呼延赞的妻子马秀英和汝南王郑印的母亲陶三春、老令公的妻子佘赛花一样，都是当时宋朝有名的女将。她一听呼延赞要重回边关去捉潘仁美，吃惊地说："现在潘仁美兵权在手，你去捉他，恐怕会有危险。"呼延赞叹了口气："皇上让我当监军在那盯着，结果我跑去押运粮草，才导致后面这么多事情发生。我要不去把潘仁美捉回来，对不起死去的老哥哥杨继业啊！"

就在这个时候，屋里传出一个声音："杀鸡何必用宰牛刀，活捉潘仁美这事，不用您亲自去，我去就够了！"夫妻俩回头一看，是她们的儿子呼延丕显。呼延赞一瞪眼睛："你个小毛孩子胡说什么？你今年才十二岁，怎么去捉拿潘仁美？"呼延丕显不服气："我怎么就不行？战国时期，甘罗十二岁当宰相，东汉末年，孔融四岁能让梨，我哪里比他们小了？而且刚才我在屋里听您说了，潘仁美害死我七哥杨延嗣，我一定要给七哥报仇。"呼延赞看儿子这么坚决，自己也不好硬拦着。忽然，他灵机一动："这样吧，我明天带你去见八王千岁，如果他觉得你行，自然会向皇上推荐你，要是他觉得不行，那皇上就更不用说了。""行！"

第二天，父子两人来到南清宫，见了八王，说明来意。八王一听："丕显啊，你还是个孩子，你爹怎么也跟着你胡来呢？去边关抓潘仁美，这可不是小事。万一有个危险，怎么办？"呼延丕显一笑："八王千岁，我已经有主意了，您先听听行不行？"他凑到八王耳朵前，低声说了几句。八王眼睛一亮："好孩子，真聪明！"呼延赞还不知道怎么回事，八王笑着对他说："呼延王爷啊，你有个好儿子。你现在是铁鞭王，他比你强一半，起码得两个王位才配得上他。"呼延丕显在旁边听着，眼珠一转，赶紧跪下："多谢八王爷。"八王一愣："你谢我干什么？""您刚才说了，得给我两个王位才配得上我。"八王大笑，点点头说："行，你要真的能够完成任务，我就奏明皇上，给你两个王位。"

就这样，三人进宫见皇上。宋太宗听八王说呼延丕显要去边关抓潘仁美，连连摇头："不行不行，你还太小了。"八王劝他说："陛下，有志不在年高，呼延丕显这孩子非常聪明，我觉得他一定可以完成任务。"接着，八王把呼延丕显的计策告诉了皇上。宋太宗一听，觉得是个办法，于是点点头，命太监取过纸笔，按照呼延丕显说的，"刷刷刷"写了三道圣旨。呼延丕显接过圣旨，把它们小心地揣在怀里。八王又对宋太宗说："陛下，刚才我答应过丕显这孩子，如果他能够成功地把潘仁美捉回来，就封给他两个王位，您看如何？"

宋太宗心想："你这是拿着我的东西送人情啊！呼延赞征战半生，为大宋朝立下汗马功劳，才挣了个铁鞭王。这个孩子才十二岁，就要封他两个王位？"又转念一想，"这孩子这么小，如果就能抓回潘仁美，办成这么一件大

事的话，的确也不简单。"于是点点头，对呼延丕显说："八王和朕一样，都是金口玉言，既然他答应你了，朕也答应你。只要你能够把潘仁美捉回来，我就封你靠山王、敬山王两个王位。"呼延丕显给皇上磕了个头："陛下您尽管放心，我一定完成任务！"

第二天早朝的时候，宋太宗发了一道圣旨，派呼延丕显去边关奖赏三军将士。朝中各位大臣一看都很奇怪，怎么派这么小的孩子去边关？潘贵妃起初也有点担心，于是旁敲侧击地问了一下："陛下，这呼延丕显只是个小孩子，您怎么想起来派他去前线呢？"宋太宗满不在乎地笑了笑："这孩子想他爹了，前些天听说我要派人去前线劳军，委托老丞相王苞找我求情，非要去边关。我想也不是什么大事，就让他去吧。"潘贵妃一听，原来如此，也就没再怀疑。

再说潘仁美在边关，一直是心神不宁，因为他知道杨六郎跑了，呼延赞也生死不知，不能完全放下心来。他自己在心里盘算："如果皇上真的听了杨延昭的话，派人来抓我，我就索性造反，杀回京城去，自己当皇上算了。"就在这时候，他收到了女儿的一封信，信上说，皇上派使臣来慰问，让他不用担心。潘仁美看了信，一想："派个十二岁的小孩来慰问三军，看来皇上是没打算把我怎么样。呼延丕显来前线看他爹，我只要想想怎么把这事糊弄过去就行了。"

两天后，呼延丕显来到边关，潘仁美率领边关将士跪在前面，来迎接钦差。呼延丕显念完圣旨，满面笑容，来到潘仁美面前："潘伯父，请受小侄一拜。"潘仁美赶紧把他扶起："快快请起，你现在可是皇上派来的使臣啊。"呼延丕显一笑："什么使臣！皇上说了，念完圣旨，我的差事就算完了。我其实就是在家闷久了，跑边关来想看看我爹。潘伯父，我爹去哪了，怎么没看见他？""你爹去押运粮草了，不知道为什么到现在还没回来。""哎呀，会不会有危险？""你放心，不会有事的，再过两天还没回来，我就派人去找他。"呼延丕显高兴了："多谢潘伯父，还是我娘说得对，您是好人。"

潘仁美听这话一愣，心想："小孩嘴里吐真言，看来呼延赞他们在家里也讨论我呀，我正好趁机打听一下。"他笑着问："你母亲怎么知道我是好人的？""我娘说了，您待人和气，又是太师国丈，是大宋江山的顶梁柱。她上次还骂我爹，不该向着杨七郎。"说完，他一伸舌头，"伯父，我说这些话，您可千万别让杨七郎他们知道。"潘仁美心里有点怀疑，他想："呼杨两家关系好，全京城人没有不知道的，这孩子是不是蒙我呢？"他故作惊讶地问："你们两家关系不是挺好吗？怎么你娘对杨家有意见？""还不是因为那个杨七郎，脾气大，性子急，说教我练武，一招学得不像就揍我，我娘说他两句，他还翻脸了，要不是看在我爹份上，我早就跟他们杨家绝交了。"

潘仁美一听心想："原来是这么回事儿。行，今天是个机会，我趁机多拉拢一下这孩子，如果呼延赞死了，他就是世袭的王爷，我又能多一个帮手。"想到这里，他哈哈大笑："孩子，你不用担心，你是见不着杨七郎他们了。""啊？""他们父子贪功冒进，中了辽军的埋伏，全军覆没了。""原来是这么回事，我说怎么没见着他们呢。"呼延丕显和潘仁美说说笑笑，可把边关众将给气坏了，但没办法，人家一个是元帅，一个是皇上的使臣，大家敢怒不敢言。

到了晚上，呼延丕显从自己住的地方溜出来，去了岑林、柴干的营房。这哥儿俩正在营里骂呼延丕显呢："这小子，哪有呼延王爷的风骨，一看就不是什么好东西！"呼延丕显在外面听得清清楚楚，一推门进来了："你俩说谁呢？""啊，小王爷，我们……""你们不用解释了，先看看这封信。"两个

121

人惊疑不定，打开信一看，原来是六郎写给他俩的，说呼延丕显是自己人，来边关抓潘仁美的，让他俩帮忙配合。两个人又惊又喜："小王爷，实在不好意思，刚才我们错怪你了。""两位哥哥千万不要客气，我听六哥说了，你们都是结拜兄弟，你们管我叫兄弟就行了。""行，小兄弟，潘仁美兵权在手，阴险狡诈，你可千万得小心点。除了我俩以外，边关大将吴巨、马凯、石青、何山这些人也都是自己人，需要的时候可以随时调遣。"

呼延丕显悄悄地把计划跟他俩说了，两个人一听便说："好办法，我俩这就去找他们，这回潘仁美非得栽到你手里不可！"要知道呼延丕显如何与边关众将配合捉拿潘仁美，我们下回再见分晓。

第三十回　小丑显智擒奸贼　潘贵妃行贿尚书

上回说到呼延丕显来到边关，他表面上跟潘仁美非常亲热，彻底消除了潘仁美的疑心，晚上就开始联系边关大将，准备捉拿潘仁美。第二天早上，呼延丕显作为皇帝使臣正式慰劳三军将士。一大早，潘仁美就把三军将士召集起来，这时候，呼延丕显走到潘仁美旁边，悄悄地对潘仁美说："伯父，我差点忘了一件大事。""什么事？""我来之前京城里不知道有什么人说您坏话，说您把代表兵权的一个什么东西送给辽国了？""你说帅印？""没错，没错，就是那东西。"潘仁美气坏了，他想："是什么人造这种谣言，丢失帅印那可是杀头的罪，这不是成心要我的命吗？"呼延丕显又从怀里掏出一张圣旨，递给潘仁美："伯父，这是皇上给您的密旨，不知道里面写的什么，您自己看看吧。"潘仁美一看，原来这里还有第二道圣旨，他赶紧打开一看，皇上在密旨上写着，虽然他不相信潘仁美把帅印交给了别人，但是因为京城里传得沸沸扬扬，所以让潘仁美把帅印给钦差检查一下，也免得别人议论。

潘仁美一想："帅印这事，我本身正不怕影子歪，检查就检查吧！"于是他就去把帅印拿了过来，递给呼延丕显。呼延丕显把帅印接过来，翻来覆去地看了看，疑惑道："我说潘伯父，这玩意儿又不是纯金的，就算丢了又怎么样？"潘仁美笑了："你还是个孩子，哪里懂得这帅印的重要性。我这么跟

你说吧，现在这帅印在你手上，你让谁干什么，他就得干什么。""啊，有这么好玩？"潘仁美想："他还真是个孩子，这么重要的帅印，他拿来当玩具，算了，我在这儿把他哄得高高兴兴的，让他回去在皇上面前多说两句好话也不错。"于是，他就对呼延丕显说："不信的话，你现在就可以试试。""真的？那您借我玩会儿？""行行行。"

于是呼延丕显坐到帅帐中央，手里举着帅印，小脸一板："潘龙、潘虎，还有那俩，你们听令！"潘仁美在一边听得哭笑不得："什么那俩，你不知道名字，他俩一个叫石青，一个叫何山。""对对对，你们四个听令，带三百人，出寨门从东往西转一圈。"结果，他们四人真的当即就出去了。接着，呼延丕显又凑到潘仁美身边："伯父，那四个站一排的叫啥？"潘仁美一看："你说的是米教练、刘君其、马凯、吴巨。""没错，你们四个听令，带三百人出寨门，从西往东转一圈。"米教练、刘君其一听，心想："今天元帅要哄着这小孩儿高兴，我们得好好配合。"于是他们四个也立马接了命令出去了。

呼延丕显看着这两拨人出去，心想："潘仁美，这回该轮到你了！"他手举帅印，高喊一声："岑林、柴干，把潘仁美给我拿下！"潘仁美在边上一愣："你这是要干什么？"还没等他回过神来，岑林、柴干走上前来，把潘仁美两个胳膊往背后一拧，捆了个结结实实。现在潘仁美在大帐里的亲信只有秦昭庆一个人了，岑林、柴干走过来，把他往地上一按，也捆了起来。潘仁美这才回过神来，赶紧问："贤侄，你这是干什么？快把我放开！"呼延丕显一瞪眼睛："谁是你贤侄！潘仁美老贼，你差点害死我爹，而且还公报私仇，射死我七哥杨延嗣，皇上命我来提你回京受审！"就在这时，吴巨、马凯、石青、何山也回来了。"小王爷，我们把潘龙、潘虎等人给您押过来了。"呼延丕显心中高兴："众位将军，辛苦了。"他转身回到帅帐中央，取出了皇上给他写的第三道圣旨："边关众将及潘仁美接旨，潘仁美公报私仇，陷害杨家父子，即日削去兵权，押回京城候审！"

呼延丕显押着潘仁美等人离开边关，走了一天半，忽然看到前面来了一支人马。走近了一看，原来是铁鞭王呼延赞接应他们来了。没几天，一行人回到京城，呼延丕显把潘仁美押解到金銮殿上，向皇上交差。宋太宗一看，呼延丕显还真把潘仁美给抓回来了，他也挺满意："呼延丕显上前听封，你下边关之前朕曾经答应过你，如果能抓回潘仁美便封你为双王，今天你完成了任务，朕封你为靠山王、敬山王双王。""谢万岁！"呼延丕显高高兴兴退到一边。皇上又下令，把潘仁美带上来。潘仁美来到殿上，扑通跪下："陛下，老臣冤枉啊。"皇上一看潘仁美这副可怜的样子，心软了，他想："刑部尚书刘玉，这个人非常圆滑，派他去审理潘杨一案，他一定不会对国丈太过分。"于是他就说话了："刘玉，朕派你去审理潘杨一案，一定要秉公办事，认真审理这个案子，不要顾及潘仁美的身份。"刘玉赶紧答应："臣接旨。"

回到家里以后，刘玉就想："今天听皇上的意思，是让我照顾一下潘仁美，可我要是太偏向潘仁美了，八王那边该怎么交代？"这时候他的仆人跑过来跟他说："老爷，外面来了一位宫女，说是潘贵妃派来的。"刘玉一听，这可不得了，正要出来迎接，这位宫女已经走了进来："刘大人，您不必客气，贵妃娘娘派我来给您送点礼物，让您在审理的时候多照顾一下太师。"刘玉接过礼单一看，这些礼物折算成金钱的话，他一辈子都花不完。他心中暗暗高兴，赶紧收起礼单，对这位宫女说："麻烦你回去告诉娘娘，请她放心。"宫女点点头，满意地走了。没想到，她刚刚走出刘府的后门，就被两名官差捉住。原来八王知道刘玉这个人非常圆滑，也担心潘贵妃会派人给他施加压力，于是就亲自带人来到刘玉家附近，想看看有没有什么动静，结果

正好捉住了来行贿的宫女。这可把八王气坏了，他想："好你个刘玉，这么大的案子你都敢贪赃枉法！明天本王到刑部大堂去收拾你。"

第二天，刘玉来到刑部升堂问案，他看到潘仁美来了，赶紧安排："快给太师搬个座位。"潘仁美坐下，对着刘玉拱了拱手："大人，我冤枉啊，明明是杨继业父子贪功冒进，导致全军覆没，杨延昭反咬一口，诬告我公报私仇，实在是罪大恶极。"刘玉点点头，一拍惊堂木："把杨延昭带上来！"六郎走上大堂，一看潘仁美坐在那里，正有些奇怪。这时候，就听见刘玉在上面问他："杨延昭，太师说你们父子贪功冒进，你反而诬告他公报私仇，你可知罪？"六郎一愣："大人，是我告潘仁美，您怎么问起我来了？"刘玉重重地拍了一下桌子："大胆的杨延昭，现在是本官问你话，我是刑部尚书，皇上命我来审理你们两家的案子，该怎么审，不用你来教我！"

六郎一听，既然你问了，那我就说吧："回大人，潘仁美逼我父子出战，我们中了埋伏之后，他不发援兵，还乱箭射死我七弟，这都是实情，请您明察。"刘玉"哼"了一声："好你个杨延昭，不但不认罪，还敢继续诬告太师，来人，给我大刑伺候！"就在这时，听得外面一声高喊："八王千岁驾到！"刘玉一听，吓得腿肚子都软了，他心想："这八王千岁早不来晚不来，怎么偏偏这个时候来了呢？"

要知道杨延昭是否被用刑，我们下回再见分晓。

第三十一回 金銮殿王苞荐贤
下邳县郑印传旨

　　上回说到刑部尚书刘玉收了潘贵妃的厚礼，偏袒潘仁美，要给杨延昭用刑。就在这个关口，八王赵德芳来了，他来到大堂上一看，潘仁美坐在那，六郎正要被用刑，真是气坏了。"大胆的刘玉，你贪赃枉法，我岂能容你！"说着，手举王命金铜就走了过来，刘玉一看八王，吓得魂儿都没了，两腿哆嗦得厉害，站都站不起来，更别说跑了。结果，这刘玉被八王一铜打下去，当场死在大堂上。八王一看，还真把刘玉给打死了，他也有点后悔，心想："我本来就是想吓唬吓唬他，没想到真把他给打死了。"这时候，八王发现刘玉身边落着一张纸，他捡起来一看，就是昨天那个宫女给他送来的礼品清单。八王心想："这下可好，人证物证俱在，我非得去陛下面前说说不可。"他吩咐下边的人把潘仁美再关进大牢，让六郎先回家，自己一个人上朝去见皇帝。

　　宋太宗正在和群臣议事，八王气冲冲地来到皇上面前："陛下，臣向您请罪来了。"这一下倒把宋太宗给弄糊涂了："皇侄你有何罪？""刑部天官刘玉贪赃枉法，偏袒潘仁美，给杨延昭用刑，让我用金铜给打死了。"宋太宗一听不高兴了："皇侄，你说他贪赃枉法，不知可有证据？如果仅仅是因为他给杨延昭用刑，就认定他偏袒潘仁美，那恐怕说不过去吧。""这里有行贿

127

的清单和行贿人的口供，请陛下御览。"宋太宗拿过口供和清单一看，脸"唰"地红了，赶紧说："刘玉身为吏部天官，居然公开贪赃枉法，包庇被告，实在该杀，皇侄你杀得对，就算你不杀，朕也饶不了他。"接着宋太宗又问下面的大臣："吏部天官刘玉，因为贪赃枉法，已经被八王用金铜打死，你们谁愿意去主审潘杨一案？"

大臣们一听，都暗想："这个案子，两边我们谁也惹不起。向着原告吧，估计皇上不答应；向着被告吧，八王饶不了我们！"于是一个个站在那儿装没听见。宋太宗看没人说话，心里高兴，他想："如果没人审这个案子，拖上一两个月，我就找个借口把国丈先放出来。"

这时候，老丞相王苞上前奏道："启奏陛下，老臣推荐一人，可以审理此案。"八王一听非常高兴，赶紧问："老丞相，不知您说的是什么人？""此人姓寇，名准，字仲平，也算是老臣的学生。他刚正不阿，两袖清风，爱民如子，我想如果他来审理潘杨一案，一定会公平处置，不偏不倚，把案情弄个水落石出。"皇上一听还有这么好的官员，他也问："不知道这寇准现在在什么地方任职？"王苞回答说："他现在在下邽县当了九年县令了。"皇上一听，不由一愣："老丞相，这个寇准如果真的像您说的那么优秀，怎么这么多年一直在一个小县当县令呢？"王苞叹了口气："陛下您有所不知，这寇准把下邽县治理得夜不闭户，路不拾遗①，百姓安居乐业，所以县里的老百姓都不舍得他走，每当要提拔他升职的时候，老百姓都在路口拦着，求他留下来，寇准就不舍得走了。于是连留了两次，到现在已经是做了三任县令了。"皇上一听："哎呀，我大宋朝还有这样的好官！"于是高兴地说道："既然如

①　路不拾遗：东西掉在路上没有人捡走据为己有，形容社会风气很好。

此，那就调寇准来京城，代理刑部天官之职，如果能够审理好了潘杨案，朕一定重用。只是不知道哪位爱卿愿意去这下邽县走一趟？"汝南王郑印一抱拳："微臣愿往。"

这汝南王年轻、身体又好，再加上关心杨家的冤情，因此当天就出了京城，一路上马不停蹄，没几天就赶到了下邽县。快到县城的时候，他的随从问："王爷，要不要提前告诉一下寇准，让他来迎接您？"郑印一摆手："不用，我们悄悄地进去，我倒想看看寇准把这个县城到底治理成了什么样子。"一行人不声不响地进了下邽县，没过一会儿就来到了县衙门前。郑印抬头一看，心想："这大门破成这样，我是不是走错地方了？"旁边正坐着一位老人，于是他走上前去行了个礼道："老人家，这就是你们的县衙门吗？"老人点点头："没错。""这县衙门也太破旧了些，怎么就没修一下呢？"老人笑了："年轻人，你是从远处来的吧。我们县的这位县令，那可真是位清官，我们的县衙门年久失修，上面特意给拨了一笔钱，结果寇大人说县衙门凑合着能用就行，把这笔钱全给学堂了。"郑印一听，连连赞道："这位寇大人还真是好官。"老人一听郑印称赞寇准，顿时来了兴致，又说："这也不算什么，更难得的是，我们这地方穷，十几年前一片荒凉，抢劫偷窃的事儿经常发生。他来到这里以后，自己掏腰包修建学堂，鼓励农耕，没事的时候挨家挨户串门聊天，问寒问暖，抓贼一抓一个准，从不冤枉好人。几年的工夫把我们这儿治理得夜不闭户，路不拾遗。你说这样的好官上哪儿找去？"

129

郑印听了这位老人说的那些事，又加上亲眼看到的，心里基本有数了，寇准确实是个难得的人才。于是他来到县衙，亮明身份。县里的差人一看是汝南王来了，不敢怠慢，赶紧去找寇准。不一会儿，寇准急匆匆地来到大堂："卑职寇准迎接来迟，请王爷恕罪。"郑印一看寇准的模样，差点笑出声

杨家将传奇

来："寇大人免礼，你怎么这副打扮？"寇准先是一愣，低头一看也笑了："王爷，今天县衙无事，我出去走访，在稻田里帮几个老人家干活，顺手就把这袍子扎在腰上了。刚刚急着过来见王爷，忘了整理衣服，请王爷宽恕我如此失礼。"郑印连连点头："寇大人爱民如子，本王不胜敬佩啊！"寇准拱手道："王爷过奖了！不知王爷您从京城来我这下邽县有何要事？"

于是，郑印把皇上的圣旨一念，说明了来龙去脉。寇准接旨后说道："承蒙皇上信任，我一定把这个案子审理明白。"郑印一听，非常高兴："好，那我们明日就动身去京城。"寇准一听，脸上显出难色："王爷，能不能宽容几日？""为什么？""这次去京城，就要离开这下邽县了，我想把一些无用的东西变卖了，当作路上的盘缠。"郑印一听，笑了："寇大人，这你不用为难。我知道你两袖清风，这次进京，肯定有不少花费。我这里有五十两银子，你先拿着用。""既然如此，就多谢王爷了。"于是寇准亲自把郑印送到驿站。到了驿站，郑印又愣住了："寇大人，你这驿站比县衙还破啊！"寇准一笑："王爷，修驿站的费用都是从老百姓那里收上来的。因此简单修修，给老百姓减轻负担。而且我这驿站这么破，上司来了肯定不愿在这过夜，还给县里省下一笔接待的费用。"郑印听得哈哈大笑："寇大人，我真是服了你了。行，那我就将就一晚上吧。"

当天夜里，寇准收拾停当，第二天一早到驿站接上郑印，准备出发。一行人刚刚来到县城大街上，就看见数百人围在那里，郑印吃惊地问："寇大人，这是怎么回事？"寇准一看："王爷，这都是下邽县的父老乡亲，估计他们知道我要去京城了，所以专门来这里等着送我。您可否稍等片刻，我去跟他们告个别？"郑印点点头："寇大人您请。"他自己和几个随从站在路边，看着寇准跳下马来，走到人群中。下邽县的百姓们围到寇准身边，这个送鸡蛋，那个送衣服，寇准连连推辞。这时候一位老人走到寇准面前，郑印一看，就是昨天在县衙门口跟自己聊天的那位。这位老人对寇准说："大人，我知道您两袖清风，要走也一定不会收礼，但这样东西您无论如何也得带上。"

老人要送给寇准的是什么东西呢？我们下回再见分晓。

第三十二回　寇准审案封天官　潘贼抵赖受大刑

　　上回说到寇准要和郑印一起去京城审理潘杨一案，临走的时候，下邽县的父老乡亲依依不舍，有位老人走到寇准面前，递给他一个小布包："大人，这里边一不是钱财，二不是珠宝，是咱们县的泥土，您把它带在身上，走到哪儿都不要忘了我们。"寇准点点头："老人家，您放心，这个礼物我不但要收下，而且会永远收好。"说完他对着这些父老乡亲深深地鞠了个躬，这才转身来到郑印面前："王爷，劳您久等了，我们走吧。"

　　郑印和寇准一路上日夜兼程，来到京城的时候正好早朝。郑印就带着寇准来向皇上交差："万岁，寇准已经在殿外等候接见。"宋太宗一听："快快让他进来。"不一会儿，寇准进殿拜见皇上："微臣寇准参见陛下。""寇准，你可知朕召你来京城是为了何事？""回万岁，郑王千岁已经告诉我了，您命臣来审理潘杨一案。"这时候老丞相王苞出班奏道："陛下，潘杨一案关系重大，寇准现在还是个县令，审理此案有许多不便，请皇上早点拿个主意。"宋太宗点点头："老丞相说得对，寇准，朕命你为刑部天官，你一定要认真审案。"

　　散朝之后，王苞把寇准给叫住了："寇准啊，这次皇上命你主审潘杨一案，事情非同小可，你可不能大意。""学生知道，路上学生也向郑王打听了案情的始末，这可是个得罪人的差事啊。"王苞笑了笑："要是简单就不找你来了。有为难之处，你就去南清宫找八王赵德芳，杨延昭虽然是他的妹夫，但是八王这个人一向公正，毫不偏私，你尽管放心。""多谢恩师指点。"

寇准跟王苞告了别，来到了刑部。当天晚上他就把潘杨一案的所有案卷调了过来，仔细翻阅，一边翻一边心里想："这案子很清楚，明摆着是潘仁美公报私仇。"他正想着，外面差人来报："大人，宫里来人了。"寇准一愣，还没来得及说话，外面的人就走进来了，一看穿着打扮是宫里的太监，寇准赶紧站起身来："不知这位公公深夜前来，有何指教？"太监摆摆手："寇大人，指教不敢当，我奉贵妃娘娘之命前来给寇大人送点东西，希望明天您在堂上对国丈照顾一二。"寇准心想："好个潘贵妃，上次你给刘玉送礼，让八王爷抓到，还不知道收敛。我要现在拒绝，估计这太监当场就得跟我翻脸……有了，我何不如此……"心思一转，他一拱手："既然如此，就多谢娘娘厚爱了。"太监一看寇准收下了礼物，心里高兴："既然如此，明天就有劳寇大人了。您放心，等案子审理完了，少不了您的好处。"

太监前脚刚走，寇准后脚就吩咐差人："来人，给我备轿，去南清宫。"八王一听说寇准来了，心想："这是有什么急事，大半夜跑到我家里。"寇准见到八王，照例行礼："千岁在上，寇准有礼了。"八王把他扶起来："寇大人免礼，这么晚了，你来我这南清宫有何贵干？"寇准一笑："八王爷，我来给您送礼来了。"说着就把潘贵妃的那张礼单双手递给八王。八王接过礼单一看，可把他气坏了，心想："潘贵妃，上次的事我还没找你算账呢，今天你又来给寇准送礼，明天我非得在朝堂上跟陛下好好理论一番！"寇准看八王这脸色，接着说道："八王千岁，我的恩师老丞相王苞跟我交代过，您为人正直，让我有难处就来找您。结果今天晚上我就碰见麻烦事了，所以来找

杨家将传奇
杨

您商量，您要是也帮不了我，我就只好明天上朝去找陛下说说这事，大不了辞官免职，回老家种地去。"八王一听，心里暗暗称赞，好个寇准，果真有风骨，当即回答："寇大人你尽管放心，礼单留在我这当个证据，明天你只管放心大胆地去审，不管我妹夫杨延昭还是国丈潘仁美，你都不用偏私。如果潘贵妃敢找你麻烦，我给你做主。""那我就放心了。既然如此，千岁，我先告辞了。"

第二天寇准升堂，下令把原告和被告都带上来。六郎和潘仁美都来到堂上，寇准也挺客气："两位请坐。"潘仁美一看，心想，看来女儿昨天没白送礼，于是放心地往椅子上一坐。这时候就听见寇准问："杨延昭，你告潘仁美的状纸，我已经看过了，不知道可有人证物证？"杨延昭站起身来，一抱拳："回禀大人，潘仁美乱箭射死我七弟，我七弟的遗体就是物证。至于人证，边关大将岑林、柴干，都是人证。"寇准转过脸来问："潘仁美，杨延昭说的可是实情？"潘仁美赶紧回答："寇大人，这杨延昭是满口胡言，明明是他父子贪功冒进，导致全军覆没，却反咬一口，说我不发援兵。他说我乱箭射死杨延嗣，那杨延嗣的尸体现在在哪里？"

寇准一听，又问六郎："杨延嗣的遗体现在何处？"六郎还没来得及回答，就听见堂外有人答话："寇大人，杨延嗣的遗体已经运到京城，就在这里。"寇准抬眼一望，一位老将军走了进来。六郎高兴极了："呼延王爷，您来了！"寇准一听，赶忙行礼："不知王爷驾到，有失远迎。"呼延赞赶紧摆手："寇大人您不用客气，我这次来就是给您送证据的。"

原来，呼延赞当时带兵去接呼延丕显，父子两人商量，将来回到京城，潘仁美一定不会认账，那么七郎的遗体就是最好的证据。为了避免潘仁美手下的人提前转移七郎尸体，所以呼延赞晚走一步，和岑林、柴干一起，把七郎的遗体运回了京城。寇准一看人证物证俱在，又问潘仁美："潘仁美，如今人证物证俱在，你还不认罪？"潘仁美翻了翻眼皮，没搭理寇准，心想："我就不信，你还敢拷打我这个当朝国丈不成？"寇准看潘仁美拒不招供，并且态度如此傲慢，重重地拍了一下桌子："来人，把潘仁美拖下去，重打四十大棍！"

满京城的百姓都同情杨家将，恨潘仁美，差人们也不例外。听到寇准下令，官差毫不客气，把潘仁美拖下去，结结实实打了四十大棍，打得潘仁美皮开肉绽，昏死过去。寇准还想再审，这时候一位差人匆匆忙忙跑到寇准面前，低声说："大人，大事不好，贵妃娘娘来了。"寇准先是一愣神，接着就镇静下来，微微一笑："随我迎接娘娘凤驾。"下面的差人都佩服寇准，心想："寇大人，您这胆子也太大了，把国丈打成这样，娘娘来了还不快跑，等会儿看您怎么办。"还没等寇准出去迎接，潘贵妃已经来到了大堂上，一眼就看到了潘仁美趴在那里，顿时就火了："大胆寇准，敢对国丈用刑，给我把他拿下！"跟在贵妃身后的几个太监狗仗人势，冲上来就要捉拿寇准。寇准也火了，一拍桌子："王子犯法，与庶民同罪！谁敢扰乱公堂，给我打出去，出了事我一个人顶着！"差人们一听心里高兴，心说："还是寇准大人有骨气，那还犹豫啥，动手吧！"于是，差人们抡起水火棍一顿暴揍，把贵妃手下这帮太监打得鬼哭狼嚎。潘贵妃一看傻眼了，没想到寇准这么大胆，一跺脚："寇准，你给我等着！"说完转身就走。

要知道贵妃会使出什么手段来对付寇准，我们下回再见分晓。

第三十三回 八贤王刑场救人 寇天官天牢用计

上回说到潘贵妃大闹刑部大堂，没想到寇准毫不畏惧，命差人把太监打了出去。潘贵妃恼羞成怒，回到宫中就去找皇上告状了。寇准一看潘贵妃走了，于是吩咐下人："先把潘仁美押入天牢，我上殿去见皇上。""老爷，您什么时候回来？""不好说，没准就回不来了。"六郎赶紧站起身来："寇大人，您公正无私，不畏权贵，是我们大宋朝难得的好官，可千万别让这潘贵妃给坑了，您还是快派人去南清宫找八王吧。"

呼延赞刚刚带着人去交接七郎的尸体，潘贵妃大闹刑部的时候他回来撞见，本来想上去管管，结果寇准自己就把这事搞定了。这时候他接过六郎的话，说道："寇大人，你放心上殿见皇上，我替你去一趟南清宫！""既然如此，就多谢呼延王爷了。"于是寇准直奔朝堂，呼延赞也匆匆赶往南清宫去了。

当时宋太宗正在上朝，潘贵妃哭着上来了："万岁，我被寇准给打了，您得给我做主。""什么？"宋太宗大吃一惊，"你不要哭，慢慢说，到底怎么了？""寇准奉旨主审潘杨一案，我去看看审得怎么样了，结果看见寇准正在严刑逼供，把我父亲打得死去活来。我不由得说了他两句，他就说我咆哮公堂，让手下人打我。我的几个太监想护着我，结果都被打成重伤。"宋太宗一听，火了。"这寇准也太大胆了，上任第一天就敢打贵妃娘娘，再过几天是不是就该来打我了，这还了得？"正在这时，外面有人来报："刑部天官寇准，已经在殿外候旨。"皇上一拍桌子："来人，去把寇准拿下，推到午门外候斩！"

再说这边铁鞭王呼延赞赶到南清宫，见了八王，把事情一说："八王您赶紧走吧，去晚了说不定寇准就人头落地了。"八王一听赶紧飞身上马，和呼延赞一路奔到午门外，就看见寇准正被绑在那。八王下了马，快步来到寇准面前："寇大人受惊了。"寇准一看是八王来了，一笑："八王千岁，万岁说的是让我在这候斩，那就是吓唬吓唬我，您放心，我胆子大，吓不死。"八王一听，这人胆子还真大，都这时候了还有心情开玩笑，再一想，皇上确实不是一点儿原则都没有，他也知道不能随便杀寇准。想到这，他的气消了点："寇准你不用担心，本王这就上殿去给你求情。"

八王手提王命金铜，快走几步来到殿上。宋太宗一看八王气呼呼地进来了，心想，这八贤王消息怎么知道得那么快呢！但表面上还得明知故问："皇侄你不在南清宫休息，来殿上有什么要事吗？"八王一躬身："陛下，臣有一事不明，特来请教。""何事？""新任刑部天官寇准，不知为何被绑在午门外？""他严刑逼供，责打太师，还以下犯上，让差人殴打娘娘。"八王一听笑了："陛下，娘娘这是反咬一口啊！此前她给刑部天官刘玉送礼，这次又给寇准送礼，想让他也徇私枉法。那寇准是清官，他没收娘娘的礼，把礼单交给我了。"说完，他把礼单从袖子里拿出来，递给宋太宗："陛下，这就是证据。另外贵妃娘娘大闹刑部大堂，铁鞭王呼延赞当时在场，您可以传他来做个证人。"宋太宗心想，这摆明了是贵妃的错，还传什么证人，赶紧下令："快把寇准带回来。"

杨家将传奇

杨

寇准回到殿上，跪谢皇恩："多谢陛下不杀之恩。"宋太宗一摆手："寇爱卿，朕听信谗言，险些委屈了你。多亏八王弄清了事情的真相，希望你不要在意。朕命你继续主审潘杨一案，不得偏私，但有一条，无论原告还是被告，从此都不许责罚，不许打骂！"八王一听有点着急，他想，潘仁美老奸巨猾，用刑都不一定会招供，更何况不得动刑呢？他正想说话，寇准开口了："臣遵旨，重刑之下，难免会有屈打成招之嫌，这些年臣在地方上做官，这种事听说得多了。所以，皇上您放心，接下来不管是潘仁美还是杨延昭，我保证一不打、二不骂。"皇上一听心里高兴："好，寇爱卿，如果你真的能不打不骂就审明此案，我就加封你为双天官。"八王急坏了，心想："好你个寇准，你口气太大了吧，一不能打，二不能骂，这案子你还怎么审？"但寇准这个主审官已经表态了，他也不好多说什么，只能站在那干瞪眼。

散朝以后，八王气呼呼地往外走，寇准在后面赶紧把他喊住："八王千岁，您慢走。"八王停下脚步，瞪了寇准一眼："干什么？""八王千岁，您得帮帮我呀。"八王一听火就更大了："我怎么帮你？这都是你自己找的，你自己想办法吧！""千岁，办法我已经有了。但我初来乍到，可靠的人不多，您得帮我推荐几个。""什么，你有办法了？"寇准凑在八王耳朵边上，悄悄地说了一番。八王点点头："你这办法是不错，可就是显得不那么光明正大。"寇准笑了："八王千岁，您是皇子，金枝玉叶，性格也刚正不阿，行事正大光明。潘仁美可不一样，我们都知道他害死老令公是事实，射死七郎也有人证物证，但他就是厚着脸皮不承认，皇上又不让打、不让骂，这一切没有一样是正大光明的。所以对这种人就不能用正人君子的办法。您放心，我这个办法虽然听起来不够光明磊落，但一不违反大宋的法律条文，二没违反我跟皇上的约定。既不会把他屈打成招，也不会给他假造口供，就是让他发自内心地把事实真相说出来。"八王听了，连连点头："有你这样聪明正直的大臣，是我大宋的福气。你要可靠的人，这事不难，我这就联系平东王他们，给你调派几个得力的人手。"

寇准和八王的谋划，潘仁美在大牢里自然毫不知情。最近几天，看管他的人换了，新来的是个年轻小伙子，大家都叫他王小二，对潘仁美非常照顾。潘仁美就问他："王班头，关于我的案子，这几天有没有什么消息？""太师爷，您叫我小二就行。就算您不问，我也正要跟您通个气呢，您知道吗？审您的那个寇准，被免了。""啊？""我们是下人，知道的不是特别清楚，好像是娘娘上殿告了他一状，皇上本来要杀他，因为八王给他求情，所以他才保住了脑袋，被贬为平民。""哦，原来如此。那么不知道又是哪一位大人来审理我的案子？"王小二笑着回答："太师爷，上一位刘大人，因为向着您，得罪了八王，命都没了。这新来的寇大人，因为向着杨家，得罪了皇上和娘娘，差点掉了脑袋。还有谁活得不耐烦了，敢来审您这个案子？"接着，王小二又压低声音神秘地对潘仁美说："太师爷，我再告诉您一件事，这可是我今天刚听到的消息。"潘仁美的耳朵顿时竖起来了："什么消息？"

王小二要告诉潘仁美什么消息呢？我们下回再见分晓。

杨家将传奇

第三十四回　入地府奸臣丧胆　见英灵恶贼招供

上回说到潘仁美看见好几天都没人来审问他，就向看管他的人打听。新来的王小二告诉他，寇准已经被皇上免职。另外，他还告诉了潘仁美一个重要的消息："太师爷，我有个远房亲戚在七王府里当差，今天我听他说，您这个案子，皇上其实就是想拖着不办。现在正好没人愿意审案，再过个把月，就能找个借口把您放出来了。"潘仁美一听："好好好，王小二啊，这些天你那么照顾我，等我出去以后一定忘不了你的好处。""哎呀，那就多谢太师爷了。"

又过了两天，王小二喜气洋洋地走进天牢："太师爷，这两天朝堂上还是没人敢审您的案子，我看您过不了几天就该走出这天牢了！我置办了点酒菜，提前给您庆祝一下。只是小人没几个钱，买不起什么山珍海味，您别嫌弃。"说着，王小二斟满一杯酒，双手端到潘仁美面前："太师爷，这菜虽然不是什么好菜，但酒是好酒，这坛酒在树下埋了十年了，您尝尝看。"潘仁美在天牢里，吃的都是普通饭菜，好久没闻见酒香肉香了，他拿过酒杯一闻："好酒！"端起来一饮而尽。王小二劝酒劝得勤快，这酒本身好喝，结果没过多会儿，一坛酒让潘仁美差不多给喝光了。王小二扶着他上床躺下，把东西收拾一下，说道："太师爷，我先出去了，您休息，有事叫我。"潘仁美迷迷糊糊地一摆手："你下去吧。"

不知道睡了多久，潘仁美突然醒了，听见外面隐隐约约传来戴着镣铐的犯人走路的声音，还有人哭的声音，他就纳闷了："这大半夜的，抓什么人去审问呢？"就在这个时候，"吱呀"一声，牢门开了。他抬头一看，酒顿时吓醒了一半，进来这两个人身穿黑色衣服，脸却不是一般的人脸，一个长着牛头，一个长着马脸。那个时候的人都迷信，相信作恶多端的人死了会下地狱，地狱里的阎罗王①会派牛头马面②来把他抓走。潘仁美心想："坏了，估计是我在人间干了太多坏事，阎王爷派人来抓我了。"

这时候，牛头马面说话了："潘仁美，你在阳间作恶多端，谋害忠良，害死杨家父子。如今他父子在阴间告了你，阎罗王派我们两人来抓你去受审！"潘仁美一听，魂都吓飞了。牛头马面也不理他，拖起他就往外走，一路上只听得风声呼呼。三人走了不知道多久，来到一座森严的大殿前，停下了脚步。潘仁美毕竟也是带过兵打过仗的人，胆子比普通人大一些，他低声问旁边的牛头马面："两位鬼使，请问我们现在是在什么地方了？"牛头瞪了他一眼，没说话。马面说："我们现在已经到了地府了。""啊！"潘仁美一听，可吓坏了，"难道我已经死了？""你还没死，这次是杨家父子告你，所以阎罗王才抓你来问话，你如果照实回答，还有回去的可能，如果撒谎惹怒了阎罗王，那你可就真的回不去了。"

潘仁美跟着牛头马面继续往里走，就看见两边的回廊里摆着几十口大锅，一群青面獠牙的鬼卒正把一个个戴着手铐脚镣的人往这边赶。潘仁美低

141

---

① 阎罗王：佛教称管地狱的神。
② 牛头马面：传说阎罗王手下的两个鬼卒，一个头像牛，一个头像马。借指各种阴险丑恶的人。

杨家将传奇
杨

声问："两位，这是在干什么？"马面看了一眼："这里是专门惩治历朝历代那些奸臣的，像秦代的赵高、汉代的"十常侍"、唐代的李林甫，他们在活着的时候陷害忠良，祸害国家，所以死后每天都要在油锅里炸上三次。""啊？"潘仁美一听，原来死了还要受那么多罪，"那有没有不受惩罚的呢？""也有，那些痛痛快快招供的，生死簿上还不该死的，也就放回去了。""那……敢问两位鬼使，生死簿上，我今天该不该死？"

还没等牛头马面回话呢，忽然背后响起一阵锣声，油锅里立时传来阵阵惨叫，潘仁美吓得眼睛都不敢睁，头也不敢回，跟着牛头马面一路来到了一座更加森严的大殿。潘仁美抬头一看，大殿上坐着一人，非常威严。他想，这就是阎罗王了。再往下一瞧，一口巨大的油锅摆在大殿正中，下面火焰翻腾，上面白烟缭绕，油锅前面跪着一个人，背对潘仁美。潘仁美心想，这背影看着怎么那么眼熟呢！这时候，只听阎罗王一拍桌子："刘君其，我问你，你是如何和潘仁美等人密谋，害死了七郎杨延嗣？"潘仁美一听，原来刘君其这小子也被阎罗王押来了！只听那人回话说："阎王爷，实在冤枉，这事我没干过，太师也没干过呀！"殿上阎罗王重重地拍了一下桌子："大胆刘君其，你们在阳间干的坏事，阴间一清二楚，你还敢隐瞒。来人，把他给我叉进油锅！"潘仁美远远地看见刘君其被两个鬼卒扔进了那口大锅，惨叫一声，就没了动静。这可把他吓得浑身发抖，哆哆嗦嗦。紧接着，他就被牛头马面拖到了大殿上。

阎罗王开口问道："下面是什么人？"潘仁美这时候已经吓傻了，"扑通"一声就跪在地上："阎王爷，小人潘仁美，不知阎王爷为什么召唤我到这里？"阎罗王哼了一声："大胆的潘仁美，你在人间坏事做尽，陷害忠良，乱箭射死了杨延嗣，又不发救兵，害得杨继业死在两狼山，你还敢问我为何把你召到这里?"就在这时,忽然从殿外闯进一个人来。此人身材魁梧,浑身鲜血淋漓,大喊:"潘仁美,还我命来!"阎罗王见状一皱眉:"杨延嗣,大殿之上,不许无礼,快快退下!"几个鬼卒过去把来人拦住了。潘仁美心想:"这回完了,平时都说死无对证,可我现在是在阴间,死者都来找我索命了,我还怎么抵赖。"他眼珠转了两圈,试探着问:"阎王爷,我想问一下,我在阴间招供的话,阳间的人会不会知道?"阎罗王哼了一声:"阴间的事,阳间的凡夫俗子,怎么可能知道?你当我这是什么地方!"这时候,站在阎罗王身边的一位文官说话了:"潘仁美,要想人不知,除非己莫为。你在阳间所做的一切,阴间看得明明白白。我看生死簿上你阳寿未尽,还能在人间活二十多年,但你要是还想狡辩,惹怒了阎王爷,你可就真的回不去了。"潘仁美一听,心想:"好汉不吃眼前亏,我痛痛快快招供了,还能多活二十年,那我还是招了吧,反正阳间也不知道这事。"于是他磕了个头说道:"既然如此,我愿意招供。"

就这样,他把自己是如何陷害杨家父子的事情,一五一十地说了出来。等到他说完了,阎罗王旁边的文官把他的口供记录下来,让他签字画押。潘仁美老老实实地在口供上签了字,这位文官拿起他的口供,看了看,收起来,回到殿上交给了阎罗王。阎罗王接过口供,站起身来笑道:"潘仁美,你看看我是谁!"

要知道这位"阎王爷"究竟是什么人,我们下回再见分晓。

143

第三十五回　金銮殿天子徇私
荒树林六郎劫囚

　　上回说到潘仁美被牛头马面带到阎罗王面前，一五一十地招认了自己如何陷害杨家父子的事实。待他签字画押之后，阎罗王微微一笑："潘仁美，你看我是谁？"说着，把脸上的胡须取了下来，又把装扮的衣服脱了下来。这时候大殿四周一下子灯火通明。潘仁美定睛一看，上面这位阎罗王不是别人，正是八王赵德芳。站在赵德芳旁边的那位文官，摘掉自己的假胡须之后，潘仁美也认出来了，正是寇准。潘仁美气得大叫一声："好你个寇准，居然敢假设阴曹地府骗我。"

　　潘仁美猜得没错，这的确是寇准的主意。那天散朝之后，他跟八王说出了自己的计划，八王就帮他从各位王爷府上调人：看押潘仁美的王小二是平东王高琼的亲随，杨七郎的鬼魂是汝南王郑印亲自假扮的，那个刘君其是双王呼延丕显找来的演员。至于下油锅，那也是戏台上常用的戏法，演员下去毫发无伤，只要惨叫得像那么回事就可以了。这一切细节都由寇准亲自把关，确保万无一失。那潘仁美老奸巨猾，竟也在酒精和自己心虚的双重作用下信以为真，乖乖地招了口供。

　　八王走下殿来，来到潘仁美面前，手拿供状，笑着说："要不是寇天官足智多谋，怎么能够拿到你的真实口供？"潘仁美气急败坏，他想："这份口供我已经签字画押，铁证如山，皇上想救我也救不了啦。"他趁八王没留神，忽然从地上蹿起来，一把从八王手中抢过那份供状，塞进嘴里，一仰脖子咽了下去。八王万万没想到潘仁美还会用这一招，他气坏了，这时候寇准微微一笑，从袖子里拿出了一份供状："八王千岁，您不用着急，我早就防着他这一手了，刚才我给您的那一份是空白的，真的供状在我手里呢。"八王一看，这才放下心来。

第二天，寇准、八王、佘老太君等人来到殿上，寇准就向宋太宗禀报："启禀陛下，潘杨一案我已经审理明白。潘仁美公报私仇，陷害杨家父子，乱箭射死了回营搬兵的杨延嗣；不发援兵，害得老令公撞死在李陵碑前；怕杨延昭进京告御状，又派人沿途截杀。所有内容都是他亲口招认，亲笔画押，请皇上发落。"宋太宗一愣，心想：这个寇准可真行，他到底是怎么把这份供状拿到手的，不行，我得问问。于是开口问道："寇准我问你，在审案过程中可有打骂？""回皇上，我一没打、二没骂，就是假扮了个阴曹地府，他就乖乖地招了。"这时候佘老太君也走上殿来："陛下，潘仁美已经招供，我七儿惨死，丈夫冤死，请陛下为我杨家申冤啊！"宋太宗一听，只好传旨："把杨延昭和潘仁美带上来。"不一会儿，潘仁美被押到殿上，六郎也跟着来了。皇上重重地一拍桌子："潘仁美，身为三军主帅，公报私仇，陷害杨家父子，本应处你死罪！念你是先皇旧臣，饶你一命，发配三千里外充军。你的两个儿子潘龙、潘虎随你一同前往。杨家一门忠烈，老令公和杨延嗣又屈死沙场，特赐佘老太君龙头拐杖一把，上殿不必参拜，下殿不必告辞，文武百官若有横行不法，老太君均可用这龙头拐杖教训他。杨延昭任雄州指挥使。跟随潘仁美谋害杨家父子的几人，一律斩首示众。"他一口气把这些旨意说完，接着就宣布退朝。

145

杨家将传奇

杨

八王一听，潘仁美犯了这么大的罪还不杀他，当时就想反对。可是，宋太宗说得清楚，潘仁美是先皇旧臣，他是看在先皇份上免了潘仁美的死罪。先皇赵匡胤就是八王的父亲，所以宋太宗抬出先皇来，八王就不好反对了。其他人也听得明白，不好让八王为难，也只好默默无语。退下殿来以后，八王、寇准、佘太君、六郎聚在一起商议，都觉得皇上处置不公。大家把目光投向了寇准，寇准问："你们都看我干什么？"佘太君对寇准说："寇大人，您足智多谋，我们都在等您出主意呢。"寇准一笑："老太君，您过奖了。不过，只要八王千岁敢担责任，我就有办法让你们杨家报仇雪恨。"八王一听，怎么又把责任推到自己身上了，但转念一想，为杨家报仇更重要："行，你只要能想出办法来，出了什么事，我保证一力承担！"

寇准看看四周："此处不是说话之处。杨郡马，您今天晚些时候去南清宫，咱们去八王那里商量。"说完，也不等别人回话，转身就走。大家看寇准走了，也无可奈何，只好各自散去。当天晚些时候，六郎来到了南清宫，见了八王就问："千岁，这寇大人来了没有？"八王摇摇头："还没来。"两个人等了好久，寇准才不紧不慢地从外面进来了。八王一看寇准来了，就问："你的主意想好了没？""想好了，潘仁美三天后离京往琼州去，京城外五十里有一片树林，非常荒凉，平常少有人去，但那是京城去琼州的必经要道。杨郡马您带着人埋伏在那，等潘仁美经过的时候，把他截住。"八王一听气坏了："寇准，你知不知道截杀朝廷犯人是死罪？你这是成心把我妹夫往火坑里推啊？"寇准笑了："千岁您放心，潘仁美仗着女儿是贵妃，一定不会去琼州那么远的地方吃苦受累，而是找人替他去流放。郡马您去拦截，不是为了杀人，而是为了拿证据。"八王一听："这是个办法，只要你算得准，那他这就是欺君之罪，两罪合一，估计皇上也没法再护着他了。"寇准又从袖子里拿出一封信，递给六郎："郡马，三天后打开我这封信，按上面说的行动，我保证您能报仇。"六郎双手接过信，恭敬道："多谢寇大人，我一定按您说的做。"

三天后，六郎带着八姐、九妹还有十几个亲兵悄悄地埋伏在了京城外的那片树林里。不一会儿，几辆囚车朝着他们这个方向来了。六郎一抖银枪，飞马杀了出来。他来到第一辆囚车前，一看那犯人就认出是假的，于是来到那几个官差面前问："潘仁美去哪了？"几个官差一看是六郎，吓坏了："郡马爷您千万别生气，这真不关我们的事，潘仁美还在自己府上呢。"六郎就对八姐和九妹说："你们先回天波府，我要去一个地方。""去哪？""去给父亲和七弟报仇！""你一个人去？那可不行，我们也要去！"六郎没办法："好吧。"于是他安排自己的亲兵，把这些假犯人和官差一起押回京城，又叫过两名亲兵，让他们飞马赶去找寇准："你俩见了寇大人就告诉他，可以行动了。"

再说潘仁美这边，他花钱买通了刑部的官员，让他们找了三个犯人，代替自己和两个儿子去受罪。这会儿他们父子三人正在家里喝茶呢！潘龙潘虎还是有点不放心："父亲，这犯的可是欺君之罪啊，万一被人发现了怎么办？"潘仁美摆摆手："你们放心，皇上本来就没打算治罪，咱们安心在家享福就行了。"他话音刚落，忽听外面一阵大乱，管家气冲冲地跑进来："太师爷，大事不好，有一群士兵把府门给围住了，说是太师爷有欺君之罪，要进来抓您！""啊？"潘仁美大吃一惊，心想，"怎么这么快就走漏了消息？"

原来，这一切都是寇准提前安排的，他头天晚上就到了呼延赞的府上，请呼延赞派兵帮忙："呼延王爷，下官有一事相求。明天就是潘仁美出京发配的日子，我想他一定不肯亲自去，所以让郡马去抓证据。一旦拿到证据之

147

后，我想请双王率兵去把潘府围住，而且声势越大越好。"呼延赞听了，想都没想就说："行，没问题。"接着就对呼延丕显说："明天咱们王府的所有人手都归你调配，要是放走了潘仁美，我拿你是问。"寇准连忙拦住："王爷，真要拿住潘仁美，皇上未必会治他的欺君之罪，把他吓跑就行了。""嗯?"呼延父子都是一愣。寇准笑了："放心，自然有人在路上等他。"

要知道寇准究竟定的什么计策，我们下回再见分晓。

第三十六回　六郎擒贼报家仇　寇准得封双天官

　　上回说到潘仁美找替身去琼州发配，寇准早已料到。杨六郎在城外一拿到证据，马上派人告知寇准，寇准接着就通知呼延丕显率军把潘府包围起来。呼延丕显按照寇准的叮嘱，在门外搞得声势浩大，士兵们各舞刀枪，高喊："捉住潘仁美！""别让潘仁美跑了！"潘仁美在府中听得真真切切，他心想："坏了坏了，呼杨两家交好，如今呼延丕显带兵来抓我，看来真的是要杀我了。"这个时候两个儿子也吓傻了："父亲，咱们赶紧跑吧。"潘仁美一点头："对，趁现在天色已晚，咱们赶紧跑，去辽国投奔韩延寿。"

　　于是父子三人带上几个亲随，拉着马溜出后门，一路狂奔逃出京城。从京城去辽国有一条必经之路，路上有一座树林叫作黑松林。天快亮的时候，潘仁美父子进了黑松林，潘龙说："父亲，后面没追兵，咱们得歇歇了。"潘仁美跳下马来，坐在树边休息，他长叹一声："没想到今天会如此狼狈，赵德芳、寇准、杨延昭，还有那个呼延小儿，你们给我等着，将来我绝对饶不了你们。"就在这时突然听得一声大喊："潘仁美老贼，哪里走！"潘仁美回头一看魂都吓没了，身后一员大将，骑一匹白龙马，提一杆亮银枪，正是六郎杨延昭。背后又有两员女将，左边八姐杨延琪、右边九妹杨延瑛。

149

六郎是怎么来的呢？原来寇准给他那封信里写得明明白白，让他拿到证据以后赶紧赶去黑松林埋伏，说潘仁美一定会逃往辽国，让六郎到黑松林截杀。潘仁美看见杨延昭，知道是跑不了了，一咬牙翻身上马，和两个儿子各举兵器，与杨延昭兄妹三人杀在了一处。潘仁美虽然是武将出身，两个儿子也会武功，但比起杨家兄妹，那就差得远了。先是潘虎被九妹延瑛一枪挑于马下，接着潘龙被八姐延琪一刀砍死。潘仁美拨马要逃，被六郎一枪刺中大腿，落下马来。接着六郎把大枪顶在潘仁美咽喉，咬牙切齿地骂道："老贼，你也有今天！我要为父亲和七弟报仇！"说着大枪一抖，连扎了潘仁美二百零六枪，再看辉煌一时的国丈，已然面目全非。兄妹三人报了仇往回走，刚刚走出黑松林，迎面碰上呼延丕显赶过来："六哥，怎么样了？""报仇了。""潘仁美呢？""我扎了他二百零六枪。""该，让他害死我七哥。"到了城门口，六郎对八姐九妹说："你俩赶紧回家，告诉母亲大仇已报。""那你呢？""我去上殿见陛下。""那六哥你要多加小心。"六郎点点头："放心吧。"

这边皇帝与众臣子正在上早朝。皇帝说："众卿有本上奏，无本退朝。"寇准心想："等着吧，一会儿你就有事干了。"就在这时，外面太监来报："启禀皇上，杨延昭在殿外求见，他说自己杀了潘仁美父子三人，特来向皇上请罪。""什么？快快让他进来。"

六郎走上金殿，跪在地上："启禀万岁，罪臣杨延昭今天早上在黑松林杀死了潘仁美父子三人，请陛下降罪！"宋太宗一听，心想："我费尽苦心才保下国丈，你偷偷地就给杀了！"想到这，他不由得勃然大怒，重重地一拍龙案："大胆的杨延昭，目无国法！来人，把他推出午门，即刻斩首！"这时候，寇准站出来了："陛下，刀下留人！"宋太宗一看是寇准，火更大了，心想："杨延昭杀国丈这事，说不定主意就是你出的，你要敢给杨延昭求情，我连你一块儿收拾。"

"寇准，你可是要给杨延昭求情？""回陛下，我是要再给他加一条罪状。"宋太宗有点糊涂："他还有什么罪状？"寇准不慌不忙地说："潘太师发配去琼州，应该走京城南边。黑松林是去辽国的必经之路，在京城北边。这两个方向正好相反，可杨延昭却非说自己是在黑松林杀了潘太师父子，这不摆明了是在皇上面前信口胡说吗？光凭这一条，他就多了一个欺君之罪！"寇准这么一说，宋太宗也回过神来了："对呀，潘太师往琼州去，你怎么能在黑松林杀死他呢？"

"启禀万岁，潘仁美没有按照旨意前往琼州，而是找了替身。事情败露

151

之后，他又想逃往辽国，所以我才在黑松林杀了他。"宋太宗不敢相信自己的耳朵："你说什么？潘太师找了替身，而且自己还想逃到辽国去？"这时候寇准走上前来道："陛下，潘仁美找替身替他去发配，这本身就犯了欺君之罪，而且他还想逃到辽国去，私通外敌更是死罪。他对宋朝这么熟悉，逃到辽国去一定是后患无穷，所以郡马杀了他，虽然是为父报仇，但也算是一件好事，您说呢？""这……"宋太宗心想，要是潘仁美真的私通辽国，这自然是死罪，被六郎杀了也不冤枉。

接着，潘仁美的几个亲信被带上殿来，也痛痛快快地招认了潘仁美私通辽国的事。这时候八王、汝南王郑印、平东王高琼、铁鞭王呼延赞都来到殿上为六郎求情。宋太宗一看，这杨延昭是杀不了了，于是他就问寇准："寇准，潘杨案是你审理的，前后过程你最清楚。以你之见，杨延昭该如何处置？"寇准给皇上行了个礼："启禀陛下，潘仁美私通辽国是死罪，郡马为父亲兄弟报仇，虽然情有可原，但毕竟也是私自杀人。所以，在我看来，您可以免去他的官职，让他当个普通老百姓也就是了。"宋太宗点点头，心想，这个建议还不错。于是问道："杨延昭，你可知罪？""臣知罪。""看在你的父亲和几个哥哥都为国捐躯的份上，免去死罪，降为平民。""谢陛下。"

散朝之后，八王、郑王等几位王爷就把寇准给围住了："寇大人，既然潘仁美该死，六郎无罪，你为何让皇上免去他的所有官职呢？"寇准一笑："各位王爷，潘仁美毕竟是国丈，贵妃还在宫里，如果不给郡马点处分，皇上心里憋着一口气，早晚发作出来，不如现在给皇上个台阶下。反正现在边关暂时没有战事，郡马现在是平民，待在家里也好在老太君面前尽尽孝心。将来边关一旦有事，需要用到杨家将，那么官复原职，还不是皇上一句话的事吗？"众人一听恍然大悟，都佩服寇准不但足智多谋，而且了解人心。六郎向寇准道了谢，回天波府去见母亲佘老太君了。

第二天早朝，八王来到殿上，对宋太宗说："当初审理潘杨案的时候，您曾经说过，如果寇准能不打不骂就审出案情真相的话，您就加封他双天官。如今案子已经审理明白，作为皇上，您说话可不能不算数。"宋太宗点点头："寇准，上前听封。""臣在。""你主审潘杨一案有功，朕封你为双天官，掌管吏部、刑部。""谢陛下。"八王紧接着又说话了："陛下，我这里还有一个人才。"

却说八王推荐个人才不要紧，没想到此人差点毁了大宋江山。要知道八王推荐的是谁，我们下回再见分晓。

杨家将传奇
杨

第三十七回　虎狼谷宋辽比武　寇天官料敌决胜

　　上回说到八王赵德芳在金殿保本，宋太宗加封寇准为双天官。接着八王又说："陛下，臣再向您推荐一个人才。此人姓王名钦，满腹才华，杨延昭状告潘仁美的那张状纸就是他写的。"宋太宗看过那份状纸，对王钦的文才也有印象，于是点点头："既然此人文采如此好，可以让他给七王元侃做伴读学士。"就这样，王钦，也就是贺黑律，来到了七王府上，成了赵元侃的伴读学士。他聪明过人，文韬武略，又善于察言观色，很快就受到了七王的器重，被当作了七王的心腹谋士。

　　在七王府安定下来之后，王钦便写了一封密信，把宋朝的情况透露给了辽国。萧后收到信件一看，知道杨家将里仅存的杨延昭已经被降为平民，于是就召集众臣商量，准备再次发兵，进犯中原。这时候，耶律斜轸建议说："陛下，我们可以给宋王写一封信，邀请宋将到边境来和我们比武。如果他们不敢来，那就得给我们年年进贡，岁岁称臣。如果他们的确没有什么良将的话，我们就可以趁机起兵，直捣中原。他们若还有些能征善战的大将，那么微臣自有计策，让他们有去无回。"萧后一听："好，既然如此，我这就给宋王写信，你们要用心准备。""是!"

　　十几天后书信送到京城，宋太宗犹豫不决，召集众臣商议。平东王高琼、汝南王郑印这些武将都主张到边境上去和辽军交交手，杀杀他们的威风。寇准建议说："陛下，辽国向我们下挑战书，如果不去的话，确实有损朝廷的体面，但如果去的话，他们一定有奸计。以微臣之见，我们还是要去，但是要多加小心。我虽不能舞刀弄枪，但愿意跟着，一起去前线，帮着出出主意。"于是宋太宗下旨，命铁鞭王呼延赞为主将，寇准为监军，和汝南王郑印、平东王高琼一起，又从军中选了几员勇将，去边关比武。

几天后，他们来到边关，岑林、柴干、吴巨、马凯、石青、何山等边关大将赶来迎接，向几位王爷和天官大人禀报说，辽军已经在边关外三十里处一个叫虎狼谷的地方扎下营寨。呼延赞和寇准一商量，派人给辽军送去了一封信，约他们三日之后比武。送信人走了以后，郑印就对呼延赞说："老王爷，到了比武那天，我和高琼去，您留守此地就行。"呼延赞一瞪眼睛："怎么，觉得我老了，上不了战场了？"高琼赶紧帮着解释："呼延王爷，守边关这种事，得您这样的老将坐镇。"呼延赞想想也对，郑印、高琼都年轻，辽军要是来偷袭边关，他俩没经验，还真守不住。于是他点点头："好，你们多加小心。"岑林又说："比武那天，我和柴干也跟着，我俩熟悉辽将的情况。"

就这样，到了比武当天，郑印、高琼和寇准带着岑林、柴干等十几员宋将和三千精兵，来到了虎狼谷。耶律斜轸和萧天佑带着辽兵辽将正等在那里。看见宋军来了，耶律斜轸带几个亲兵迎上前去："我是辽军主将耶律斜轸，今天我们辽宋大比武，不知道你们谁是主将？"高琼戳戳郑印："郑大哥，您来主持大局吧。"郑印点点头："好。"说着催马上前："我是宋军主将，汝南王郑印。""原来是郑王爷，失敬失敬，我有个提议，这次比武，五局三胜，双方各派五个人上场，哪边胜三场算哪边赢，您看怎么样？"郑印

155

点点头："可以。"

双方回到自己的阵中，郑印把耶律斜轸的话一说，高琼就抢着说："我来打这头一阵！"寇准摇摇头："高王爷别急，这第一阵您不能上！"高琼一愣："为什么？""两位王爷，我们这是比武，不是打仗。打仗讲究的是先声夺人，但比武就不一样了，每个人只能出战一次，所以两位王爷得耐心点。"高琼一听就明白了："寇大人，您用的是'田忌赛马'的法子。"郑印看岑林、柴干几个还是一脸迷惑，就给他们解释说："这是一个战国时期的典故，战国时期齐国的国君喜欢赛马，他手下的大臣田忌和他赛马总是输。后来田忌的朋友孙膑就给他出了一个法子，赛马分上中下三等，孙膑让田忌用下等马去和齐王的上等马比赛，然后上等马和中等马比，中等马和下等马比，这样一来三局两胜，总的来算也赢了。"岑林、柴干一听，恍然大悟。岑林说："既然这样，两位王爷先别急着出战，我先去探探他们的虚实。"说着一催战马冲了上去。

岑林来到阵前，看辽国那边上来了一员战将。他仔细一看，不是那几个有名的辽国大将，心中暗暗佩服寇准料事如神。辽国那边耶律斜轸采取的也是田忌赛马的方法，所以派了一名新入营的偏将何元上场。岑林虽然不是什么有名的上将，但在边关征战多年，无论在经验上还是武艺上都高这个何元一头。两个人打了二十几个回合，岑林看准机会，飞起一枪挑落了何元的头盔。这时候高琼对寇准说："寇大人，这第二阵就该我上了吧。"寇准点点头："小王爷，多加小心。"

高琼催马来到阵前，银枪一抖，指着辽军："平东王高琼在此，谁敢与我决一胜负！"对面一听是高琼来了，"轰"的一下都乱了。当初幽州城一战，高琼闯营求救兵，萧天佐那么厉害的大将都让他差点一枪扎死，所以在辽兵心目中，除了杨家将，就怕这高琼，今天他这么一点名叫阵，一时半会儿还真没人敢答应。萧天佑一看："上次他刺伤我兄长，这一次我去会会他。"耶律斜轸知道，萧天佑和萧天佐一样，都是辽国智勇双全的大将，于是点点头："高家枪法天下闻名，不在杨家之下，不要大意。"萧天佑点点头，手提大斧，冲到阵上："高琼休得张狂！上次你伤了我兄长萧天佐，今天我要为他报仇！"说着挥舞起大斧，就要会战高琼。

要知此战胜负如何，我们下回再见分晓。

第三十八回 中计谋宋军遭困
商对策驸马送粮

上回说到宋辽两国在虎狼谷比武，第二场高琼对战萧天佑。两人来到阵前，萧天佑大斧一抡，一招"力劈华山"，直奔高琼头顶。高琼把枪杆一斜，大斧砍在枪杆上，往下一滑，卸去了大部分力量，接着催马上前，使出了一招"金鸡三点头"。这一招是连发三枪，直刺对方的额头、咽喉和前胸，就像公鸡点头那样，三个地方都是人体的要害，要求枪法又快又准又狠。萧天佑只见高琼银枪一挥，三点寒光就奔着自己来了。他赶紧挥动大斧，把自己的上半身护了个严严实实。高琼一看，萧天佑护住了上半身，于是银枪一转，直奔他小腹而去。此时萧天佑再招架已经是来不及了，赶紧一侧身，只听得"刺啦"一声，背后的战袍被划了个大口子。萧天佑吓出一身冷汗，心想这高家枪法的确名不虚传，反正耶律元帅已经定下计策了，自己没必要在这耗下去，万一真挨上一枪就不划算了。于是他虚晃一斧高喊道："高琼，你果然厉害，我不是你的对手，甘拜下风！"说完，拨马败下阵去。

高琼赢了这一阵，宋军这边个个喜气洋洋。再胜一场，这场比武就赢了。郑印说："该我上了。"一催战马就冲了出去。高琼看寇准有点心神不定的样子，以为他担心后面几场胜负，就安慰寇准说："寇大人，您不用担心。郑王爷的武艺是家传的，都是他母亲陶太君手把手教出来的。"寇准摇摇头：

"我倒不是担心比武的胜负，我担心的是，我们赢了以后是否还走得了。"高琼惊讶道："寇大人，您这是什么意思？""高王爷，您想想，这场比武关系重大，谁也输不起。如果您是萧天佑的话，就算是对手厉害，您会连皮毛都没伤就败下阵去吗？"高琼不由得抽了口冷气："寇大人，您说得没错，这么重要的比武，辽国怎么可能轻易认输呢？难道辽人比武是假，把我们在这里一网打尽才是真的？"寇准点了点头："不错，恐怕我们一进这虎狼谷，就已经掉进陷阱了。"岑林想了想："这后面有座小山，易守难攻，实在不行我们就上山坚守。"

他们正在后面商议对策，前面郑印已经和辽将沈达杀到了一处，两个人打了二十多个回合，沈达被郑印一棍打落头盔，败下阵去。郑印心中高兴，指着耶律斜轸大叫："你们已经输了三场，赶紧回去告诉你们萧后，早日向我大宋朝称臣！"耶律斜轸哈哈大笑："你们已经中了我们的计策，还敢如此嚣张！"郑印大怒，正要杀奔耶律斜轸而去，就听谷口外响起了三声号炮，接着喊杀声像潮水一般涌来。探马来报："两位王爷，天官大人，大事不好，数万辽军已经将谷口围住，正向我们杀来！"郑印大吃一惊："哎呀，事已至此，只有跟他们拼了！"他一摆自己的盘龙棍就要往外冲，高琼一把把他拉住："别急，刚才我们商量过了，谷口冲不出去，赶紧从小路上山坚守！"

如此这般，三千人马退到山上。高琼往四下一看，这座山虽然不高，但地势险要，辽军很难攻上来。再看辽军，并没有攻山的打算，只是远远地把谷口堵得严严实实，不由得长出了一口气："辽兵只围不攻，对我们太有利了，相信边关很快就会把告急文书送到朝廷，我们只要在这里坚守待援就行了。"岑林在旁边一脸焦急："两位王爷，我们在这坚守不了三天。""啊？为什么？""我们粮草不足，士兵随身带的那点干粮，最多够吃三天的。"郑印

一拍脑袋："我不常上阵打仗，把这么大的事给忘了。既然这样，能守一天

算一天吧，到最后大不了跟他们拼了。"

再说辽军这边，耶律斜轸成功地把郑印他们困在谷中。当天中午他们摆下宴席，饮酒庆祝。忽然外面小卒来报："木易驸马押运粮草来到大营。"耶律斜轸站起身来，一挥手："走，我们帐外迎接。"前面我们讲过，这木易驸马其实是四郎杨延辉。他怎么来了呢？原来这次在虎狼谷设下埋伏，是由耶律斜轸出的主意。直到耶律斜轸率军去虎狼谷之后，四郎、八郎才分别从妻子那知道了这件事。兄弟俩赶紧凑在一起商量，最后决定四郎主动找个差事去一趟前线，趁机帮助宋军将士，免得他们中计。于是第二天，四郎就找到韩延寿："韩元帅，当初投降的时候，我曾经说过不和宋将对阵，但是在辽邦待了这么多年，大家都没拿我当外人，所以不出点力我也过意不去。您看看有没有什么不用上战场的事情，以后多交给我一些，也好为大家分忧。"韩延寿一听非常高兴："既然如此，就有劳兄弟押运粮草如何？这个任务虽然不用上战场，但关系全局。交给一般人，我还真不放心。"就这样，四郎押运粮草来到了前线。

耶律斜轸等人把四郎接进大营，大家重新坐定。四郎问："韩元帅派我来押运粮草，不知道前方战事如何了？"萧天佑抢着回答道："多亏了耶律斜轸元帅的妙计，把高琼、郑印困在谷中，他们没有粮草，支撑不了几天了。"四郎听了心里暗暗吃惊，于是他就对耶律斜轸说："元帅，粮草是三军的根本，我看我们就把粮草放在谷内，免得宋军从外面来偷袭。另外为了防止被困的宋军下来抢粮草，我想再请一位将军去给我当个助手。"耶律斜轸一听，四郎这个安排非常合理，两边都考虑到了，于是点点头："驸马所言甚是，既然如此，我就派沈达将军过去，由驸马调遣。"四郎出发之前打听过前线的情况，知道沈达这个人武艺高强，但是生性鲁莽，一听耶律斜轸把沈达调给自己，心中高兴，赶紧答应下来。

当天下午他把粮草运进了山谷中，晚上叫上沈达一起吃饭。沈达受宠若惊："哎呀，驸马爷您是何等身份，我怎么敢跟您坐在一起？"四郎摆摆手："什么身份？在战场上，大家都是一起出生入死的兄弟。对了，沈将军，我告诉你一个消息，被困在山上的高琼，可是当今宋朝皇帝的亲外甥，你要是把他给抓住了，那可是奇功一件。"沈达一想，对呀，这么个大人物要是被自己抓住了，那起码也能封个大将军。

四郎为何引诱此人去捉拿高琼？我们下回再见分晓。

第三十九回

杨四郎智要沈达
郑黑虎下山劫粮

上回说到四郎来到虎狼谷，准备暗助宋军，他邀请沈达来营中用饭。吃完饭，四郎又说："看护粮草不是小事，我们也得防止宋军下山偷袭。这样吧，从今天开始，咱俩轮流值守。今天晚上算我的，明天交给你。"沈达点头答应，告辞离开。四郎写了一封信，走到营外，趁着夜色，放马往前跑了一阵，来到山下。接着，他从背后取出一支箭，摘掉箭头，把那封信绑在箭杆上，对着山上有火光的地方就是一箭。宋军士兵捡到这支无头箭，不敢怠慢，一溜小跑把信送给郑印。郑印打开一看，信上写着："明天夜里请君宝与黑虎下山劫营，君宝诈败，引开敌将，我暗中相助粮草。"他赶紧拿着信去找高琼和寇准商量。

寇准看着这封信，就动开了心思。他想："说不定辽军中还真的有自己人，怕我们不相信，所以特地用了两位王爷的字来称呼他们，那这人究竟是谁呢？"想着想着，他隐隐约约有了答案，于是笑着对两位王爷说："二位王爷，我想这次一定是有贵人相助，不必担心。"这两人素来佩服寇准足智多谋，加上现在已经是绝境，就算是中计，也无非是早死两天而已，于是就赶紧调集了几百人马，做好明天晚上劫营的准备。

第二天晚上是沈达值夜，当天下午四郎开始调配全营的粮草，表面上说是把粮草分散放置，免得万一营中失火，被一把火烧光。实际上他悄悄准备了二十车粮草，放在了离宋军不远的地方，另外又把两百辆粮车摆在了谷口，万一耶律斜轸带兵来接应的话，也让他费点功夫，为劫粮的宋军争取时间。到了傍晚，他又邀请沈达去吃饭，吃完以后他对沈达说："我听说沈将军喜欢喝酒，我这有一坛从宫中带来的御酒，等会儿派人给你送过去，不当值的时候喝上两杯，休息一下。"沈达回营之后不久，四郎的酒就送到了。沈达非常高兴，他本来就是个好酒的人，虽然知道今天不能喝酒，但还是忍不住在酒坛旁边转了两圈。没想到四郎之前悄悄地把这个酒坛的封口敲掉了一块泥。美酒的香味一阵阵传来，他实在忍不住了，心想："我少喝一点，不会误事。"于是他把酒坛打开，给自己倒了一碗，一碗下肚之后意犹未尽，又喝了一碗。这御酒是上等的好酒，两碗下肚，沈达就有点晕了。起初他想靠在床边眯一会儿就出去巡逻，没想到往床上一躺就呼呼大睡了。

这沈达在帐中睡得正香，就听外面一阵大乱。他勉强睁开眼睛，看见他的亲兵飞奔过来报告："将军，山上的宋军杀下来了！"沈达大吃一惊，赶紧提着狼牙棒上马，冲到外面，正好撞上高琼。沈达一看，心里暗暗高兴："今天算我走运，如果能活捉了他，那就是大功一件。"他怕大营那边来支援跟他争功，于是赶紧传令，不准向大营汇报宋军劫营的事，接着手挥狼牙棒直奔高琼杀来。高琼举起银枪和沈达杀了十几个回合，假装抵挡不住，虚晃一招，拨马败走。沈达心想："驸马昨天跟我说过，这人是宋朝皇上的亲外甥，今天他竟然送上门来，可不能把他给放跑了！"于是他也不和大营那边打个招呼，就追赶了下去。

郑印一看，高琼把沈达给引走了，急忙带着自己那一路士兵来到了信上指定的位置，一看那果然有二十辆粮车。郑印赶紧下令："大家赶紧往山上

163

搬粮食，动作快点儿，千万别让人给发现了！"眼看粮草运得差不多了，忽然听得一声大喊："什么人？"接着就有人挺枪杀来，郑印赶紧举棍就打。结果，对方边打边俯身过来，压低声音说："咱俩假打几个回合，你打我一棍，然后放火把粮车烧了。"郑印一愣，心想这声音倒是有点耳熟，可黑暗中看不清对方的模样，于是问道："你到底是谁？""别管了，拖久了，大批辽军就上来了。""还真得打你一棍啊。""必须打，我不受伤，沈达不回来救援，高琼就脱不了身。"郑印想想也是，打了几个回合，一狠心，一招"金龙摆尾"打过去，对方没躲，这一棍正扫在腰上，"哎呀"一声掉下马来。后面的辽军一拥而上把他救起来："驸马爷，您怎么样？"郑印有点后悔，心想早知道这人连躲都不躲，自己应该轻点下手。但此刻情况紧急，他也想不了那么多了，立马下令放火烧粮车。

高琼这边接到的任务是把沈达引出来，于是且战且退，不停地兜圈子，给郑印那边争取时间。就在这个时候，忽然看到辽军的粮草大营火光冲天，高琼大笑："沈达，你中了我的调虎离山之计啦！"沈达回头一看，大吃一惊。就在这个时候，手下亲兵气喘吁吁地赶来报告："将军，大事不好！宋军偷袭粮草大营，驸马受伤，让您赶紧回去支援。"沈达一听吓坏了，赶紧拨马杀回，高琼趁机撤回山上，看见郑印已经把粮草运了回来，这才放下心来。

再说辽军那边，可就乱了套了。前面说过沈达想独自占个头功，不允许士兵向大营汇报，等到耶律斜轸他们得到消息率军来救援的时候，又让四郎提前安排的两百辆粮车挡住去路。所以等援兵赶来的时候，高琼他们早就回山上睡觉去了。耶律斜轸一查问，才知道是沈达中了人家的调虎离山之计。这可把耶律斜轸给气坏了："大胆的沈达，你守营不力，放宋军进来偷袭，还中了人家的调虎离山之计，损失粮草，令驸马受伤，我要你何用？拉出去砍了！"众将苦苦求情，耶律斜轸一拍桌子："死罪虽免，活罪难饶，重打八十军棍，留营察看！"

宋营那边，郑印和高琼一早起来去查看粮草，刚出帐篷，岑林就拿着清单来了："二位王爷，昨天晚上辛苦了。你们运回的这些粮草，足够我们这些人支撑十天半个月的。估计到那会儿，朝廷的援兵也差不多该来了。"四郎送来的粮草解了燃眉之急，但郑印和高琼还是发愁——最能打的几个人都困在这里了，除了呼延王爷，朝廷还有人吗？

要知道后事如何，我们下回再见分晓。

杨家传奇
杨

第四十回 宋太宗亲赴杨府
老太君大义出兵

上回说到郑印、高琼等人被困虎狼谷，幸亏杨四郎暗助粮草，这才能坚持下去。消息传到边关，呼延赞老王爷气坏了："这帮奸诈的辽寇！来人，给我点齐兵马，我要亲自去救他们！"吴巨、马凯他们几个赶紧拦住："王爷，万万不可，辽兵此次是有备而来，我们边关就这些人马，如果去救人，不但救不出来，还有可能被人偷袭边关，到那时候我们首尾难顾，就得全军覆没呀！现在唯一的办法就是赶紧向朝廷报信，请朝廷速发援军。"呼延赞点点头："你们说得对，我是被气糊涂了。"

于是铁鞭王一方面登城巡视，让士兵严加防范，以免辽军偷袭边关，一方面写下告急文书，派人向朝廷求救。几天后告急文书送到了皇帝的案头，宋太宗一看，这可如何是好。这时候八王走上前："陛下，我大宋朝还有天波府的杨延昭呢。"宋太宗想："对呀，还有杨家将在呢！"于是发下旨意，命太监去天波府宣杨六郎觐见。结果，不到一个时辰，太监自己回来了："启禀万岁，杨郡马已于昨夜去世了！""啊？"八王和宋太宗都站起来了，"说，究竟怎么回事？""我去天波府传旨，只见天波府已经搭起灵棚，老太君出来接旨，说杨郡马前几日在外出游，不幸得了疾病，昨天晚上去世的。"

杨六郎前几天出游，八王知道，但没想到他突然得了疾病去世，这下可把他心疼坏了："陛下，我得去趟天波府，我妹夫英年早逝，我御妹指不定多难过呢。"宋太宗心里也有点后悔："早知道我就不把杨延昭贬为平民了，他要是一直镇守边关，哪会有这种事啊。"这时候老丞相王苞出班奏道："陛下，救兵如救火，如今汝南王、平东王都被困在边境，朝内又无人可用，虽然杨延昭已经病故，但是杨门女将也是个个英勇善战，陛下何不同八王一起去趟天波府？一来悼念一下郡马，二来见见老太君，商量一下解救之策。""这……"宋太宗犹豫了一下，他觉得自己是皇上，怎么能随随便便去大臣家呢。后来转念一想，杨家将为了大宋江山，老令公和八个儿子全没了，难道他就不能去吊唁一下六郎吗？于是点头道："皇侄，今天下午朕同你一起前往天波杨府。"

下午，皇上和八王就来到了天波府，佘老太君早早地就带着几个儿媳在门外恭候。皇上下了御辇，抬头一看，只见天波府的门楼上已经扎起了白绫，杨家众人自老太君以下，个个身穿素衣。六郎的妻子，也就是八王的妹妹柴郡主，已经哭得两眼红肿。这时候老太君走上前来，行了个礼："陛下，八王爷，请到客厅用茶。"到客厅坐下，八王就问："老太君，这延昭身体一向强健，怎么突然得了病，这么快就没了呢？"老太君叹了口气："千岁啊，自从潘杨一案审结之后，我这六儿终日郁郁寡欢，一来二去就得了这场病，到家第二天晚上就去世了。"

八王看了一眼宋太宗，心里暗暗埋怨皇上："要不是你当时偏向潘家，哪来后面这些事啊。现在可好，朝廷里能征善战的大将一个都没有了。"宋太宗也有些后悔："老太君，如今人死不能复生，您得节哀顺变啊。"老太君点点头："多谢皇上宽慰，我也想开了，七个儿子都没了，也不差这一个。如今几个孙儿都还年幼，我准备带着他们回山西老家，等过个十年八载，他

167

们几个长大成人了，再重新回来报效朝廷。"宋太宗一听老太君要还乡，着急了："老太君，杨家是我宋朝的架海金梁，万万走不得呀。如今辽人在边关兴兵，汝南王郑印、平东王高琼，还有寇准，他们都被困在谷中。告急文书送到朝廷，想必您也知道了吧。""回皇上，京城里昨天就已经传得沸沸扬扬，我也已经听说了。只是不知朝廷派哪位将军挂帅出兵，去解救两位王爷和天官大人呢？""朝廷里选派不出能挂帅的人才，所以寡人才和八王来天波府，向老太君您请教。"

老太君还没说话，门外传来一个声音："太平时节想不起我们杨家，现在想起杨家是忠良了。整个朝廷没一个能带兵打仗的，养那么多废物干吗？"皇上一听这话，脸"腾"地红了。八王抬头往外一看，走进来一个十七八岁左右的姑娘，虽然穿的是普通人的衣服，但是身材挺拔，眉宇之间有一股英气。八王就问："老太君，这是何人？"老太君赶紧向皇上和八王解释："这是我府上的烧火丫头排风，平时我拿她当亲孙女看待。她让我惯坏了，不会说话。陛下、千岁千万别介意。"

排风本来是个被遗弃的孤儿，是天波府的老管家杨洪把她捡回去的。老太君看这个孩子可怜，就把她留在身边。这个孩子性格好，做事勤快，说话直来直去，深得佘老太君的宠爱，天波府上上下下从没拿排风当仆人看。排风长到七八岁的时候，就喜欢看七郎八虎练武，没事就自己跟着学。一般女将喜欢用相对轻便点的刀或者枪，排风却喜欢用棍。六郎热心，找京城的能工巧匠，给她打造了一根烧火棍，这根烧火棍不仅能当普通武器用，还有个机关，一旦按开能往外打硫磺火球，用完了再补充。有了这个宝贝，排风更愿意练武了，几年下来，她的武艺虽然比不上六郎、七郎，但也非一般的战将可比。

八王早就听六郎说过排风厉害，今天一看见她非常高兴："老太君，朝廷中的确没有能征善战的大将了，但延昭跟我说过排风姑娘武艺高强。所以，您看是不是让排风当个先锋官，您亲自辛苦一趟，当个元帅。一是赶紧把郑印、高琼、寇准他们救出来，二是早早退了辽兵，免得咱大宋的老百姓们受苦呀。"八王这两句话说到老太君心坎里去了，她想："郑印、高琼都跟我杨家交情匪浅，我看待他们如同自己的侄子一样，寇天官又对我们杨家有恩。他们有难，我不能不管。再说了，就算我不为皇帝，还得想着我们大宋的黎民百姓呢！"于是老太君点点头："既然皇上与千岁还看得上我杨家，这挂帅一事，老身愿一力承担！"

老太君此番亲自挂帅出战，能否凯旋？我们下回再见分晓。

第四十一回　杨门女将齐出战
烧火丫头首立功

上回说到佘老太君深明大义，同意挂帅出征，去解救郑印、高琼和寇准。这下把皇上和八王都高兴坏了："老太君，不知您准备何时出兵？""救兵如救火，我准备明天就出发。""好，既然如此，寡人就传旨兵部，让他们连夜做好出征准备。"

老太君送走皇上跟八王，回到大厅。柴郡主面带忧虑，走上前来跟老太君耳语了几句。老太君摆摆手："不必担心，我们出征之后，由你掌管天波府上下一切事务，自己多留神。"接着就把自己的其他几个儿媳和杨排风招来议事。老太君的几个儿媳，除了柴郡主外，个个武艺高强。这次老太君把她们招来，跟她们说要挂帅出征的事，大家都非常高兴。老太君命大郎杨延平的妻子张金定为副帅，杨排风为先锋，二郎延定的妻子耿金花和七郎延嗣的妻子杜金娥为左右护军，三郎的妻子董月娥、四郎的妻子罗氏女、五郎的妻子马赛英，还有八姐延琪和九妹延瑛都随同出征。

第二天早上，老太君来到演武场，走上点将台，对众人说："众将官，我杨家忠贞保国，虽然杨家男儿都已经战死沙场，但我杨门女将尚在，只要我杨家还有一人一骑，就绝不容许辽寇侵扰中原！"接着，老太君发下号令："杨排风！"排风听见老太君叫她，应声而出："在！""我命你为前部先锋官，

带领五千人马先行，一路上逢山开路，遇水搭桥，不得有误！""是！""其余众将！""在！""随本帅出征！""是！"

杨排风是第一次随军出战，又是先锋，兴冲冲率领人马，日夜兼程，没几天就赶到了边关。她救人心切，不肯进城，率领先锋营五千人马，径直杀奔虎狼谷而去。老王爷呼延赞听了吓了一跳，他知道老太君拿排风当宝贝，怕万一有事没法跟老太君交代，于是赶紧命令石青、何山："你们俩快带一支人马前去接应。"两人答应一声去了。

排风率领五千人马来到了虎狼谷外面，一看谷口驻扎着无数辽兵，她也是初生牛犊不怕虎，催马向前，指着辽军大喊："杨家将来了，快快出来受死！"辽军士兵报入中军帐，耶律斜轸大吃一惊："贺黑律不是说杨家已经没人了吗？怎么外面又来了杨家将？"这时候大将马通天站起来说："元帅不必担心，末将出去看看便知！"马通天来到阵前，一看叫阵的是员女将，不由

杨家将传奇

杨

得冷笑了一声："我看这宋朝真的是没人了，居然让女人上阵，我不杀你，你快快回去换人来战！"杨排风一听火了："女的怎么了？这次来的全是女将，今天我就让你尝尝厉害！"说着挥棍就打。马通天摆开大刀就和排风杀在一处。

排风想："我是先锋，又是第一次上阵，只能赢，不能输！"想到这，她抖擞精神，摆开兵器，施展出了自己的三十六路棍法。马通天一看，这套棍法自己从来没见过，不由得心中有些胆怯。打了七八个回合，排风举起烧火棍，照头便打。马通天用足了力气，大刀往外一招架，没想到这一招是虚招，排风看对方的大刀已经举起来了，棍头突然一甩，就砸在了马通天战马的头顶上。这一棍有千斤的力气，这匹马顿时惨叫一声，倒地而死。马通天跟着也摔了下来，他还没来得及爬起来，排风又是一棍，正打在他脑门上，立时将他打死。

排风一看高兴了："什么辽国大将，根本不经打。将士们，随我杀进去，去解救两位王爷和天官大人！"就在这时，忽然听到背后有人高喊："排风姑娘，万万不可！"她回头一看，原来是石青、何山，两人赶到排风面前："排风姑娘，辽兵势众，不可冒进，如今你已经斩将立功，挫动了辽军锐气，还是等老太君大军到达之后再作下一步的打算。"杨排风想了想，确实，自己只有五千人，加上援军也不过一万多人，辽军看起来至少有五万人马，贸然冲进去肯定吃亏，于是点头同意。双方合兵一处，选了个险要的地方，扎下营寨。

再说辽军的败兵逃回大营，向耶律斜轸汇报说马通天被一员女将一棍打死，耶律斜轸一听，瞪大了眼睛："马通天武艺不弱，居然死在一女将手里，她究竟是什么人？""报元帅，听说是杨门女将来了。"耶律斜轸一琢磨，杨门女将个个厉害，自己这些人马恐怕不够用，于是又写了书信，请萧后派兵增援，顺便把受伤的四郎延辉送了回去。一天后，佘老太君率领杨门女将和五万大军来到边关，铁鞭王呼延赞亲自出城迎接。老太君不放心排风，和呼王爷一商量，大军也没进城，直接奔赴虎狼谷。

排风看见老太君来了，非常高兴："老奶奶，我前天刚打死一个辽国大将，现在您来就更好了，给我压阵，我再去打死几个，赶紧把那些王爷和天官救出来。"佘老太君点点头，率领五万人马和众位女将，再次来到了虎狼谷外挑战。耶律斜轸一听宋军主力到达，也不敢怠慢，于是率领众将一起出营。耶律斜轸来到阵前，远远望去，只见对面旌旗招展，阵容整齐，盔甲鲜明，刀枪耀眼。为首一员女将，虽然年过半百，但威风凛凛，正是老太君佘赛花。耶律斜轸拍马上前，高声叫道："对面可是佘老太君？"老太君一听辽军主将喊话，于是也催马上前几步："正是。""老太君，你们杨家将忠心为国，我十分佩服。不过如今上至老令公，下到七郎八虎都已经不在人世，你这么大年纪，不如及时归隐山林，免得将来兵败，毁了杨家一世英名。"老太君一听，冷笑了一声："你既然知道我们杨家忠心为国，就不该说这些废话。依我说，你们早早退兵，放出两位王爷和天官大人才是正道。如若不然，我杨家将定杀你个片甲不留！"

耶律斜轸一听不由大笑起来："就连那高琼、郑印都已经被我困住，你们一帮女流之辈能有多大作为？"老太君还没来得及回话，杨排风就火了："他敢看不起我们女将，我去收拾他。"也没等老太君回话，她催马就冲了上去，照着耶律斜轸举棍就打，耶律斜轸挥起大刀往外一挡，还没来得及还手，大将沈达一催马冲了上去："元帅，我来！"说着挥起狼牙棒向排风头顶打来。排风看看这狼牙棒带着风声，知道此人力气过人，自己也运足了力气，用力往外一挡，两个人都震得在马上晃了两晃，差点掉下来，同时也暗暗佩服对方的力气不弱。接着沈达挥开他的狼牙棒，上下翻飞，罩住了排风全身，排风也不示弱，一杆棍拨、打、抽、拦、扫，和沈达杀了三四十个回合，未见胜负。

就在这时，辽军大营的左右两侧同时传来了喊杀声。耶律斜轸大吃一惊："这是哪里来的人马？"士兵来报："宋军两支人马偷袭我左右两营！"原来佘老太君在列阵之前，就暗地里派杜金娥和董月娥两人各率一支人马偷偷包抄辽军大营两侧。所以，这两路人马趁着宋辽两军在阵前厮杀的时候，悄悄地接近辽军的左右两营，同时杀了进去。辽军顿时一片混乱。

要知道杨家女将能否顺利救出被困的众人，我们下回再见分晓。

第四十二回 虎狼谷杨家解围 黄土坡排风遭困

上回说到老太君率领大军来到虎狼谷外，先锋杨排风和辽国大将沈达大战几十回合，不分胜负。就在这时，杜金娥、董月娥率领的两支人马已经杀进了辽军的左右两翼，辽军顿时大乱，萧天佑挥舞大斧，努力地想维持秩序。董月娥远远看见，拉弓搭箭，一箭射去，萧天佑听到风声，赶紧一侧身，躲开了要害。这一箭正射在他肩膀上，他身子一晃，差点摔下马来。这时候佘老太君把令旗一挥，宋军士气高涨，一起向辽军杀去。耶律斜轸一看，自己军中大乱，萧天佑又受了伤，知道抵挡不住，只好率军撤退。

再说郑印、高琼他们，每天都在山上守望，盼着宋军早早来到，今天看见老太君杀得辽军全线崩溃，赶紧下山和她们会合。老太君一看三人都平安无事，非常高兴："两位王爷，天官大人，你们这几天受苦了。"三人连连道谢："多谢老太君，您要是不来，我们都得困死在这。"他们正聊着，张金定突然匆匆赶过来："母亲，排风带着人马追赶辽军去了。"老太君一听大吃一惊，她急忙命杜金娥、董月娥先带一支人马去接应，自己带领后军随后赶上。

再说排风见辽军溃退，带着先锋营还有何山、石青就追了下去。她挥起自己那杆烧火棍，按动机关，火球弹出，把落在后面的辽兵烧得鬼哭狼嚎。

175

排风心中高兴，不知不觉就追出了二十多里。正追着，何山急匆匆地从后面赶上来："排风姑娘，不能再追了，现在我们跟后面的大军已经拉开了距离，如果前面辽军有接应的话，我们后退不及，可是要吃亏的。"排风一摆手："没事，你们看辽军现在这个狼狈样子，就算有接应又怎么样，本姑娘照样杀他们个落花流水！"说着一催战马又追了下去，排风正杀得高兴，忽然就听见前方三声炮响，她抬头一看，有三支辽军分别从左右正三面杀了过来，军旗上写着一个斗大的"韩"字，她知道是辽国的大元帅韩延寿率主力赶到。这时候何山和石青追上前来，一脸焦急："排风姑娘，现在辽军主力已经把我们给包围了！"原来，韩延寿闻报说宋军来了援兵，于是带领二十万主力人马赶来，半道上正好接到耶律斜轸被杀败，宋军追来的消息。于是，他把军队分为三路，形成一个"口袋"的样子，等追赶的宋兵进入"口袋"，再三面合围，结果排风等人就被装进了这个"口袋"里。

杨排风有着天不怕地不怕的性格，一看到这么多辽军不但没害怕，反而更高兴了，一催战马挥开大棍就和辽军杀到一处，所过之处，把那些辽兵辽将打得是筋断骨折，纷纷落马。但是辽军毕竟人多势众，排风他们杀了半天也没冲出去，都被乱箭射了回来，辽军的包围圈也不断地缩小。就在这个时候，忽然听到外面喊杀声连天，排风一看，两支宋军已经从背后杀来，为首的主将正是杜金娥、董月娥。排风十分高兴，赶紧率领部队冲过去和她们会合："两位少奶奶，你们可来了，咱们合兵一处，杀过去活捉韩延寿！"杜金娥和董月娥听得哭笑不得——眼下辽国的援军有几十万，她们三个能冲出去就很不错了，还说什么活捉韩延寿！

"排风，辽兵势众，我们不能恋战，赶紧往外撤，跟主力会合！""是！"排风虽然不听何山、石青的，但乐意听这两位女将的，于是三路人马合在一处，打算往外撤。然而韩延寿的中军已经杀过来了，杜金娥一看走不了了，四下张望，发现东南方有一处高坡，地势险要，可以坚守，于是赶紧招呼："三嫂、排风，赶紧冲上那处高坡，在那坚守，等待援兵！"高坡上辽兵不多，被她们轻易杀散，然后她们吩咐士卒速速修建栅栏，做好长期防守的准备。韩延寿率领军队来到土坡之下，攻了两次，都被乱箭射回。他想："算了，我也不跟你们硬拼，先把你们困在这里，我倒要看你们能坚持多久。"

再说老太君率领军队在后，听前面探马说韩延寿率领二十万大军，把杜金娥、董月娥、杨排风等人包围在黄土坡上。众女将一听，非常着急："母亲，您得想办法救她们呀。"老太君叹了口气："我何尝不着急，只是如今辽兵势大，咱们兵力不足，贸然出击的话就得全军覆没。好在她们暂时守住了黄土坡，先锋营粮草也充足，短期之内不会有大危险，我们慢慢想办法。"

第二天早上，张金定、耿金花她们见老太君迟迟没有起来，走进她房中一看，吓了一跳——老太君昏迷不醒，脸色苍白，额头上全是汗。耿金花懂医术，她俯下身子看了看，给老太君把了把脉，站起身来对她们说："母亲是急火攻心，没有太大的危险，但是估计得昏迷几天，静养数日。"呼延赞等人听说老太君生病，赶紧拉着寇准来探望。一看佘太君昏迷不醒，非常着急："哎呀，在这个时候老嫂子病了，被困的人怎么办？"这时候，寇准在旁边说："大家不用担心，老太君这病没有生命之忧，静养几日就好了。两位少夫人和排风姑娘被困在黄土坡上，短期内也不会有危险。我先回趟京城调援军去。"

在往帅府走的路上，呼延赞对寇准说："寇大人足智多谋，留在边关能给我们出出主意，搬兵这样的事，派个别人回去就行了。"寇准一笑："王爷，这次回去搬救兵还真非我不行。""为什么？""王爷您说，朝中还有何人

177

能带兵?"呼延赞皱着眉头想了一会儿:"没了。"寇准一本正经地说:"谁说没人了,我看还有一位。""谁?""杨六郎,杨延昭。"呼延赞一听气坏了:"天官大人,现在可不是开玩笑的时候,杨延昭已经病故,怎么可能挂帅出征?""王爷,您只要答应我一件事,我保证让杨延昭死而复生。"呼延赞一听,原来六郎的死背后还有文章,爽快道:"行,没问题,你只要能让延昭活过来,别说一件事,十件事我都答应你。"寇准一笑:"这件事特别简单,您只要对今天我说的话闭口不提就行。我怕提前走漏风声,杨延昭就活不了啦。""行,一言为定!"

要知道寇准能否让杨六郎"死而复生",我们下回再见分晓。

第四十三回　寇准设计探虚实
杨府守灵见端倪

上回说到杨排风追杀辽军，结果和杜金娥、董月娥被韩延寿的大军团团围困在黄土坡上，而老太君又突然生病，昏迷不醒。在这种情况下，寇准准备回朝搬兵，而且还对铁鞭王呼延赞许诺，要让六郎杨延昭"起死回生"。寇准为什么会有这么大的把握，确信杨六郎没死呢？

原来，昨天刚刚突围的时候，大家没来得及和老太君细谈。六郎的死讯还是在回到边关之后，呼延赞告诉他们的。高琼和郑印一听就哭了，寇准一开始也非常难过，但后来心想："不对呀！刚刚在阵前见到老太君的时候，她虽然风尘仆仆，一脸疲惫之色，但是不像太难过的样子。"他又打听了一下具体的情况，就更怀疑了。杨六郎早不生病，晚不生病，偏偏就在告急文书传到京城之后，突然就生了病，而且第二天就去世了，怎么就这么巧呢？八成是老杨家对皇上寒了心，这么多儿子只剩下六郎一人，想来想去，让他诈死埋名，从此不问国事了。寇准把前因后果一串联，基本上算准了六郎没死，所以他才主动要求回京城去搬救兵。

寇准向众人辞行，一路上打马飞奔，没几天到了京城。皇上和满朝文武一听，虽然郑印、高琼他们被救出来了，但是杨门女将又被辽国的大军困在了黄土坡，不由大吃一惊。大家思来想去，但直到散朝，也没想出派谁去救

援合适。散朝后，寇准就把八王给拽住了："王爷，好久不见，今天晚上我去您府上讨顿饭吃，怎么样？"八王一点头："寇大人，这些天你辛苦了，今天晚上我为你接风。"当天晚上寇准来到了八贤王的南清宫，八王早就准备好宴席，在这等他了，还叫了呼延丕显作陪。三个人吃着吃着，就聊到了边关的情况，呼延丕显也担心他父亲，他虽然足智多谋，但年纪小，还不能上阵杀敌，所以他也着急："要是我再大个几岁，一定向皇上请求，让我挂帅出征。"这时候寇准笑了笑："两位千岁，我推荐一个元帅，你们看行不行？""谁？""六郎杨延昭！"

"什么？"八王有点不高兴，"寇准，你是真糊涂还是装糊涂，我妹夫早已去世了，还怎么挂帅出征？"寇准摆摆手："王爷，我可不是跟您开玩笑，别看这六郎死了，我能让他再活过来。"八王这次听明白了："你是说我妹夫故意装死？""有这个可能，不过装死可是欺君之罪，我怕六郎不敢活过来。"八王这会儿高兴了："寇准，只要你能让我妹夫活过来，我保证让皇上免去他的欺君之罪。""我可以试一试，不过我有个条件，六郎活过来之前，你俩一切听我指挥。""行，一言为定！那接下来需要我们做什么？""哎呀，六郎去世的时候我正在前线，没来得及送他一程，现在天波府里还扎着灵棚，我明天想去天波府上祭奠一番，你们两位陪我一起去，如何？""刚才不是说了吗？你让我俩干什么，我俩就干什么。""那就这么定了，记住，到了天波府，一切听我的。"

第二天早上，寇准和八王、呼延丕显三人来到了天波府，柴郡主从天波府里迎了出来，看见寇准不由得一愣："寇大人，您从前线回来了，前方战事如何？"寇准长叹一声："哎呀，别提了。辽国大军压境，排风姑娘和你三嫂董月娥、七弟妹杜金娥被困在黄土坡上，你婆母佘老太君急火攻心，昏迷不醒，现在是生死难料啊！"啊！"自从老太君走后，柴郡主负责天波府上下一应事务，这几天一直没听到前线的消息，今天听寇准这么一说，吓得花容失色。八王在心里暗骂寇准："人家都是报喜不报忧，你可倒好，怎么吓人怎么说！"但来之前他答应过寇准，一切听他安排，所以只能忍着。

柴郡主把八王等三人请进灵堂，八王仔细一看，整个灵堂上挂满素罗，中间供桌上摆着牌位，写着"杨延昭之灵位"，不由悲从中来，眼泪"唰唰"地往下落。呼延丕显的枪法都是六郎、七郎手把手教出来的，感情更是深厚。他年龄小，不像八王那么拘谨，跪在地上号啕大哭，把旁边陪着的宗保、宗勉都引得大哭起来。寇准虽然也在哭，但是一边哭一边四下打量这间灵堂，看着看着他心里更有数了。柴郡主站在一边陪着大家哭了一会儿，慢慢地止住哭声，走上前来轻声劝大家："王兄、双王千岁、寇大人，人死不能复生，你们也别哭坏了身体。时候不早了，我已经让人备下宴席，吃过饭再回去吧。"八王看看寇准，寇准摇摇头："郡主您也知道，虽然我和郡马认识的日子不算长，但是交情深厚。来之前我和八王、双王两位千岁说好了，今晚要在这给郡马守灵。"八王和双王一听都愣了，心想这是什么时候说好的，但他俩也不能开口反驳，只好任寇准安排。

郡主刚走，八王就问寇准："你这葫芦里卖的是什么药？"寇准一笑，对八王和呼延丕显说："两位千岁，要想让六郎活过来，我们仨今晚上就得在这待上一夜。记住了，来之前我们可说好了，一切听我的。""行行行，都听你的。"不一会儿，天波府的家人送来了酒席，八王心里有事，吃了两口就吃不下了，寇准倒不在乎那些，放开量一顿猛吃，呼延丕显看得直乐："寇大人，您是几天没吃饭了？""今晚我们谁也别睡觉，所以得多吃点，保持体力。""啊？还不能睡觉？""双王您可以睡，但我和八王不能睡。"八王一听：

杨家将传奇

"寇准你是成心折腾我?""千岁,不是我要折腾您,是六郎活过来之后,您得抓住他。""你说得倒挺像那么回事,我可告诉你,今晚见不着杨六郎,明天我饶不了你。"呼延丕显也好奇地问:"天官大人,刚才我俩哭的时候,您在四处张望,发现什么了吗?"

"两位千岁,你们觉得这灵堂有什么不一样的地方吗?"寇准神秘地微笑。八王和双王打量了一番,摇了摇头:"没发现什么特别的,就是到处漏风,冷。"寇准又是一笑:"这就是不一样的地方。两位想,如果六郎真的去世了,头几天郡主和宗保、宗勉一定要在这守灵。他们三个一个是娇弱的千金之躯,两个还是孩子,这灵堂怎么可能如此透风呢?这就说明大家都知道,灵堂晚上不会有人来。"寇准这一番话,把呼延丕显听得目瞪口呆:"天官大人,您真不简单,连这么微小的地方都能看出门道来。要是我六哥没死,那可真是太好了。"他们吃完饭不久,郡主来了:"三位还有什么吩咐?"寇准连连摆手:"没了,没了,郡主您客气了,早早回去休息,让家人们也走吧,今晚就留我们三个守灵就行。"郡主点点头:"既然如此,就委屈三位了。"

寇准在天波府守灵这一夜,究竟能否找到杨六郎?我们下回再见分晓。

第四十四回　柴郡主深夜送饭　寇天官巧做安排

　　上回说到寇准和八王、双王在杨府守灵，寇准把自己的分析跟两人一说，他俩对六郎死而复生的信心顿时又增加了几分。灵堂里只有一张桌子和几把椅子，三个人趴在桌子上闭目养神。呼延丕显毕竟年纪小，不一会儿就撑不住睡着了。八王有心事，在那怎么也睡不着，他支起耳朵一听寇准那边也发出了鼾声，于是赶紧捅了捅寇准："不是今晚要守着吗？你怎么睡着了？""八王千岁，我没睡，我这呼噜声是装出来的。您也别说话了，赶紧趴着休息，实在撑不了就睡会儿，总之别让外面的人知道我们还没睡。"八王心想，这深更半夜的，谁还来灵堂这边看我们三个睡没睡。但既然寇准说了不让说话，他也只好趴在那，过了一会儿也慢慢地睡着了。

　　寇准装着睡着，实际上却支起耳朵，仔细听着外面的动静。快到半夜的时候，听见有脚步声，他赶紧装作睡得正香，不时地打两声呼噜。只听见那脚步声在灵堂外停住，过了一会儿又慢慢地走开了，寇准赶紧爬起身来，蹑手蹑脚地走到灵堂门口，悄悄地往外一看，只见柴郡主提着一个篮子正在前面走。寇准高兴坏了，心想："郡主大半夜不睡觉，提个篮子，八成是去给六郎送饭，我得悄悄跟上，不能让她发现了。"但是他刚刚迈开步就发现不妙，他穿的是厚底官靴，这种靴子底特别硬，走起路来就有声响。他赶紧

183

把靴子脱下来，背在背上，也顾不上地上的石头硌得脚疼，咬着牙跟在郡主后面。柴郡主走过两道花园门，进了一座小房子。寇准悄悄地来到窗边，偷偷地往里一看，高兴坏了——房子里面除了郡主之外还有一个人，正是郡马杨六郎。寇准心想："可让我给逮住了。"

六郎为什么要诈死呢？这其实都是老太君的主意。她认为，当年金沙滩一战，七郎八虎为国捐躯了大半，就剩延昭一人，不如干脆让延昭诈死埋名，从此不问国事，给杨家留点香火。所以老太君对外就说六郎已经去世，没想到被寇准识破了。寇准在窗外，就听见六郎问："郡主，今天怎么这么晚才来？"郡主叹了口气："今天王兄和双王千岁、寇大人一起来祭奠你，非要在灵堂里给你守灵一夜，我怕他们发现什么破绽，所以白天就没敢过来给你送饭。"六郎一听，寇准也来了，赶紧问："前方可有什么消息？"郡主叹了口气，把寇准今天下午说的话，一五一十地告诉了六郎。六郎一听，十分着急："哎呀，早知道就不用这诈死的法子了。"郡主安慰他说："你也别着急了，朝廷会想办法的，你要是现在出面，那可是欺君之罪啊。"六郎点点头："也只能如此了。郡主，寇准这人非常聪明，你可得防着点，别让他发现我还活着。""你放心，我来之前去灵堂看过，他们都睡着了。"六郎还是不放心："郡主，你赶紧回去，明天他们不走之前你不要来，我一顿两顿不吃饭没事的。""行，我这就走。"

寇准一听郡主要出来，赶紧溜回了灵堂，把八王和呼延不显叫醒："两位千岁，你们想不想见六郎？""啊？"两个人一听，顿时睡意全无，"六郎在哪？""你们跟我来，不过有一样，你们得学着我，把官靴脱下来背在背上，不然走路出声。"于是，八王和双王学着寇准的样子，轻手轻脚地来到六郎藏身之处。寇准小声嘱咐："双王千岁，您守住窗户，别让六郎从窗户跑了。

八王您跟我来。"他和八王来到门前，敲了敲门，细着嗓子叫了一声："郡马开门。"六郎在里面一听："郡主，你怎么又来了？"一开门，他傻眼了："八王千岁、天官大人，你们怎么来了？"八王高兴了："妹夫，你果然还在世。"六郎赶忙跪下："王驾千岁，我杨延昭有欺君之罪，还烦劳您惦记，实在是罪该万死。前线的事刚才我听郡主说了，如今战事不利，母亲又身患重病，我愿意戴罪立功，挂帅出征，去杀退辽兵！"寇准在边上说："杨郡马，你这诈死埋名，犯的可是欺君之罪。你是八王的妹夫，他不会计较，可是皇上能饶得了你吗？"八王问："那你说怎么办呢？"寇准说："这个您不用担心，明天上朝的时候一切还听我的。杨郡马，你继续装死几天，等我的消息就行啦。"八王知道寇准心眼多，也没再多问。

　　第二天，在朝堂上，因为还是选不出能带兵的元帅来，宋太宗愁眉不展。这时候，寇准出班奏道："陛下，我这次回京求援，是因为我们兵力少需要增援，并不是前方没有帅才。所以您只要调二十万大军就行，至于元帅，我看八王千岁就可以担任。"宋太宗一听："寇准你不是开玩笑吧，我这皇侄是个文臣，怎么能当得了元帅？"寇准一本正经地说："陛下，国家大事，我哪敢开玩笑。您有所不知，八王千岁当年跟着杨郡马学枪法，虽然比不上七郎八虎，但在两军阵上，斩杀三五个辽将，那还是绰绰有余。"八王一听，心想："寇准，你就吹牛吧，我什么时候跟着杨延昭学过枪法了？"这时候，皇上看了看八王："皇侄，你可愿担此重任？"八王一拱手："陛下，微臣愿往，但是我一人挂帅独力难支，我保举寇天官为先锋官。这寇天官在下邽县每日里习文练武，拉弓射箭，有他做先锋，一定能旗开得胜，马到成功。"宋太宗有些糊涂，今天到底是怎么回事？"寇准，八王保举你做先锋官，你可愿意？""愿意，皇上您就下旨吧。"皇上点点头："既然如此，就请

八王为元帅，寇准为先锋，率领二十万大军，赶赴边关增援！"朝廷之上除了双王呼延丕显心里明白，其他文武百官都傻眼了，心想，这俩人处理政务、审理案子都没问题，可让他们带兵打仗，这算怎么回事？

再说天波府那边，六郎收到寇准的书信，收拾妥当，就来到京城前往边关的大路边等着，没过多会儿就听见人喊马嘶，知道是大军到了，他赶紧催马上前迎住："寇大人，杨延昭在此等候多时了！"寇准一看六郎来了："郡马，您来的正是时候。委屈您一下，您一边替八王当元帅，一边也替我当这个先锋官吧。"六郎一点头："行，寇大人您去后边陪八王，这里就交给我了。"大家担心前线的情况，急急忙忙赶路，没几天来到边关，张金定她们听说援军来了，赶紧出来迎接，一见六郎，都傻眼了。

要知道六郎如何破敌，我们下回再见分晓。

第四十五回　杨家将边关扬威　韩延寿大战六郎

上回说到杨六郎诈死埋名，被寇准识破，挂帅印来边关增援。到了边关，张金定她们一看六郎来了，都傻眼了："六弟，你怎么来了？""各位嫂嫂，寇天官足智多谋，他看出我是假死，夜访天波府，把我给找出来了。"呼延赞看到六郎也非常高兴："好你个杨延昭，装什么不行，非得装死，差点把我心疼死！"六郎赶紧过来赔罪："呼延叔父，小侄知错了。"

大家进了边关，六郎不放心母亲，赶紧过去探望，老太君的身体已经恢复了些，看到六郎倒也没怎么吃惊："我就知道你早晚会来，也罢，为了大宋江山，为了黎民百姓，你要多加努力。"六郎叮嘱母亲好好休息，自己来到前面大厅，和大家商议破敌之计。张金定说："前几天之所以让辽军占了便宜，主要是他们仗着人多势众，咱们这边母亲又生了病，没有主心骨。现在六弟你带着援军来了，咱们正好可以大战一场，救出被困的月娥她们。"六郎点点头："大嫂所言极是。烦请大嫂协助呼延王爷和高王、郑王守城，保护八王和天官大人。其他人随我出战。"

再说辽军这边，连日来不管韩延寿怎么在城下叫骂，呼延赞、张金定他们就是不出来。这一天，他刚刚打算再派人去挑战，就听士兵来报，说边关城门大开，宋军已经杀出城来。韩延寿一愣，心想，难道是宋朝又派援军来

187

杨家将传奇

了？但思来想去，他也没想出宋朝还有什么人可以挂帅。于是他也传令：

"列阵迎敌！"两军摆好阵势，韩延寿远远地往宋军阵营中一看，只见宋军中挂着一面大旗，写着一个大大的"杨"字，旗下有一员大将，头顶亮银盔，身披银锁甲，背后披一件素罗战袍，手里一杆蟠龙银枪。韩延寿一开始不大相信，揉了揉眼睛再看，这会儿认清楚了，果真是六郎杨延昭。他不由得倒抽了一口冷气，心里暗骂王钦，居然都不知道杨六郎没死。

韩延寿定定神，回头望望身边的众位大将："你们谁愿出战，先立个头功？"大将土金秀应声而出，手提长枪，来到阵前："对面的宋将速速前来受死！"六郎一回头问："诸位谁愿出战？"马赛英飞马杀出，土金秀一见对面来了一位女将，心里还不太乐意，心想和一员女将交手，赢了也不光彩，于是大大咧咧地一挥长枪，直刺马赛英面门。马赛英看出来了，土金秀看不起她，心想，我今天非让你知道一下我们杨家女将的厉害。说着，她举起大刀，隔开长枪，反手一刀直劈土金秀。这一刀来得又急又快，土金秀吓了一跳，赶紧一缩身子躲开这一刀。两人杀了十几个回合，马赛英一刀快似一刀，把土金秀杀得盔歪甲斜，不敢再战，狼狈地逃了回去。韩延寿看得眉头紧锁，这时候另一员大将王魁，手提双鞭，冲了出去："元帅，我去胜她一阵！"马赛英一看又上来了一员辽将，大刀一举，正要交手，听见背后有人喊："五弟妹，你休息一下，我来擒他！"她回头一看，原来是二嫂耿金花，于是拨马退了下去。

耿金花也用一口大刀，是家传的武艺，她见王魁双鞭打来，用刀往外一挡，接着一招"力劈华山"，大刀直奔王魁头顶。王魁赶紧用双鞭往上一架，耿金花把刀头一收，大刀如一团寒光，横切过去，王魁再躲，已经来不及了，"咔嚓"一声，被砍于马下。韩延寿一看连败两阵，正想亲自出马，忽听战场的东南角和西南角都响起了炮声。原来六郎和郑印商量，由他带领杨门女将在正面和韩延寿厮杀，郑印、高琼、延琪、延瑛各率一支人马，趁机杀进辽营，去解救困在黄土坡上的董月娥等人。

此时在黄土坡上的董月娥、杜金娥、杨排风三人看援兵来到，也趁势杀下高坡，前后夹击，里应外合，辽军顿时大乱。六郎哪能放过这个机会，银枪一挥，宋军一起杀出，双方在黄土坡下展开了一场激战。韩延寿看见六郎纵马杀来，他赶紧一挥五股烈焰叉，拦住六郎的去路："杨郡马，别来无恙？"六郎一看是韩延寿，把银枪一摆："韩延寿，你也是位智勇双全的英雄，为何屡次挑动萧后，犯我中原，杀我子民？"韩延寿一笑："杨郡马，天下归有德者，你们那宋朝皇帝昏庸无道，所以我大辽才兴兵南下，一统天下，拯救万民。"六郎冷笑一声："一派胡言。韩延寿我告诉你，只要还有我们杨家将在，你们就休想侵占我大宋半分疆土！"韩延寿一听此言："既然如此，杨郡马，看来咱俩就不得不在这里分个胜负了。只要你这杆杨家枪，能胜了我韩延寿的五股烈焰叉，我就退兵，你看如何？"杨六郎一听："行，只要你赢了我这条枪，我们杨家从此就退隐山西火塘寨，再也不问国事。""一言为定。""一言为定。"

说完，两个人催马上前，击掌为誓。接着两人各自一抖兵器，杀在一处。六郎和韩延寿击掌为誓，此事很快就传遍了宋辽两军，普通小兵不敢擅离职守，但是宋辽两国的重要将官都拥到了阵前，想亲眼看看究竟胜负如何。只见两人，各举兵刃，马打盘旋，一个钢叉急如闪电，一个银枪快似流星，一个"长虹贯日"直刺胸口，一个"怀中抱月"往外挡开，一个"夜叉探海"直奔小腹，一个"蛟龙摆尾"护住下盘，你来我往，互不相让，把两边将士的眼睛都看直了，心里暗暗赞叹："这两人果真是棋逢对手、将遇良才！"

要知此战胜负如何，我们下回再见分晓。

189

杨家将传奇

第四十六回 杨六郎义放辽帅
八角寨郡马求贤

上回说到韩延寿与六郎击掌为誓，要在这黄土坡下一决雌雄。两个人都是万里挑一的大将，一个是辽国的文武双状元，一杆钢叉纵横北国少有敌手；一个是大宋朝的架海金梁，家传枪法神鬼难测。两人都知道这场胜负直接影响整个战局，所以都铆足了精神。两个人你来我往，杀了百十个回合，只见战场上兵刃飞舞，银光闪闪，寒气逼人。两边将士边看边暗暗赞叹："他们俩的本事，我们就是再练二十年也赶不上啊！"

这一场较量，从早上打到了下午，眼看太阳就快要落山了，韩延寿把钢叉一挥："杨郡马，现在眼看天色已晚，我们是收兵回营，明日再战呢？还是吃顿饭以后挑灯夜战？"六郎想了想："韩元帅，如果你愿意的话，我们先各自回营吃顿饭，然后让两边将士多点火把，你我挑灯夜战。""行。"于是两人各自拨马回到本阵，稍事休息一下，吃了顿饭，然后重新披挂上马，来到阵前，又杀在了一起。论年龄两个人差不多，都正值壮年，体力都好，论武艺两个人也不相上下，这一仗从晚上又打到了第二天的早上，还是不见输赢。

这时候，六郎心里一动："我何不用梅花七枪胜他？"这梅花七枪也是杨家枪法里非常厉害的一招，讲究的是手腕有力量，速度快，大枪一抖能同时刺出七枪，好似一朵梅花的形状。想到这，他把银枪一挥，就使出了这一招。韩延寿一看，六郎这条枪突然变成了七个枪头，同时向自己刺来，他不由得大吃一惊，赶紧挥叉往外拨打，好不容易隔开了六枪，第七枪已经飞奔他的面门。这时候韩延寿再用钢叉招架已经来不及了，他使了招"铁板桥"，把身子往后仰，想躲过这一枪。没想到，由于已经苦战了一天一夜，这躲闪用力过猛，他一阵头晕目眩，直接掉下马来。韩延寿眼睛一闭，心想这回死定了。过了一会儿，没见六郎这一枪扎下来，他睁开眼，抬头一看，六郎拿枪指着他："韩延寿，虽然你我各保其主，但我敬你是个英雄，今天我饶你一命，但你要说话算话，带领你的辽军退出我大宋边境。"韩延寿心里一阵感动，赶紧从地上站起来："杨郡马，多谢你不杀之恩，我韩延寿说话算话，这就退兵。而且我在此发誓，只要你杨延昭镇守边关一日，我韩延寿一日不进兵中原。"

就这样，韩延寿收兵回营，第二天辽军果然撤出了边关。八王写了捷报，派人送往京城。几天后圣旨到了，宋太宗在圣旨里重重地奖赏了边关将士和杨家将，免去了六郎诈死埋名的罪过，封他为三关指挥使，镇守边关。几天后，八王和高琼、郑印以及杨门女将班师回朝。

六郎上任后，第一件事就是召集边关众将商议："虽然韩延寿新败，但辽国势力尚在，如果大家知道这附近有什么优秀的人才，一定多多推荐。"岑林想了想，说："六哥，离咱们三关东南几十里处，有一座山。此山名叫八角山，山前还有一座小山，叫八角寨。那里的几位寨主虽然不服从朝廷的管束，但是也不欺压百姓。大寨主姓岳名胜字景龙，使一口偃月刀，人称'花刀太岁'，文武双全。二寨主孟良，用一双宣花板斧。三寨主焦赞，用一双钢鞭。最近听说又来了个四寨主，情况不太了解。如果能把他们几个请下

山来，对于咱们镇守边关可是大有帮助。"

六郎一听："既然如此，岑林、柴干两位贤弟，就麻烦你们跟为兄走一趟。"于是岑林、柴干点齐了三百精兵，跟着六郎，前往八角寨。走了半日，来到了这八角寨前，六郎正在观看地势，忽然就看见这八角寨里冲出一支人马，为首一人身材魁梧，手提一双钢鞭，大叫："什么人，胆敢窥探我山寨?"六郎迎上前去，一抱拳："我乃三关指挥使杨延昭，请问这位寨主尊姓大名?"这人一抖双鞭："本寨主焦赞！你到我寨前何事?""原来是焦寨主，失敬了，我最近奉命镇守三关，责任重大，所以四处求访良将，听说几位寨主武艺高强，人品又好，特来请你们下山相助。"焦赞哈哈大笑："去朝廷做官哪有我们在山上自在，你要真想请我们下山，也得先问问我这双钢鞭答不答应！"六郎一看，知道得先露两手，于是也从得胜钩上摘下了他的蟠龙银枪："既然如此，就请焦寨主指教。"

焦赞也不客气，双鞭一挥，直奔六郎头顶而来。六郎举枪隔开，焦赞接着又是一鞭，直奔六郎肩头。六郎一个"二郎担山"，把焦赞的鞭磕开。二马错镫的时候，焦赞右手钢鞭一挥，横扫过来，六郎一个"铁板桥"躺在马上，这一鞭就从他鼻尖上过去了。焦赞圈马回来，瞪着六郎大喊："杨延昭，你为何不敢还手?"六郎一笑："三寨主，我这次来是请你们下山，不是来和你们打架的，既然非要比试，那我也该先让你三招，以表敬意。再接下来可就休怪我不客气了！""你少来这套！"焦赞双鞭一挥，又奔着六郎打了下来。这会儿六郎就不让着他了，大枪一抖，使了个"一打二拨三平杆"的招数，甩开他的双鞭，大枪直奔焦赞心窝。这一枪疾如闪电，焦赞赶紧一闪，这枪就从他身边"嗖"地穿了过去。焦赞吓得倒出一口冷气："好快的枪！"六郎还没等他回过神来又是一枪，焦赞赶紧一举双鞭，搭个十字花往外一推，但六郎这一枪是虚的，他把银枪往回一收，改刺为扫，正打在焦赞的腰上，焦赞"哎呀"一声掉下马来。六郎一看焦赞落马，自己也跳下马来，双手把焦赞扶起："三寨主，受惊了。"

焦赞站起身来，瞪着六郎，看了好一会儿，一抱拳："我焦赞认输。但是你光赢了我一个人还不行，我大哥二哥四弟哪个都比我厉害，你得赢了他们再说。"六郎一听，心想，这焦赞虽然性子鲁莽，倒也是个直爽人。"既然如此，不知那三位寨主现在何处？""我大哥和四弟在后面的山上，我二哥就在这八角寨中，你等会儿，我叫他下来和你一战。""既然如此，杨延昭就在这里恭候了。"焦赞打马回到山上，正碰上二寨主孟良出来迎接："三弟，你这次下山胜负如何？""哎呀，二哥，山下来的是三关指挥使杨延昭，他想招安咱们兄弟几个，我跟他较量了几个回合，被杀得大败，接下来就看你的了。"孟良大笑："兄弟你放心，你的面子二哥给你找回来！"

孟良和焦赞来到山下，焦赞远远地一指："二哥，那员骑白马提银枪的战将就是杨延昭。"孟良催马上前："你就是三关指挥使杨延昭？"六郎一看，对面这人和焦赞一样，身形魁梧，二人长得也像，只不过焦赞是黑脸，他是红脸。六郎点点头："在下就是杨延昭，你可是二寨主孟良？""没错，刚刚听我三弟说，你把他打下马来，我也想领教领教。"说着催马上前，照头就是一斧，六郎一看孟良这一斧来得凶猛，赶紧举枪往外一挂，孟良把两把大斧往回一收，直劈六郎的马头。六郎吓了一跳，心想这招数可不常见，赶紧用枪隔开。二马错镫之时，孟良又是一斧砍向六郎战马的三叉骨，六郎赶紧一端马镫，这马窜出去一丈多远才躲开了。六郎吓得不轻，心想："这孟良招数奇特，我要胜他还真得费点劲。"

圈马回来，孟良大斧一挥，又是这三招。六郎有点发愣："二寨主，你

193

杨家将传奇

杨

怎么又是这三招呢?""你少废话!"双方再打一个回合,孟良还是这三招。六郎放心了,银枪一挥,上下翻飞,把这孟良罩在了一团枪光之中。这会儿孟良傻眼了,挥起大斧,左右拨打,六郎看准破绽,用枪一推:"你给我下来吧。"孟良"扑通"一声掉到地上,六郎收回枪:"二寨主得罪了。"孟良一瞪眼:"这回不算,你枪太快了,我根本都没看清楚,都不知道自己怎么掉下来的。"六郎哭笑不得:"那二寨主,你说怎么才算呢?""我先回去歇歇,明天咱们再一决胜负,到明天你要是赢了我,孟二爷就真心服你了。""那就一言为定,孟寨主,你快快回去休息吧。"

孟良和焦赞带领喽啰①们回到山上,六郎也回到自己阵中,岑林、柴干就问:"六哥,你怎么把他俩都给放了?""咱们这次来,是为了收服人家,所以得让他们心服口服。我看孟良比焦赞心眼儿多,今天晚上咱们得防他来劫营,你们俩这么办……"两人一听:"六哥,你这办法好!"于是赶紧去准备了。孟良回到寨中就跟焦赞说:"这杨延昭果然厉害,恐怕岳大哥也未必是他的对手,今天晚上我去劫营杀他一阵,挫挫他的威风。"焦赞一咧嘴:"二哥,你这可有点不地道。""你少管闲事,记住了,如果我回不来,八成就是没命了,你可千万别去救我,赶紧回去找大哥和四弟。""知道了。"

孟良此去劫营能否成功?我们下回再见分晓。

---

① 喽啰:旧时称强盗头目的部下,现多比喻追随恶人的人。

第四十七回　孟良拜服杨郡马
六郎大战花刀将

上回说到六郎在八角寨前接连战胜了焦赞和孟良，孟良不服气，想趁夜偷袭六郎的营寨，临走前他叮嘱焦赞，如果自己回不来，就赶紧去八角山搬兵。

这天夜里，孟良带着两百喽啰悄悄地溜进了宋军大营，四下一看，周围一片寂静，连个哨兵都没有。他远远望见中央一座大营里还有灯光，近前一看，六郎正背对着大帐门口看书呢。孟良悄悄地走近几步，大吼一声："杨延昭，哪里走！"就把斧头架到了杨延昭的脖子上。他想："杨延昭白天对我和三弟可是手下留情了，所以我也不能伤他的性命，吓他一跳，找回点面子也就是了。"可没想到斧头往六郎脖子上一架，他就发现有点不对劲，仔细一看，这六郎居然是个穿着盔甲的草人。孟良大吃一惊："坏了，中计了。"这时候，就听到四面杀声齐起，他转身就往外跑，"扑通"一声掉进了陷阱里。小喽啰们见寨主被擒，惊慌失措，纷纷扔下武器，表示愿意投降，只有几个腿脚灵便的逃了出去。

孟良掉到陷阱里，摔得头晕眼花，不一会儿被人拖出来，捆得结结实实。他想，这回完了，孟二爷这条命就交待在这里了。这时候就看见杨延昭满面笑容走了过来："孟寨主受惊了。"说着就解开了孟良身上的绳子。孟良

195

一愣："你这是要干什么?""孟寨主,这次是我用计,不算真本事,你如果不服气,可以先回八角寨,明天我们在阵前一决胜负。"孟良一晃脑袋:"算了,明天我也赢不了你,你这人够仁义,武艺又高,我服你了,别人我不管了,此后孟良愿意做你部下战将,你指哪我打哪,决不皱眉。"

六郎一听非常高兴。刚才孟良进寨的时候,他就在大帐后面躲着,看得一清二楚。孟良虽然来偷袭,却没打算真正伤自己性命,也是个可以深交的人。于是他就对孟良说:"孟寨主,既然如此,我想与你结拜为兄弟,你可愿意?""愿意,太愿意了。"于是两人摆好香案,跪在地上,对天盟誓,结拜为兄弟。孟良给六郎磕了个头,站起来说:"哥哥,我回山上一趟,把我三弟叫来,我们再一起去劝我大哥、四弟下山。"六郎点点头:"兄弟,你手下的人都在营外等着,你带他们一起回去。""哥哥,你让我把他们带回去,就不怕我们都跑了?"六郎一笑:"兄弟,你不是那种人,而且你手下的人以后也是你的兵,你不带他们,谁带他们?"孟良心想,我这个哥哥算是认对了。

孟良带上喽啰们赶回山寨,到了寨门,迎面碰上两个小喽啰。"二寨主您还活着?""废话,我三弟呢?""王大他们几个逃回来,说您被宋军捉住,估计活不了了,三寨主就按您的嘱咐,去八角山找大寨主他们了。"孟良一听,赶紧打马加鞭,奔向八角山。在路上孟良就动开心思了,心想:"我新结拜的这位哥哥枪法精巧,我那岳大哥刀法也非同一般,他俩人到底谁厉害呢?不行,我得让他俩比试比试。"他回到八角山,还没进寨门,就看见一支人马出来,为首一员大将,头顶银盔,身披银甲,面如冠玉,目若朗星,手里一口偃月刀,胯下一匹枣红马,正是八角山的大寨主岳胜,旁边跟着一人,正是焦赞。孟良一看,赶紧飞马上前:"岳大哥,焦三弟,你们去哪儿?"岳胜焦赞两人一见孟良，有些意外，岳胜就问："二弟，我听三弟说，你去劫营被人活捉了，你怎么逃出来的?"

孟良眼珠一转："哎呀，岳大哥，别提了，赶紧收拾东西，让兄弟们去投降吧。"岳胜一皱眉头："你什么意思?""那杨延昭武艺高强，我和老三都不是他的对手，昨天去劫营，我又被他活捉了。当时我跟他说我们八角山上还有一位大哥，武艺高强，你未必是他的对手，结果人家说，你那位大哥要是能在我马前走过十个回合，我就不当这三关指挥了，给你们八角山当个喽啰站岗放哨。大哥你琢磨琢磨，如果你真的在人家手下走不了十个回合，咱们还是早点投降吧，免得丢人。"岳胜平日里是个稳重的人，但孟良这番话是真把他给气着了，他一抖缰绳："走，带我去看看，这杨延昭到底是什么样的英雄?"孟良一看岳胜上钩了，心里高兴："岳大哥，我先走一步，去给那杨延昭报个信。""报啥信?""我去跟他说，你是我结拜大哥，等会儿比试的时候手下留情，好给你留点面子。"岳胜更生气了："孟良，你赶紧去告诉那杨延昭，就说我随后就到。"

孟良心里暗笑，催马先走，来到了六郎的营里。六郎一看他回来了，就问："贤弟，你怎么这么快就回来了?""哎呀，六哥，我是来给你送个信的，你赶紧跑吧。"六郎一愣："什么?""我刚才在回八角山的路上，遇到我们的结拜大哥岳胜，他把我骂了一顿，说我给山寨丢脸，还说杨延昭算什么，如果十个回合内他不把你打下马来，他就跟你姓。我这岳大哥刀法举世无双，六哥，赶快跑吧。"杨延昭听了，不由得一皱眉，心想这岳胜也太狂妄了，就冲他这句话，还真得跟他较量较量。想到这里，他就对孟良说："贤弟，我这次来就是请你们几个出山的，不管怎么样也得见见你们这位岳大寨主，他如果非得跟我较量，我也只好奉陪了。"

197

没过多时，岳胜和焦赞就来到了宋军阵前，孟良一催马先迎了上去，见到岳胜就说："岳大哥，刚才我给你求过情了，杨延昭说了，你只要现在赶紧归顺朝廷，他就给你留个面子。"岳胜气坏了："孟良，你给我闪开，我倒要看看他有多大的能耐。"说完催马就往上冲。孟良又赶紧回到六郎那边："六哥，我那岳大哥来了。他说只要你能站在那，让他剁上三刀，他就归顺朝廷。"六郎一听，心想，这岳胜也太过分了，他把银枪一抖："孟贤弟，你退到一边，我去领教领教这位岳大寨主的功夫。"六郎催马来到岳胜面前，心里有火，但表面上还客客气气："敢问阁下可是岳大寨主？"岳胜一看六郎这么客气，心想这跟孟良说的不一样啊，于是一抱拳："在下正是岳胜。"六郎一听岳胜这口气，心里也是嘀咕，这岳胜不像是个狂妄的人，于是就对岳胜说："岳寨主，我杨延昭此番前来，是听说八角山上的几位寨主武艺高强，又不欺压良善，十分仰慕，所以想请你们下山同我一起镇守边关，抵抗辽寇，保我大宋子民。不知大寨主意下如何？"岳胜一笑："杨将军，我两个兄弟都已经败在你手上，如果你能胜了我手里这口大刀，我们就跟你去镇守边关。"六郎点点头："既然如此，岳寨主，在下就得罪了。"

说话间，两个人各举刀枪，杀在了一处。六郎的杨家枪法是家传的，他的祖父火山王杨衮曾经跟着高琼的曾祖父、五代十国第一名枪高思继学过枪法，后来又混合众家之长，形成了今天杨延昭使的杨家枪法。六郎把这套枪法施展开，真的如同蛟龙出水一般。岳胜一看，心里暗暗赞叹，不愧是镇守边关、威震辽邦的杨家将。但岳胜的好胜心也起来了，他想虽然你的枪法好，但我的刀法也不弱。他大刀一挥，使出六十四路梨花刀法，一口大刀上下翻飞，快如闪电，灿若梨花。两人是棋逢对手，将遇良才，大战了二百多个回合，还是不见胜负。

两个人边打边暗暗敬佩对方，六郎心想："这岳胜的刀法确实非同寻常，这一场比试，只能赢，不能输，我得用绝招了。"想到这里，六郎招式一变，一个"金鸡三点头"，大枪如同三点寒星，直扑岳胜面门，岳胜赶紧举刀招架。没想到六郎这一招是虚招，大枪眼看奔向岳胜面门，忽然向下一转，奔向岳胜小腹，这时候岳胜再用刀招架已经来不及了，只得两眼一闭，心想："我命休矣！"

　　要知岳胜性命如何，我们下回再见分晓。

杨家传奇

杨

第四十八回　见故人六郎收将　斩辽将孟良立功

上回说到六郎在八角山下大战花刀将岳胜，一枪直刺岳胜小腹。岳胜知道躲不过去了，把眼睛一闭。只听"刺啦"一声，再睁眼看时，六郎这一枪没扎他身上，而是往边上一斜，把他的战袍划开了一个口子。岳胜知道六郎是手下留情，既惭愧又感激，正要说话，就听后面一声大喊："六哥手下留情！"岳胜和六郎抬眼一看，异口同声地说了一句："你怎么来了？"此人不是别人，正是当年杨家将被贬应州时，应州指挥使杨泰的儿子杨兴。杨兴催马来到近前，跳下马来，跑到六郎面前，扑通就跪下了："六哥，我可见着你了！"六郎也赶紧跳下马来，一把扶起杨兴："兄弟，你怎么在这？你父亲近来可好？"

原来自从应州一别之后，杨泰听说金沙滩一战杨家兄弟只剩了六郎、七郎，接着两狼山一战，老令公壮烈殉国，他眼看着杨家将这样的忠臣良将都落了如此一个下场，心灰意冷，辞官不做，带着杨兴打算回老家。没想到杨泰在路上因病去世，只剩杨兴孤身一人，四处闯荡。前几个月，他经过八角山下，岳胜见他年少英雄，把他留下来，让他做了八角山的四寨主。今天听说岳胜在和杨延昭比武，他一想："杨延昭不就是我六哥吗？"于是赶紧来到战场。正看到六郎一枪直刺岳胜，所以才喊了这么一声，冲了过来。

　　杨兴站起身来，对着岳胜、孟良、焦赞说："三位兄长，这是我六哥杨延昭，不管你们几个怎么样，我反正是要跟着六哥走。"岳胜一抱拳："杨将军你不仅武艺高强，还仁义宽厚，饶我不死，我也愿意在你帐下效力。"焦赞一看："你们都跟去了，我当然也不能落下。"六郎一听非常高兴："岳寨主、焦寨主，昨天孟良已经与我结为兄弟，杨兴本来就是我的弟弟，你们两个如果不嫌弃的话，我也愿与你们结拜。"于是，四个人重新结拜，六郎最大，然后依次是岳胜、孟良、焦赞、杨兴。因为他们几个平时叫顺嘴了，于

杨家将传奇

杨

是还管六郎叫六哥，其他几个依旧用八角山上的称呼。

大家正准备回边关，忽然就看到远处有一人飞马奔过来，那人来到六郎面前，滚鞍下马："元帅，大事不好，萧天佐率领十万辽兵再犯边关，吴巨、马凯两位将军请您火速回去。"萧天佐怎么来了呢？原来，他本来是奉命增援韩延寿和耶律斜轸的，结果在路上就遇到了韩延寿的败兵。两人一见面，韩延寿把前面的事情一说，萧天佐大笑："韩元帅，胜败乃兵家常事，您不必在意，看我率军踏平边关给你们报仇！"他率军来到边关，吴巨、马凯赶紧派人给六郎送信。六郎闻报，带着岳胜等人火速赶回边关。他们刚刚回去，当初在黄河渡口救过六郎的郎千、郎万前来投奔。六郎非常高兴，亲自出来迎接。这样一来，六郎手下现在有了十八员大将。他带领众将登上城墙，向外一看，只见辽兵正在关下耀武扬威地叫骂。杨兴、孟良他们几个气坏了："六哥，这辽寇太嚣张了，快下令吧，我们出去杀他一阵！"其他大将也都跃跃欲试，想要出战。六郎微微一笑，把众将叫过来安排一番。大家连连称赞："好计！"分头去准备了。

萧天佐一大早上就在关外挑战，城头上的宋军将士听着辽兵在下面扯着嗓子骂街，早就气坏了，恨不能马上冲出关去，杀他个人仰马翻。但无奈六郎已经下令不许迎战，所以大家也只能忍着。过了一个多时辰，六郎看下面的辽兵已经累了，骂声也小了，队形也散乱了，于是下令："出关迎敌！"

岳胜、孟良早已等待多时，一听令下，立刻飞身上马，率军杀了出去。孟良对岳胜说："大哥，我打头阵，你给我压阵。"岳胜点点头："二弟，咱们兄弟几个初来乍到，正好趁这个机会立功，你千万小心。""大哥你放心，第一仗咱们只赢不输！"说着一催战马来到阵前："对面辽将，快来受死！"萧天佐一看宋将挑战，回头就问左右："谁去斩了宋将，立下第一功？"大将金庆应声而出，手提双锤冲上阵来。孟良一看来了一员辽将，于是高声叫道："你是何人？孟二爷斧下不死无名之鬼！""大将金庆！"说着双锤一抡就打了过来，孟良一闪身，躲开这一锤，接着就是他那连环三斧，一斧直劈金庆头顶，金庆刚刚架开，孟良第二斧直劈他的马头，金庆没防备这一招，被孟良一斧把马头给砍成了两半，扑通掉下马来，他还没来得及站起来，孟良就是一个"海底捞月"，"咔嚓"一斧把他砍死在战马旁边。

金庆一死，他弟弟金定着急了："元帅，我去给我哥哥报仇！"说着催马上前，大刀一挥，照着孟良就砍了过去，孟良挥起双斧挡开他这一刀，接着大斧一挥，又劈向金定的脑门，金定举刀一架，孟良第二斧又砍向他战马的马头，这会儿金定留神了，大刀一拦，"哐当"一声架开。二马错镫的时候，孟良的第三斧又到了，正砍在金定战马的屁股上，战马一声哀叫，扑通倒地，孟良圈马回来，大斧一挥："找你哥哥去吧！"照头一斧，又把金定砍死在马下。孟良连胜两阵，宋军这边欢声雷动，辽将土金牛急了："元帅，我去会会他！"说完，提起他的枣阳槊①，就冲了出去。孟良连胜两阵，觉得脸上有光，这时候又看见一员辽将杀了过来，他想："我那最厉害的三斧头都用完了，别在这等着丢人了，见好就收吧。"于是拨马跑回本阵，对岳胜说："大哥，兄弟的三斧头可都用完了，剩下的看你的了。"岳胜点点头："二弟，你辛苦了，剩下的交给为兄就是。"说着一催他胯下的枣红马，手提偃月刀就冲了出去。土金牛一看换了人，挥起他的枣阳槊就问："来者何人？""边关大将岳胜！"

要知道岳胜与土金牛交战胜负如何，我们下回再见分晓。

---

① 槊（shuò）：古代兵器，长矛。

第四十九回　中元节六郎思父
　　　　　　盗骨殖孟良入辽

　　上回说到萧天佐率领十万大军来到边关挑战，六郎派岳胜、孟良去打头阵，孟良连胜两阵，岳胜又接上去，和辽国大将土金牛杀到一处。土金牛挥槊就打，岳胜举刀往外一挡，反手就是一刀斜劈土金牛左肩，土金牛摆了个白猿拖刀式架住。二马错镫的时候，岳胜使了招"反背托刀"，土金牛见势不好，急忙往后一仰身，大刀贴着他的鼻尖过去，把他吓出一身冷汗。两人圈马回来，岳胜可就不容土金牛再出手了，大刀上下翻飞，把土金牛杀得只有招架之功无还手之力。七八个回合之后，土金牛找了个空子，赶紧逃回本阵。这时候另一员大将蓝光奚挥起双锤冲了上来："岳胜休走，我来会会你。"岳胜大刀先是一个虚晃，引蓝光奚举锤去挡，接着招式一变，拦腰就是一刀，这一刀快如闪电，蓝光奚来不及招架，被斩于马下。

　　不一会儿工夫，宋军这边连胜四阵，辽将三死一逃，萧天佐沉不住气了，他提起自己那柄大斧，亲自冲上前来："好个岳胜，本帅亲自来会会你。"岳胜一看辽军主帅亲自上阵，心里高兴，举刀和萧天佐杀到一处。两个人杀了三四十个回合，不分胜负。但就在这个时候，辽军的左右两侧都忽然响起了炮声，郎千、郎万、岑林、柴干、焦赞、杨兴、吴巨、马凯，这八员大将率领四路人马向辽军杀来。萧天佐一看，赶紧虚晃一斧，回到本阵，这边孟良、岳胜也率军冲杀过去。辽军早上起来叫阵的时候，气势很盛，但由于宋军坚守不出，到中午那会儿士气已经低落了，而宋军养精蓄锐，突然杀出，孟良、岳胜又连胜四阵，在这种情况下，无论是在士气上还是在体力上，辽军都已经不是宋军的对手，在五路人马的夹击之下，很快就溃败下来。这时候六郎率领大军，又从边关杀出，萧天佐一看大事不好，赶紧带着土金牛、土金秀等人撤退，六郎率领军队追出十多里路，斩杀辽军三万多人，这才撤回边关。经过这一仗，萧天佐也没有力量再组织军队进犯边关，只好和韩延寿合兵一处，灰溜溜地撤了回去。

六郎回到边关，写了报捷信送往朝廷，十几天后传来圣旨，重赏边关将士，封岳胜为三关副元帅，孟良、焦赞、杨兴、郎千、郎万五人为将军，从此六郎和岳胜以及边关众将日夜操练士卒，镇守边关。韩延寿也算是个守信用的人，回到辽国京城之后，一五一十地向萧后说明了前线的情况，力劝萧后暂时休养生息，不要再进犯边关。在接下来的六年里，辽国虽然还经常派小股部队骚扰宋朝边境，但是却始终没有进犯边关。

再说六郎那边，边关大小事务有岳胜辅佐，众将也都非常用心，把边关治理得井井有条。这年中元节，六郎邀请众将一起饮酒赏月。大家正喝得高兴，六郎忽然叹了口气，岳胜就问："六哥，怎么忽然不高兴了？""唉，也没什么，只是忽然想起我父亲在李陵碑前自杀身亡，尸体被辽军收走，到今天也没能够归葬故乡啊。"说着说着，六郎的眼圈就红了。孟良在一边听得真切，他心想："这些年来六哥待我不薄，把我们这些结拜兄弟都当亲兄弟一般看待，我当年曾经学过一些辽国的语言，何不悄悄潜入辽国，想办法打听到老令公的埋骨所在，把他的尸骨带回来？"孟良这个人胆子大，有主意，当天夜里他就收拾一番，留下一封书信悄悄地离开了。第二天，孟良的亲兵

杨家将传奇

杨

发现孟良不见了，只留下一封书信，于是就把信拿去交给了六郎。六郎一看大吃一惊，赶紧找岳胜来商量，岳胜安慰六郎说："六哥您不用担心，孟良学过辽国语言，不会有太大危险。"听岳胜这么一说，六郎才算是放心了一点，他叫来焦赞、杨兴，悄悄嘱咐他们带领五百人马，日夜在边关外打探，一旦有消息随时回报。

孟良脑子灵活，又会说辽国语言，所以很容易地就混入了辽国境内。但当他过去之后，傻眼了。他根本就不知道令公的尸骨埋在什么地方，也不知道该从哪儿去找线索。他皱着眉头，想了一会儿，最后决定直接去辽国的京城。当孟良快到京城的时候，又遇到了一个难题，因为这几天是辽国萧后的五十寿辰，周边小邦国来祝贺的使者络绎不绝，为了安全起见，防止奸细混入所以京城周围盘查得非常严格，如果没有官方发放的腰牌，谁也进不去。这下孟良着急了，他想："难道我真的要白白地跑这么一趟吗？不行，我得先在外边转转，看看有没有办法。"

当天他住在京城外的一家小客栈里。他刚刚走进店内，就看见有个渔夫背着一个竹篓走了进来，店主跟那渔夫也认识，便打招呼："渔老大，你又来给陛下送鱼了？""是啊，陛下就喜欢这黄河鲤鱼，每年她的寿宴，我照例是要来送几条的。"孟良在旁边一听，原来这是给萧后送鱼的黄河渔夫，他暗暗高兴。第二天一早，那黄河渔夫背上竹篓，急匆匆地向京城赶，他刚刚走进一片小树林，就听见一声大喊："哪里走！"接着跳出一个红脸大汉，渔夫吓了一跳，以为遇上了劫道的，扑通跪到地上："大土爷爷饶命，小的身上没钱，求您高抬贵手，放我过去吧。"这人正是孟良，他一摆手："你放心，我不要你的钱。我问你，你身上有没有进京城的腰牌？""有有有。"渔夫赶紧双手摘下腰牌，递给孟良。"你这篓鱼也给我留下。还有你这身衣服，咱俩换换。"不一会儿，孟良就把自己打扮成了渔夫的模样。原来的渔夫站在那，目瞪口呆："大王，您这是要……"孟良一瞪眼："你少管闲事，我也不白拿你的东西，这有二十两银子你拿去。可有一样，不准跟任何人说起这事，否则的话，我饶不了你！"渔夫一听，二十两银子？萧太后的赏钱也没这么多啊，可把他高兴坏了："大王爷爷，您尽管放心，我打死都不会跟别人说起这件事。"

等渔夫走远了，孟良背起竹篓，继续向京城方向走，到了京城门口，他拿出腰牌递给官兵查验，守门口的辽兵看了看腰牌，摆了摆手："过去吧。"孟良心里的一块石头这才落了地，当天下午他就开始走街串巷，想办法打听老令公的尸骨埋在哪里，但始终没什么消息，他想："我现在的身份是黄河渔夫，何不借此机会，到辽国的金銮殿上走一圈，看看能得到些什么消息。"这天早上，他拿着腰牌，背着竹篓走进金銮殿，萧后盯着他看了一会儿，突然问："你究竟是什么人，竟敢假扮黄河渔夫，来到我这金殿之上？"孟良一听，心里暗暗吃惊。

要知道孟良的身份是否被识破，我们下回再见分晓。

杨家将传奇

第五十回　幽州城孟良盗马
三关镇辽将兴兵

上回说到孟良借用了黄河渔夫的腰牌和身份，混进了辽国京城，在金銮殿上见到了萧后。没想到萧后突然问他究竟是什么人，孟良不由大吃一惊。萧后为什么会这么问呢？原来萧后这个人不仅胸怀大志，足智多谋，而且看人也非常准，虽然这黄河渔夫一年只来觐见一次，但她依旧记得对方大体的样子。所以她起了疑心，想诈一诈孟良，探探虚实。

孟良虽然心里暗暗吃惊，但表面上依旧不动声色，磕了个头回答道："陛下，小民的确是黄河渔夫，不知道陛下为何这样问？"萧后冷笑了一声说："往年来的黄河渔夫是一个独眼的残疾人，你怎么敢骗我？"孟良一听，心想："今天早上的渔夫眼睛没毛病啊，八成是诈我呢。"于是回答说："往年来的黄河渔夫，是小人的叔叔，他虽然年龄大了些，但并不是独眼，想必是陛下记错了。"萧后点点头，打消了疑虑，转头对内侍说："赏！"孟良赶紧谢恩。

就在这个时候，外面有人来报，说边境守将派使者送来了一匹好马，使者来到殿上，对萧后说："陛下，大宛国向宋朝进贡了一匹好马，名叫骕骦骐①，在途经边境时被我家将军夺来，特地命我前来献给陛下。"萧后一听

---

① 骕骦骐（sù shuāng qí）：古书上描写的一种青黑色的良马。

非常高兴，就命使者把马牵上大殿，让众臣观赏。孟良站在殿角，等那匹马被牵上殿来之后，仔细一看，这匹马高有六尺，非常健壮，确实是一匹好马。萧后看了也非常高兴，重赏了使者和边境守将。

孟良从殿上退下来，又在京城转了两天，没打听到半点消息。他非常不甘心，心想："难道我这一趟真的就白来了？"后来转念一想："前几天看到的那匹马确实是匹良驹，我看看能不能想办法把它偷回去。"这天早上，孟良起了个大早，悄悄地来到了御马厩，守卫认识他是送鱼的渔夫，也不拦他，他看看四下无人，把早就准备好的麻醉药搅拌进马的饲料中，然后大摇大摆地离开了。

又过了一天，孟良就看到京城的大街小巷都贴着求贤榜文，大意是说陛下心爱的宝马忽然得了怪病，如果有能给这匹马治病的，不但有赏钱，还会封官。孟良走上前去，伸手把榜文撕下，旁边的辽军士兵赶紧带孟良去见萧后。萧后见了孟良非常惊奇："你不是前几日的黄河渔夫吗？怎么你也会给马看病？"孟良回答说："不瞒陛下，小人祖上本是养马出身，小人从小耳濡目染，也学了一些给马治病的方子，不妨一试。"萧后点点头："既然如此，来人，带他去御马厩一看。"孟良来到马厩，看了看这匹昏迷不醒的骓骝骓，装模作样地说："这匹马应该已经昏迷了整整十二个时辰，如果再过六个时辰就救不过来了。"接着他安排人给这匹马灌下了他早就准备好的汤药，不到一个时辰，这马就恢复了精神，旁边几个马夫对孟良佩服得五体投地。孟良回到金殿交旨，萧后一看他这么快就把马给治好了，非常高兴，对孟良说："你为朕的爱马治好了病，功劳不小，如今燕州正好缺一个总管，朕就封你为燕州总管，你收拾一下，明天就可以去那里上任了。"

孟良赶紧谢恩说："多谢陛下赐官，这匹马虽然被臣治好了，但是病根还没有除尽，臣想把这匹马也一起带去，把它的病彻底治好以后再送还陛下。"萧后点了点头："还是你想得周到，既然如此，你就把这匹马也带去吧。"于是，孟良去御马厩牵上了骗骗骐，又领了去燕州上任的公文，打马出城。他刚出城门不一会儿，就听见后面有人喊他，回头一看，原来是两名辽国军官，他们追到近前，一抱拳对孟良说："总管大人，陛下特命我两人陪大人一同前往赴任。"孟良心想："这一定是萧后怕我把她的宝马给拐跑了，派这两个人来监视我。"他表面上不动声色，点头说："既然如此，就辛苦两位老弟了。"

一路上，孟良和两个人说说笑笑，气氛非常融洽。两个军官看自己的上司如此和气，也非常高兴。走了两天，这天中午他们正好经过一处集市，孟良便请这两名军官到酒楼上喝酒，正喝得高兴，孟良突然大叫一声："不好！"把两名军官吓了一跳，赶紧问："大人，怎么了？"孟良装出一副惊慌的样子："我把文书忘在昨晚投宿的客栈里了，你们两个先在这喝着，我赶紧去取回来！"两名军官已经有了八九分的醉意，也没多想，点点头："既然如此，大人小心。"孟良心中暗笑，出了酒楼，催动骗骗骐，直奔边关方向而去。那两名辽国军官一直等到傍晚，也没见孟良回来，觉得不对，赶紧原路返回。一直回到京城，他们也没找到孟良，只好去见萧后，报说孟良下落不明。萧后一听，估计自己是中了计，赶紧命萧天佑率领五千人马沿途搜索，务必要找到孟良和骗骗骐的下落。

萧天佑接到命令之后，率领人马直接奔往边关方向而去。孟良看见远处烟尘大起，知道辽兵赶到，于是也催马狂奔。眼看快到了边关，迎面闯出一路人马拦住去路，这可把孟良吓得不轻，心想这次孟二爷是插翅难逃了。就在这时，就听见有人大喊："二哥不要惊慌，俺老焦在此！"孟良定下神来，仔细一看，原来前面是焦赞率人马前来接应，心中大喜，赶紧迎上前去。原来岳胜、焦赞奉六郎将令，轮流在此处等待孟良消息，今天是焦赞轮值，有士兵报告说前方烟尘大起，好像有大军来到，于是他率军冲出，正好救了孟良。

这时候萧天佑也赶了上来，在阵前高叫：“对面的宋军，赶紧把偷马的贼人送出来，免你等一死，如若不然，我就要踏破边关！”孟良来到阵前，大笑着说：“你回去告诉你们家萧后，三关大将孟良，感谢她封官赠马，官我就不做了，但这马我骑走了！”萧天佑大怒，正要厮杀，东南角烟尘大起，又有一路人马杀到，为首一员大将，正是花刀将岳胜。萧天佑一看，担心自己兵少，不是对手，于是赶紧撤退。岳胜、焦赞也不追赶，和孟良一起收兵回边关去了。

回到边关，孟良一见到六郎，快走几步迎上前去：“六哥，我这次去辽国，本想把老义父的尸骨迎回中原，但始终没能打听到消息，只好骗了匹马回来。”六郎看见孟良无事，算是放下心来，对孟良说：“二弟，你的心意为兄领了，但切记如今你是边关大将，没有将令不能擅自离开。不过你盗回的这匹骕骦骐本是进贡给我大宋陛下的良马，被辽人夺走，如今二弟把它夺回，功劳也不算小。咱们可说好，这种事下不为例。”孟良连连点头：“六哥放心，我下次绝不再犯！”

再说萧天佑，他担心自己寡不敌众，率领军队暂时后撤，正好遇上了赶来接应的耶律休哥。耶律休哥说：“陛下担心你有失，派我率领十万大军前来接应。”萧天佑非常高兴：“还是陛下英明！耶律元帅，假扮黄河渔夫盗走骕骦骐的不是别人，正是宋朝大将孟良，如今他已经逃回边关，我只带了五千轻骑，不敢深入。你来得正好，咱们合兵一处，再去和他一决胜负！”

要知道宋辽交兵，胜负如何，我们下回再见分晓。

211

杨家将传奇

第五十一回　飞龙谷辽人设伏
五台山孟良搬兵

上回说到孟良盗走骟骗骐，逃回边关，萧天佑率领五千轻骑紧追不舍，结果在边关被岳胜、焦赞杀退。在后撤的路上遇到了耶律休哥的接应人马，于是两人合兵一处，准备再来边关挑战。

耶律休哥和萧天佑商量说："萧元帅，如今杨六郎镇守边关，军纪严明，士气高涨，手下又有岳胜、孟良、焦赞这样的大将，我们与其和他硬拼，不如智取。"萧天佑点点头："耶律元帅，你说得没错，但我们应该怎样智取呢？"耶律休哥打开地图指着地图上说："萧元帅请看，距此地二十里有一处峡谷，名叫飞龙谷，这山谷两边的地势都非常险峻，山谷的尽头只有一条小路能够通雁岭。明天我们和他们交战，可以诈败，把他们引到谷中，然后伏兵齐出，把谷口堵住，他们就得困死在谷里。"萧天佑一听大喜："好计，明天我就率军前去挑战，把他们引到谷中。"耶律休哥一点头："萧元帅，有劳你了。"然后又叫过大将耶律第："你率领一支人马先去飞龙谷，在谷内多插下一些旗帜，引宋军闯入，然后再去切断飞龙谷通往雁岭的道路。""是！"耶律第领命而去。接着耶律休哥又下令："黄显威！""末将在！""你和我各率一支人马在谷口埋伏，截断宋军归路！""是！"就这样，耶律休哥在飞龙谷摆下埋伏，等着六郎上当。

第二天一早，萧天佑率领自己的五千人马来到边关挑战，六郎一看萧天佑又来了，就跟众人说："萧天佑去而复来，一定有什么诡计，这次出战大家可要小心。"孟良挺身而出，说："六哥，这场麻烦是我惹来的，我去打头阵！"两军在边关城下摆开阵势，萧天佑一看对面是孟良，气不打一处来："大胆的盗马贼，赶紧把骟䮺骐还我，我能留你一命，要不然的话，打破边关，取你性命！"孟良一笑："萧天佑，你想要孟二爷的脑袋，得先问问这双大斧答不答应！"说着两人各举兵器杀在一处，孟良知道萧天佑厉害，所以一上来就使出了他的连环三斧，先砍头顶，再劈脸颊，再砍战马，三斧头下来，萧天佑吓出一身冷汗，他心想："我本来就是来诱敌的，不能和他硬拼。"于是虚晃一斧，拨马就走。孟良一看心里高兴，双斧一挥大叫："哪里走！"率军就追了下去。六郎一看，萧天佑那么厉害，都让孟良三斧头给吓跑了，于是也率领岳胜、焦赞、郎千、郎万等人追了过去。

六郎率领大军追到飞龙谷，他往四下打量了一番，不由倒抽了一口冷气，心想："这里地势险要，如果敌人把谷口一堵，我们是插翅难飞啊。"他正想传令退兵，山坡上一声炮响，谷口闯出耶律休哥和黄显威两支人马，截住去路。六郎等人被困在了谷中。六郎无奈，只好命令军队就地扎营，谨防辽兵火攻。然后他召集众将商量说："我五哥如今在五台山出家，离此处不远，如果他能下山相助的话，一定能救出我们，但如今辽军把这里困得像铁桶一样，怎么才能派人到五台山去找他求救呢？"这时候就听见有人搭话了："六哥，我去！"大家回头一看，正是孟良。

刚才六郎跟大家商量办法的时候，孟良在旁边一直没出声，他想："这全是我惹出来的麻烦，要不是我去盗马，萧天佑也不能追到边关来。"听到六郎说要找人搬兵求援的事，赶紧抢着说："我去！"六郎也明白孟良的心

杨家将传奇

思,但是他有点担心:"贤弟,如今辽兵把谷口包围得水泄不通,你怎么出去呢?""六哥你放心,我熟悉这里的地形,攀着岩石应该能上得去。"六郎本想阻拦,但看孟良态度坚决,只好点了点头:"既然如此,就有劳贤弟了。"他给五郎写了封书信交给孟良:"贤弟,你这次可要多加小心。"孟良点点头:"六哥,你放心吧。"他把大斧背在后背上,走到山崖边,手脚并用,花了两个多时辰,终于攀上了山顶。等到天亮的时候,他总算是绕开了辽军的包围圈,回到了边关。留守的吴巨、马凯、石青、何山等人早就知道六郎被困,但他们手上兵少,干着急没办法,正打算向朝廷发告急文书,看见孟良回来,喜出望外:"二哥,你怎么回来了,六哥呢?"孟良把事情跟他们一说,就急匆匆赶往五台山了。

孟良惦记着六郎,心急如焚,打马加鞭,按照六郎给他指的路径,直奔五台山五郎出家的寺庙。来到寺庙前,他正准备敲门,忽然"吱呀"一声门开了,走出一个身材魁梧的和尚。孟良一看,这人虽然没六郎长得清秀,但眉目之间有很多相似之处,心想这一定就是五郎杨延德了,于是赶紧走过去,扑通一声跪倒在地:"五哥在上,小弟孟良有礼了。"此人正是五郎杨延德,他见孟良突然给自己跪下,不由一愣,赶紧双手把孟良扶起:"施主你是何人,何必行此大礼?"孟良站起身来:"哎呀五哥,我是边关大将孟良,和六哥延昭是八拜之交的兄弟,如今我六哥中了耶律休哥的计策,被困在飞龙谷里,他让我来找您求救。"说着,从怀里掏出六郎的书信递给杨延德。

五郎接过书信打开一看,果然是六弟的亲笔书信,他点点头:"既然六弟有难,我怎么能袖手旁观呢?只是我当年的战马已经死了好几年,那萧天佑和耶律休哥都不是等闲之辈,如果没有一匹好的战马,恐怕我也没有把握取胜啊。"孟良一听有点着急:"五哥,您需要什么样的战马?我去想想办法。"五郎一指山下："离此处不远，有一片马场，是七王千岁赵元侃养马的地方，我听说那里有两匹宝马，一匹千里风，一匹万里云，如果能借来其中一匹宝马的话，那可真就是如虎添翼了。"孟良一听："既然如此，五哥您先在此做好下山的准备，我去那马场借马。"说完，他就告别五郎，催马下山去了。

第二天傍晚的时候，孟良就来到了马场附近，他一看，这里地势平坦，水草丰美，感叹道："怪不得七王千岁把马场放在这么远的地方呢。"就在这时，有几个人拦住他的去路："这里是七王千岁的养马场，你是何人，竟敢乱闯？"孟良一抱拳："我是边关大将孟良，请问这边的总管是哪位？"有个人站了出来："我就是这的总管邱奇，不知孟将军来这里有什么事？"

孟良能否顺利借到宝马？我们下回再见分晓。

杨家将传奇

第五十二回　得宝马五郎下山
扰军心辽帅用计

　　上回说到孟良前往五台山找五郎求救，但五郎当下没有合适的战马，于是孟良就赶往七王赵元侃的养马场，想去借一匹宝马回来，在马场外正好遇到了那里的总管邱奇。孟良把事情的缘由一说，邱奇也犯难了，他虽然是治理的总管，但也没有权力把七王的宝马借出去。他左思右想，想出了一个主意，于是对孟良说："孟良将军，在下职责所在，不能够轻易地把七王千岁的马借出去。这样吧，我听说你前些日子从辽国的京城盗回了骕骦骐，如果你能把这匹万里云盗走，我就把它借给你。"

　　邱奇是这么想的，到时候自己吩咐下边人不要防范太严，让孟良轻轻松松地把马取走，这样自己最多有个失察之责，也不会招来太多麻烦。孟良哪里知道邱奇的心思，他还以为邱奇是故意刁难他，于是冷笑了一声："既然如此，邱总管可要小心了，今晚我要是不把这匹马从你眼皮底下偷走，我就不姓孟。"邱奇一听，觉得孟良也太狂了，他也较上劲了："孟将军，如果你真的能从我眼皮底下盗走这匹马，那我就借给你。"孟良点点头："一言为定。"邱奇领着孟良来到马场，他用手一指："孟将军，你看清楚了，那边两匹宝马，一匹是千里风，一匹就是万里云。等会儿我把万里云牵到我的院子里，我就坐在那等着，看你怎么能把这匹马从我的眼皮底下偷出去。"孟良一点头："一言为定，告辞！"

　　孟良走后，邱奇的手下就问邱奇："总管，我们就这么坐等着让他来偷啊？"邱奇一笑："你们把万里云牵到院子里来，再去备点酒菜，我们边喝酒边聊天，等他一个晚上，看孟良到底怎么偷。"就这样，邱奇和他的四名亲随一起，坐在院子里，一边盯着这匹宝马，一边喝酒。到了半夜的时候，马场东边忽然传来一阵急促的锣声，接着就有人飞奔过来向邱奇报信："总管不好了，马场东边失火了！"邱奇一琢磨，孟良这是要玩调虎离山的把戏啊，我偏不上你的当，他传下命令："一部分人去救火，一部分人把这个院子围住，让孟良插翅也飞不进来！"过了一会儿，又有人气喘吁吁地跑进来："总管，大事不好，千里风被人偷走了！""啊！"邱奇大吃一惊，心想，我光顾守着万里云，没想到孟良把千里风给偷走了。他赶紧骑上万里云追了出去。

　　天蒙蒙亮的时候，邱奇就看见孟良在前面骑马飞奔，于是他高声喊叫："孟良，你说话不算话，偷走千里风，我看你往哪里走！"这时候他就看见孟良骑着马转过了一道树林，邱奇心中暗喜，因为他知道转过树林去是一条大河，于是继续催马往前追。可是等他转过这片树林的时候，却傻眼了，那匹千里风陷在河边的淤泥里，正在惊恐地嘶叫。邱奇看着千里风在泥潭里嘶叫，一阵阵心疼，赶紧跳下马来，去救千里风。可是当他刚刚来到千里风身边的时候，忽然回过神来，大叫一声："不好！"回头看时，孟良已经骑在了那匹万里云上。

217

　　孟良见邱奇回过头来便哈哈大笑："邱总管，多谢你给我送来这匹万里云，我可真是从你的眼皮底下把这匹马给偷走的，你说话要算数。"邱奇也笑了："孟将军果然厉害，但有一件事我得说明白，这马是你凭本事偷走的，可不是我送给你的。"孟良一听，明白邱奇是不想给自己惹麻烦，于是点点

杨家传奇

杨

头："邱总管，这匹马的确是我偷走的，跟你半点关系没有，你放心，我有借有还，等救出六哥之后，我一定带着这匹马登门谢罪！"说完，他向邱奇拱了拱手，策马飞奔回五台山。孟良到五台山和五郎杨延德一起带领五百僧兵，奔边关而去。两人刚刚来到边关，还没进城，就见一员女将来到五郎面前，跪在地上放声痛哭。五郎仔细一看，原来是自己的八妹杨延琪，他也赶紧把延琪扶起："八妹，你这是怎么了？""五哥，六哥没了，你要替他报仇！""啊！"五郎和孟良都是大吃一惊。

原来，自从六郎镇守边关以来，这几年都没能够回天波府看看家人，老太君惦记儿子，柴郡主也挂念丈夫，所以杨八姐自告奋勇，到边关来看看情况，她昨天一到边关，就发现气氛不对，何山、石青几个迎上她，都是一脸焦急："八妹，你来得正好，六哥前几天被困在飞龙谷中，昨天辽军拉来他的尸体在关下劝我们投降，我们也看不出是真是假，你快去看看吧！"延琪赶紧来到城头，往下面仔细观望，只见辽军阵前摆放着一具尸体，她一看还真是六郎，大叫一声，差点昏了过去，旁边几个人赶紧把她扶下城头。她本想和辽军决一死战，边关众将合力把她劝住。今天一大早她就在城头眺望，看到五郎他们，赶紧迎了出去。五郎听说六郎被杀，也大吃一惊，这时候孟良在旁边说："五哥、八妹，你们先不用着急，我突围出来的时候，六哥手下还有几万精兵，岳胜、焦赞他们也都在，不可能连这么几天都支撑不过去。说不定是辽兵用计动摇我们军心的。"五郎、延琪听了，觉得这话也有道理，几个人又商量一番，定下破敌之计。当天晚上，孟良就穿上辽军的装扮，悄悄混进了飞龙谷内。他一进去先碰上了焦赞，问明白六郎没事，这才放了心。

六郎不是让辽兵杀了吗？那是假的。这也是耶律休哥的主意——一时半会儿消灭不了困在飞龙谷里的宋军，所以他就找了个和六郎面貌相似的人杀了，假装说是六郎的尸体，想动摇边关的士气。结果这一招适得其反，边关上人人都要报仇，急着出战，准备明天夜里偷袭飞龙谷，大破辽军。

要知道后事如何，我们下回再见分晓。

第五十三回

解困局五郎救弟
天下平真宗登基

上回说到宋军将士准备里应外合，大破辽兵。当天晚上，萧天佑正在和耶律休哥喝酒聊天，忽然听到外面杀声震天，一名辽军士兵急匆匆地跑进大帐："两位元帅，大事不好，宋军趁夜向我大营杀来！""什么？"萧天佑和耶律休哥都是大吃一惊。耶律休哥先冷静下来，他赶紧对萧天佑说："萧元帅，这边的宋军由我来抵挡，你赶紧率领人马到飞龙谷口，防止杨延昭从里面杀出！"说着他快步走出大帐，早有士兵给他牵来了战马，耶律休哥飞身上马，手提大刀，率领人马就向营外冲去。

来偷袭的正是五郎杨延德，这天晚上五百僧兵悄无声息地潜到辽军营寨附近，杀死了巡逻的士兵，然后放出信号。接着五郎率领八千骑兵在前，八姐杨延琪和郎千、郎万率领一万五千人马在后，冲进了辽军大营。五郎一马当先闯入辽营，挥起大斧，杀得辽军鬼哭狼嚎，四散逃窜。耶律休哥迎面看见五郎把自己的手下杀得抱头鼠窜，不由勃然大怒，挥刀拦住五郎的去路："哪里来的和尚，竟敢偷袭我军营寨！"五郎一看是耶律休哥，那是仇人见面，分外眼红，他大喝一声："耶律休哥老贼，我乃杨令公五子杨延德，今日特来取你首级！"耶律休哥一听是杨五郎，心里也有些吃惊，眼看五郎举起大斧向他砍来，赶紧往后一退，对身边的辽将说："谁敢与他一战？"当即就有一员用齐眉棍的辽将冲上前去，交手不到十个回合，被五郎一斧砍于马下。接着耶律休哥身后又冲出两员辽将，一个用方天画戟，一个用三尖刀，拦住五郎厮杀。五郎毫无惧色，打了七八个回合，把用三尖刀的辽将一斧砍倒，另一员辽将心惊胆战，赶紧拨马逃跑。耶律休哥一看，只好硬着头皮举起大刀冲上前来和五郎杀在一处。

再说萧天佑，他率领一支人马，刚刚赶到飞龙谷口，就听见里面炮声震响，宋军从里面冲了出来。宋军在飞龙谷里被困了好几天，人人都憋了一肚子气，如今冲出谷口，个个奋勇，像潮水一样向辽军杀来，顿时把萧天佑这支人马杀得是丢盔卸甲，狼狈逃窜。萧天佑的部将张印挺枪来战，被岳胜一刀斩于马下，另一员部将贝子明被焦赞一枪刺死。萧天佑阻拦不住，只好败下阵来。六郎趁机率军从背后杀入辽军大营。耶律休哥和五郎正杀得难解难分，忽然听到背后杀声四起，知道宋军已经从飞龙谷杀出，稍稍一分神，被五郎看准破绽，一斧砍于马下。这时候，杨延琪率领的后军也已经杀到，萧天佑听说耶律休哥阵亡，知道大势已去，赶紧率军撤退。六郎率军从谷口杀出，与五郎、八姐等会合，双方合兵一处穷追猛打，一直把这股辽军追出十多里，这一仗斩杀了辽国元帅耶律休哥，辽军死伤五万多人，杀得辽国人人心惊，个个胆寒，辽国暂时无力再次进犯，宋辽边境再次恢复了安宁。

时光飞逝，一转眼又是几年过去，太宗皇帝赵光义驾崩，七王赵元侃继位，他就是真宗皇帝。他继位以后，封王钦为兵部司马，又给了八王上殿不必行礼、下殿不必告辞的权力，同时大赏群臣。王钦等了这么多年，终于有机会进入了大宋朝的权力中心。要说这王钦也的确算是辽国的忠臣，虽然他在宋朝已经身居高位，但是心里还想的是如何为辽国效力。于是他积极拉拢各种关系，扩大自己在朝中的影响，同时开始想办法打击忠良，特别是杨

杨家将传奇

家将。

　　这天，他正在书房里琢磨坏主意，家人来报说，新科状元谢金吾前来拜访。谢金吾武艺不错，但人品不好，平日里就欺压百姓，前几天被皇上钦点为状元之后，更加是飞扬跋扈①，不可一世，谁都不放在眼里。王钦知道这是个可用的人，于是刻意跟他来往。谢金吾也知道王钦是天子身边的宠臣，所以专程来拜访他。王钦一听说谢金吾来了，顿时有了一个主意，赶紧命人把他请进来。

　　要知道王钦动了什么歪主意，我们下回再见分晓。

_____

　　① 飞扬跋扈（bá hù）：骄横放肆，越出常规，不受约束。

第五十四回 狂徒大闹天波府 郡马回京探母亲

上回说到太宗皇帝赵光义驾崩，七王元侃继位，辽国奸细王钦成为了天子的宠臣。这天他正在琢磨如何除掉杨家将，正好新科状元谢金吾来访，于是他想出了一条毒计。

他非常热情地把谢金吾请到客厅，两人坐下，王钦就问："状元公此番光临寒舍，不知道有何指教？"谢金吾笑着说："也没什么大事，只是皇上命我三日后夸官游街①，特地来向大人禀报一声。"王钦一听："恭喜状元公啊，只是状元公你要注意一件事，千万别从天波府大门经过。"谢金吾一愣："为什么？""你有所不知，那天波府门前有一块下马碑，从那里经过时，文官要下轿，武官要下马。前几天我从那经过，忘记下轿，还被杨家的几个仆人骂了一顿。你若不知道这个情况，贸然从那里经过，被骂上一顿，这个状元的面子往哪搁啊。"王钦不说这些话还好，说了这些话，谢金吾脸色一变，一拍桌子站了起来："王大人，您怕他们杨家，我可不怕，明天我非要从天波府门口骑马经过不可！"王钦心中暗喜，故意火上浇油："状元公，你也别激动，以我之见，你就当什么都不知道，悄悄绕过去算了，你放心，我保证

223

---

① 夸官游街：古代科举考试后的一种激励学子的制度。学子考中进士或官员升迁时，排列鼓乐仪仗游街，接受万民朝贺。

杨家将传奇
杨

还拿你当个英雄。"谢金吾本来就是个嚣张莽撞的人，一听王钦的话更火了：
"王大人您不必多劝，这事我是惹定了！"

第二天，谢金吾在京城里转了半圈，就来到了天波府前，他骑着马围着
下马碑转了两圈，对手下人说："这东西立在这里碍事，给我砸了它！"手下
几个人答应一声，动手就去砸下马碑。天波府的老管家杨洪听门口的家人来
报，有人在天波府外砸毁了先帝所立的下马碑，他一边派人通知老太君，一
边颤巍巍地走到谢金吾马前："何人如此大胆，敢对先皇所立的下马碑如此
不敬？"谢金吾在马上哈哈大笑："我是当今皇上钦点的新科状元，奉旨夸官
游街，这块碑在这里，我看着碍事。你是什么人，胆敢拦我？"说着，一皮
鞭抽过去，老管家一时没躲开，顿时被抽得血流满面。凑巧，宗保和宗勉两
个人正陪着老太君出来，把这一切都看在眼里。看到杨洪被打成这个样子，
老太君也火了，手拄龙头拐杖，走到谢金吾面前。还没来得及说话，谢金吾
的坏主意又冒出来了，他故意一踹马肚子，马受惊猛地往前一蹿，就把老太
君撞倒在地上。谢金吾傲慢地一笑："老太君得罪了，没想到您这巾帼英雄，
老了居然是如此弱不禁风。"

他正得意着，忽然眼前一花，脸上就挨了两个巴掌。他又惊又怒，仔细
一看，眼前站着一个少年，眉清目秀，英气勃发，这少年正是杨宗保，他看到
谢金吾撞倒老太君，还出言不逊，顿时就火了，飞身跃起，给了谢金吾两个巴
掌，并把他拽下马来。谢金吾好歹也是武状元出身，刚一落马，一个"鲤鱼打
挺"站了起来，一招"冲天炮"直奔宗保前胸，宗保身子一闪，一把握住谢金
吾的手腕，使了个"顺手牵羊"，谢金吾一个跟跄摔倒在地。宗保上前一步，
把他按在地上一顿痛打。跟着谢金吾来夸官游街的人，看见他在天波府门前
闹事，心里都愤愤不平，现在看他被按在地上一顿暴揍，个个高兴，也没人上

来阻拦，还是老太君在被宗勉扶起来之后，叫住了宗保，谢金吾抱头鼠窜。

金銮殿上，谢金吾与老太君各执一词，宋真宗陷入两难。待两人退去后，他特地向王钦询问。王钦本就希望宋朝内讧，便装模作样地献"计策"。他觉得杨家如今位高权重，且与八王关系紧密，适当打压反而能保全杨家。他建议一拆掉下马碑以便交通，二斥责谢金吾惹事，并让他给老太君赔罪。

王钦这番话打动了宋真宗。第二天，宋真宗就派王钦去天波府传旨，老太君一听，皇上不但没有责罚谢金吾，反倒要拆掉下马碑，不由得大吃一惊，想到杨家自归顺大宋以来，忠心为国，却落得这样一个下场，又气又急，一下子晕了过去。几天后，天波府门外的下马碑被彻底拆除，从这经过的官员、百姓都摇头叹息。老太君虽然没说什么，但毕竟心里难过，加上前几天被谢金吾用马撞倒，没几天便生了一场大病。张金定等人看老太君病势沉重，都非常担心，她就对柴郡主说："六弟妹，你写一封家书，让六弟回来一趟吧。"郡主点了点头，当下就写了一封书信交给家人杨光，让他送往边关。

再说六郎在边关接到书信，得知母亲病重，非常担心，但是作为边关元帅，他又不能私自离开。于是他悄悄找来岳胜商量，岳胜一听，不由一皱眉头："六哥，皇上这么做，也太让人心寒了，既然母亲病重，你就该回去看看。你回去的时候也别声张，趁天黑悄悄地进城，过几天赶紧回来，肯定没事。"六郎点点头："我离开的这几天，就麻烦贤弟了。特别看好孟良、焦赞，天波府的事绝对不能让他俩知道，他们两个性子急，说不定会闹出什么事来。""六哥你尽管放心。"

于是六郎把三关的帅印交给岳胜暂时保管，自己收拾了一下，第二天趁天还没亮，就带着杨光悄悄地溜出了边关。他刚走出几里路，就碰到了焦赞。六郎不由得一愣："三弟，你怎么来了？""六哥，你要回京探母的事，

225

我昨晚都偷听到了，咱们结拜这么多年，我也应该去看看老干娘。我怕当面说你不答应，所以偷偷溜出来在这等着你。"六郎只好点了点头："既然你非要跟我一起去，那也可以，不过你得答应我三个条件。""行，只要能跟你一起回京，三十个条件我也答应，六哥你说吧。""第一，跟我回京的事不许声张，我们悄悄地回去，悄悄地走。第二，到了京城，不准惹事。第三，在京城期间，一口酒都不准喝。"焦赞一咧嘴："六哥，前两条都好商量，这第三条，你换一个行不行？""不行，你要想跟我回去，就一滴酒都不准碰。""行，六哥，那我忍着。"三个人一起继续赶路，没几天就来到了京城外，这时候六郎看见道路旁边有一家小酒馆，他让焦赞痛快地喝了一顿。吃过午饭，他们休息了一会儿，眼看天黑，悄悄地进了京城，来到了天波府。

老太君一看六郎回来大吃一惊："延昭，你不在边关，怎么回来了？"张金定在旁边说："母亲，我们姐妹几个看您病重，所以写信叫六弟回来一趟。"这时候焦赞也走过来，跪在地上："干娘，我是六哥的结拜兄弟焦赞，我给您磕头了。"老太君点点头："快快起来，延昭有你们这些好兄弟，也是他的福气。"六郎看母亲还非常疲惫，简单说了几句话，就和焦赞一起退了出来。

六郎在天波府住了几天，看老太君的病逐渐好转，准备返回边关，临走的前一天，焦赞和宗保、宗勉两个人在花园里说话，他看四下无人，就低声问宗保："大侄子，你老实跟我说，老太君的病，到底是怎么回事？"宗保年轻气盛，也没考虑那么多，就把最近的事情一五一十地跟焦赞说了一遍。这可把焦赞气坏了，他心想："我们在边关浴血奋战，保家卫国，没想到在京城里还得受这样的欺负，不行，我得给六哥出这口气。"但他多了个心眼，表面上不动声色，趁着下午没人注意的时候，悄悄溜出了天波府。

要知道焦赞出府去了哪里，我们下回再见分晓。

第五十五回

杀恶贼焦赞酿祸
救六郎岳胜发兵

上回说到焦赞跟着六郎回到天波府探望佘老太君，他从宗保、宗勉那里知道了事情的真相。本想去把谢金吾痛打一顿，给老太君出气，但又怕给六郎惹麻烦，于是改了主意。他想去前几天去的那家小酒馆喝上几杯，结果听旁边卖烧饼的人说，那家小酒馆的主人被打死了，还想把店主的女儿抢走。

焦赞一听，气得咬牙切齿："这人怎么如此猖狂？到底是什么来历？"卖烧饼的摇摇头："我们也不太清楚，据说是皇上钦点的新科状元，叫谢什么……""谢金吾？""对对对，客官您认识？"焦赞点点头："知道有那么个人。"他想："好你个谢金吾，仗势欺人，打死人，还要强抢民女，如今遇上焦三爷，你算是活到头了。"

焦赞回到京城，等到深夜，来到了谢金吾的府邸前，他看看四下无人，纵身一跃，"嗖"的一声，就跳进了谢金吾家的院子。他看院子后面的一间大屋子里透出灯光，蹑手蹑脚地走到窗户边上，往里面一看，几个人正在一起喝酒，就听见旁边的人对坐在正座上的人说："谢大人您放心，过两天我们就去把那女孩给你抓来，她爹已经死了，她们母女两个想跑也跑不远。"坐在正座上的人正是谢金吾，他哈哈大笑："还是你们几个小子有孝心，放心，老爷我亏待不了你们！"焦赞听他们主仆商量坏主意，可气坏了，他一

227

推窗户，跳了进去，大吼一声："谢金吾，拿命来！"谢金吾猝不及防，被焦赞一刀正中心口，惨叫了一声，倒在地上不动弹了，他的几个奴才一看吓坏了，赶紧四散奔逃。焦赞哪里肯放，把这些坏家伙全部都给收拾了，然后他擦干净匕首上的血迹，转身走了。

他溜回天波府，家人赶紧给开门："焦爷，您怎么回来这么晚？""在京城里逛逛，不小心迷路了。"焦赞没跟任何人说实话，回到自己屋里，收拾好行李，倒头就睡，第二天天还没亮，六郎过来叫他："三弟，你准备好了没？""早就准备好了，咱们快点出发吧。"焦赞心想，是得赶紧走，要不然等会谢金吾家里的人发现事情不对，再走就晚了。于是两人告别老太君和众人，趁天色还没大亮，匆匆地上路了。

两个人回到边关，六郎听说这几天边关没事，才放下心来。过了没两天，有人来报，说皇上的钦差到了，六郎赶紧率领边关众将出迎，钦差来到大殿，把圣旨一读，说皇上召六郎回京，有要事商量。六郎虽然有点奇怪，但是既然皇上下旨，他也不敢耽搁，把边关的诸事交代给岳胜，就上路了。

六郎走后，焦赞越琢磨越不对，就把自己杀死谢金吾的事，一五一十地跟孟良说了，接着又说："二哥，你去跟岳大哥他们商量一下，我这就去追赶六哥，见机行事。"说完他转身就走，孟良一把没拽住，焦赞骑上马就走了。孟良赶紧把大家找来，把事情说了一遍，岳胜倒抽一口冷气："焦赞这麻烦惹大了，六哥这次回去恐怕会有危险。"杨兴一听就蹦了起来："不行，咱们赶紧发兵去京城，皇上要敢动六哥一根汗毛，咱们就让他当不成这皇帝。"孟良眼珠一转："岳大哥，来传旨的那钦差不是还没走吗？今晚我悄悄去打听一下消息。"岳胜点点头："好，千万小心。"

当天晚上孟良悄悄地溜到了钦差的住处，他蹲在窗户下面，就听见钦差跟他的随从在说话。孟良一个箭步冲上去，把大斧往钦差的脖子上一架："我是三关大将孟良，我刚刚听见你亲口说我们六哥回京受审，到底是怎么回事？你跟我来。"钦差连连点头，哆哆嗦嗦地跟在孟良后面来到帅厅，岳胜他们正在那等着呢，这钦差一看，瞒是瞒不过去了，于是把所有的事都说了出来。

再说六郎，接到皇上的圣旨之后，不敢怠慢，昼夜兼程赶回京城，也没来得及回趟天波府，就直接上殿见驾。皇上见了六郎就问："杨延昭，你好大的胆子，擅离职守不说，还指使你的部将杀死谢金吾，你可知罪？"六郎一听大吃一惊，这才知道焦赞惹下了大祸，但他转念一想，不管怎么说，焦赞是为了给自己出气，自己可不能把焦赞给供出来。于是磕了个头，对皇上说："陛下。谢金吾是微臣杀死的，和焦赞无关。谢金吾在天波府前闹事，又故意纵马撞倒我母亲，我私离边关回来探望母亲，知道这件事之后，一怒之下就把他给杀了。"皇上一听，勃然大怒："大胆的杨延昭，你竟敢私自杀死朝廷命官，来人，给我推出去斩了！"

皇上说要杀了杨延昭，可把文武百官给吓坏了。而且八王最近不在京城，替皇上去五台山还愿了。不一会儿，焦赞急匆匆赶来，面见皇上，描述了自己为老太君出气、替天行道而杀死了谢金吾及家丁的过程，并声称六郎不知情。

这时候王钦出班奏道："陛下，这么一听，谢金吾的确是焦赞杀的，但这事杨延昭也有责任，私离边关，放纵部下杀死朝廷命官，这可都是重罪。"宋真宗一听，觉得王钦说得有理，于是传旨："来人，把杨延昭和焦赞都推出去斩了！"这时候平东王高琼赶紧出来求情："陛下，杨延昭私离边关的确有罪，焦赞杀死谢金吾更是不应该，但看在事出有因的份上，饶他们一命吧。"汝南王郑印也说："陛下，杨家将忠心保国，杨延昭镇守边关，屡立大功，千万不能杀呀。"文武百官也纷纷跟在这两位王爷身后给延昭求情。就在这个时候，一名黄门侍郎急急忙忙跑进来："陛下，大事不好，边关副元帅岳胜率军把京城给围住了！""啊？"宋真宗大吃一惊。郑印、高琼他们几个暗暗高兴。这时候寇准出班奏道："陛下，您不妨到城头上见见岳胜，听听他怎么说的，再作打算。"

宋真宗也没别的办法，只好带领文武百官，来到了京城的城头之上。他手扶城墙往下一看，城下三军刀枪林立，为首一员大将正是三关副元帅岳胜，他身后依次排开孟良、杨兴、郎千、郎万等边关大将。

宋真宗看到这阵势气坏了，心想这是要造反啊！"平东王，你带一支人马去收拾这伙反贼！"高琼眼珠一转："是！"

岳胜他们在城外等着，就见城门打开，冲出一支人马，为首一员战将大叫："岳胜反贼，平东王高琼在此，速速前来受死。"岳胜一琢磨，不对啊，高琼不也是六哥的好朋友吗？他手提偃月刀迎上去："对面可是平东王？""正是，大胆的岳胜，你敢兵围京城，吃我一枪！"说着大枪一抖，分心便刺，同时却靠近岳胜耳旁低声说："我俩假打几个回合，我逃你追，赶紧冲进京城去，把六哥救出来。"打了几个回合，高琼虚晃一枪："哎呀，好厉害的岳胜。"说着拨马就走，岳胜大刀一举："你往哪里走？"率军就追。皇上在城头一看，岳胜的军队追上来了，赶紧下旨："快关城门！"但高琼故意磨磨蹭蹭地往回撤，等到他进了城，岳胜也追到了城门口，这个时候再关城门已经来不及了，三关人马如潮水般涌进了京城。

此番营救六郎，结果如何？我们下回再见分晓。

第五十六回 杨六郎城头退兵 任堂惠奔赴云南

上回说到岳胜兵围京城，高琼把岳胜的人马引进了城门。皇上在城头上看到边关的人马进城了，顿时吓得魂飞魄散，赶紧带着文武大臣逃进了内城。这时候，王钦也害怕了，他知道要是真的让岳胜他们冲进内城，第一个要杀的肯定是自己。于是，他对皇上说："陛下，我看不如把杨延昭放了，让他去退兵。"皇上也吓慌了，连连点头："就依爱卿所言。"

于是皇上又让人把六郎押来："杨延昭，如今你的部将岳胜、孟良带着军队进了京城，朕命你速去退兵，如果成功，就免你一死。"六郎听了，赶紧跟皇上说："陛下，微臣愿意前去退兵，只是如果成功的话，请皇上也赦免焦赞的死罪。"皇上现在也没别的办法，点了点头："好，如果你真能退兵的话，就免去你们两人的死罪。"

六郎来到内城的城头上，对边关将士说："兄弟们放心，皇上已经免了我和焦赞的死罪，你们镇守边关责任重大，请速速撤兵。"皇上见六郎城头退兵，知道杀不了他了，于是下旨说："杨延昭，你和焦赞犯下的都是大罪，看在你们有功的份上，免你们一死，把你们发配充军，你去云南，焦赞去琼州。"在城外驻扎的岳胜等人听说六郎和焦赞已经被免去死罪，改为发配，于是也按照六郎的叮嘱，撤回边关去了。

三天以后，六郎和焦赞动身前往要被发配的地方。六郎的妻子柴郡主不放心，要一同随行，宗保、宗勉也都跟着。六郎叮嘱焦赞说："三弟，你这次去琼州路上小心，到了那边一定不要惹事，三年之后我们边关再见。"焦赞点了点头："六哥你也多保重。"于是众人洒泪而别。

先说焦赞，跟着两个差役，一路往琼州去。这两个差役素来佩服杨家，一路上对焦赞也很照顾。走了几天，快到傍晚的时候，来到一个三岔路口，他们看这里有家客栈，于是就去投宿。这座客栈的店主刘利华，是王钦的暗线之一，他接到王钦的指令，在这等着除掉焦赞。在客栈里，他遇到了一位假六郎——任堂惠。

这任堂惠是什么人，跟六郎又是怎么成为结拜兄弟的呢？原来，这还是杨家刚刚归顺大宋不久的事。因一场误会，六郎解救了来京城卖马的商人任堂惠。任堂惠对六郎非常感激，六郎也发现任堂惠文武双全，是个人才，于是就请他去天波府住了一段时间，还和他结拜为兄弟。因为他跟杨六郎长得太像了，所以大家都称呼他为假六郎。

任堂惠在天波府每天跟着杨家兄弟学习枪法，住了大半年才告辞还乡。后来任堂惠长期在南方做买卖，而六郎镇守北方，两个人再没见过面，但是六郎心里一直惦记着这位结拜兄弟，跟岳胜、孟良、焦赞等人喝酒聊天的时候，也经常提到这位假六郎。焦赞虽然没见过任堂惠，但对过去的事情却了解得非常清楚。两人见面非常高兴，任堂惠便邀请焦赞到自己房间来喝几杯。

刘利华回到前厅，把自己的两个伙计叫了过来，吩咐他俩："去把蒙汗药拿来，放到酒里，等他们喝下去睡着了，我们就动手。"两个伙计答应一声，就把装了蒙汗药的酒送到了任堂惠的屋里。

任堂惠和焦赞正在聊天，看见伙计把酒送来，焦赞就倒了一杯酒，双手捧给任堂惠："任大哥，我敬你一杯。"任堂端起来正要喝，突然脸色一变，低声说："三弟，这酒里有蒙汗药，咱们八成是住进黑店了。"焦赞惊讶道："什么？"任堂惠赶紧做了个小声点的手势，继续压低声音跟焦赞说："我这些年走南闯北，结识了不少江湖朋友，他们跟我说过怎样鉴别蒙汗药，刚刚我拿起酒杯一闻，就知道这里面一定有问题。"接着他悄悄对焦赞说了几句话，焦赞连连点头："任大哥，听你的！"

再说刘利华派两个伙计把酒送去之后，过了半天没见动静，于是悄悄来到了任堂惠的房外，他趴在窗户上往里面一看，屋子里面灯火通明，杯盘狼藉，任堂惠和焦赞趴在桌子上，已经不省人事。他一招手，跟两个伙计一起拔刀冲进了房内，他看了看焦赞和任堂惠，举起刀来说："姓焦的姓任的，你们死了可别怨我，这都是王钦大人想要你们的命，你们就到阎王爷面前和他打官司去吧！"说完，举刀要往下砍，突然任堂惠一翻身，"啪"的一脚端到他的肚子上，他倒退几步，手里的刀也"当啷"一声掉到了地上。这时候焦赞也一跃而起，一把夺过一个伙计手里的刀，把他砍翻在地。另一个伙计见势不妙转身想跑，被焦赞追上去，一刀扎在后心上，顿时丢了性命。

原来任堂惠刚刚跟焦赞假装喝了酒，昏倒在桌子上，就是为了骗对方上钩，好说出真相。两个人把刘利华捆起来，焦赞对他进行各种威胁吓唬。这下可把刘利华的魂儿都吓没了："好汉饶命，好汉饶命，我说实话，京城里的王钦大人想杀您和杨郡马，郡马那条道上他派人假装土匪截杀，您这条道上，就派我在店里下药。"

任堂惠和焦赞一听王钦还要害六郎，大吃一惊，"咔嚓"一刀，结束了刘利华性命。

任堂惠对焦赞说:"三弟,你此去琼州,路途遥远,要多加小心,我有点担心六哥那边,现在就去云南看他。""好,任大哥,六哥那边就拜托你了,咱们来日再见。"

任堂惠匆匆告别了焦赞,向云南方向赶去。再说六郎,一行人走了大半个月,眼看快到云南地界,突然前面一声锣响,冲出一支人马,这些人个个用黑布蒙着面,就冲向六郎他们一行人杀来。为首的两人一个叫王龙,一个叫王虎,他们奉王钦的命令,带人埋伏在这里,专等着取六郎性命。

就在这时,忽然有一人飞马杀到,此人正是任堂惠,他在和焦赞告别之后,自己的生意也顾不上做了,赶紧买了一匹好马,穿上当年六郎送给他的盔甲,沿着六郎他们的路线就追了过来。这天他刚好碰到了六郎被围的情形,大枪一抖,干脆利落地就把王龙挑于马下。剩下的这些人看见王龙被杀,王虎被擒,群龙无首,于是一哄而散。任堂惠翻身下马,来到六郎面前:"六哥别来无恙?"六郎一看是任堂惠,又惊又喜:"贤弟你怎么来了?"任堂惠把前几天遇见焦赞的事跟他说了一遍,六郎难以置信道:"那王钦曾经帮我杨家写御状告潘仁美,跟我还是结拜兄弟,他为何害我?"这时候宗保押着王虎走上前来:"父亲,这是任叔叔让我留下的活口,详细情况您可以问问他。"六郎点了点头,就问王虎:"你到底是受什么人派遣,前来害我?"

要知道王虎如何回答,我们下回再见分晓。

第五十七回

杨六郎校场比武
柴郡主云南认亲

　　上回说到王钦的亲信王龙、王虎带人截杀六郎，任堂惠及时赶到，将他们杀退。宗保擒住王虎，把他押到六郎面前。六郎就问王虎："你是什么人？为什么在这里截杀我们？"王虎赶紧跪下："郡马爷，不是小人要害您，是王钦王大人派我俩来的。"六郎假装把脸一沉："胡说，王钦跟我是结拜兄弟，怎么会害我？你敢挑拨我们兄弟！"王虎连连磕头："郡马爷饶命，我说的都是实话，真的是王大人派我们来的。他为什么要杀您，我们也不知道，但前些日子谢金吾在天波府闹事，是他挑唆的，让皇上下旨拆了下马碑，也是他提议的。"六郎听到这算是信了。他眉头紧锁，心想："王钦跟我一无冤二无仇，当初还那么尽力地帮助我，为什么说翻脸就翻脸，而且要对我痛下杀手呢？"

　　任堂惠走上前来，对六郎低声说："六哥，我看王钦这人一定是有问题，你说他有没有可能是辽国的奸细？"任堂惠一语惊醒梦中人，六郎的心里"咯噔"了一下。他想："我兄弟说得对呀，王钦就算想排除异己，独揽大权，也不该向我下手，毕竟他是文官，我是武将，我们俩井水不犯河水。要说我在哪儿挡他的路，那就是我镇守边关这么多年，让辽军不敢入境侵扰，以后还真得对他提防着点。"他转头看了看跪在地上的王虎，叹了口气，对

杨家将传奇

他说:"你假扮土匪,在路上截杀朝廷钦犯,这本来就是死罪,如今我饶你不死,你赶紧逃命去吧。"王虎一听傻了:"郡马爷,您不杀我?""你我本来无冤无仇,你是受人指使,我杀你干什么?但日后你要是继续为虎作伥,落到我手里,那就别怪我无情了。"王虎很感动,他跪在地上给六郎磕了三个头:"郡马爷您放心,以后我再也不做这种事了。"

王虎走后,任堂惠就对六郎说:"六哥,我最近也没什么事,陪你一起去云南可好?"六郎一听:"那太好了,咱们兄弟俩多少年没见面了,正好这段时间多聊聊。"就这样一行人往云南进发,几天之后,他们就来到了云南王府。两个官差见了云南梁王,把文书手续呈上。梁王打开文书仔细地看了看,一拍桌子:"来人,把罪犯杨延昭给我带上来!"六郎来到王府大堂,给梁王行了礼,梁王仔细地端详一番六郎,微微点了点头:"杨延昭,我云南王府有个规矩,凡是发配到云南的罪犯,都要先打一百杀威棒。不过,本王有三不打:年老的不打,年少的不打,生病的不打。你若是有病在身,可以跟本王说明,免去这一百杀威棒。"六郎对着梁王一拱手:"回王爷,我没有生病,甘愿受这一百杀威棒。"他这么一说,把押送他的两个官差给吓坏了,心想:"郡马爷,您这不是跟自己过不去吗?"梁王听了六郎的回答,不由仰面大笑:"好个杨延昭,是条汉子!"他止住笑声,对六郎说:"我久仰杨家大名,知道杨家枪法高超,你可敢与本王比试一番?如果赢了,我就免去你这一百杀威棒。"六郎一听:"既然如此,还要请王爷手下留情。"

两人来到校场上,梁王一挥他的金背大砍刀,对六郎说了声:"小心了!"一招"力劈华山",大刀直奔六郎头顶。六郎一听这大刀带着风声,不敢掉以轻心,铆足了力气,一个"举火朝天"迎上去。接着他俩各展平生所学,杀到了一处。梁王这口大刀,受过名师的指点,一刀快似一刀,如同闪电一般，六郎也打起精神，把杨家枪法的精华都施展了出来，一杆枪上下纷飞，犹如一条银龙穿梭在云中，这两个人棋逢对手、将遇良才，大战了五十多个回合不见胜负。

六郎看梁王刀法精巧，知道不用绝招难以取胜，于是在二马错镫的时候，使了一个"镫里藏身"，把自己藏到了马肚子下面。梁王圈马回来一看不见六郎，正在发愣，六郎突然从马肚子下面翻身起来，飞起一枪直刺梁王。梁王再要躲闪或者招架已经来不及了，六郎的枪顶在梁王的胸前，往回一收，说了声："王爷，受惊了。"梁王不由大笑："好好好，妹夫，好样的，我服你了！"六郎一愣："王爷，您叫我什么？"梁王并不回答，反问道："那边站着的，可是你的妻子柴郡主？"六郎点点头："正是。""她本名可叫柴美蓉？""没错，王爷，您怎么知道？""我是她的亲哥哥，当然知道。""啊？"六郎也愣住了。梁王几步走到郡主面前："三妹，你还记得二哥吗？"郡主一听呆住了，她仔仔细细地打量了一番对面的梁王，大叫一声："二哥，你怎么在这里？"一头扑进梁王怀中，放声痛哭。宗保、宗勉也都傻了，小声问六郎："爹，我俩怎么又多了个舅舅？"

原来这梁王不是别人，正是柴郡主的二哥柴勋。当年周世宗柴荣去世之后，儿子年纪小，赵匡胤趁机发动兵变，夺了柴家的天下。柴荣有两个儿子、一个女儿，赵匡胤为了安抚人心，把柴郡主收为义女，给柴荣的大儿子封了王，又把他的二儿子柴勋送到了云南王府。云南王府的老王爷跟柴家本是同宗，由于膝下无子，就收了柴勋为义子。几年之后，老王爷去世，柴勋就承袭王位，成了云南的藩王。柴勋作为前朝的皇子，身份特殊，为了避免皇上起疑心，从来没和柴郡主联系过，所以郡主也不知道二哥如今是云南的藩王。直到今天，差人把六郎带到王府之后，梁王才知道原来妹妹、妹夫都

237

来了。他想看看妹妹嫁了怎样一个人物，所以故意拿杀威棒吓唬六郎，看六郎毫不畏惧，心里暗暗佩服，于是又提出和六郎比武。虽然输给了六郎，但他心里高兴，心想这杨延昭人品好、武艺又高，妹妹算是嫁对人了。

梁王把过去的事情一说，大家才恍然大悟，六郎重新向大舅哥行了礼，又把任堂惠介绍给梁王。梁王听说任堂惠在路上救了六郎，连连道谢："任贤弟，你如果不嫌弃的话，在云南多住些日子，正好也多陪陪我妹夫。"回到王府，梁王在宫里安排出一间偏殿供六郎一家和任堂惠居住，又安排了几十个仆人照顾，就这样，六郎等人暂且在云南安顿下来。

一晃眼一年过去了，这一日梁王正在殿上处理公务，忽然外面有人来报，说京城那边皇上派人来了。要知皇上派了什么人来，我们下回再见分晓。

上回说到柴郡主在云南认亲，梁王对妹妹和妹夫非常照顾。一晃眼一年过去了，这一天梁王忽然听到有人来报，说皇上的钦差到了云南，这钦差不是别人，正是王钦。王钦怎么来的呢？原来，他派人谋杀六郎不成，又生一计。过了大半年，他伪造了一封书信，假装是六郎写给岳胜的，信上写着让岳胜把边关的人马带到云南，他要在云南自立为王。王钦拿着这封假书信去找皇上，皇上一看，顿时勃然大怒："大胆的杨延昭，竟然妄想在云南造反！"王钦趁机对皇上说："陛下，边关众将只听杨延昭的指挥，不听陛下的旨意，这次杨延昭写这封信，万幸被我的人截住，否则云南可就不是大宋的了。"在王钦的挑拨之下，宋真宗发了一道旨意，让王钦去云南处死杨延昭。

王钦来到云南，把圣旨一读，大家都是大惊失色。梁王当时就一拍桌子："大胆的王钦，竟敢来我这宣读这样的混账圣旨！来人，把他给我拿下，拉出去砍了！"六郎赶紧把他拦住："王爷息怒，自古以来，君叫臣死，臣不得不死，这是我们做臣子的本分。""什么本分不本分，他老赵家夺了我们大周的江山，自己心里有愧，就老是担心这个反那个反的，还真把皇帝的宝座当回事了！"六郎一边劝阻梁王，一边转头对王钦说道："王大人，不知道能

239

杨家将传奇

否容我几日，让我安排一下后事？"王钦见六郎没有抗旨，心中暗暗高兴，连连点头，做出一副关心的样子："贤弟，哥哥也不想这样，给你七天时间，你看可好？"六郎一拱手："既然如此，就多谢王大人了。"王钦还想再说几句话，梁王在一边眼睛一瞪："天子使臣，你该说的都说了，就别在我这里待着了。"王钦一听梁王下了逐客令，只好走了。

王钦走后，六郎回到住处，柴郡主一听皇上要杀六郎，顿时大惊失色，昏了过去。这时候，任堂惠正好来找六郎，看见这一片混乱，吃惊地说："六哥，这是怎么了？"六郎长叹一声，把事情的前因后果都跟他说了一遍，任堂惠眉头紧皱："六哥，这么说来，你是非死不可了？""不死又能怎么办呢？贤弟今天你在这里，当哥哥的拜托你一件事，我死之后，帮我把家眷送回天波府，再就是多替我安慰安慰我的老母亲。"任堂惠听得心乱如麻："六哥，别说这么丧气的话，还没到最后关头，咱们再想想办法。"

任堂惠从六郎那出来，心绪烦乱，不知不觉走过一个茶馆，茶馆里正有人在说书，那说书人说得慷慨激昂，任堂惠不觉停下来多听了两耳。原来这说书人讲的是楚汉争霸时，刘邦的大将假扮刘邦向项羽投降，刘邦趁机逃走的故事。任堂惠听完这段故事，眼前一亮，想用这个偷梁换柱的办法将六郎换出来。

他拿定了主意，回到自己的住处，换了一身跟六郎平时穿着一样的衣服，去找梁王。梁王都把他当成六郎了："妹夫，你怎么来了？"任堂惠一笑："王爷，我是任堂惠。我有个主意，可以救六哥，但是您得帮我。""没问题，只要能救我妹夫，你说啥我都听你的。"任堂惠就把自己的主意一说，梁王连连摆手："不行不行，你这是要拿自己的命换延昭的命啊！""王爷您想想，大宋江山可以没有我任堂惠，但不能没有杨延昭。六哥要是死了，万一哪天辽兵入境，谁去镇守边关，保护百姓？"梁王眼圈发红："贤弟，还有没有别的办法？""王爷，别犹豫了，这是现在我们能想到的唯一办法，您现在要做的就是稳住我六哥，等我死了以后，您再告诉他真相，另外这事不要让郡主知道。"梁王一愣："稳住我妹夫不难，可是为啥不让我妹妹知道？""王爷，只有郡主真的以为六哥死了，才能够瞒得过王钦。"梁王点点头："贤弟，我活了这么多年，头一次见到你这样重义气的人，请受本王一拜。"说着就给任堂惠跪了下去。任堂惠赶紧双手把他扶起："王爷，您千万别这样，我打算明天中午就去见王钦受死，为了不让亲人难受，我自己偷偷溜过去找他。那段时间您把六哥单独叫来，一定瞒住所有人，我死之后您告诉六哥，让他假扮成我的身份，好在平时我也是独来独往，在官场上又没什么朋友，不会露出马脚，您让六哥多留神。"

梁王听着任堂惠仔仔细细地跟他交代，眼泪止不住地往下落。反倒是任堂惠安慰他说："王爷，自古以来没有哪个人是不死的，只要能死得其所就算善终，您也不用太难过。"就这样，任堂惠告别梁王出来，回到自己的住处，又给六郎写了封长信，当天晚上把这些东西送到了梁王手上。

第二天上午，梁王按任堂惠的嘱咐，派心腹把六郎叫到自己府中，六郎跟着那人来到一处偏殿，梁王正坐在里面，他对心腹摆摆手："你出去吧，今天的事不许对任何人讲。"然后他亲自站起来关上殿门。六郎看得直发愣："王爷，您这么神秘是要干什么？""你先在这坐上半个时辰，然后我再告诉你。"两个人相对无言，默默坐了小半个时辰，突然就听到外面响起了炮声。六郎不由得一愣："王爷，外面怎么有炮声？"梁王闭上眼睛，两行泪水从脸上滑落："延昭，我告诉你一件事，你千万别难过。"他把昨天任堂惠跟他说的一五一十地跟六郎讲了一遍，然后说："刚才这炮声响起，想必任贤弟的

人头已经落地了。"

六郎一听梁王这番话，心疼得大叫一声，昏倒在地。要知道后事如何，

我们下回再见分晓。

上回说到六郎在知道任堂惠替他而死这个消息之后，顿时昏了过去，梁王赶紧连声呼唤把他叫醒，对他说："妹夫你这个时候一定不要露出任何的破绽，否则可就辜负了任贤弟的一片苦心，这里有他一封书信，你看一下，现在我得赶到刑场，去料理一下任贤弟的后事了。"六郎从悲痛中慢慢清醒过来，打开信一读，任堂惠在信里主要写了两件事，一是叮嘱六郎千万小心，别露出马脚；二是拜托六郎将来查访一下自己失踪多年的儿子任金童。六郎看完，把信收好，也匆匆奔往刑场。

三声追魂炮响完，刽子手手起刀落，任堂惠人头落地。梁王赶到刑场的时候，正看见郡主母子三人抱头痛哭。他又心疼妹妹，又心疼任堂惠，对旁边的亲兵下令："传我的命令，半个时辰之后，在云南府内只要见到这位王大人，杀无赦！"亲兵答应一声就去传令。王钦一听吓坏了，他也顾不上回客栈取东西了，带着随从打马加鞭，一路狂奔离开了云南府。

王钦前脚刚走，六郎就来了，看到任堂惠的尸体，扑通跪在地上放声痛哭，六郎哭的是任堂惠，旁边的郡主、宗保和宗勉都以为是任堂惠在哭六郎，也在一边痛哭不止。梁王忍住悲痛，扶起六郎："任贤弟，你也不要太难过了，你和我妹夫是至交好友，还得指望着你将来多多照顾宗保、宗勉他

243

们呢。"六郎明白了梁王的意思，忍住悲痛对梁王说："王爷您放心，我一定会好好照顾宗保、宗勉。"

先按下云南这边不提，王钦快马加鞭回到京城，向皇上交旨，在京城中顿时引起了一场轩然大波。因为皇上给王钦下的是一道密旨，直到这天王钦上殿，所有人才知道真相。八王顿时就火了："陛下，不知杨延昭身犯何罪，居然不打个招呼就把他杀了？"皇上叹了口气："皇兄，朕也不想杀他，只是他给边关岳胜等人写信，想在云南独立为王，这怎么能容得？"八王一听："陛下你说杨延昭想谋反，可有证据？"皇上就把王钦给他的那封信拿了出来，递给八王，八王看完之后冷笑一声："陛下果真圣明，仅仅凭着一封书信，就能断定杨延昭要谋反。"皇上一听八王这话里带刺，脸不由得红了："皇兄，你这是什么意思？""皇上，凡事要讲究人证物证，说杨延昭要造反，是何人所见？这封信的送信人是谁？再说了，拆毁下马碑、老太君病重的时候，杨延昭手握边关兵权，他不造反。岳胜等人为了救他，攻入京城的时候，他不造反。偏偏到了云南快一年了，忽然要在云南造反。只要稍微清醒点的人，都知道该仔细地审问审问，怎么会凭着一封书信就处死一个功绩卓著的国家栋梁？"八王是气急了，一番话毫不留情，把真宗说得无言以对。

生气归生气，但八王也知道，人已经死了，多说无用，于是又对皇上说："陛下，杨延昭既然肯痛痛快快地受死，就足以说明他没有反心，那么是否可以让他的尸体安葬，让郡主和宗保、宗勉回来？"刚才八王说的一番话，让宋真宗心里也有点后悔。他想："对呀，我怎么就不能先把杨延昭召回来审问一下呢？"如今听见八王这么说，赶紧连连点头："皇兄所言极是，准奏，朕这就传旨到云南，让郡主和宗保、宗勉带着杨延昭的尸体回来。"

这时，突然有人高喊一声："陛下，杨家将忠心保国，怎么会谋反？这一定是有奸人造谣，望陛下将此人斩首，以谢英灵！"

大家一看，这人正是汝南王郑印。皇上还没来得及回话，王钦做贼心虚，先着急了："汝南王，您这是什么意思？"郑印一瞪眼睛，心想："就是你这个奸贼害死六郎，还敢在这装糊涂。"他知道自己动嘴说不过王钦，加上现在一肚子火气，于是也顾不上什么朝堂礼仪了，上前一步，一把抓住王钦的衣领："你这个奸贼，害死了杨延昭，还敢在这假装无辜！"说着，"啪"的一下子把王钦摔倒在地上，接着又飞起一脚，踢在王钦的腰上。王钦疼得惨叫一声，差点背过气去。

宋真宗一看郑印公然在朝堂上殴打王钦，一拍桌子："大胆！汝南王，这朝堂之上，怎能容你如此行凶打人？"郑印回过头来，冲着皇上一拱手："陛下，微臣知罪。"皇上看郑印服了软，心里好受了点，正想再训斥两句郑印，这事就此揭过，没想到汝南王还有下文："陛下，臣当着您的面殴打大臣，罪过不小，所以，臣请求被逐出朝廷！"皇上不由得一愣："汝南王，难道你是要离开朝廷？""不错，微臣性格粗鲁，不适合在朝中，陛下有王大人这样的良臣辅佐已经足够，臣想出去逍遥几天。"宋真宗正在犹豫，双王呼延丕显也站了出来："陛下，微臣的父亲如今年迈多病，需要有人陪伴，我想请上三五年假，多陪陪他老人家，宋朝以孝治天下，想必皇上不会拒绝我的请求。""啊，这个……"皇上刚一愣神，平东王高琼也站了出来："陛下，臣当年在幽州城和辽军交战的时候受过伤，现在一到阴天就浑身疼痛，也想请上几年假，保养一下身体。"皇上一听，知道六郎被杀，他们有怨气，只好答应。

几天后，三位王爷陆续离开京城。王钦听说了之后，心里就盘算开了："如今杨延昭已死，郑印、高琼这几个人又离开了京城，只要再想个办法把

岳胜那帮人除掉，我大辽的军队，就可以直入中原了。"他也顾不得腰上有伤，一瘸一拐地入了宫，去见皇帝。他建议收回边关兵权，再派人去担任边关新元帅，加封岳胜别的官职，最后再收拾其他人。他推荐自己的亲信汪直担任边关元帅。宋真宗一听，当即下旨由汪直为边关新元帅，去代替岳胜。又加封岳胜为武威节度使，调往他处。

这汪直本来是兵部的一个小官，善于拍马奉承，是王钦的心腹。这天听王钦说已经在皇上面前推荐他做边关元帅，可高兴坏了，跪在地上给王钦就磕了三个响头："多谢大人提拔之恩，您就如同我再生的父母，今后有任何用得着我的地方，您尽管差遣。"王钦面带微笑地把他扶起来："你何必如此客气，只是有件事你要注意，边关那边除了岳胜之外，像孟良、杨兴、郎千、郎万、岑林、柴干这些人，都是杨延昭的心腹。你务必要想办法把他们一个个除掉，否则你这元帅可当不稳。"汪直连连点头："多谢大人提醒，下官记下了。"

几天后汪直带着圣旨来到了边关，岳胜赶紧摆好香案，率领边关众将迎接钦差。汪直来到大厅，把圣旨一读，说是加封岳胜为武威节度使，即日上任，边关元帅之职由汪直继任。汪直宣读完圣旨，交接了帅印，大摇大摆地走了，岳胜对大家说："我走之后，你们一定不准胡来，协助新元帅把边关守好，特别是孟良、杨兴，你们两个一定不能惹事。"孟良一肚子不服气："岳大哥，你看看那钦差，贼眉鼠眼的，一看就不是什么好东西，就凭他也能当边关元帅？"岳胜苦笑了一下，没说什么。孟良又说："岳大哥，咱们明天中午一起聚聚，我们给你饯行，这么多年来，咱们兄弟从来没分离过，你到了那边上任之后也要经常写书信回来。"

第二天中午，孟良叫了一大桌酒席，让人送到岳胜的住处，边关大将全都来了，大家一边喝酒一边聊天，对边关的前景是忧心忡忡。岑林就说："边关是大宋朝的屏障，历任边关大帅都得是武将出身，如今来了这么一位啥都不懂的大爷，将来真要打仗，可该怎么办呀？"大家正在聊着，忽然远远地就听到了炮声，岳胜一下子就站起来了："这是元帅召集众将的信号，一定有什么大事发生，你们几个快去！"众人也都是一惊，赶紧告辞岳胜，向帅厅奔去。

要知道出了什么大事，我们下回再见分晓。

杨家将传奇

杨

第六十回　逞威风妄召众将
哭六郎反出三关

　　上回说到孟良等人正在给岳胜饯行，忽然就传来了召集众将的炮声，大家都以为出了什么急事，急急匆匆地赶向帅厅。到底是什么事呢？原来汪直这个人心胸狭隘，他偶然听人说，孟良等人去给岳胜饯行，心里很不痛快，心想："我才是三关元帅，你们这些人不但不来巴结我，反而去给那岳胜送行！"于是就把传令官叫来，说："给我放炮召集众将！"传令官一听以为有什么急事，赶紧问："元帅，有什么大事？"汪直一瞪眼："难道没有大事本帅就不能放炮召集众将了吗？不要废话，快去！"传令官无奈，只好点燃号炮。

　　没过一会儿，众将匆匆赶到，岑林、柴干官衔最高，岑林上前一抱拳："元帅，不知放炮召我等前来，有何要事？"汪直沉着脸问："难道没有要事我就不能叫你们了吗？炮声已经响过多时，你们为何迟迟才到？""元帅，我们今天中午设宴为岳胜元帅送行，所以晚来了一会儿，请元帅恕罪。"汪直一拍桌子："什么岳胜元帅，你们都给我记住，现在边关元帅只有一个人，那就是我！"孟良看这小子没事找事，气不打一处来："元帅，如果没什么大事的话，请容我等告退，我们要接着为岳大哥送行。"汪直一听更火了，他想，自己初来边关，要是不镇住这帮人，以后就没法混了。于是，他又重重地一拍桌子："好你个孟良，你这是用什么口气跟我说话！上次你们兵围京城，万岁爷宽宏大量，没和你们计较，如今杨延昭已死，你们谁敢胡来，他就是你们的下场！"

孟良听了这番话大吃一惊，一脚踹翻帅案，揪住汪直，把他摔倒在地上，上前一步踩住汪直的前胸："你老实说，到底是怎么回事？"这时候其他人也都急了，纷纷拔出宝剑，指着汪直："快说！"汪直从小到大哪见过这种阵势，他连连告饶："诸位将军手下留情，我说！我说！"接着他把皇上收到书信、派王钦到云南杀六郎的事，详详细细说了一遍。然后他又补充说："下官这次前来，也是王大人的计谋，他想调走岳元帅，然后让我把你们一个个地除掉，好彻底掌握边关的兵权。"孟良一听气坏了："好你个奸贼，我砍死你算了！"他抢起宣花板斧就要砍，在这时突然有人大喊一声："住手！"孟良回头一看，原来是岳胜。他把大斧一扔就哭了："大哥，六哥让奸贼给害了！"岳胜大吃一惊："怎么回事？"孟良把汪直刚才说的话，又跟岳胜说了一遍，岳胜听完也是放声痛哭。

大家伤心了一阵，岳胜先冷静下来，他对众人说："诸位兄弟，如今六哥被杀，奸臣当道，朝廷是容不下我们了，既然如此，我们索性离开边关，先去太行山上安身。"大家纷纷点头："岳大哥，你说了算，我们都听你的。"岳胜点点头："既然如此，孟良、杨兴，你们两个先去琼州，把焦赞救出来。其他人跟我一起，到太行山上安顿下来之后，咱们一起奔云南，去见六嫂和宗保、宗勉，问问具体的情况，再作打算。"孟良把汪直拖过来问岳胜："大哥，这小子杀还是不杀？"岳胜想了想，对汪直说："你和王钦一起陷害忠良，本该杀了你。但边关不可一日无帅，所以暂且留你的狗命。但你记着，赶紧上奏皇上，找人来顶替你的位置，你不是这块料。"汪直连连磕头："是

249

杨家将传奇

杨

是是，岳元帅，我一切都听您的，马上就给皇上写奏章。"边关士兵听说六郎被害，个个痛哭失声，纷纷要跟着岳胜他们走，于是岳胜就从中挑了五千人马，随他们一起离开边关，往太行山去了。

这边孟良、杨兴一路去琼州救焦赞。两人刚到琼州地界，就看见前面有一人策马急奔。孟良眼尖，对杨兴说："兄弟，你看看前面那人，是不是老焦？"杨兴一看："不错，正是我三哥，他怎么跑出来了？"这时候眼看着焦赞跑到近前，孟良赶紧迎上去："三弟，你这是怎么回事？"焦赞一看是孟良和杨兴，不由大喜："哎呀，我的好二哥、好四弟，你们来得真是时候。我在琼州充军，听说六哥被奸贼害了，于是偷跑出来，结果那里的守将不依不饶，率领几百人在我后面追，我手里又没家伙，没法跟他们交手，只能一路狂奔。"说话间，后面的追兵就跟上来了，孟良大斧一挥："你们哥俩在后面看着，我去宰了这小子！"说着一催战马上前去："什么人，敢追杀我三弟？"原来追来的武将叫钱来，也是王钦的心腹，最近刚被派到琼州，今天听说焦赞跑了，于是带人紧追不放，结果迎面被孟良拦住。他一抖大枪："什么人，敢袒护朝廷钦犯？"孟良一笑："你孟爷爷来取你的人头！"说着举起大斧照头就砍，两人打了五六个回合，孟良找准机会，一斧劈过去，把钱来斩于马下。焦赞问孟良："二哥，你们怎么来了？岳大哥呢？"孟良把前面发生的事情一说，三个人调转马头，急匆匆地赶回了太行山。

岳胜等人早就已经在太行山安顿下来，大家看到焦赞平安无事地回来，都非常高兴。他们休息了两天，岳胜和孟良、焦赞一起，又挑选了十几个精壮的士兵，假装成卖货的商人，去云南探望柴郡主他们了。

岳胜心细，离开边关之前，用公章做了很多空白的文书，拿着这些文书，他们在路上通行无阻，走了十多天，眼看离云南越来越近，忽然对面就来了一队人马。岳胜看这队人马都身穿丧服，就对焦赞说："三弟，你到前面去仔细看看，那是不是六嫂回京的车队？"焦赞答应一声，拍马向前，等他离车队越来越近的时候，突然大叫了一声："宗保贤侄！"宗保抬头一看是焦赞，赶紧滚鞍下马，跑到焦赞面前，放声大哭。宗保他们一行是怎么来的呢？原来前些日子皇上的诏书到了云南，同意六郎的尸体回京安葬，于是柴郡主就带着宗保、宗勉去向梁王告辞，梁王说："三妹，从云南回京城，路途艰险，宗保、宗勉年纪又小，我已经拜托了任贤弟，让他陪同你们一起回去，路上也好有个照应。"郡主点点头，又对六郎行了个礼："那就有劳任贤弟了。"六郎为了避免暴露赶紧点头还礼："六嫂不必客气。"就这样，郡主带上两个儿子，拉上任堂惠的尸体，和六郎一起与梁王洒泪而别。

他们走了几天，前队的宗保正好碰上了岳胜他们，被焦赞认了出来。宗保抱着焦赞放声大哭，不一会儿，宗勉陪着郡主来了，岳胜他们一见郡主来了，赶紧跪下："见过六嫂。"焦赞更是跪在郡主面前连连磕头："嫂子，这事都怪我，要不是我杀了谢金吾，也不至于有后面的事！"郡主忍住悲痛，安慰了大家一番。这时候孟良在一边看着宗保、宗勉两个孩子哭得跟泪人一样，不由得怒火中烧："这无道的昏君，要我说，咱们回太行山收拾一下，杀进京城，去给六哥报仇！"

岳胜等人是否真的要带兵杀奔京城？我们下回再见分晓。

杨家将传奇

杨

第六十一回　余太君识人认子　宋真宗魏府受困

　　上回说到孟良提议要起兵杀进京城，给六郎报仇，众人一听，也都纷纷响应。郡主一听可急坏了，她赶紧阻拦说："各位贤弟，六郎活着的时候只希望大宋国泰民安，你们如果这个时候杀进京城，闹得天下大乱，让辽国再趁虚而入，那岂不是违背了他的心愿吗？依我之见，你们先去太行山安身，将来宗保、宗勉长大了，还有很多地方需要指望你们这些叔叔呢。"岳胜点点头，对柴郡主说："六嫂，我们听你的，前面路途遥远，你们要多加小心。"就这样，岳胜等人和郡主告别，郡主一行继续上路回京，岳胜等人返回了太行山。刚刚六郎去哪了呢？原来他远远看见岳胜他们来了，怕露出什么破绽，所以假说回客栈拿个东西，策马躲进了树林，直到岳胜他们走远，这才追上车队，一起回京。

　　郡主他们一行人刚到天波府，大家就迎了出来，老太君拄着龙头拐杖，走到棺材旁，老泪纵横。六郎在旁边看得心如刀割，跪下来给老太君行礼："老干娘，孩儿任堂惠给您行礼了。"老太君赶紧双手扶起："堂惠啊，你快快起来，好久不见了。"郡主怕老太君悲伤过度对身子不好，和大嫂张金定先扶着老太君进去了，六郎在外面照应。到天黑的时候，六郎才回到给他安排下的住处，刚坐下不一会儿，宗保来了："任叔叔，我祖母请您过去一趟。"到了门口，宗保进去禀报，就听老太君在里面说："好，你去忙吧，堂惠，你进来。"六郎走进屋里，看见老太君正坐在那，他上前行礼："老干娘，我给您行礼了。"老太君长叹了一声："延昭啊，你跟为娘说实话，是不是堂惠在云南替你上了刑场？"

六郎一听，知道母亲已经认出自己来了，赶紧重新磕头："母亲，不孝的儿子杨延昭让您担心了！"他把在云南发生的事，一五一十地跟老太君说了一遍，然后又问："母亲，您是怎么认出我来的？""你的鬓角下面有一颗浅浅的痣，如果不仔细看，根本发现不了，堂惠就没有。当年我就是靠这个来分辨你俩的。"想起任堂惠，老太君又流了眼泪："延昭，你这个兄弟真的是和亲兄弟一样啊，你可千万不能辜负了他对你的期望。"六郎点点头："孩儿明白。"这时候老太君又对六郎说："你不宜久留京城，还是早点离开吧。"六郎点头答应，老太君又让人叫来了柴郡主，郡主看见六郎不由一愣："任贤弟，你怎么也在？""他不是任堂惠，他是你的丈夫，我的儿子杨延昭。""啊？"郡主大吃一惊。

此前这么久郡主都没发现六郎的身份，一是因为郡主先入为主，认准六郎已经死了，二是六郎刻意和郡主保持距离，郡主也不可能盯着他仔细看，所以直到今天才明白过来。郡主看六郎还活着，悲喜交加，一下就扑到六郎的怀里。老太君劝六郎先离开京城避祸，短期内不要回京。第二天，六郎当着大家的面向老太君辞行："老干娘，我该走了。"老太君一点头："堂惠啊，你六哥已经去世，他的枪和盔甲留在这我看着难过，送给你带走吧，也算是留给你的纪念。"于是六郎接过自己的盔甲和长枪，牵上一匹马，离开了天波府。

再说王钦以为六郎已死，他心里想："如今杨延昭已死，郑印、高琼、

253

呼延丕显也都离开了朝廷，此时我大辽再不发兵，更待何时。"于是就写了一封密信，派人悄悄地送往辽国京城。萧后收到了王钦的密信，赶紧召集众臣商议，这时候左丞相师盖出班奏道："陛下，我有一个计策，宋辽边境有一座小城叫魏府，那里景色宜人，目前我们两国都没有兵马在那里驻守，我们可以派人往那里的水池里倒上美酒，树叶上包上糖浆，然后散布谣言，说是天降祥瑞，引诱宋朝皇帝前来观看，到那时候，可以派一位元帅率领伏兵把宋朝皇帝团团困住，再请另一位元帅率领精兵深入宋境，两路并进，一定可以夺取宋朝的江山。"萧后一听非常高兴，于是命师盖带五百人悄悄到魏府布置，耶律庆和土金牛、土金秀率领十万人马去附近埋伏，接着又命韩延寿起兵十五万，在边境待命，一旦耶律庆困住宋朝皇帝，就直捣中原。

魏府天降祥瑞的消息很快传到了京城，宋真宗听了大为高兴，于是就召众臣商议，要不要去观赏一番。八王站出来反对："陛下，万万不可，这魏府在宋辽边境，万一辽兵突然来了，把我们围住怎么办？"王钦却劝宋真宗说："陛下，您是真命天子，如今天降祥瑞，自然该去看一看。"真宗听了连连点头："爱卿所言极是。"寇准在一边听着，心想："王钦，你鼓动皇上去这种危险的地方，你也别在这里待着了，跟着一起去吧。"于是他出班奏道："陛下，微臣不才，愿意和王大人一起陪同陛下前往。"宋真宗点点头，对八王说："皇兄，麻烦你代朕留守京城，我带王、寇两位爱卿去。"

宋真宗不听八王的劝阻，执意去魏府巡游。第二天便被包围得水泄不通。宋真宗非常惊慌，这时候寇准上前奏道："陛下，如今唯一的办法就是派人出城求援。"宋真宗一皱眉头："寇爱卿，如今辽兵把魏府团团围住，如何冲得出去呢？"寇准一笑："陛下，臣智取能出去，并保举一人，可以领兵救驾。"皇上一听非常高兴："爱卿快说，究竟是何人可以来救驾？"寇准不慌不忙地回答："臣保举的这人，正是郡马杨延昭。"

宋真宗一听就不高兴了："寇准，你这是在跟朕开玩笑吧？"寇准说："陛下，这杨延昭虽然死了，但是忠魂不散，如果知道皇上有难，他一定会死而复生，如果您免了他此前犯过的罪过，他肯定前来救驾。"皇上无奈，提起笔来"刷刷刷"写了两道旨意——第一道是搬兵求援的，第二道是赦免杨延昭过去所有罪过的。寇准接过这两道旨意，小心地揣在怀里。

寇准一个人骑上马，来到城外，直奔辽军大营而去。面对辽军主将耶律庆，他毫不畏惧，微笑着说："你们不是让我们陛下写降书顺表吗？可是他是来看祥瑞的，御印没带在身上，我得回朝去取，否则，没有大印写了降书也不管用啊。所以我请元帅让我回去。"

耶律庆担心他去搬救兵，下令把他推出去斩了。寇准笑了笑说："您不了解我们宋朝的虚实啊，前两个月，边关元帅杨延昭被皇上杀了，副元帅岳胜带着其他人跑了，本来除了杨延昭，我们朝中还有几位王爷也都武艺高强，但因为杨延昭这事跟皇上闹翻了，现在都不在朝中，我回去找谁搬兵？找谁求援？"耶律庆一听，寇准说的情况，跟王钦在密信里写的一模一样，宋朝已无人可用，便把寇准给放了。

寇准出了辽军大营，走了一天一夜，碰巧遇到陪父养病的呼延丕显，他把宋真宗受困、自己如何脱险的事告知了呼延丕显，并让他假扮成杨六郎，扰乱辽兵军心，趁机冲进城去。于是两拨人分头行动，呼延赞和寇准回京，呼延丕显从周边的几个县城调集了五千人马，又专门让人缝制了一面写着"杨"字的大旗，急匆匆赶往魏府而去。

要知道真宗能否得救，我们下回再见分晓。

杨家将传奇

杨

第六十二回

冒六郎丕显惊敌
破辽兵高琼挂帅

上回说到呼延丕显用寇准之计，假扮六郎赶去魏府救驾。他赶到魏府城外的时候，耶律庆正在和土金牛、土金秀议事，传令兵气急败坏地冲进去："报元帅，大事不好！有一路人马冲进大营，大旗上写的'杨'字，说是杨延昭救驾来了！""啊！"耶律庆等三人是大吃一惊，慌忙出去迎敌，辽兵一传十、十传百，都说是杨延昭没死，带兵救驾来了，顿时像潮水般败退下去，呼延丕显趁机进了魏府。宋真宗一见呼延丕显来了，又高兴又惭愧，把城里的全部防务都交给呼延丕显。呼延丕显也顾不上休息，赶紧来到城头指挥布防。王钦听说呼延丕显是假扮杨六郎冲进城来的，可气坏了，心想："耶律庆你们这些废物，来个假六郎就把你们吓成这样。"他趁着防务交接的混乱机会，悄悄地写了一封密信射出城外。耶律庆看了又羞又气，他和土金牛、土金秀重新把魏府围住。

再说寇准和呼延赞回到京城，八王一听宋真宗被辽军困在魏府，大吃一惊："皇上不听我们的劝阻，非要去这危险之地，如今谁可以带兵救驾呢？"寇准说："八王千岁，如今形势危急，我看还得让杨延昭出马才行。"八王一愣："寇大人，你是急糊涂了吧？虽然我妹夫的确诈死过一次，但这一次他确实不在了。"寇准面带微笑："八王千岁，您跟我去趟天波府，见了老太君，一问便知。"八王带着寇准和呼延赞来到天波府，老太君把他们迎进客厅，寇准就对老太君说："老太君，如今形势危急，我也不跟您兜圈子了，现在皇上被辽兵围困在魏府，朝中现在无人可以挂帅，所以我就陪着八王千岁来天波府求救兵来了，我已经从万岁那要来了圣旨，免去六郎以往所有罪过，您就让六郎出来吧。"老太君点了点头："不瞒两位王爷、寇大人，延昭的确没死，只是他如今不在府中啊。"八王一听六郎还活着，一下子来了精神，但又听老太君说现在六郎不在天波府，心又凉了一半："老太君，六郎去哪儿了？""为了不让人认出他来，他早早就离开了京城，现在我也不知道他的去处啊。"大家一听都傻了眼，寇准说："各位先不要着急。只要六郎还活着，听到皇上被围的消息，他一定会露面，我们先赶紧调兵向魏府进发，说不定在道上就碰见六郎了。"

　　三个人刚刚回到南清宫，就有人来报信："八王千岁，大事不好！韩延寿率领十五万大军进犯中原，边关失守！""啊！"众人一听都是大吃一惊，现在京城虽然有十多万人马，但是缺少能带兵打仗的主将，现在别说是去救皇上了，保卫京城都困难。老王爷呼延赞一拍桌子："我去！我倒要看看韩延寿到底有多厉害！"八王还在犹豫不决，就在这时，就听见有人在外面高叫一声："不必烦劳呼延叔父，小侄不才，愿意挂帅出征！"八王一看，居然是平东王高琼。原来高琼、呼延丕显和郑印三个人一怒之下离开京城，四处游荡，走了一段时间之后，高琼忽然想起，再过几天就是父亲和叔叔的忌日，于是回到了京城，刚进家门就听到了辽兵进犯的消息，这才急急忙忙赶到南清宫。八王非常高兴："平东王，既然你来了，那么后面就拜托你了。"于是八王下旨，封高琼为元帅，起兵十万，准备先把辽军赶出边关，然后再去魏府救皇上。八王对高琼说："我也不在京城里守着了，我和寇准跟你一

257

起去，顺便探访一下杨延昭的下落。"

韩延寿率大军攻下边关，走了两天，碰上宋军，他听说这次是高琼挂帅，心想："看来杨延昭是真死了，要不然他早该挂帅出征了。"第二天一早，两军摆开阵势，韩延寿就派大将麻里招吉出来挑战，高琼挺枪上去迎战杀了十几个回合，一枪把麻里招吉挑于马下，麻里招吉一死，他的弟弟麻里庆吉待不住了，飞马冲上前来找高琼报仇，杀了十几个回合，也被高琼一枪刺死。接下来韩延寿又派出几员大将上阵，结果不是死就是伤。韩延寿急了，一催战马冲了上去，向高琼一抱拳："平东王，我来领教你几招。"高琼知道韩延寿厉害，也不敢大意，摆了个招式："韩元帅，请!"两个人各举兵器就杀在一处。论武艺，韩延寿当初就不在高琼之下，上次他败在六郎手上之后，更是遍访名师，苦练武艺，长了不少本领。而高琼已经连战几场，体力明显下降，打了六七十个回合之后，高琼的枪就慢了下来，韩延寿一看，机会来了，找个破绽一叉刺过去，高琼再招架已经来不及了，他一闪身躲开了要害，肋下却被划了一道大口子，鲜血顿时涌了出来。

高琼知道不好，拨马要走。韩延寿赶紧补叉，这一叉刮了高琼的战马一下，战马一声长嘶，载着高琼落荒而逃。韩延寿也不追赶，钢叉一挥，带领大军就冲向宋军杀去。八王和寇准赶紧下令放箭，这才没让对方把军队冲垮。这时候寇准就对八王说："我们刚才来的路上，有一座土城，千岁您传旨先让军队退到城里，免得让韩延寿趁夜偷袭，接着再慢慢打听平东王的下落。"八王一想也只能如此，于是传下旨意，大军退进了土城。

要知道后事如何，我们下回再见分晓。

第六十三回　杨六郎巧遇高琼　韩延寿兵围土城

上回说到高琼战马落荒，狂奔了十几里才停下来，高琼悬着的心放下来，这口气一松，就从马上摔了下来。就在这时候，他隐隐约约就听见有人在说话："大哥，你看这人掉下来了。"接着他又听到一个熟悉的声音说："我来看看。"他努力睁开眼睛一看，身上的伤痛顿时轻了一半。说话之人不是别人，正是六郎杨延昭。六郎怎么在这呢？原来六郎假扮任堂惠，离开京城，他想："任贤弟这些年一直做贩卖牛马的生意，我也学学他吧，而且这样更不容易被人注意到。"于是堂堂的郡马、边关大帅，就成了牛贩子，这段时间他还雇用了几个伙计，其中两人一个叫宋铁枪，一个叫董铁棒，都会武功，力气大，性格又非常憨厚，六郎特别喜欢他俩，把他们当兄弟看待。最近六郎也听着风声，说辽国兴兵犯境，他有些不放心，于是就赶着一样牛往边关方向走，想探探消息，结果就这么凑巧撞上了高琼。

六郎一眼就认出了高琼，还没来得及说话，高琼支撑着坐起身来："六哥，现在全指望你了！"他把事情一说，六郎大吃一惊："兄弟，六哥对不住你们，我这就去找八王和寇大人。"这时候宋铁枪和董铁棒在旁边听傻了，心想，原来这东家大哥不是一般人，是当朝的郡马杨延昭啊，两人赶紧重新给六郎行礼："郡马，此前我们不知道您的真实身份，居然跟您称兄道弟，

259

杨家将传奇

多有得罪。"六郎赶紧把他俩扶起来："两位兄弟，千万不要这么客气，你们两个人武艺都不错，愿不愿意跟我到阵前杀敌？""愿意，太愿意了，只要跟着大哥走，你让我们干啥我们干啥。"于是六郎带着宋铁枪、董铁棒，掩护着高琼，一起进了土城。

八王见六郎护送高琼回来，非常高兴："好你个杨延昭，又一次诈死埋名，你该当何罪？"六郎连连道歉。就在这个时候，传令官匆匆来报："八王千岁，天官大人，韩延寿在城下列队挑战！"八王看看六郎，六郎一拱手："千岁，请让我出城一战！"八王点点头："好，延昭啊，韩延寿手下兵多将广，你可要千万小心。"于是六郎就带着宋铁枪、董铁棒和三万人马冲出城外列阵迎敌。六郎来到阵前高叫："对面可是韩延寿？"韩延寿在阵前一看，不由得倒抽了一口冷气。他赶紧拍马上前："杨郡马，真的是你？"六郎一点头："不错，正是我杨延昭。韩延寿，三年前黄土坡一战，你被我杀得大败，曾经发誓，只要有我杨延昭一日在，就绝不进犯我大宋边界，为何出尔反尔，背信弃义，犯我边境？"韩延寿一抱拳："杨郡马，前些日子我听说你被那无道的昏君杀害，所以才起兵直捣中原，你听我良言相劝，不如在此弃暗投明，我一定在我们陛下面前极力举荐。"六郎一听："韩延寿，做你的美梦！我们杨家世代保国，保的不仅仅是大宋的皇上，还有这千千万万大宋的黎民百姓，只要有我在，你们就休想入主中原！""杨郡马，既然话说到这个份上，咱们两人看来还得再战一场了。"六郎一笑："三年前，你就是我的手下败将，今天再败到我手上，绝不轻饶！"

两人话不投机杀在一处，打了几十个回合，韩延寿心想，杨六郎的枪法精奇，自己未必是他的对手，干脆来个以多打少，于是他回头大叫："众将官，给我上！"他手下的二十多员大将答应一声，一起杀了上来，宋铁枪和董铁棒见势不妙，也赶紧冲上前来帮助六郎，但双拳不敌四手，好虎架不住一群狼，六郎眼看抵挡不住，只好带着两个兄弟冲出重围，败回城中。

当天晚上，六郎和八王、寇准、高琼等人商量对策，六郎琢磨了半天，忽然眼前一亮："各位，我想出破敌之策了！"大家一听都非常高兴，高琼急着问："六哥，什么办法？"六郎笑了笑："贤弟，你还记得当年田单的火牛阵吗？"在战国时期，燕国进攻齐国，打下了七十座城池，齐国眼看就要亡国了，这时候齐国大将田单，找了一千头牛，在牛尾巴上点上火，然后把牛赶出城去，受惊的牛疯了一般向燕国军队冲过去，田单率领军队趁机在后面追杀，一鼓作气把所有的城池都给夺了回来。高琼从小也是饱读史书的人，他听六郎这么一说，兴奋道："对了，六哥你还带来了几百头牛呢，这招肯定行。"但寇准还是有点担心，他说："当年田单用火牛阵的时候，燕军的统帅是个鲁莽之辈，但韩延寿可不是一般人啊。"六郎点点头："寇大人说得对，这个我也考虑过了，辽军容易相信鬼神，我们可以故弄玄虚，提前把他们吓唬住，到时候再用火牛阵，一定可以大获全胜。"

这天中午六郎脱去了盔甲，穿上一身黑色的道袍，然后又让人在城头搭上祭台，自己手提一把七星宝剑来到了祭台上，他一边挥舞着宝剑，一边装模作样地念念有词。辽兵看见六郎在城头上不知做什么，都纷纷涌到寨前观看。就在这个时候，天空中忽然飞来了上千只鸟，落到了城头上。辽兵都傻眼了，他们纷纷传说："不好，这是天神下凡，帮助杨延昭来了。"原来，到了冬天，鸟儿缺少食物，六郎让人在祭坛周围撒了大量的谷粒，辽兵看不见，但鸟儿在空中看得清清楚楚，纷纷飞下来觅食，在辽军看来，无数飞鸟聚集在城楼上，就真以为是有天神来帮助杨六郎了。

谣言这种东西总是越传越快，越传越神，看见的讲给没看见的，听说的

261

杨家将传奇

杨

又讲给没听说的，越讲越邪门，越传越不靠谱，没一天工夫，十几万辽兵都知道天神下凡来帮助杨家将了，就连在大帐里的韩延寿，都听自己的部将把事情经过活灵活现地描述了一遍。他鼻子都快气歪了，心想，这分明是杨延昭故弄玄虚，想动摇我军军心。于是他传下命令："谁都不准再胡乱传播谣言，违令者格杀勿论！"但这个时候已经晚了，辽军是人心惶惶，都害怕惹恼了天神，会有大难临头。

这天半夜，六郎下令在这些牛的角上绑上尖刀，身上装饰得稀奇古怪，总之，怎么吓人怎么打扮，又让每头牛都拖上一捆干草，然后就把这群牛牵到了城门口。接着他下令打开城门，把牛身后的干草点燃，同时拼命地敲锣打鼓。这几百头牛突然听到这样的响声都吓坏了，拖着熊熊燃烧的干草，撒开四条腿拼命地向前跑去。辽兵在睡梦中被锣鼓声惊醒，以为是宋军前来劫营，赶紧抓起武器准备迎战，没想到几百头怪物就冲了过来。大家想到白天的事，都以为是天神下凡，顿时惊慌失措，四下奔逃。

要知道六郎的火牛阵能否成功，我们下回再见分晓。

第六十四回　火牛阵大破辽兵
杨六郎魏府救驾

上回说到六郎巧摆火牛阵，几百头头带尖刀，身上画着花纹，身后拖着烈火的牛直冲辽兵大营。辽兵从睡梦中醒来，一看到这么多怪物，带着火焰，气势汹汹地冲过来，顿时吓慌了。韩延寿在帅帐中被杀声惊醒，起来一看，四处火光冲天，士兵像潮水一样地败退下来。他砍死了几个逃下来的士兵，想稳住阵脚，但是此刻辽兵已经是斗志全无，他身边的部将赶紧劝他："元帅快走吧，再不走就来不及了。"这时候六郎带着董铁棒、宋铁枪和五万宋军从城里冲了出来，跟在这几百头火牛身后大砍大杀，韩延寿见大势已去，只好长叹一声，骑上马随着大部队逃走了。六郎马不停蹄，带领士兵乘胜追赶，借机收复了边关。

八王和寇准等人见杨延昭巧摆火牛阵，收复了边关，都非常高兴，大家一起商量救皇上的办法。六郎就说："如今辽军把皇上困在魏府，我得赶紧去把岳胜他们这些人找回来，才好去救驾。另外我写一封家书，调宗保、宗勉他们来助战。"他跟八王和寇准交代了两句，急匆匆地奔往太行山而去。

六郎惦记着救驾，昼夜兼程，没几天就到了太行山，见到了岳胜他们。看见真六郎，大家都激动不已。岳胜就问："六哥，那现在该怎么办，我们都听你的。"六郎想了想，对岳胜说："准备一面大旗，上面绣上'杨六郎奉

263

旨救驾'七个大字，我们一起去魏府救皇上。"岳胜听了，赶紧安排。

几天后，六郎带着边关十八员大将回到了边关，他升帐点将，原来的十八员大将加上新来的宋铁枪和董铁棒一共二十人，分列两边。调拨停当之后，大军浩浩荡荡奔魏府而去。

两天后先锋官岳胜、焦赞已经来到魏府。辽军哨兵赶紧向耶律庆报告："元帅，有一支人马打着'杨六郎奉旨救驾'的旗号，向我军杀来！"耶律庆一听哈哈大笑："这宋军果然是黔驴技穷了，上次有个假六郎把我们骗得好苦，这次我们可不能再上当了。"土金牛站起来说："我带一支人马去把他杀退。"耶律庆点点头："将军小心。"土金牛点齐五千精兵冲出寨门，和岳胜、焦赞混战一场，各自收兵。又过了一天，六郎带领边关众将也赶到魏府，岳胜、焦赞对六郎说辽兵势大，不可轻取。六郎对众将说："如今辽军把陛下围困在城中，气势高涨，而且他们人马比我们多，所以我们不能跟他们硬拼。先等孟良、杨兴断了他们的粮草，让他们军心不稳之后，再作打算。"

孟良和杨兴带了五千人马去劫辽兵的粮草，他们从边关出发，到辽兵运粮的要道上埋伏，等了两天，前面派出的哨兵回来报告说："两位将军，辽军押送粮草的部队离我们只有几里路了。"孟良大斧一挥，就和杨兴冲了上去。押运粮草的是辽国大将耶律达和牛金，双方杀在一处。孟良和耶律达一交手，知道对方力气不小，于是赶紧变招，用上他的连环三斧。虽说耶律达武艺高强，但孟良这三招他还真没见过，第三斧差点就砍到他的战马，他赶紧用大刀一挡，吓出了一身冷汗。几个照面下来，耶律达发现孟良翻来覆去用的都是这三招，这可把他气坏了，大刀一抡向孟良杀去，打了七八个回合，耶律达大刀直奔孟良的脑袋。孟良一低头，躲得慢了点，头盔被一刀砍落在地，这下把孟良吓了一跳，他知道自己不是耶律达的对手，只好虚晃一招，拨马就走。耶律达在后面紧紧追赶，追出好几里路。

孟良看看还是甩不掉耶律达，灵机一动，猛然勒住马，转过身来，大喝一声，"站住！"这一嗓子把耶律达吓了一跳，他赶紧勒住战马："你干什么？"孟良一摆手："你可知道我是什么人？"耶律达摇摇头，孟良说："我是宋军大将孟良，乃是天上星宿①下凡，有神人相助，你要再追我，就莫怪我召唤天神来取你性命了。"耶律达听了，不由得大笑起来："孟良，少在这装神弄鬼吓唬人，现在赶紧下马投降，我还能饶你一命！"孟良一看耶律达不信，就说："你要不信，就在那站着别动，看我召唤天神来收拾你。"耶律达一声冷笑："好，我就给你点时间，看你能玩出什么花样！"说时迟那时快，这时候忽然听得一声大喝："辽将休得猖狂，本神来取你性命！"

耶律达吓了一跳，心想："孟良还真把天神给召唤来了？"他抬头一看，一员白袍银甲的小将，手提一杆长枪从树林里飞马冲了出来，孟良一看可高兴了，此人正是六郎之子杨宗保。原来，宗保兄弟四人收到六郎的家书要他们来魏府杀敌，当即赶奔边关，在此处恰好听到孟良说要召唤天神下凡。

耶律达一看来了一员小将，举刀就砍，宗保举枪迎住。这时候宗勉、宗峰、宗山三个人都催马来到孟良面前，孟良一看非常高兴，对几个孩子说："几位贤侄，现在不是单打独斗的时候，咱们一起上前把他拿下，你们四叔那边还正打着呢！"小兄弟们听了一点头，各催战马冲上前去，耶律达哪里是这四员小将的对手，杀了没几个回合，就被宗保一枪挑于马下。大家惦记杨兴，赶紧回去助战，牛金和杨兴杀了一百多个回合，本来就快抵挡不住

265

---

① 星宿：我国古代指星座，共分二十八宿。二十八星宿，是中国古代天文学家为观测日、月、五星（水星、金星、火星、木星、土星）运行而划分的二十八个星区，由东方青龙、西方白虎、南方朱雀、北方玄武各七宿组成。

了，忽然看见又有几员宋将冲上来助阵，赶紧虚晃一刀，拨马就走，孟良趁势率军掩杀一阵，夺了辽兵的粮草，大家一起回营。

粮草被劫的事传开后，一时间辽军人心惶惶，士气低落。宋营这边，宋铁枪、董铁棒已经把五百头牛送到了前线，第三天下午，六郎估计辽军人心已经涣散，于是召集众将开始下令："宋铁枪、董铁棒！""在！""你二人把五百头牛准备好，今天晚上三更一起放出，让它们直冲辽军大营！""是！""孟良、焦赞、郎千、郎万、岑林、柴干！""在！""你们各率五千人马，等辽军被火牛冲乱阵脚之后，随我一起杀奔辽营！""是！""岳胜！""在！""你带杨兴、吴巨、马凯、何山、石青五人，领一万人马，在开战之后杀奔魏府城下，与城内里应外合，赶走围城的辽兵，确保皇上的安全！""是！"杨家小兄弟几个看见六郎派将还没轮到自己，都有点着急了，宗山就抢着问："六叔，什么时候到我们？"六郎一笑："现在就到你们了，杨宗峰、杨宗山、杨宗保、杨宗勉听令！""在！""你们四人率领八千人马，现在就出发，到辽军败退的道路两侧埋伏，等辽军经过时，一起杀出，记住，只准追杀，不准堵截！""是！"六郎安排完之后，各路人马依计行事。

此计能否成功？我们下回再见分晓。

第六十五回

杨六郎边关受封
萧太后深山访贤

上回说到六郎调派众将，准备大破辽兵，到了三更时分，宋铁枪、董铁棒把五百头火牛赶到了阵前，六郎一摆手，宋军擂起战鼓，这五百头牛受了惊，向着辽军大寨狂奔而去。接着六郎飞身上马，把枪一挥，孟良、焦赞等人各率兵马，随着他向辽军杀去。

这几天因为粮草不足，辽军人心惶惶，半夜里突然又遭到宋军劫营，顿时一片混乱。那五百头牛在前面四处践踏，后面六郎率领数万人马，又在营中四下放火，大砍大杀。耶律庆在帅帐中睡得正香，忽然土金牛急匆匆地冲进来，一把把他拽起："元帅，大事不好，宋军趁半夜偷袭我们，现在营中已经大乱，请元帅赶紧上马！"耶律庆一听这话，顿时吓得魂飞魄散，他赶紧披了件衣服出来，骑上亲兵给他牵来的战马。这时候，六郎手提银枪，左边孟良、右边焦赞冲了过来，大叫："耶律庆哪里走，杨延昭在此！"耶律庆吓得差点掉下马来，土金牛拼死断后，被六郎一枪刺于马下，耶律庆则在亲兵的保护下逃了出去。六郎他们偷袭辽军大营的时候，岳胜也率领杨兴等人杀向包围魏府的辽军，辽兵猝不及防，顿时大乱，呼延丕显在城头上看见外面辽军大乱，知道是援军杀到，于是率军杀出，辽军腹背受敌，全线崩溃。

再说耶律庆带领败兵向辽国境内逃窜，天快亮的时候，这几万残兵败将

杨家将传奇

经过一片树林。他看见士兵们奔跑了半夜，人困马乏，于是传令暂时原地休息，在森林边埋锅造饭。就在这时，树林里突然一声炮响，一支宋军杀了出来，为首一人大叫："杨家小将在此，辽将快快下马受死！"副将席松提刀去战，结果被杨宗山一枪挑于马下，另一员副将何奎，也被杨宗勉一刀结束。耶律庆正在惊慌，牛金率领一支人马从后面赶到，保护着耶律庆向前逃跑。宗保他们严守六郎的叮嘱，并不拦截，只是一路追杀，一直追出二十多里，这才收兵，缴获了大量的物资装备。

再说六郎解了魏府之围，命令众将放下武器，跟自己一起去参拜皇上，皇上一听六郎在殿外求见，脸"刷"地红了，赶紧下旨："请杨郡马进来。"六郎来到皇上面前跪下："罪臣杨延昭参见陛下。"宋真宗赶紧双手把六郎扶起："是朕不明真相，杨郡马不计前嫌前来救驾，功高如山，何罪之有？"第二天，六郎护送皇帝的车驾回到边关。宋真宗下旨，让六郎重新执掌边关帅印，追封任堂惠为忠烈侯，在云南设庙，四时祭祀。这时候寇准眼珠一转，在旁边叹了口气："可惜啊。"皇上和八王都一愣："寇准，你叹什么气？""陛下、千岁，杨延昭镇守边关功绩卓著，想除掉他的人恐怕不止一个，这一次有任堂惠替死，可下一次又有谁来替他呢？"皇上自觉理亏："既然如此，朕赐给郡马三道免死铁券，可保他三次不死。"王钦在一边心里暗暗叫苦，心想，这样一来，再想除掉杨延昭就更难了。

再说韩延寿、耶律庆两路败兵退回辽国，萧后闻报大吃一惊："这杨延昭竟然没死，让他救走了宋朝皇帝，可惜了丞相的这条妙计。"这时候，师盖再次出班奏道："陛下，微臣举荐一人，一定能胜过杨延昭。此人是我大辽皇族出身，名叫耶律德方，他精通兵法，只是性情傲慢，不愿为官，平时隐居山林，一般人恐怕请不动他，得委屈陛下亲自走一趟。"萧后听了一笑：

"如此有才能的人，那都是我大辽的栋梁，别说让我亲自去请他，就是让我给他行个礼，也算不了什么。"她当即下旨，让师盖做向导，韩延寿护驾，带着五百兵马前去寻访耶律德方。

几天后，他们来到了耶律德方隐居的山中，师盖上前敲了敲门，一名道童把门打开："请问来者何事？"师盖对他说："快去禀报你家师父耶律德方，陛下亲自来看他了。"道童大吃一惊，赶紧跑去通报。没过一会儿，耶律德方急匆匆地赶了过来："不知陛下亲临，有失远迎，望陛下恕罪！"萧后笑着把他扶起来并说明来意。韩延寿也走上前来一拱手，恭恭敬敬地说："请先生赐教。"耶律德方听了点点头："请陛下稍等。"说着他站起身来，走回自己的房间，没过一会儿，捧着一本书走了出来，对萧后和韩延寿说："打败宋军的方法，就在这本书里。"

要知道这本书里究竟记录了什么，我们下回再见分晓。

第六十六回　韩延寿再犯边关
　　　　　　杨宗保受困山谷

　　上回说到萧后亲自去拜访耶律德方，向他求教战胜宋军的方法。耶律德方非常感动，于是就从屋里取出一本书，对萧后和韩延寿说："这本书里记录着一种古代的阵法，方法是用四匹马拉着战车，每匹战马身上都披着铁甲，四匹战马用铁链连在一起，战车也用铁甲包裹，每辆车上六名士兵，两人用长矛，两人用弓箭，两人驾驭战马。两军对阵的时候，几百辆铁甲战车一起向敌人冲过去，这样的铁甲战车冲击力和杀伤力非常大，防御性又很强，几乎无人能挡。"萧后和韩延寿听了大喜过望，韩延寿就对耶律德方说："希望先生能亲自下山指点我训练士兵，早日练成这铁甲战车的阵法。"耶律德方见萧后如此诚恳，韩延寿又如此谦虚，大受感动，于是点了点头："既然陛下和韩元帅看得起我，那我就走这一趟吧。"

　　韩延寿把耶律德方请回自己的军中，把耶律德方当成老师一般对待，每天早晚问候，随时请教这铁甲战车的用法，耶律德方也尽心尽力地帮助韩延寿演练阵法。一晃眼大半年过去了，这天耶律德方看了辽军的演练之后，对韩延寿说："韩元帅，铁甲战车的阵法已经基本练成，我看可以出兵伐宋了。"韩延寿听了非常高兴，于是赶紧上奏萧后，请求出兵伐宋。萧后传旨，韩延寿为元帅，耶律德方为军师，带领哈密龙、哈密虎、乌国科、乌国令等辽将，起兵二十万，进犯中原。

六郎听说韩延寿兵临城下，率领岳胜、孟良、焦赞、岑林、柴干等人出关迎敌。他看见韩延寿，用枪一指："韩延寿，你两次败在我的手上，还不思悔改，今天这边关城下，就是你的葬身之地！"韩延寿一抖钢叉，正想上前迎战，大将哈密龙在旁边说："元帅稍歇，待我去擒下杨延昭！"说着，手挥大刀冲上前去。宋军这边岳胜拍马上去应战，两员大将在阵前杀了十几个回合，哈密龙渐渐抵挡不住，哈密龙的弟弟哈密虎急了，挺起手中长矛，上前助战，这边杨兴飞马冲出，挥起镔铁棍拦住。这时候韩延寿一挥令旗，身边十几员大将一起冲出，孟良焦赞、郎千郎万、岑林柴干等人也冲上前去，双方顿时展开了一场混战。

耶律德方见辽军难以取胜，于是站在战车上挥舞令旗，韩延寿远远望见，赶紧下令："全军散开！"六郎看辽军四下散开，让出一条大路，正在奇怪，就见对面上千匹战马拉着五百辆铁甲战车向这边冲来。宋军从来没有见过这种阵法，顿时一片大乱，六郎见势不好，赶紧命令撤兵，在混乱中六郎自己的肩膀上也中了一箭，险些落下马来，幸亏岑林、柴干两人拼命护住，撤回城里。辽军乘胜追击，一直追到了关下，就在这危急时刻，关下突然冲出一支人马，为首的三员大将正是刚刚押运粮草回来的宗保、宗峰和宗山三人。韩延寿一看关内又冲出一支精锐人马，正想招呼铁甲战车发动攻击，耶律德方赶过来对他说："关下地形崎岖，铁甲战车不利于发挥威力，可以假装撤退，把他们引入附近的峡谷之中，然后用铁甲战车堵住他们的归路，把他们困在谷里。"韩延寿一听连连称赞："还是先生足智多谋。"于是传令下去，辽军火速后退。

宗保三人在后面紧追不舍，追着追着就进了一片峡谷，宗保看这峡谷两

边十分陡峭，赶紧叫住冲在前面的两个兄弟："两位哥哥，这里地形险要，恐怕有埋伏，如果辽兵堵住了谷口，咱们可就走不了了！"宗峰、宗山一看也明白过来："不好，快往外撤！"就在这时，只听得一声炮响，几十辆铁甲战车从背后冲了过来，把谷口封住，宗保他们带人往外冲了几次都被乱箭射回，不得已只好撤回谷中，找了一处有水源的地方，暂时扎下营寨。

再说六郎回到城里，清点人马，士卒死伤一万多人，杨兴、郎千、何山负伤，又听说宗峰、宗保、宗山三人中计被困，赶紧找岳胜来商量对策。岳胜说："六哥，辽兵势大，又有铁甲战车相助，加上你受了箭伤，宗保三人被困，只能派人回京城搬兵求援了。"六郎一点头，叫来了孟良，写了一封书信，让他赶紧送回京城。

孟良接了书信，马不停蹄往回赶，这天快到傍晚的时候到了天波府。老太君听说边关危急，大吃一惊，她见孟良一路疲劳，赶紧让人带孟良先去休息，自己派人去给八王和寇准等人送信，准备第二天一同上朝见驾，请皇上早发援兵。接着老太君又把众人叫来商议，大家听说六郎负伤、宗保等人被困，都十分着急，又担心朝廷没有合适的人才挂帅，这时候老太君笑了笑："咱们天波府，还有一位年轻的帅才，你们怎么都忘了？"张金定眼睛一亮："您说的莫非是排风？"老太君点点头："正是。排风上次大意轻敌，中了埋伏，回来之后后悔得要死，天天缠着我要学习兵法，这几年进步很大，我想这次辽兵入侵，由她担任元帅，一定没有问题。"

第二天，金殿上皇上听说辽军再次进犯，赶紧与群臣商量。王钦眼珠一转，走上前来对皇上说："陛下，如今辽军犯境，杨延昭不是对手，就应该撤掉他的元帅职务，再派一人前去边关指挥作战。"皇上一皱眉头："如今大兵压境，怎么能临时撤换元帅？再说了，满朝之中还有谁比杨延昭更适合做元帅的呢?"王钦回答说:"微臣有个学生,名叫谢廷芳,此人向来有报效国家的志向,武功又高强,让他前去边关一定万无一失。"寇准在旁边一听,就知道王钦想要夺兵权,赶紧站出来对皇上说:"陛下,谢廷芳并没有上过战场,到底有真才实学还是纸上谈兵还不好说,以微臣之见,可以问问老太君,天波府里还有没有帅才可以举荐。"皇上听了寇准的话,觉得有理,于是就问老太君:"老太君,不知道天波府里还有没有人可以挂帅?"老太君回答说:"老臣保举我府上的烧火丫头杨排风挂帅出征。"王钦在一边哈哈大笑:"老太君您糊涂了,一个烧火丫头当元帅,让辽兵知道了,还不得嘲笑我们大宋无人啊!"

　　要知道老太君如何回答,我们下回再见分晓。

杨家将传奇
杨

第六十七回 显本领丫头挂帅
比武艺焦赞落败

上回说到王钦听说老太君保举排风挂帅，不由出言讥诮。寇准却在这时站出来，说道："陛下，以微臣之见，不妨让谢廷芳和杨排风比试一番，看一看谁更适合担任元帅之职。"皇上点点头，对老太君和王钦说："两位明天可以把你们要推荐的人带到朝廷上来，朕要亲自考察他们。"

第二天早上，老太君领着杨排风上朝，那边王钦也带着自己的侄子谢廷芳来到了朝上。皇上先拿出一套关于行军打仗的题目，交给两人，过了一个时辰，两个人交回题目，皇上拿起来一看，杨排风那一份写得脉络清晰，非常有见识，而谢廷芳的一份一看就是在胡言乱语。皇上一皱眉头，对王钦说："就这样的文笔，如何做得了元帅？"王钦赶紧对皇上说："陛下，当元帅说到底还要靠在战场上一刀一枪地厮杀，我这学生不擅长纸上谈兵，但他武艺的确高强，陛下不妨一试。"寇准知道排风厉害，心想："王钦，这一次排风不把你学生打得服服气气，你就不知道排风的厉害。"于是他也站出来说："陛下，王大人说得没错，这带兵打仗拼的是一刀一枪的功夫，所以不妨让这两人比试一番，看看到底谁的武功更高。"皇上点了点头："好吧，杨排风、谢廷芳，你们两人就到殿下去比试一番。"

两个人来到殿下，各取一口宝剑，开始比试。谢廷芳是招招不离排风的要害，恨不能一剑把排风刺死在当场。排风一开始还想手下留情，但看这小子每一招都非常狠毒，也气坏了，于是招数一变，使出了自己的梅花剑法。她的这套剑法是从杨家枪法中领悟而来的，变幻莫测，一路剑施展下来，杀得谢廷芳汗流浃背，步步后退。排风看谢廷芳已经只有招架之功，没有还手之力了，于是把剑一收，想给对方个台阶下。没想到谢廷芳生性阴险，见排风收剑了，反而上前一步，一剑直刺排风小腹。排风一看，这人如此歹毒，一转身躲开这一招，反手一剑，正刺在谢廷芳脖子上，他惨叫一声，倒地而死。

王钦一看谢廷芳被排风刺死，顿时着急了："陛下，这在陛下面前公然行凶杀人，实在是罪不可恕！"刚刚的事，皇上在上面看得清清楚楚，对谢廷芳的行为非常不满意，对王钦也没什么好气："王爱卿，刚才排风手下留情，你那学生却恩将仇报，险些伤了排风，如今死在排风剑下，也是他咎由自取。"他当即传旨："封杨排风为二路元帅①，起兵十万前往边关，帮助杨元帅共同退敌！"

第二天一早，杨排风登台点将，让八姐、九妹带领一万人马为先锋，自己亲率大军和寇准、孟良一起前往边关。在路上孟良就对排风说："排风，老孟已经服了你，但到了边关之后，恐怕那边还会有人不服气，所以你到了之后，要这样……"排风点点头："多谢二叔指点，排风记下了。"

几天后，杨排风带领了十万大军来到了边关。

第二天早上，杨排风命令击鼓升帐，她见众人都到齐了，就说："昨天我刚到边关的时候，看到有些将领对本帅的武艺还深表怀疑，不知道哪位将

275

—————————

① 二路元帅：援军的指挥官。

杨家将传奇
杨

军愿意来和本帅比试一番?"焦赞一听机会来了,挺身而出,大声叫道:"俺焦赞愿意与元帅比试一番!"杨排风一看是焦赞,知道是孟良用的计策,笑着说:"焦三叔,您说怎么比合适?"焦赞大手一挥:"元帅说怎么比,咱们就怎么比!"排风点点头:"好,既然如此,我们先来文斗如何?"焦赞问:"怎么算文斗?"排风说:"画一个圈子,一个人站在圈子里面,另一个人如果三十棍之内把他打出去,就算赢了。"焦赞一听,哈哈大笑:"不用三十棍,三棍就够了!"

两个人来到了帅帐前面的空地上,排风站到圈内,对焦赞说:"三叔您请!"焦赞掂了掂手里的木棍,对排风说了声:"元帅,小心了!"当头一棒打了过去,排风见焦赞这一棒来势凶猛,用自己手里的烧火棍一拨,把这棍的力量给泄掉了,焦赞一看第一棍没成功,拦腰就是一棍,排风把身子一蹲,腰往后一折,这一棍就贴着排风的鼻尖扫了过去。焦赞一看前两棍都没奏效,摆开掌中的木棍,上下翻飞,连连进攻,排风不慌不忙,举棍招架,三十棍下来,排风脸不红气不喘,微笑着站在圈中,边关众将看了都暗暗佩服。孟良在旁边大笑:"三弟,该你进去挨打了。"排风看焦赞站到圈里,说了声:"失礼了。"举起烧火棍,拦腰就是一棍,焦赞用棍一挡,排风双臂一用力,焦赞顿时感觉好像有几个人在同时推他一般,一个没站稳,摔出圈外。旁边观战的众将都忍不住叫了一声:"好!"

焦赞爬起来连声大叫:"不行,元帅,咱们是在战场上厮杀的,那韩延寿可不能给他画个圈乖乖地等你去打。咱俩上马再比试一番!"两人各提兵器上了马,打了几个回合,排风忽然招式一变,使出了三十六路烟火棍,焦赞只看见排风的烧火棍在他眼前上下翻飞,却看不清来势,一不小心被排风一棍扫中肩头,扑通掉下马来。排风赶紧下马,双手把他扶起:"三叔受惊了。"焦赞赶紧一拱手："元帅，俺焦赞心服口服。"说着就要跪下，排风赶紧把焦赞扶住："三叔不必如此。"边关众将一看，排风不但武艺高，而且谦虚不摆架子，都对她十分佩服。这时候忽然听到外面来报，说韩延寿在边关外叫阵，于是排风对众将说："众将官，随本帅出城迎敌！"

原来韩延寿在大营里接到了王钦写来的密信，知道宋朝这边派天波府的烧火丫头杨排风率兵出征，韩延寿不由得哈哈大笑，他对耶律德方等人说："这大宋朝真是没人了，居然派一个烧火丫头来当元帅。"这时候大将哈密龙站出来说："元帅、军师，我愿意带领一支人马去关下挑战，探探虚实。"排风率军来到城下，一看对方不是韩延寿，便对哈密龙说："无名小辈，你不是我的对手，快快回去让韩延寿前来受死！"哈密龙气得哇哇大叫，大刀一挥，就要和排风交手。这时候他的副将栾平冲了上来："将军，杀鸡焉用宰牛刀，看我来收拾她！"这时候八姐也提刀上前："排风，你是元帅，不必轻易出战，我来收拾他！"两人各举刀枪打了七八个回合，杨八姐看准机会，拦腰一刀，就把这栾平斩于马下。哈密龙一看，大吃一惊，这时候栾安说："她杀我哥哥，我去报仇！"也不等哈密龙下令就冲了上去，八姐正要和他交手，九妹延瑛挺枪冲上前来："姐姐，你回去休息，我来！"栾安和九妹打了几个回合，被九妹一枪刺中肩头，大叫一声，逃回阵去。哈密龙一看，两员副将一死一败，压不住胸中怒火，提刀冲上阵来。

要知这一战胜负如何，我们下回再见分晓。

杨家将传奇
杨

第六十八回　杨排风智擒辽将
二路帅夜探幽谷

上回说到辽国大将哈密龙在边关外挑战，副将栾平被八姐杨延琪一刀砍死，栾安被九妹延瑛一枪刺伤，狼狈逃回。哈密龙大怒，手提大刀冲上前来："宋将哪里走，看我来取你性命！"延瑛正要和他交手，排风亲自冲上来："先锋官，你先回去休息，我来擒他。"哈密龙一见是宋军的二路元帅，心里暗暗高兴，他想，如果把这二路元帅给斩了，那自己可就立了大功了。想到这，他一个"力劈华山"，大刀恶狠狠地砍向排风，排风举棍迎住。两人打了十几个回合，排风打准机会，甩手一棍，正打在哈密龙的脖子上，把哈密龙打得筋断骨折，死于马下。辽兵一看主将阵亡，顿时大乱，这时候排风把烧火棍一举，八姐、九妹率领人马从两侧杀出，把辽军杀得丢盔卸甲，狼狈而回。

韩延寿听说哈密龙阵亡，大吃一惊，就要亲自出战。耶律德方对韩延寿说："元帅带人马先行，我带领铁甲战车在后，如果战事不利，就赶紧把军队散开，我让铁甲战车出来破敌。"韩延寿点点头，率领人马上阵而去，这边阵上，排风见辽兵已经败退，正要收兵，忽然听对面炮声震响，知道是元帅韩延寿来到，于是命令人马扎住阵脚，等待敌军出来。

没过一会儿，韩延寿手提五股烈焰托天叉，带领着哈密虎、乌国科等十几员大将鱼贯而出，双方一场混战。宋军这边人人奋勇，个个争先，辽军渐渐抵挡不住，耶律德方在高台上看得清楚，赶紧放起号炮，辽兵听到炮声，立刻散开，让出一条大道，耶律德方就率领着铁甲车阵冲了过来。岳胜、孟良等人知道铁甲战车厉害，赶紧对排风说道："元帅，辽兵的铁甲战车非常厉害，我们不是对手，还是赶紧撤回城里去吧。"排风点点头："岳叔父，麻烦你率军退回城中，我带几个亲兵在高处观看一番，看看这铁甲战车到底有什么奥妙。"耶律德方率领铁甲战车追杀一阵，正要回营，忽然哨兵来报说，宋军的二路元帅并未回营，而是带了几十个人在关外的小山坡上观看，耶律德方心中大喜，对身边的副将耶律雄说："如今宋军元帅孤身在外，正是机会，铁甲战车冲不上山坡，你可以带领几百精锐前去，务必将其活捉!"耶律雄答应一声，率军去了。

排风带领几十个亲兵在小山坡上观望，她看见这铁甲战车来往如飞，势不可挡，而且四周包裹着铁甲，不论是车里的人还是拉车的战马，都很难被伤到，也是有些发愁。就在这时，一名亲兵突然对排风说："元帅，山坡下有一支辽军杀到!"排风眼珠一转，有了主意，对亲兵说了声："随我来!"催马就走。这几百名辽兵由于战马和骑术都不同，跑得远了，就逐渐拉开了距离，耶律雄和几十个骑术好的骑兵追到了前面，把后面的大队人马远远地落下了一大截。排风看得清楚，等到耶律雄和这几十个骑兵追近的时候，忽然反身杀回。耶律雄没想到宋军会突然冲回来，一时间措手不及，被排风一棍打落马下，活捉过来，后面追上来的辽兵看见主将被擒，顿时大为慌乱，不敢再追，狼狈逃回。

回到关内，排风对大家说："元帅，天官大人，我活捉了一名辽军将领，从他嘴里或许可以问出铁甲战车的一些虚实。"六郎点点头："排风果然胆大心细，只是你身为二路元帅，不随大军退回关内，万一有些闪失，三军将士该怎么办？以后不要再这样了。"排风连连点头："元帅教训的是，排风一定不再冒险了。"接着下令把耶律雄押到帅帐，排风就问："你们这铁甲战车到底是什么来历，你要老老实实说了，我可以饶你不死，否则的话，定斩不饶！"耶律雄一见自己已经被活捉，为了保命，也只好实话实说："元帅，这铁甲战车是我们军师耶律德方教给韩元帅的一套阵法，每辆战车用四匹马拉车，战车和战马上都包着铁甲，发动冲击时威力无比，唯一的缺点就是只适合在平原上作战，不适合在山林间行动。"排风又问："你知不知道杨宗保等人现在哪里？"耶律雄赶紧回答："几位杨家小将都被困在附近的峡谷中，有铁甲战车封住谷口，他们冲不出来。按照耶律德方的意思，就是把他们困在里面，等到顺风的时候放一把大火，把他们全部烧死在谷里。"

排风挥了挥手，让人把耶律雄带出帐外，然后又对六郎和寇准说："我想今天晚上带人去看一下地形，来日好救宗保他们，还请老元帅和天官大人在边关内坐镇指挥。"六郎说："这次出去一定小心，孟良熟悉这的地形，你可以叫上他一起同去。"于是排风带上孟良和十几个亲兵，到夜晚的时候，骑上马悄悄地出了关，向宗保他们被围困的那片峡谷方向前去。等排风登上山顶往下一看，谷内都是宋军的人马，谷口有几十辆铁甲战车封住去路，峡谷四周又都是悬崖绝壁，无路可走。这时候，他们隐约听到有一队巡逻的辽兵渐渐走近，排风怕打草惊蛇，惊动大队辽兵，于是招招手，带着这十几人，悄悄从山的另一侧慢慢下来，走着走着，突然看到远处隐隐约约有一处灯光，孟良非常惊讶："这里人迹罕至，怎么会有人居住？"大家走到近前才看清楚，这里居然有一座小小的寺庙。排风轻手轻脚地走到这座寺庙外，从窗外悄悄往里一看，顿时瞪大了眼睛。

排风究竟看到了什么呢？我们下回再见分晓。

第六十九回 入古庙喜逢故人 说前事得计破敌

上回说到排风深夜前去探路，为了躲避辽兵的岗哨，和孟良等人来到一处山谷中。在山谷里，他们发现了一座寺庙，排风悄悄来到庙前，往窗内一看，十分吃惊。原来这庙里供的不是什么神仙佛祖，而是一位武将，这位武将头顶金盔、身披铠甲，手中一把金刀，前面有一个牌位，上面写着十二个字：大宋金刀老令公杨继业之位。

排风赶紧推门进去，跪倒在塑像面前，孟良不明白是怎么回事，赶紧走到排风身边，问："元帅，怎么回事？"排风一指："孟二叔，这塑像不是别人，正是杨元帅的父亲，金刀老令公。"孟良一听也赶紧跪了下来："老盟父，孩儿孟良给您磕头了。"他们两个人在这边一跪拜，后边一位僧人听到动静就走了出来，一看两人都是宋将打扮，赶紧上前问道："两位施主，你们是什么人？"排风赶紧站起来，恭恭敬敬对这位僧人说："师父，我是天波府的烧火丫头杨排风，这一位是老令公六子杨延昭的结拜兄弟孟良，不知道师父您是什么人，为什么在这里供奉老令公的灵位？"这位僧人一听他们是天波府杨家的人，不由长叹一声，眼泪也流了下来，他对排风说："我本是老令公手下的一名亲兵，十五年前陈家谷一战，老令公壮烈殉国，我自己负了重伤，滚下山崖，幸好被一位过路的僧人所救，我在养伤的那段时间，听

说七公子求救不成，被潘仁美这个奸贼乱箭射死，六公子不知去向，心灰意冷出家当了和尚，取了个法号①叫圆真，在这庙里供起老令公的灵位，每日祭拜。这一带人迹罕至，好在附近的山民猎户为人朴实，也都敬仰杨家父子，经常给我送些米面过来，所以我在这里一待就是十几年。"

排风和孟良等人听了无不感动，连连向这位圆真法师行礼。圆真又问："最近听说宋辽交战，你们到这一定也和这事有关！"排风回答说："不错，如今韩延寿再一次起兵进犯边关，他们的铁甲战车阵法十分厉害，杨延昭元帅不幸中了箭伤，他的公子杨宗保等人又被困在附近的峡谷之中，今天晚上

———————————————

① 法号：佛教术语，指皈依佛教者所特取的名字。

我们是出来探路，为了躲避辽军岗哨才来到这的。"圆真听了大吃一惊，就问排风："这铁甲战车到底是什么东西，怎么如此厉害？"孟良在旁边说："这铁甲战车由四匹马拉着，而且这四匹马又用铁链连在一起，奔跑起来冲击力非常大，它们又有铁甲包裹，我们伤不到他们，他们却能随意杀伤我们的人，所以我们对此束手无策。"排风对圆真说："法师，您当年随老令公久经沙场，一定见过不少战阵，不知道有没有什么可以指点我们的？"圆真想了想，对他们说："当年老令公带领我们在山西的时候，曾经打过一场这样的仗，当时对方是用铁索把十几匹马连在一起，向我们冲击，战马身上也是披着铁甲，刚开始的时候我们对此也毫无办法，损伤了不少兄弟。但是老令公发现，因为战马需要奔跑，马腿上不能包裹太笨重的铁甲，所以他训练我们用钩镰枪钩倒对方的马腿，一匹战马倒下，其他的战马也无法奔跑，最后大破敌军。不知道这个方法用来对付铁甲战车会不会有用？"

排风一听，眼前顿时一亮，但她想到宗保等人被困在谷中，还是有些担心，于是又问圆真："法师，少公子他们被困在山谷之中，辽军准备在顺风天放火烧谷，得赶紧想办法把他们救出来，您知不知道这附近还有没有别的道路可以让他们从谷中撤出来？"圆真法师摇摇头："这片峡谷地势险要，除了谷口，没有别的地方可以进去，就算是这附近的猎户，身手再敏捷的，也不敢从这悬崖上爬进去。但是你说辽兵要放火烧谷，这个倒不必担心，他们不熟悉这里的气候变化，最近一个月之内，全是逆风，辽兵真要放火，只能把他们自己给烧了。"

排风一听非常高兴，对孟良和圆真法师说："既然如此，我有了破辽军的计策了。"孟良赶紧问："什么办法？"排风对孟良和圆真法师说："辽兵的铁甲战车虽然厉害，但是如果我们也像当年老令公那样，用钩镰枪钩倒马腿

的话，那么铁甲战车不能行动，也就变成了一堆废铁。另外刚才法师说这山谷里常年逆风，辽兵既然想烧我们，我们也可以烧他们，我想请法师找人送一封密信给宗保，约定时间，到时候让他们在谷中放起大火，铁甲战车虽然刀枪不入，但马和车都是怕火的，这样一来就能让辽兵陷入混乱，我们趁机把他们救出来。"

孟良和圆真法师听了都连连说好，排风对圆真法师说："我先回大营和杨元帅商量，定下日期之后，会派人送书信来，到那时还要请法师多多帮忙。"圆真法师双手合十："阿弥陀佛，虽说出家人不问世事，但贫僧毕竟是杨家军出身，驱除辽寇，保我大宋江山百姓，自然是义不容辞。杨将军有什么安排，我一定照办！"排风向法师道了谢，就和孟良等人赶紧返回边关。

一行人回到边关的时候，天色已经大亮，寇准和六郎等人正等得焦急。排风见到两人，把用钩镰枪破铁甲战车的方法，送信给谷中让宗保他们用火攻的计策一说，两人非常高兴，连连点头称赞。于是排风传下将令，让岑林、柴干、何山、石青带领三千人，加紧操练钩镰枪法。三天之后，排风率领众将向辽军进攻。

辽营那边，耶律德方见宋军大队人马杀来，于是也传下将令，调铁甲战车迎敌。排风看见铁甲战车黑压压地冲了过来，也不惊慌，把令旗一挥，宋军顿时也分开两边，让三千钩镰枪兵冲上前来。

要知道这钩镰枪能否大破铁甲战车，我们下回再见分晓。

第七十回 巧排风再奏凯歌 用吕中五国借兵

上回说到排风想出了用钩镰枪大破铁甲战车的计策，然后率兵出关。当铁甲战车冲来时，钩镰枪手立刻迎了上去。耶律德方在车上看得仔细，暗叫不好，急忙挥动令旗，想让军队撤退，可是这铁甲战车一旦冲出去，就很难停下，反而陷入一片混乱之中。这时候宋军的钩镰枪手一起出击，钩镰枪钩住马腿，用力猛拽，一匹战马负伤倒地，相连的战马也受到影响，行动不便，很快就被钩镰枪钩倒。霎时间，铁甲战车成了一群不能动的废铁。杨排风手提烧火棍，率领八姐、九妹等人在辽军中来往冲突，如入无人之境。

没过一会儿，迎面撞上了耶律德方，排风大喝："耶律老贼你往哪里走！"举棍就打，耶律德方赶紧举宝剑来战，没过两三个回合，就被排风一棍震飞了手中的宝剑。韩延寿看见耶律德方危险，赶紧冲过来拦住排风，这时八姐、九妹也冲过来，三人把韩延寿围在核心，杀了几十个回合，韩延寿手略微一松，被八姐一枪刺中左肋，大叫一声险些摔下马来，大将哈密虎、牛金拼死护住韩延寿和耶律德方，向后逃跑，辽兵见主帅受伤，心无斗志，四散奔逃。

再说被困在峡谷中的宗保等人，早就收到了六郎的书信，到了约定的时间，宗保就命令士兵放火，风助火势，火借风威，顿时，大火如同火龙一般，

285

向谷外冲去。辽将乌国科、乌国令率领八十辆铁甲战车在谷口，严防宗保等人逃出，没想到谷口里冲出漫天大火，铁甲战马见了大火，受惊四处乱窜，顿时一片大乱。很多铁甲战马拖着战车反而冲向了辽军，宗保等人趁机从谷口冲出。这时候孟良、焦赞看到谷中火起，也率领人马从辽军背后杀到，辽将张宝被孟良一斧劈死，乌国科手提长枪还想稳住阵脚，正好撞上宗保，两个人杀了七八个回合，被宗保一枪刺死在马下。乌国令看见败局已定，只好率领残兵败将向大营方向逃跑，迎面遇上了溃败下来的韩延寿等人。双方合兵一处，往辽国境内逃窜，半道上又被岳胜截杀一番，乌国令拼死断后，被岳胜一刀斩于马下。

　　这一战，辽兵二十万大军死伤过半，几十员辽将阵亡，铁甲战车全部被毁，主帅韩延寿身负重伤。耶律德方给萧后磕了个头，说道："陛下，臣这次铁甲战车阵惨败，实在没脸再面对陛下，但是，微臣还要向陛下举荐一人，此人上知天文，下晓地理，兵书战策，无一不通，臣愿意写一封信，把他招来为我大辽效力。"萧后一听赶紧问："不知先生说的是什么人，居然如此厉害？"耶律德方说："这人姓吕名中，平日里隐居山林，他和我是朋友，也有出来报效国家的心愿，所以只要我写一封书信给他，一定能让他来相助陛下。"萧后非常高兴，赶紧让耶律德方写信。

　　收到信之后，吕中来到辽国京城面见萧后。他侃侃而谈，把当前的局势和用兵布阵的道理说得头头是道。萧后大喜，当即封吕中为护国军师。

　　萧后又问："我一直想入主中原，不知道军师有何计策？"吕中对萧后说："陛下，杨家将天下闻名，不可轻敌，要想取胜，我倒有一个方法。"萧后赶紧说："军师请讲。"吕中说："我们可以在边关城外摆一座天门大阵，这天门阵共一百零八阵，阵阵连环，威力巨大。只是天门阵需要的人马非常多，还需要进行演练，单靠大辽人马难以成功，而且至少需要一年的时间准备，需再向周边邻国借兵二十万，这样才能够成功。"

萧后听了，有些犹豫，她对吕中说："操练阵法不难，只是向邻国借兵，恐怕有些困难。"吕中笑了笑，对萧后说："陛下不必担心，微臣已经想好了，鲜卑国国王耶凡庆，生性贪财，您可以派使臣带着黄金白银前去，他一定会发兵相助。您再派人去黑水国，约定打下大宋江山以后，把西羌一带的地盘划分给他们，他们一定也会同意。森罗国和我大辽本来关系就好，让他们的国王孟天能起兵相助，他一定不会拒绝。然后再写一封书信给西夏国，告诉他们的国王黄柯环，就说宋朝壮大，将来必然会威胁到西夏，他是个胆小的人，听陛下这么说，一定愿意借兵给陛下。流沙国国王萧霍王，是个没有主见的人，陛下只需要派遣一个能言善辩的人去，一定能把他说服。"

萧后见吕中胸有成竹，当即下旨，命萧天佐为元帅，和吕中一起演练天门阵法。然后又写了书信，分别向黑水国、西夏国、鲜卑国、森罗国、流沙国各借兵五万。几天之后，五国的国王分别接到书信，都同意借兵，鲜卑国派黑鞑①令公马荣为元帅，森罗国派金龙太子领兵，流沙国国王派驸马苏何庆、公主萧霸贞为正副元帅，西夏国派公主黄琼女挂帅，黑水国派铁头黑太岁为元帅，各自起兵五万，前来相助。萧后非常高兴，她盛情款待了这五国的元帅，然后就请他们与萧天佐一起演练阵法，准备一年后再进犯大宋。

要知后事如何，我们下回再见分晓。

---

① 鞑（dá）：柔软的皮革。鞑靼（dá dá），中国古代北方游牧民族名称。

第七十一回 辽军大摆天门阵 焦赞冒险入敌营

上回说到萧后命萧天佐为元帅，和吕中一起演练天门阵法。冬去春来，转眼之间又过了一年，萧天佐和吕中已经率领士卒把天门阵法演练精熟。于是萧天佐上表萧后，说天门阵已经练成，可以兴兵伐宋了。萧后一听非常高兴，她对萧天佐说："这一战事关重大，你率大军先行，我随后御驾亲征。"接着萧后下旨封萧天佐为征南大元帅，吕中为军师，率领众将，连同借来的五国人马，共起兵五十万，直奔边关而去。

当时韩延寿的伤势还没有完全恢复，萧后留韩延寿在京城养伤，又命萧天佑和三驸马王顺（杨八郎）留守京城。自己带了一万五千御林军，二女儿银镜公主和二驸马木易（杨四郎）保驾，随后开往前线。六郎闻报，一边下令严加防守，一边率领边关众将来到阵前，他看见萧天佐，于是拍马上前，用银枪一指："萧天佐，你们多次兴兵犯境，屡战屡败，为什么执迷不悟，不思悔改？"萧天佐在马上哈哈大笑："杨元帅，我在这里布一座天门大阵，如果你能破得了这天门阵，我立刻收兵，从此以后我大辽年年进贡，岁岁来朝，永不侵犯你宋朝边境。"六郎微微一笑："区区一座天门阵，何足挂齿。但有一条，破阵的规矩是破阵之前必须观阵，你敢不敢让我先进去看看？"萧天佐一笑："既然请杨元帅破阵，那我这边自然要讲规矩。三天后大阵摆好，我来请杨元帅观阵。"六郎一点头："好。"于是双方各自收兵。

三天之后，萧天佐把大阵摆好，派人写了一封书信给六郎，请他明日观阵。六郎接到书信，点了孟良、焦赞、岑林、柴干四人，又带上了五百精兵，一起来到了天门阵外。观阵时，六郎虽然一直没说话，但他越看越心惊，为什么呢？这座天门阵是按照天上的星象①来设计的，东南西北二十八座大阵按照天上的二十八星宿构成，东边七座阵布成青龙的形状，西边七座阵布成白虎的形状，南边七座阵形成朱雀，北方七座阵形成玄武。除此之外，里面还有不少非同一般的阵法。

看完整个天门阵，六郎等人从正门走出。萧天佐就在旁边问："杨元帅，不知你准备何时来破我的天门大阵。"六郎想了想，对萧天佐说："萧元帅，现在正是阳春三月，金秋十月的时候，我来破你这天门大阵！"萧天佐听了一点头："好，既然如此，杨元帅我就告辞了！"说着冲六郎一抱拳，拨马回到了天门阵里。六郎回到边关，和大家接着说："这天门阵变化多端，十分厉害，一定不能轻敌，现在看，还得请我母亲出来，看看他老人家有没有办法破得了这天门阵。"他写了一封家书交给焦赞，要他火速回京一趟，请老太君前来相助。

焦赞接过书信，不敢拖延，当天就离开边关，日夜兼程，几天后就到了天波府。老太君知道事关重大，第二天一早，领着焦赞来到了金殿上。宋真宗听焦赞说了前线的情况，内心焦急，就对老太君说："老太君，既然杨元帅不能破阵，恐怕就只有辛苦您走这一趟了。"于是下旨，请佘老太君、八王、王钦一同前往边关。

289

---

① 星象：指星体的明暗、位置等现象。

杨家将传奇

这一行人刚刚抵达，六郎就把他们接进帅厅，对老太君说了他当初去看天门阵的事。老太君笑了笑："不必着急，明天我亲自到阵前去看看。"

第二天早上，大家吃过早饭，老太君率众人观阵后对六郎说："天门阵共有一百零八阵，阵阵连环，相互照应，难以攻破。如今这天门阵只有七十二阵，就如同一只断了腿、少了眼睛的老虎，所以不难攻破。"六郎一听高兴坏了，他赶紧对老太君说："既然如此，就请母亲来日调兵遣将，我们把这天门阵给破了。"老太君点点头："好，你传下将令，三日后，咱们破阵！"王钦在旁边听出了一身冷汗，暗恨萧天佐大意。当天夜里他写了一封书信，告知萧天佐天门阵的破绽，吕中和萧天佐惊讶之余连夜调动人马，到了第二天下午，就把这座天门阵补充完整。

第三天上午，老太君率领边关众将和十五万人马到城下列开阵势，准备破阵。六郎手提银枪，立在母亲身边，就等着母亲下令。但老太君却迟迟没有动静，她看着对面大阵，脸色越来越凝重，忽然身子一晃，昏了过去。六郎一看吓坏了，赶紧把枪一丢，一把扶住母亲，接着下令撤军回关。到了傍晚时分，老太君渐渐睁开眼睛，六郎看见老太君醒过来了，赶紧问："母亲您怎么样了？"老太君摇摇头："我没事。"她往四周打量了一下，看只有六郎在，就低声对六郎说："你派人把八王请来。"六郎不敢怠慢，赶紧让人去请八王。

没过一会儿，八王来了，老太君让左右退下，然后低声对六郎和八王说："千岁、延昭，宋营中有奸细！"两人一听大吃一惊，八王赶紧问老太君："您怎么知道？"老太君说："前几天我在山坡上观看天门阵的时候，天门阵只有七十二阵。结果今天早上我们去破阵的时候，天门阵已经补充完整，一定是有人走漏了消息。"

接着，老太君又对六郎说："如今这天门阵已经布全，再要想破，异常艰难，咱们这边还需要一些得力的人相助才好。你写一封信，让你五哥从五台山上下来相助。"六郎刚要答应，老太君突然又昏了过去，这可把六郎和八王吓坏了。御医查看了老太君的病情后说需要宫里的大还丹便可快速恢复，但现在路途遥远，远水解不了近渴。焦赞听到御医说的话，眼珠一转，心想："萧后不是来了吗？大还丹既然是宫廷里的，说不定如今辽营那边就有，我去辽营走一趟，看看能不能找到这种药。"

焦赞回到自己的营帐休息了一会儿，等到傍晚，悄悄溜出去，混进了辽军的营地。正走着，突然迎面一队辽兵走了过来，领头的军官高声喝问："什么人？"焦赞见势不好，转身就走。辽军看见他形迹可疑，于是赶紧追上，"呼啦啦"把他围了起来。这时候，忽然从御营中走出一人，他来到焦赞面前，不由分说就给了他一巴掌。焦赞一愣，心想："这人怎么上来就打我？"接着就听那人骂道："我派你回京城，你赶紧回去就行了，怎么还在这里乱闯？快给我滚回营中，我还有事要嘱咐你！"

原来这人正是四郎杨延辉。他问清了焦赞的来意说："哎呀兄弟，为了我母亲，你甘心冒这样的生命危险，请受我一拜。"焦赞这回是彻底愣住了："你到底是什么人？"四郎长叹一声："贤弟，我是老太君的第四个儿子杨延辉。""啊？"焦赞惊讶得不知如何是好。

要知道焦赞能否取得大还丹，我们下回再见分晓。

杨家将传奇

第七十二回　救驸马公主求药
入宋营四郎探母

　　上回说到焦赞混进辽营，正好遇到了四郎杨延辉。四郎一报身份，焦赞大吃一惊："四哥，您怎么跑到辽国当上驸马了？"杨延辉长叹一声，把事情的来龙去脉跟他详细地说了一番，然后又问："老母亲如今可好？"焦赞说："现在生命尚无大碍，只是老人家连日路途辛苦，又加上急火攻心，所以一病不起。"四郎一听，眼泪就掉下来了。他对焦赞说："兄弟，你先在我这暂住一日，大还丹的事包在我身上了。"

　　第二天一早，四郎正准备用饭，忽然大叫一声，倒在地上。几个士兵看大事不好，一边把四郎扶到床上，一边赶紧去给银镜公主送信。银镜公主这几天在萧后那里，听说驸马病了，赶紧赶回来，一看四郎不省人事，顿时吓得哭了起来。四郎微微睁开眼睛，看了看公主，有气无力地说："公主，我这是旧病复发，万一真要有什么不测，你自己多保重。"公主一听，赶紧问四郎："驸马，你说你这是旧病复发，那你以前是怎么治好的？"杨延辉说："二十多年前我得过一次这样的病，当时我的主帅就是金刀老令公杨继业，他亲自奏请皇上，要来了一颗宫里的大还丹，让我吃了下去，药到病除。"

　　银镜公主本来正哭着，一听这话不哭了："驸马，你说的可是宫中的大还丹吗？"四郎点点头："正是。""驸马，你真是贵人多忘事，那大还丹宋朝皇帝有，难道我大辽就没有吗？我这就去找母后，求一颗大还丹来。"公主说完，匆匆走出帐去。四郎心里松了一口气，暗想："公主，实在对不住，为了救母亲，只好骗你一下了。"再说银镜公主匆匆走回萧后的帐中，萧后看见女儿走进来，就问："银镜，驸马的病情如何？"公主说："驸马说他这是旧病复发，当年全靠宋朝皇帝赐给他一颗大还丹才保住了命。"萧后一听："我身边正好有几颗，你拿一颗去给驸马治病吧。"

公主谢过母亲，拿上大还丹，又赶回了自己的营帐，把大还丹递给四郎："驸马，你看这是什么？"四郎一看："多谢公主了，麻烦你去为我取杯水来，我这就服药。"趁公主转身出去拿水的工夫，四郎赶紧把大还丹藏到枕头下面，然后撕了张纸，揉成团含在嘴里。不一会儿公主把水拿来，四郎端起水，一仰脖子把这纸团吞到肚子里。公主看四郎吃了药，放下心来："驸马你休息一会儿，我就在外面，你有事随时叫我。"四郎一点头："辛苦公主了。"公主一笑："驸马，你和我客气什么，只要你身体没事，一切都好。"

四郎在帐内闭目养神，躺了一下午，然后走出帐去。公主一看："驸马，你没事了？"四郎笑了笑："多亏公主从陛下那为我取来了药，我已经好了。"公主看驸马无碍，赶忙去萧后那边道谢。四郎趁机把焦赞叫进来："兄弟，这大还丹你赶紧带回去给老母亲。"说着他拿出两块令牌给焦赞："拿着这令牌，可以出入辽营。我多给你一块，将来说不定会有用。"焦赞一点头："好，四哥，我这就回去。"

宋营中，六郎正在老太君身边照顾，焦赞大步进来："六哥，大还丹来了。"六郎又惊又喜："三弟，你怎么弄到的？"焦赞一摆手："六哥，你先快去给干娘服药，等干娘身体好转以后，我再跟你俩细说。这事一定不

293

杨家传奇

杨

能走漏风声。"老太君吃下了大还丹，到了第二天中午，精神就好多了。这天傍晚，六郎和老太君把焦赞叫来，焦赞看了看身边没有其他的人，就把四郎帮忙的事跟六郎和老太君说了一遍。

两天后，老太君的身体彻底复原。六郎就请老太君、八王、岳胜、孟良、焦赞他们几个一起商量破天门阵的对策。老太君对六郎说："如今这天门阵已经补全，破阵非常困难，你给延德写一封信，让他早日来助战。"孟良自告奋勇："我曾经去请过五哥，认识路。这一次还是我去送信吧。"六郎点点头："好，既然如此，就辛苦贤弟了。"

再说四郎杨延辉这边，焦赞走后他坐立不安。一是不知道吃了大还丹之后，母亲的身体能不能恢复健康，二是想着这二十年来始终没能见母亲一面，如今母子近在咫尺，却难以见面，于是一连几天愁眉不展、长吁短叹。银镜公主看四郎天天闷闷不乐，非常担心，忍不住问："驸马，你这几天到底有什么心事？"如果在平时，四郎一定会对自己的身份守口如瓶。但这一次他实在是忍不住了，一咬牙，心想："是福不是祸，是祸躲不过。瞒了二十年，我也不想再瞒了。"他到帐门口看了看，没有别人，回到帐中，对着公主就跪下了。

公主吓了一跳："哎呀！驸马，你我是夫妻，为什么行如此大礼，快快请起！"四郎跪在那没动："公主，我有一件事要告诉你。"他把自己的身份一五一十地对公主说了一遍，然后他说："我和公主成亲二十年，知道公主性格温和宽厚，对我杨延辉也是真心实意，如今老母亲就在对面宋营之中，身患重病，我打算去见她一面。想请你帮我这个忙。如今我对你实话实说了，是帮我还是杀我，任凭公主发落，我杨延辉绝无怨言！"银镜公主听了驸马这一番话，好半天没有回过神来。过了一会儿，她镇定下来，扶起杨延辉，对他说："驸马，你我已经成亲二十多年，过去的一切，也不用说什么了。我理解你想见母亲的心情，可以帮你。不过你得保证，见了母亲要赶紧回来，千万不要一去不返。"四郎点点头："公主你放心，你如此对我，我怎能忘恩负义？我打算明天晚上溜出营去见我母亲，最迟后天早上回来。"公主点点头："好，那我明天晚上就去母后那边，想办法让她不要注意到你不在营中。"

这天夜里，六郎正在看书，宗保进来了："父亲，士兵们抓到一个辽国军官，他非要见您。您见不见？"六郎想了想："把他带进来吧。"几个亲兵把人带了进来，六郎仔细一看，赶紧一挥手："你们都退下！"接着又低声说："宗保，你到外面去看一下有没有人。"宗保答应一声，出去看了一圈，回来说："父亲，现在外面一个人都没有，亲兵们都在二道门外守着呢。"这时候六郎才匆匆站起身来，到四郎身边解开绳子，低声问："四哥，真的是你？"四郎一点头："六弟，多年不见，你一向可好？"宗保在旁边听着，大吃一惊，赶紧跪下："四伯父，请恕小侄方才无礼。"四郎赶紧把宗保扶起来，拍拍他的肩膀："好孩子，如今都已经长这么大了。"

六郎问四郎："四哥，你今天怎么来了？"四郎对他说："我听焦赞说母亲得病，心里实在放心不下，所以冒死对辽国公主说了实话，来这边探望母亲。""母亲就在后面歇息，我这就带你去。"四郎跟在六郎的身后，来到老太君休息的后厅，他一进门，看见老太君侧脸对着门口，正坐在那出神。他"扑通"一声就跪了下来，眼泪像断了线的珠子一样往下落，用膝盖向前移动着来到了老太君的身边："母亲，不孝的孩儿杨延辉看您来了！"

老太君正在琢磨如何破天门阵的事，突然看见一个辽国军官给她跪下，先是一惊，再一看，居然是自己朝思暮想的儿子杨延辉。老太君又惊又喜，

295

杨家将传奇

杨

一把把四郎扶起来："孩子，让为娘好好看看你！"老太君抱住四郎的双肩，仔仔细细地打量着四郎的面孔，仿佛担心自己一眨眼睛，四郎就不在面前了。看了好一会儿，一下把四郎搂在怀里，母子抱头痛哭，六郎站在一边也是泪如雨下。

要知道后事如何，我们下回再见分晓。

第七十三回　四郎忍痛别母亲　孟良放火烧五台

上回说到杨四郎探母，母子两个抱头痛哭。过了好一会儿，六郎先冷静下来，他劝慰老太君说："母亲，四哥今天来看你，这是高兴的事。您就别哭了，免得伤了身体，四哥你也是，赶紧起来坐下说话。"老太君这才停住哭声，拉着四郎，让他坐在自己的对面，问起四郎这些年来的情况，四郎就把自己这二十几年的经历，挑重要的跟老太君说了一番。最后，他把自己如何得知母亲病重，如何告诉公主真相，公主如何帮自己半夜来宋营探母的事情都跟老太君讲了一遍。

老太君听完点了点头："延辉，这银镜公主虽然是萧后的女儿，但她作为你的妻子，也是我的儿媳。她既然对你如此照顾，那么你也要好好对待她。辽国虽然犯我疆土、杀我百姓，但那是萧后和元帅将军们的罪过，和她无关。"四郎连连点头："母亲的话，孩儿记下了。"这时候老太君又问："延辉，你说这萧后到底是怎样的一个人？"四郎想了想回答说："母亲，这萧后的确不同常人，她胸怀宽广，礼贤下士，足智多谋，善于用人，绝非常人可比。"老太君听了微微一点头："延辉啊，这萧后如果真如你所说，那么应该也是个明白事理之人，我想宋辽两国连年征战，百姓遭殃，不是长久之计。将来你回去以后，还要想办法从侧面多劝劝她，如果将来两国能永罢干戈，

297

成为兄弟之邦，那该是多好的事情。"

四郎和六郎在旁边听了老太君这番话，心里都暗暗佩服，老太君的眼界的确高于他人。但六郎还是有点奇怪："母亲，听您的意思还得让四哥回去？四哥好不容易来到这，我看就留下来，别回去了。"老太君摇摇头："如果单纯从母子之情、兄弟之义来看的话，他的确应该留下。可是我那儿媳对你四哥如此情深义重，明明知道他是杨家将，还帮他回来这里看我，我怎么能让你四哥失信于她呢？"四郎一听，又感动又难过，正想说点什么，老太君又对他说，"延辉，天色已经不早，你得准备动身了，回去以后也跟延顺说，不用惦记我。你俩多花点心思，劝说萧后，让她放弃吞并我大宋江山的念头，这才是造福两国子民的大事。"四郎听见母亲叮嘱，赶紧站起身来，应了声"是"。

这时候老太君从头上拔下了一根玉簪，递给四郎："如今是两军阵前，也没有什么贵重的礼物，你把这个带回去送给我那儿媳，也是我做婆婆的一点心意。只盼着将来两国早日化干戈为玉帛。"四郎赶紧跪下，双手接过。老太君把玉簪放到四郎手中，紧紧地握了一下四郎的手，重重地点了点头："延辉，你去吧。"四郎眼含热泪，跪下给母亲磕了几个头，站起身来对六郎说："六弟，好好照顾母亲，我走了，咱们来日再见。"说着一转身，匆匆走出房外。这时候宗保正在外面等着，看见四郎出来，赶紧行礼："四伯父，我送您出关。"四郎一点头，宗保带着一小队亲兵，趁着夜色把四郎送出关外，在马上对四郎行了个礼："四伯父，两军阵前，恕侄儿无法远送，您多保重。"四郎一摆手："宗保你快快回去，好好听你祖母、父亲的话，多为他们分忧。"

四郎回到辽营的时候，天色已经快亮了。银镜公主正坐立不安，忽然听见外面传来脚步声，抬头一看，四郎双眼通红从外面走了进来。公主迎上前去："驸马，怎么样？"四郎把探母的事情跟她说了一遍，然后从怀里掏出那根玉簪递给公主："这是母亲让我转交给你的，她老人家对我再三叮嘱，你对我情深义重，让我万万不能辜负了你。"公主一听非常感动，她双手接过玉簪，对着宋营的方向，遥遥地行了个礼，然后对四郎说："婆母如此深明大义，只可惜两国敌对，我不能亲自去那边拜见她老人家。"四郎对公主说："母亲也对我说过，宋辽两国本来是兄弟之邦，如今连年征战，百姓遭殃。我们还是应该想办法劝说母后，让她早日罢兵，两国修好才是上策。"

再说孟良奔五台山去请五郎。他熟门熟路，顺利到达五台山，直接去五郎的寺庙敲门。一位小和尚打开门问："施主，您找谁？"孟良一抱拳："小师父，在下前来拜访延德师父。"小和尚摇摇头："施主，实在抱歉，我家师父不在。"孟良问："那他什么时候回来呢？"小和尚摇摇头："这个我也不知道。"孟良还不死心，又问："他有没有说去了哪儿？"小和尚一摇头，对孟良说："施主您别问了，我师父交代过，只要是边关来的，他一概不见。"

原来杨延德也听说辽军布下了天门阵，知道六郎一定还会来请他，他心想："我已经是个出家人了，上次六弟被困，有生命危险，我迫不得已下山帮他个忙。这一次，我还是躲起来吧，大宋能人不少，也不差我一个，再说了，如果老娘亲和妻子为了破天门阵都到了边关，我一个出家人打扮，怎么去面对她们呀！"于是他就跟小和尚交代，只要是边关来人找他，一概不见，就说自己出去云游了。今天孟良来到庙门前，小和尚就按照五郎嘱咐说师父不在家，可这小和尚心眼儿太实，被孟良问急了，一张嘴，把五郎交代给他的前半截话也说出来了。

小和尚见孟良发愣，趁机把脑袋一缩，"咣当"一声关上了门。孟良在

299

门口转了两圈，心想："请不回杨五郎，我怎么跟六哥交代呀？"他想了半天，眼珠一转，假装出无奈的样子，牵着马下了山。那小和尚看见孟良下山了，赶紧回去报告五郎："师父，那位施主下山去了。"杨延德点点头："好，总算是把他骗过去了，你下去吧。"这时候天色已晚，五郎站起身来，在院子里兜圈，望着天上的残阳，心里非常不平静。他想："我不肯下山，到底是对还是错？六弟自己一个人独自在边关支撑，能不能行？老母亲多年不见，有没有再生白发？妻子知道我在五台山出家，这么多年来有没有怨过我？"他在这边出神，不知不觉，天完全黑了下来，天空中残阳也已经变成了繁星。到了半夜，突然听到外面有嘈杂的脚步声，一个小和尚急急忙忙冲进来："师父！大事不好，寺庙里失火了！"

要知五郎最终是否肯下山，我们下回再见分晓。

第七十四回

五郎求取降龙术
孟良初上穆柯寨

　　上回说到五郎正在自己的房间内闷坐，忽然小和尚跑来对他说，寺庙里失火了。五郎大吃一惊，赶紧站起身来，走到外面指挥着小和尚们扑火。火很快被扑灭了，这时候就听见有人哈哈大笑："五哥，多有得罪，可不这样的话，兄弟实在见不着你啊。"

　　孟良看五郎没吱声，赶紧拿出六郎写的亲笔书信递了过去，五郎看完书信久久不语，过了半天对孟良说："贤弟，我已经是出家之人，不问世事了。"说着转身就要走，孟良扑通就跪下了："五哥，如今萧天佐在边关外布下了天门大阵，我们实在是无计可施，你就去帮我们一把吧。"五郎硬着心肠背过身子："孟贤弟，你还是请回吧。"他刚刚走出两步，孟良"蹭"的站了起来，在他背后指着他大喝一声："杨延德，你真给杨家将丢人！金沙滩一战，你大哥二哥三哥为国捐躯，你不但不想着为他们报仇，却只图着心里清静，出家当了和尚。两狼山上，我那老盟父杨继业撞死在李陵碑的时候，你在哪儿？我六哥镇守边关十几年，头发都累白了的时候，你在哪儿？你母亲，我那老盟娘，佘老太君在边关观阵，心力交瘁、生命垂危的时候，你又在哪儿？你们老杨家从上到下，一个个不计生死，殚精竭虑，为的就是保大宋江山和黎民平安。人家排风姑娘一个烧火丫头都能挂二路帅，上前线大败辽兵，你可倒好，躲在山里边，念几句佛经就把自己当得道高僧了？我告诉你，边关山谷外有一座小庙，里面有位法师，是老令公的一位亲兵，人家虽然也出家了，但还是多次帮助我们。法师说自己是杨家军出身，不能忘本，相比之下，你还算什么杨家儿郎？"

孟良这番话像刀子一样，句句都捅到了五郎延德的心里。他停下脚步转过身来对孟良深深地行了一个礼："贤弟，是我糊涂了，多亏你这番话把我骂醒。你说得对，不保黎民百姓，算什么杨家儿郎，我明日就跟你下山！"孟良一听非常高兴，他赶紧对五郎行了礼："五哥，刚才的事多有得罪，不过请将不如激将，我不骂你，你不能跟我下山。"五郎听了哭笑不得，他留孟良在寺庙里住了一晚，第二天早上就让小和尚去给自己准备东西。

过了一会儿，几个小和尚把五郎的宣花斧抬进来，五郎拿过来一看，暗叫糟糕。原来这大斧因为长期不用，斧柄已经朽烂，他拿在手里稍微一用力，居然"咔嚓"断为两截。孟良一看，这大将手里没了趁手的兵器，威力发挥不出来呀！他赶紧问五郎："五哥，你这兵器到哪儿能找到合适的？"五郎想了想，对孟良说："大斧只要换根斧柄就可以，可是一般材料用起来不顺手，破天门阵事关重大，恐怕需要用降龙木才可以。"孟良问："什么是降龙木？""降龙木是一种木材，木质坚固如铁，非常适合做兵器。我听说边关附近有一座穆柯寨，那里的山上有降龙木。"孟良听了一点头："五哥，你在这边准备着，我先去穆柯寨取降龙木，咱们兄弟边关会合。"

这穆柯寨又是怎样的来历呢？原来，穆柯寨的寨主穆羽，本来是宋朝的武官，为人清正廉洁，后来被奸臣陷害，差点丢了性命，一怒之下反上穆柯寨，挂出了"替天行道，除暴安良"的大旗。穆羽为人公道，从不欺压百姓，平日里他带着家丁在山上自种自收，下山买东西也都是公平交易，百姓们都尊称他为穆天王。穆羽有一个女儿名叫穆桂英，虽然是个女孩，却喜欢舞刀弄剑，不到十二岁，就已经把父亲的全部武艺都学到了手，家里藏的书也都被她读得滚瓜烂熟。穆桂英文武双全，帮着父亲把山寨治理得井井有条，大家也都非常佩服她。

这一日，穆羽外出没回来，穆桂英在山上，忽然有人来报，说有一员宋将来到了山下，这人正是孟良，他告别了五郎延德，匆匆赶往穆柯寨。孟良心里一边嘀咕一边赶路，没几天就到了穆柯寨，他拍马上前，对着山上高声喊："宋军大将孟良在此，请穆寨主出来答话！"

寨门打开，一员女将出来，他心想："这一定就是五哥说的穆桂英了。"穆桂英来到孟良面前，一拱手问："不知道这位将军来到我这山寨有何要事？"孟良大大咧咧地说："特来借山寨的降龙木一用。"穆桂英见孟良如此轻慢，不由微微一笑："这降龙木是我穆柯寨的镇寨之宝，我要是不借呢？"孟良冷笑一声："要是不借的话，那我就只好得罪了。"穆桂英一看孟良这么不客气，火气也上来了。她对孟良说："既然孟将军这么说，我们不妨比试一番，你要是胜了我，我就把降龙木双手奉上，可你要输了怎么办？"孟良不由哈哈大笑："我要是输了，就把盔甲大斧和战马都留在你们山寨，我自己步行回宋营。"穆桂英一听："好，一言为定，就请孟将军动手吧！"孟良点点头，说了一声"得罪"，大斧一抡就砍了过去。穆桂英看孟良来势凶猛，稍微一侧身子，反手一刀，孟良赶紧架开。两人打了七八个回合，大刀一变招式就是连环三刀，趁孟良疲于招架的时候，穆桂英忽然用刀背一拨拉："你给我下来吧！"孟良"扑通"一声摔落马下。穆桂英大刀指着孟良："说，你要我这降龙木到底有何用？"

要知道孟良如何回答，我们下回再见分晓。

杨家将传奇
杨

第七十五回　杨宗保阵前遭擒　穆天王寨内议亲

　　上回说到孟良被穆桂英打落马下，穆桂英用刀指着孟良问要降龙木干什么。孟良无奈之下只好实话实说，穆桂英听了，不由得心里一动。她想："我虽然对朝廷不满，但杨家将忠贞保国，名满天下。辽兵大举入侵，保卫江山黎民也是我义不容辞的责任。"想到这，她把大刀一收，对孟良说："既然如此，我也不为难你，只是这降龙木是我镇寨之宝，想借降龙木，就请杨元帅亲自来一趟。"

　　孟良卸下盔甲，放下大斧，正准备步行离开，穆桂英叫住他："孟将军，这里离宋营还有几十里路，你把盔甲武器留下就行，战马你还是牵走吧。"孟良一听，佩服这穆桂英还挺仁义，于是一抱拳，骑上马走了。他走了没多久，看到前面有一支人马，为首的正是宗保和焦赞。原来他俩去押运粮草，回来的路上正好看见孟良，焦赞赶紧迎上去："二哥，你这是怎么了？"孟良无精打采地把事情经过一说，焦赞就要拉着孟良去穆柯寨挑战，宗保赶紧拦住他俩："两位叔父，不可造次。我看还是先禀报父帅，再作商议。"孟良眼珠一转，心想，宗保武艺高强，如果他去的话，也许能赢穆桂英。

　　于是他就对焦赞说："宗保说得对，那穆桂英刀法厉害，别说你了，宗保都不是她的对手，我们还是先回营再说吧。"宗保在旁边一听，有点不服气："二叔，你说那女将刀法能如此厉害？"孟良点点头："我当时还跟她说，穆桂英你别太得意，我大侄子杨宗保枪法高强，你未必是他的对手，可她说那杨家枪徒有虚名，在她面前照样走不过三十个回合！"宗保一听穆桂英如此看不起杨家枪法，顿时火往上蹿："这山贼如此猖狂，二叔麻烦你前面带路，我倒要去会会她！"孟良见宗保中了自己的激将法，心里暗暗高兴，就和宗保、焦赞一起，来到了穆柯寨前。

孟良上去高喊："快快告诉你家寨主，我家少帅来了，让她火速出来迎接！"不一会儿，穆桂英带了一支人马来到寨前，孟良上前说："穆寨主，我把我家少帅带来了。"穆桂英一见杨宗保，心里不由暗暗赞叹，不愧是将门虎子，一表人才。宗保一看穆桂英英姿飒爽，顿时也有三分好感，他拍马上前对着穆桂英一拱手："穆寨主，在下三关元帅杨延昭之子杨宗保，特来寨上借降龙木一用。"穆桂英听了微微点头，她对宗保说："少帅，这降龙木是我穆柯寨的镇寨之宝，如果我就这样送给你，将来传出去别人一定笑话我穆柯寨胆小怕事，我想请你和我比试一番，你如果能够胜了我手中大刀，我就把降龙木送给你。"宗保点点头："既然如此，那小将得罪了。"说着，大枪一抖，分心就刺，穆桂英举刀架开。杨宗保心想自己不能在这耗太多时间，得赶紧战胜了她，把降龙木带回去才是正事。于是他使出家传的杨家枪法，顿时银光闪闪，那枪犹如蛟龙一般，紧紧地缠住对手。穆桂英一看心下叹服，杨家枪法名不虚传！于是，她也使出了师父传给她的那套万胜刀法。

两人打了七八十个回合，还是不见输赢，孟良和焦赞在后面都看傻了，连连赞叹这员女将确实厉害！这时候穆桂英也在想，这杨宗保武艺高强，恐怕要用计策胜他。想到这，她虚晃一刀拨马就走。宗保一看穆桂英要走，银枪一抖，大叫一声："哪里走！"纵马就追。眼看追上，穆桂英忽然反手一

杨家将传奇

刀，宗保猝不及防，赶紧用枪一架。但他没想到穆桂英这口刀在空中虚晃了一下，突然平着向前一推，一下子把他打下马来。孟良、焦赞看见宗保落马，急着上前去救，但这时候已经晚了，穆桂英早就命令手下人捆起宗保，把他押进了寨门。

孟良、焦赞追到寨门前，被一顿乱箭射了回来。焦赞就埋怨孟良："二哥，你不该用激将法让宗保来这，这下可好，让人家捉上山去，万一有个三长两短，咱们怎么跟六哥交代？"孟良摇摇头："三弟你不必太担心，那穆桂英并不是穷凶极恶之人，上一次他饶了我不杀，这一次把宗保打下马来也没有伤害他，我估计宗保一时半会不会有危险，咱俩再想想办法。"焦赞一甩袖子："你拉倒吧，还想什么办法，赶紧回营搬兵救宗保要紧！"说着，他也不管孟良，调转马头就往大营去了。

再说穆柯寨上，穆桂英把杨宗保押上山来，还没进大厅呢，管家穆瓜喜气洋洋迎了出来，对穆桂英说："小姐，老爷回来了。"穆桂英一听，赶紧对穆瓜说："你把这杨宗保押到一边，我赶紧去见父亲。"穆桂英来到正厅，穆羽就问："我听穆瓜说，刚刚你活捉了三关少帅杨宗保？"穆桂英把前因后果一说，穆羽长叹一声："你个不懂事的丫头，这次孟良来借降龙木，为的是破辽军的天门阵，保国安民，你跟他们过不去干什么？"穆瓜眼珠一转，对穆羽说："老爷，我看那杨宗保人才非凡，和咱们家小姐那是天造地设①的一对。如果他还没娶妻的话，让他跟小姐成亲，咱们把降龙木作为嫁妆送给他，这不是两全其美嘛！"穆桂英一听，脸羞红了。穆羽看女儿低着头没反对，于是就对穆瓜说："你先去试探他一下，我想看看这位杨家少帅到底怎么样？"

———

① 天造地设：赞美事物自然形成又合乎理想。

穆瓜领命来到关押宗保的院内，对宗保说："杨宗保，如今你被我家小姐捉上山来，还有何话说？"杨宗保瞪了他一眼："要杀就杀，何必多言！"穆瓜哈哈大笑："你给我磕三个响头，我就去我家小姐面前说几句好话，说不定能放了你，不然的话，现在就要你的脑袋！"杨宗保冷笑一声，把胸脯一挺："你也不打听打听，我们杨家将什么时候怕死过，我只恨没能死在抗击辽兵的战场上，却死在了你们这个小小的山寨里！"

宗保这话刚说完，外面传来一阵笑声，穆羽从外面走了进来，挥了挥手对穆瓜说："快给少帅松绑。"穆瓜答应一声，赶紧解开宗保身上的绑绳，说："少帅，你千万别怪我，刚才我就是想看看你是不是贪生怕死之辈，没想到你这么有骨气，别人我不管，穆瓜我算是服你了。"宗保听了这话不由一愣，赶紧对穆羽一抱拳："穆天王，我还有一事相求，那降龙木……"穆羽笑着摆摆手："好说好说，少帅，你先随我来前厅说话。"

宗保跟着穆羽来到前面客厅，双方分别坐下，穆羽就问宗保："不知道少帅今年多大，有没有成亲？"宗保回答说："我今年二十一岁，尚未成亲。"穆羽一听非常高兴，就对宗保说："少帅，我是个爽快人，也不和你兜圈子了，小女桂英今年二十岁，还没有嫁人。我看少帅是将门虎子，非常景仰，想把小女许配给你，不知道你意下如何？"宗保赶紧站起身来一拱手："穆寨主，穆姑娘无论人品、相貌还是武功，我都非常仰慕。只是阵前招亲按律当斩，如果我在穆柯寨成了亲，回去父帅一定饶不了我，到那时岂不是耽误了姑娘的终身？"穆羽一笑："少帅你不必担心，我也是为将出身，知道阵前招亲当斩，但是你和桂英成亲之后，我会把降龙木送给你作为嫁妆，让你立功赎罪。"

要知道宗保是否答应这门亲事，我们下回再见分晓。

307

第七十六回 杨宗保喜结良缘 穆桂英误打公爹

上回说到穆羽向杨宗保提亲，宗保担心临阵招亲违反军纪。穆羽对他说，两人成亲之后献上降龙木，可以为宗保赎罪。可宗保还是有点担心，觉得没有父母之命，私订终身不妥当。穆瓜心眼儿多，看出了宗保的心事。他对穆羽说："老爷，孟将军不是还在山下吗？他是杨元帅的结拜兄弟，也算是少帅的长辈，是不是可以请他们上山，来为少帅做主呢？"穆羽听了点点头，又问宗保："少帅，你意下如何？"宗保心中暗想："孟叔父上山来替我做主的话，回去也就好交代了。更何况，穆桂英无论是相貌、人品还是武艺，确实都出类拔萃，无可挑剔。"于是，宗保点了点头。穆羽一看宗保同意了，赶紧对穆瓜说："快去请孟将军来。"宗保拦住他："穆寨主，我和这位兄弟一起去，不然的话，我怕我二叔怀疑有诈，不敢进山。"穆羽微笑着点点头："你们去吧。"

孟良此时正在山下兜圈子，突然看见寨门打开，宗保出来了。他喜出望外："宗保，你还好吧？"宗保脸一红，没说话。旁边的穆瓜笑了："少帅不好意思说，孟将军我跟您说吧。"于是穆瓜就把在山寨里的事情跟孟良详细地说了一遍。孟良一听非常高兴，拍着宗保的肩膀哈哈大笑："贤侄，这是好事，有什么不好意思的。你的终身大事，孟二叔替你做主了。回头你爹要和你翻脸，我第一个跟他不客气。"

孟良和宗保、穆瓜回到山上，穆天王和穆桂英出来迎接。穆桂英抢先一步，给孟良行了个礼："先前对叔父多有得罪，望叔父恕罪。"孟良连连摆手："免礼，免礼，不必客气。这事都怪我，你那五伯父杨延德对你赞不绝口，我有点不太服气，故意过来挑事，才闹出这么一场误会，说到底我要向桂英赔个不是才对。"大家走进大厅，分宾主坐下。穆天王就对孟良说："孟将军，如今辽兵大军压境，战场情况紧急，宗保又有军务在身，我想我们也不宜拖得太久，如果没什么问题的话，明天就让他们成亲吧。"孟良一听连连点头："穆寨主，您跟我想到一块儿去了，就这么定了。"穆羽又看看宗保："宗保，你的意思呢？"宗保站起身来一拱手："穆寨主，宗保全听您吩咐。"话音还没落，孟良跳起来给了他后脑勺一巴掌："傻小子，应该叫什么？"宗保一捂脑袋，马上反应过来，"扑通"一声跪下："岳父大人在上，请受小婿一拜！"穆羽哈哈大笑，赶紧双手扶起宗保，回过头来对穆桂英说："桂英啊，考虑到宗保军务繁忙，为父就不替你挑选什么良辰吉日了。都说择日不如撞日，撞日不如今日，我打算今天就帮你定下这件终身大事，你可愿意？"桂英点点头，低声说："我听爹爹的。"

穆羽见宗保桂英都没有反对，于是冲穆瓜点点头。穆瓜这就飞奔出去，安排山上的喽啰们赶紧准备喜宴、布置大厅。这些人多数是当年穆府家丁，对穆桂英非常尊敬、喜爱，一听说穆桂英要成亲，一时间整个穆柯寨上下喜气洋洋。到第二天清早，一切布置就绪，穆羽、孟良代表着双方的父母，身穿喜服坐在上面，穆瓜担任司仪，忙里忙外地招呼大家。宗保和桂英身穿婚服，向穆羽和孟良两人跪拜。

正热闹着，一个喽啰走进大厅，把穆瓜拉到一边低声说："总管，山下

309

杨家将传奇

有一支宋军杀到。"穆瓜赶紧小声向穆天王禀报。穆天王一想，这种时候也
就不用打扰女儿、女婿了，反正两家如今已经成了一家人，自己下去看看就
行。于是，他没告诉他们，准备自己下山。穆瓜有点不放心："老爷您带上
一些人，下面这拨宋军不知道是哪里的人马，您还是留点神，千万别吃了
亏。"穆天王点点头，就带着穆瓜和几百人下了山，来到阵前，他高声喝问：
"对面何人？"来的不是别人，正是六郎杨延昭，他听焦赞说宗保被擒，大吃
一惊，赶紧带了几百人前来救人。六郎不愿暴露身份，谎称是元帅手下大将
召杨，表示不交出少帅誓不罢休。

穆天王本想说出杨宗保和穆桂英成婚的事情，但因为刚刚喝了点酒，又没见过六郎杨延昭，于是就说："你们家那少帅被我们擒上山来，还口出狂言，我一怒之下，让人把他推到后山去斩首了！"六郎一听，心疼得差点从马上掉下来，他大喝一声："猖狂的贼子，哪里走！"话音未落，举枪就刺。穆天王一看六郎动了真火，赶紧举刀相迎。六郎要给儿子报仇，一枪狠似一枪，穆天王本来就不是他的对手，又加上喝了酒，七八个回合就被六郎挑落马下。穆瓜一着急，在后面高喊："这位将军手下留情，少帅没事，好着呢！"六郎听了，把枪一收，穆瓜急忙把穆羽救回山去。

穆羽受伤回到寨子里，宗保、桂英一看，都吓了一跳。桂英气得咬牙切齿，就问父亲："是什么人伤了你？"穆天王对宗保说："他说是你父亲手下大将，名叫召杨。"宗保一脸疑惑："我父亲手下二十员大将我都认识，没有哪位叔叔叫这个名字呀。"桂英正在气头上，一听此言，跺脚道："不知道是哪来的一支宋军，打着杨元帅的名号伤了父亲，待我去山下擒他！"说着，她把喜服一换，披上铠甲，骑上战马，提刀就冲下山去。孟良和宗保围着穆天王询问伤情，所幸只是受了点轻伤。孟良就念叨："这究竟是何人？召杨，召杨，杨召……"宗保一听："哎呀，不好！"赶紧问穆天王，"岳父大人，伤你的宋将长得什么模样？"穆天王想了想："此人骑白马，手持银枪，四十五六的模样。"宗保看了一眼孟良，说道："不好，莫非是父亲亲自前来？"这话一说出来，穆天王也吓了一跳，赶紧催这两人："你们快快下山，千万别让桂英动手伤了杨元帅。"

再说穆桂英气冲冲到山下，一见对面的宋军就拍马迎上前去："何人大胆，敢伤我的父亲？"六郎一听知道是穆桂英来了，挥枪迎上前去："穆寨主，刚刚不知是令尊大人，失礼了！我奉元帅之命前来接我家少帅，你速速

311

杨家将传奇

送我家少帅下山，我们就此一笔勾销，否则的话，莫怪我大军打破你这山寨，到时悔之晚矣！"穆桂英看六郎还挺客气，火气消了一半，她大刀一挥："这位将军，只要能胜了我手中这口刀，一切都好商量。"六郎一听："好，我来领教领教穆寨主的刀法。"于是挺枪上前，两人刀枪并举，杀了四五十个回合，不见输赢。

六郎边打边暗暗赞叹："穆桂英果然是刀法精湛，宗保败在她手里一点都不冤，如果宋营能有这么一员大将，那可真是如虎添翼。"穆桂英也暗暗赞叹六郎枪法高超。她见一时半会儿不能取胜，于是虚晃一刀，拨马就走。六郎看见穆桂英的刀法并未散乱，知道一定有诈，心想："我倒要看看你有什么玄虚！"于是在后紧追。桂英看六郎追近，忽然回马一刀，六郎早有防备，举枪招架住了。没想到的是，他的战马突然被石头绊了一下，把他摔了下去。穆桂英用刀指着六郎问："刚刚宗保在山上说，边关上并没有你这样一员大将，你到底是什么人？"

要知道这对翁媳见面，误会怎么解开，我们下回再见分晓。

第七十七回

杨六郎辕门斩子
老太君帅帐求情

上回说到杨六郎枪挑穆天王，穆桂英一怒之下下山交战，六郎落马。穆桂英正用刀指着六郎问话，宗保和孟良就赶到了山脚下，宗保赶紧大喊："桂英，千万别动手，那是父帅！"孟良也大喊："桂英刀下留人，那是你公公！"桂英听这两人一喊，顿时就傻眼了，脸也红了，心想："我这刚成了亲还没见公婆呢，就把公公给打落下马了，这还了得。"她赶紧把刀一收，想说话又不知道该说什么好，索性一拨战马跑了。

宗保和孟良赶到近前，把六郎扶起来，六郎一看宗保没事，悬着的心立刻放了下来。他又一想，这"公公"是打哪来的，于是问宗保："宗保，究竟是怎么回事？"宗保脸一红，不知道该怎样回答。孟良在一边哈哈大笑："六哥，我得恭喜你了！"于是就把宗保被擒上山，和穆桂英结为夫妻的事一五一十地说了一遍，最后还不忘调侃一句："没想到你这公公不报真名，结果儿媳妇还没给你磕头，倒把你打下马来。"六郎自己也觉得十分尴尬，宗保在一边赶紧跪下磕头："父亲，桂英不懂事，我在这替她给您赔罪了。"六郎瞪了宗保一眼："我先带兵马回边关，你把这边的事情料理清楚之后，和孟二叔一起回去！"说完他翻身上马，带着人马回了边关。

宗保见父亲走了，有点发呆，赶紧问孟良："二叔，我爹没生气吧？"孟

313

杨家将传奇

杨

良哈哈大笑，一摆手："放心，你爹不是那种心胸狭窄的人，要不然你孟二叔也不会死心塌地追随他这么多年。倒是你，还不赶紧回去慰问一下你岳父大人的伤情？"宗保一听，赶紧和孟良一起掉头回到山上。这时穆天王的伤已经包扎好了，他听桂英说来的人是杨六郎，也连连自责，怨自己不该随口乱说，惹出这么大麻烦。

第二天，宗保惦记着边关战事，就和穆桂英商量下山的事，穆桂英对杨宗保说："宗保，朝廷辜负我们穆家太多。把降龙木交给你，帮助杨家破天门阵，那是我应该做的。但是要想让我归顺大宋，却万万做不到。"宗保见桂英不肯下山，只好接过降龙木，去和穆天王等人告辞。穆天王安慰宗保说："桂英脾气拗了一些。你放心先走，我慢慢劝她。"于是宗保和孟良就带着降龙木回到了宋军大营。

回营后，宗保就把当初孟良、焦赞如何激自己去穆柯寨讨要降龙木，在山下如何被穆桂英生擒，后来又如何被穆天王说服在山寨与桂英成亲，直到他如何带回降龙木却没带回媳妇的事，从头到尾细说了一遍。其实，六郎从昨天回到营中就一直在琢磨，宗保临阵招亲，犯的是死罪，自己如果不惩罚他，那么有失公道，所以必须敲打敲打他；另一方面，穆桂英又是难得的人才，宋营中正需要这样的大将，她要不肯下山怎么办……今天他一边听宗保说，一边脑子里还在快速盘算着。

宗保说完之后，看六郎半天没作声，于是大着胆子叫了一声："父帅？"宗保这一声让六郎突然有了主意，于是他重重地一拍帅案："杨宗保，你不听将令私自出战，兵败被擒，又阵前招亲，数罪合一，军法当斩！来人，把杨宗保推出辕门，号令三日，然后斩首示众！"孟良一看大事不好，赶紧跪下来："元帅刀下留人！"六郎一招手叫过孟良，低声嘱咐了几句，孟良顿时转忧为喜，快步走出大帐。

　　少帅临阵招亲，被元帅下令斩首的消息很快传遍了宋军大营。见六郎坚定，众将都不敢发话，焦赞和岳胜分别去请老太君和八王。

　　六郎一看焦赞扶着母亲来了，他明知故问："母亲，您不在后帐好好休养，来到我这帅帐有何要事？""我听说宗保犯了军令要被斩首，所以来给他求个人情。"六郎在帅帐里来回走了两步，一脸为难："母亲，按理说您的要求孩儿不敢不从，但如今这是在军前，不是在咱们家里，宗保犯的是军令，不是家法，所以就算是您来求情，也请宽恕孩儿不能答应！"六郎一边说，一边偷偷给老太君使了个眼色。老太君明白六郎一定有别的用意，于是装出一副非常气愤的样子，把龙头拐杖在地上用力地杵①了两下，说："气死我了，既然求情不准，焦赞，扶我回去！"说罢就回去了。

　　六郎松了一口气，心想，过会儿八王也该来了。果然老太君走出帅帐没多久，八王赵德芳就急匆匆来了。六郎心里暗笑，表面上却一本正经地迎上前去："八王千岁大驾光临，不知有何指教？"八王瞪了六郎一眼："你少跟我废话，我问你，为什么要杀宗保？"六郎叹了口气："千岁，您有所不知啊，这小畜生阵前招亲，按律当斩。""妹夫，宗保犯错确实不该，但他毕竟年轻不懂事，你就饶过他这一次吧。"六郎摇摇头，冷冰冰地说："八王千岁，不是我不给您面子。我身为三关元帅，自己的儿子犯了军令，如果我还徇私枉法②的话，以后还怎么号令三军？所以您还是请回吧。"八王一听，这人怎么不知好歹，急火攻心，就对岳胜说："岳胜，你跟我去取我的王命金锏，然后守在宗保身边，谁要敢动手，你就用我的金锏打死他！"说完，

315

───────────────

① 杵（chǔ）：用细长的东西戳或捅。
② 徇私枉法：为了私利而做不合法的或错误的事。

带着岳胜气冲冲地走出帅帐。六郎一看，八王也中了自己的计策，差点笑出声来。他心想："我正要劳驾您用王命金铜护住法场，免得王钦使坏。"一片忙乱中，谁都没有注意到，孟良骑上一匹快马，急匆匆赶往穆柯寨去了。

要知道孟良为何前往穆柯寨，我们下回再见分晓。

第七十八回　诳良将孟良送信
　　　　　　　救宗保桂英下山

　　上回说到杨六郎辕门斩子，八王与老太君求情，六郎不准，孟良悄悄骑上一匹快马，直奔穆柯寨而去。穆柯寨里，穆天王正在责怪桂英："虽然朝廷辜负了我们穆家，但如今辽国兴兵犯境，事关大宋江山和百姓安危，你怎么还这般地意气用事，不肯下山相助呢？"父女俩正说话，孟良急匆匆走了进来，还没等坐下就大声说："桂英，不好了！宗保昨天回到大营，他父亲说他私自出战又临阵招亲，数罪并罚，按律当斩，现在已经被捆在辕门外示众，两天之后就要斩首！"

　　穆桂英一下子站了起来："二叔，您说的可是真的？""那还能有假？"穆桂英急得手足无措，穆天王先冷静了下来："桂英，先别着急，你赶紧随你孟二叔下山去求情，如果杨元帅能饶了宗保，咱们父女情愿归顺大宋，如果他执意不肯饶宗保，你就见机行事，无论如何也要把宗保救出来！"穆桂英点齐两百人马，一路狂奔，直奔宋军大营而去。

　　穆桂英赶到宋军大营的时候，已经是第三天的早上了。按照六郎的命令，午时一过，宗保就得人头落地，一大早杨兴和焦赞就守在了宗保身边。他俩想的是，到时候如果六郎真的不饶宗保，就把宗保给救走。那边八王也命人手拿王命金铜守住法场。六郎远远地在帅帐中看着这一切，心里又好笑

又感动。头天晚上，六郎去见老太君，老太君问他："延昭，你把宗保绑在辕门外，究竟是何用意？"六郎把自己的打算一说，老太君点点头："你想得不错，要破这天门大阵，咱们现在最缺的就是文武双全的大将。如果真能让桂英下山，那真是太好了，我还等着见见我这个孙媳妇呢。"

穆桂英和孟良进了大营，孟良用手一指："桂英，宗保就在那捆着，你先赶紧过去见他，我去大营跟元帅打个招呼。"桂英一点头，急匆匆地奔宗保而去。宗保在辕门外被捆了三天，人瘦了两圈。桂英一看，心疼得不行，赶紧上去招呼："宗保，你还好吧？"宗保一看是桂英来了，赶紧叮嘱她："桂英，等会儿到了大帐，见了父帅，一定要好好说话。"桂英点点头："明白。"这时候焦赞就对桂英说："侄媳妇，你放心，宗保有我们守着，没人敢动他，你快去求情吧。"桂英对焦赞等人一拱手："有劳各位叔父了！"接着急匆匆直奔帅帐而来。

六郎听孟良进帐说桂英已经来了，非常高兴，表面上还做出一副不动声色的样子。没过一会儿，桂英走进帅帐，给六郎行了个礼，就问："父帅，不知道您为何要杀宗保？"六郎故意把脸一沉："他和你在穆柯寨私自成亲，犯了大罪，按军法当斩！"穆桂英赶紧说："父帅，如果您能够饶了宗保，我父女情愿下山归顺朝廷，替宗保立功赎罪。"孟良一听桂英这么说，在旁边不由大笑起来："桂英啊，你父帅把宗保在辕门外捆了三天，等的就是你这句话呀！"六郎也笑了起来，对穆桂英说："桂英，我知道你对朝廷有怨气，不肯下山，才故意用这一招把你骗来。但你要想想，抗击辽国，保卫江山，为的不仅仅是朝廷，更是大宋百姓能够安居乐业。我杨家自归大宋以来，也受过不少委屈，如今还不是在边关一心一意地抗击外敌吗？"六郎这一番话，说得桂英连连点头。她重新跪下给六郎磕了个头，说："父帅教训的是，桂英知错了，从此以后愿和宗保一起，在父帅帐下抗击辽兵，保我大宋江山！"

六郎非常高兴，命人赶紧去把宗保放了，让他和桂英一起去拜见老太君和两位姑姑。不一会儿，穆天王带了全寨人马前来，到了宋营门口，碰上孟良，孟良把事情的前后经过一说，穆天王哈哈大笑："还是杨元帅厉害呀！"

六郎一见穆天王，赶紧站起身来迎接，为前几天刺伤穆天王的事连连致歉。穆天王手一挥："亲家，不必客气，咱们老哥俩是不打不相识，如今都是一家人，就不必见外了。"六郎见穆天王如此豪爽，也放下心来，一边安排大家落座说话，一边吩咐孟良去给穆天王带来的人马准备营帐和各类物资。

这边新媳妇穆桂英跟着宗保来到后帐，见过老太君和八姐、九妹。老太君非常高兴，握着桂英的手，上上下下打量一番，连连称赞："真是我的好孙媳！"晚些时候，六郎让人来传话，说已经摆下酒宴，请大家一起去为穆天王接风。酒宴上老太君有意考察桂英，问她一些兵书战策的内容，桂英对答如流，老太君高兴得眉开眼笑。八王和六郎等人在旁边听了，心里也是暗暗称赞，果然将门无犬女，穆桂英配杨宗保真是天造地设的一对。

第二天早上，六郎召大家聚在一起议事，六郎就问桂英："桂英，你熟读兵书，可知道这天门阵怎么个破法？"桂英赶紧一拱手，对六郎说："父帅，这天门阵我的确听说过，但里面变化莫测，仅靠书中的记载，恐怕很难顺利破阵。如果父帅允许的话，我想先带一支人马，到天门阵前去探探虚实。"六郎点点头："既然如此，我就让宗保随你一起，带领五千人马前去，千万小心。"于是桂英便和宗保带了五千人马来到天门阵外，找了一处高地，远远观看。

桂英回到大营，对六郎说她已经有了破阵之策，六郎等人大喜，赶忙询问详情。要知道穆桂英如何破得此阵，我们下回再见分晓。

杨家将传奇

第七十九回　破天门调请众将
会女杰猎场谈心

　　上回说到穆桂英看完天门阵回来之后，对六郎等人说有了破阵的计策，她在桌子上画了一张天门阵的大体图形，对大家说："这天门阵共有一百零八阵，中央一座名叫玉皇阵，是天门阵的枢纽，玉皇阵正中央有一座吊斗，上面有人指挥，白天打令旗，晚上用灯笼，各阵阵主根据指示再调整阵型，加上地面上又布置着各种陷阱机关，所以无论有多少人马，进去以后都会吃大亏。"老太君点点头："不错，这正是天门阵最厉害的地方。"

　　桂英接着说："天门阵之所以难破，一个原因就在于它阵阵连环，需要多路人马同时攻打。目前我们的人手不足，所以需要麻烦父帅召集一些能征善战的大将，到时候同时对大阵发起攻击。另外，我们虽然知道这天门阵的大体情况，但具体的情况只有布阵的人和各阵的阵主明白，所以最好能拿到阵图，否则的话就算破了阵，我们的损伤也不小。"六郎想了想，对老太君说："我们是不是可以派人悄悄混进天门阵去侦察一下，再作打算？"这时候焦赞一拍胸膛："我去！"六郎摇摇头："天门阵四处都是辽兵，把守严密，你怎么进去？"焦赞咧嘴一笑："上次我去辽营盗药的时候，四哥给了我两块令牌，用了一块，还剩一块呢。"桂英在旁边点点头："叔父既然有令牌，想必各阵都能通行无阻，您可以各处都去转转，但一定小心，不要泄露身份。"

焦赞点了点头，当天夜里，他悄悄地进了天门阵，虽然遇到了两队巡查的辽兵，但是焦赞把令牌一摆，就大摇大摆地走了过去。他四下转了一会儿，来到了连弩阵，这时迎面撞上一支人马，为首的人高喊："站住，干什么的？"焦赞一看，原来是连弩阵阵主黄琼女到了。他赶紧过去行礼，说："在下奉萧元帅之命来各阵巡查，元帅特意嘱咐我，让我问一问公主有什么吩咐。"公主摇摇头："多谢萧元帅好意，我这边也没什么大事，只是闲来无事想出去打猎，不知道这附近有没有好的猎场？"焦赞想了想说："天门阵东十几里处有一处峡谷，那里风景优美，野兽也不少，公主感兴趣的话，不妨到那里走走，只是这一带都是宋辽边境，公主要多加小心。"黄琼女点了点头，又问："前几日听说宋军中来了一位女将，名叫穆桂英，你可知道？"焦赞赶紧点头："听说那女将，刀法高超，文武双全。"黄琼女听了点点头："居然有这样优秀的人物，可惜两国交兵，要不然我还真想认识一下她呢。"然后挥挥手："你退下吧。"焦赞离开连弩阵，看看时候不早了，转身出了天门阵。

焦赞回到营中的时候，六郎和老太君、穆桂英等人正在等着他。焦赞把进天门阵的情况一说，桂英眼睛一亮："焦叔父刚才说到连弩阵的情况，我倒有了一个主意，说不定破天门阵就指望黄琼女了。我在穆柯寨的时候就听说过，黄琼女是西夏国的公主，文武双全，我可以借打猎的机会与她相识，劝说她倒向我们大宋。"六郎一听连连点头，他说："桂英对局势分析得非常正确，我大宋和西夏没有什么深仇大恨，如果能够说服黄琼女，破天门阵就容易多了，另外，我可以请八王出面，代表朝廷与西夏定下盟约，永不侵扰。"穆桂英点点头："还是父帅想得周到。"

第二天早上，六郎写下几封书信，派人分别送往各处。一封信送回天波

321

府，调杨门女将前来助战。一封信到五台山，告知五郎降龙木已经拿到，请他下山相助。另外几封信分别写给郑印、高琼、呼延丕显，以及石守信、王全斌等健在的几位老王爷，请他们来前线相助。

两天之后，天气晴朗，黄琼女带着一队亲兵悄悄离开天门阵，出去打猎。山谷里风景秀美，草木丰茂，不时有动物从中跑过，黄琼女长期在天门阵中闷着，忽然遇到这样一个好地方，非常高兴。这时候草丛一晃，忽然跳出一头野鹿，黄琼女赶紧弯弓搭箭，一箭射去，正射在鹿背上。但那头鹿带着箭继续往前飞奔，黄琼女不肯罢休，和几个亲兵在后面紧紧追赶。刚刚转过一处山脚，忽然看见迎面来了一队人马，为首一员女将，一箭射去，正中那头鹿的额头，那头鹿顿时倒地而死。

黄琼女仔细一看，对方是宋军装扮，于是立即勒住战马，让亲兵小心提防。两位女将互相介绍了自己。黄琼女见穆桂英态度如此友好，放下了戒心，对穆桂英说："可惜如今是两国交兵，等将来干戈化为玉帛，一定请穆将军去我们西夏国多住几日。"两个人聊得十分投机。眼看天色渐晚，两人告别回去，穆桂英让人把射中的那头鹿交给黄琼女，黄琼女赶紧推辞说："这头鹿是穆将军射死的，自然该归穆将军。"穆桂英摇摇手："这头鹿本来就是公主先射中的，我只是凑巧助了公主一臂之力，怎么能把它贪为己有呢？"黄琼女这才收下，依依不舍地跟穆桂英道别，回到天门大阵。

三日后，黄琼女又带人前去打猎，在山谷中又碰到了穆桂英。这次两人又聊了很久，穆桂英就对黄琼女说："我大宋和西夏是兄弟之邦，两国之间并没有什么深仇大恨，不知道为什么贵国的国王会派公主来协助辽国，侵犯我大宋？"黄琼女叹了口气："我也不愿意与大宋为敌，只是我父王担心大宋灭了辽国，将来便会危及西夏，唇亡齿寒，我们也不得不防啊。"穆桂英一听这话笑了起来。黄琼女有些不太高兴，就问："穆将军为何发笑，难道我说得不对吗？"穆桂英收住笑声，脸色一正，对黄琼女说："公主也是有见识的人，这些年来大宋与西夏之间可有过领土纷争？且不说你们西夏，就是周围的森罗国、黑水国，我们又何尝与他们有过矛盾？就连这辽国，虽然与我大宋连年交战，但公主请想，宋辽之间的战争，有哪一次是我们主动挑起的？辽国贪心不足，想吞并我大宋疆土，这才派能言善辩的人说动各国君主，让他们帮助辽国。如果赢了，各国也得不到太多好处，如果输了，死伤的可都是各国的将士。"黄琼女听了穆桂英这番话，顿时醒悟过来："穆将军说得不错，我父王的确是被辽人的言辞所迷惑，但我奉命行事，不能自作主张，还请穆将军见谅。"桂英摇摇头，说出一番话来。

要知道穆桂英又对黄琼女说了什么，我们下回再见分晓。

杨家将传奇
杨

第八十回 比箭法义结金兰
识英才六郎让帅

上回说到穆桂英与黄琼女在山谷中交谈，黄琼女听了穆桂英的话心中有所动摇，但又顾及自己是奉命行事，不能擅作主张。穆桂英就对黄琼女说："将在外，君命有所不受。何况公主金枝玉叶，身上承担着西夏国兴衰存亡的重任，希望公主能早作打算。"黄琼女点了点头，却没有再说什么，穆桂英也知道她现在处境为难，于是话锋一转，又聊起了打猎的事情。

说到打猎，黄琼女的兴致又上来了，她对穆桂英说："前天我把那头射中的鹿带回去一看，原来穆将军这一箭正中鹿的额头中央，真是一位神箭手。"穆桂英摆摆手说："公主过奖了，我看公主箭法也非常高超，今日无事，不如我们在这里比试一下箭法如何？"黄琼女一听，好胜心顿时也起来了："好，我就领教领教穆将军的箭法！"穆桂英微笑着问黄琼女："公主觉得咱们应该怎样比试呢？"黄琼女想了想，一指远处的柳树："此处离那棵柳树大约有一百步远，我们在树上挂上铜钱，谁能把铜钱射落谁就算赢。"说着她就让亲兵跑到树下，挂上了两串铜钱。桂英笑了笑，对黄琼女说："公主先请吧。"

黄琼女点点头，弯弓搭箭，一箭射去，铜钱顿时落地，两边士兵一齐叫好，桂英也笑着称赞说："公主好箭法！"黄琼女谦虚一笑："穆将军请。"穆桂英摇摇头："公主刚才已经射落了铜钱，再用同样的射法就没有意思了，我这次换一种新的射法。"黄琼女一听来了兴趣："请问穆将军打算怎样？"穆桂英指着树上的铜钱说："我准备连放三箭，第一箭射中铜钱上的方孔，但是箭不落下来，第二支箭把第一支箭顶出去，第三支箭射断柳枝，让铜钱落下来，同时我催马过去接住铜钱。"黄琼女一听："穆将军这样的箭法，我是见所未见，闻所未闻，快让我开开眼界。"

穆桂英驱马后退二十多步，弯弓搭箭，连发三箭。果然，第一箭射中铜钱，第二箭顶出了第一支箭。当她射出第三支箭的时候，同时飞马向前，一个"怀中抱月"，把射落的柳枝和铜钱接在怀里，然后圈回战马，来到黄琼女面前一抱拳："公主，见笑了！"两军将士都没有见过如此神妙的箭法，忍不住欢声雷动，黄琼女也看得目瞪口呆，连连称赞："穆将军如此箭法，我望尘莫及。"

钦佩之下，黄琼女突然有了一个想法，她对穆桂英说："穆将军，我有一个想法，不知道该不该说。"穆桂英一笑："公主但说无妨。"黄琼女说："我和穆将军虽然目前在敌对双方，但是却一见如故，如果穆将军不嫌弃的话，我想和你结拜为姐妹，不知道穆将军意下如何？"穆桂英一听非常高兴："既然公主看得起我穆桂英，我自然遵命。"于是两人在这山谷里结拜为姐妹，穆桂英比黄琼女稍大一岁，成了姐姐。黄琼女看看天色不早，就对穆桂英说："姐姐，小妹先回去了，这天门大阵机关很多，姐姐来日破阵，千万小心。"穆桂英一点头："多谢妹妹提醒，今天我跟妹妹所说的事情，妹妹回去之后也好好考虑一番，这毕竟关系到两国的未来，还望妹妹慎重对待。"

回到大营之后，穆桂英把自己和黄琼女结拜的事情一说，又对六郎、老太君和宗保三个人说："我有一条一箭双雕的计策。父帅和祖母曾跟我说过，

杨家将传奇

怀疑王钦是辽国的奸细。我们可以在营中散布谣言，就说黄琼女今天和我结拜，约定了要里应外合，共破天门阵。如果王钦确实是奸细，他一定会派人送信给萧天佐。萧天佐必然会防着黄琼女，从而把黄琼女推向我们这边。同时，我们加强王钦营帐附近的警戒，等他的下书人回来时将其拿住，抓住他暗通辽国的证据。"

大家一听，真是好计！于是桂英找了十几名亲兵进帐，小声嘱咐了一番。到了第二天，宋营中人人传言前几日穆将军和黄琼女比箭法结义，如今已经以姐妹相称，双方准备里应外合攻破天门阵。王钦听到这个消息吓坏了，速速写了一封书信，派人趁夜色送往萧天佐的营帐。其实，宗保就带着几个亲兵埋伏在他的大帐外面，等下书人回来，宗保当即上前把人拿下，押回到帅帐。六郎他们正等在那里，这下书人知道抵赖无用，索性把什么都招了。

第二天一早，六郎就急匆匆直奔八王的大帐而去。八王见六郎着急走过来，不由一愣："延昭，你来找我？"六郎点了点头，神情严肃地对八王说："千岁，昨晚发生了一件大事。"八王一看六郎的神情如此严肃，赶紧问："什么事？""兵部司马王钦，是辽国的奸细！"八王大吃一惊："延昭，此话当真？"六郎一点头，对八王说："昨晚已经查实，王钦派去给萧天佐送信的人被宗保活捉，供出王钦是辽国的奸细。上次我母亲观阵，也是王钦走漏了消息，让辽军有机会重新布阵。"八王听完又惊又怒，问六郎："有没有把这个祸国的奸贼抓起来？"六郎摇摇头："他对我们还有用处。千岁也要注意，在他面前不要露出什么蛛丝马迹。另外，我还有更重要的事要跟您说，如今要破天门阵，我自觉精力不支，而且才疏学浅，所以想换人来执掌帅印。"

八王一听就着急了："延昭，这可不是开玩笑的，大战就在眼前，你这二十多年的边关元帅忽然要不干了，谁能替你？"六郎一笑："我推荐一人，她的才能胜我十倍，一定可以执掌帅印。""谁？""穆桂英！"八王连连摇头："不行不行，桂英她太年轻了，让她来执掌帅印，资历太浅，怕是难以胜任啊。"六郎说："千岁，您不用担心，桂英这孩子不仅武艺高强，而且深通韬略①，从策反黄琼女、查出王钦是奸细这两件事上，就足以看出她才思过人，由她来指挥破这天门阵，万无一失。"八王见六郎如此坚持，点点头："既然如此，就依你吧。"

六郎把老太君请到帅帐，又把桂英、宗保叫来，说明了自己要让出帅印的意思，穆桂英一听赶紧摆手："父帅，此事万万不可，桂英才疏学浅，哪能跟您相比？"老太君却非常赞成，她对桂英说："桂英你不必推辞，你的能耐我们都知道。由你来主持破天门阵，我们大家都放心。"桂英一听父帅和老太君都这么支持她，也就不再谦让，站起身来一抱拳："既然父帅信任，我一定尽心尽力。"就这样，三天之后，八王代天子主持，六郎召集了全军，当着全体将士的面把帅印交给了穆桂英。

穆桂英挂了帅印，接下来就要大破天门阵！要知道后事如何，我们下回再见分晓。

---

① 韬略：指用兵的计谋。

第八十一回

黄琼女勇献阵图
杨家将连破三阵

上回说到六郎把元帅之位让给了穆桂英，同时告诫边关众将，从今以后，要听从新元帅的调遣。大家早就知道穆桂英武艺高强，连杨宗保都不是她的对手，所以对她十分佩服。穆桂英接过帅印之后，来到帅帐，召集众将道："穆桂英才疏学浅，愧领这帅印。但如今既然我已经挂了帅印，就希望各位听我调遣，奋勇杀敌，早破辽兵，保我大宋江山子民安宁。"众将一齐答应："是！"

穆桂英退帐以后，悄悄叫来了焦赞，对他说："叔父，我已经写好一封书信，您趁夜潜入天门阵，送给黄琼女。万万小心！"当天晚上，焦赞换好衣服，拿着令牌，悄悄地混进了天门阵。他发现这连弩营周围形势大变，十步一岗，五步一哨，到处都是带刀带剑的辽军在巡视。他好不容易找准一个机会溜进了连弩营内，就被黄琼女手下的几个亲兵拦住："什么人！"焦赞一举令牌："萧元帅部下，特来拜见公主。"那几个亲兵瞪了他一眼，说："随我们来，见了公主，要小心答话，惹恼了公主，要你的脑袋！"焦赞一听，知道桂英的反间计已经成功。他来到大帐见到黄琼女，赶紧向前行礼。黄琼女一看认识他，冷冷地问："你今天到我这来有何贵干？"焦赞赶紧说："奉元帅之命，送给公主一封书信。"黄琼女不耐烦地说："还送什么书信，回去告诉你家萧元帅,用人不疑,疑人不用,既然他如此不信任我,明天我就率领这五万人马返回西夏,不必在此劳他费心!"

焦赞不由一笑:"公主还是看完信再说,不看信,公主怎么知道这封信就一定是萧元帅写给您的呢?"黄琼女一听焦赞话里有话,不由得一愣,于是接过书信,打开一看,信里写着"大宋元帅穆桂英"七个字。她大吃一惊,回过头来盯着焦赞问:"你到底是什么人?"焦赞一拱手:"在下是三关大将焦赞,上次来天门阵时骗了公主,请公主见谅!"黄琼女一听,一拍桌子:"来人,把这个宋军奸细拉出去砍了!"几个亲兵答应一声,上前推着焦赞就往外走,焦赞也不反抗,眼看走到门口,黄琼女一跺脚:"回来!"亲兵们又把焦赞推回到黄琼女面前,黄琼女对他说:"我不杀你,你赶紧回去告诉穆元帅,明日来阵前交战!"焦赞对黄琼女说:"我家元帅景仰公主是女中豪杰,所以与公主结为金兰之好,虽然公主行事坦荡无私,但萧天佐就真的相信您吗?西夏与大宋本是兄弟之邦,公主又何必去为辽国效力?"

黄琼女听了沉默不语,半晌,又把穆桂英写给自己的书信打开来,仔细读了一遍。穆桂英在信中告诉她,八王千岁已经同意代表天子向西夏许诺永不侵犯,请黄琼女早作打算。黄琼女看完信后,心想:"我与穆桂英一见如故,大宋与西夏本来也没有什么仇恨,萧天佐又如此不相信我,我何不献出阵图,和穆桂英共同破这天门阵?"想到这里,她命令亲兵给焦赞松绑,接着取出阵图交给焦赞,对他说:"焦将军,这就是天门阵的阵图,你把它带回去交给穆元帅,告诉她,她来破阵之时,我会在里面从中接应。"焦赞大喜,接过阵图告辞而去。焦赞拿到阵图回到边关,穆桂英非常高兴,她对老太君、六郎等人说:"如今拿到阵图,等我们请的各路人马到齐后,就可以动手破阵了。"

329

　　几天后，各路人马陆续来到。五郎杨延德带领五百僧兵从五台山赶到，呼延丕显陪着父亲呼延赞从河东赶来，郑印从雁门关赶到，高琼陪着石延超、王全斌、石守信三位老王爷从京城赶来，张金定也率领杨门女将从天波府赶到。穆桂英见各路人马已经到齐，于是召集众人商量说，这天门阵一百零八阵虽然可以相互呼应，但是外面有几个阵和其他各阵联系较少，先破为妙。六郎就问："哪几个阵可以先破？"穆桂英指了指阵图："天门阵外围四个角上，各有七座大阵，分别以青龙、白虎、朱雀、玄武四阵为核心，我们只要打破这四座大阵，天门阵的外围二十八阵就垮了。"六郎点点头："既然如此，桂英你就下令吧。"

　　穆桂英来到帅帐，准备调兵遣将，这是她作为元帅第一次点兵，大家也都非常好奇，想看看穆桂英是如何指挥的。穆桂英坐在帅帐中，抽出第一支令箭："杨延昭听令！"六郎赶紧走上前去一抱拳："末将在，不知元帅有何调遣。"大家一看六郎都如此尊重穆桂英，越发严肃起来。穆桂英对六郎说："请父帅率领一支人马，留守边关，保护八王、老太君等人。"六郎一点头："末将遵命！"接着穆桂英又下令："杨宗保、杨宗勉！你二人率领一支人马去打青龙阵！""杨宗峰、杨宗山！你二人率领一支人马去打白虎阵！""岳胜、孟良、焦赞！你三人率领一支人马去打朱雀阵！""郑印、高琼！你二人率一支人马去打玄武阵！""杨延德、杜金娥、杨排风、呼延丕显！你四人各带一支人马接应！""是！"穆桂英调遣完毕，又命其余众将随她一起在大营中等候。大家见桂英排兵布阵调度有法，都非常佩服。

　　先说郑印、高琼带领一支人马去打玄武阵。玄武阵的阵主南宫牛，高琼冲上来就是连环三枪，南宫牛赶紧举棍招架。高琼见南宫牛力气大，所以不和他硬碰，掌中一杆银枪，上下纷飞，发挥他快枪的优势，南宫牛一个招架不及，被高琼飞起一枪，正中咽喉，顿时落马而死。郑印一看高琼获胜，把棍一招，率军冲杀上来，玄武阵这边的守军一看主将阵亡，四散逃窜，不一会儿，他俩就冲垮了玄武阵。

再说岳胜带着孟良、焦赞去打朱雀阵，朱雀阵的守将耶律猛，手持一对宣花斧，拦住他们三人去路。岳胜和耶律猛打了三十多个回合未分胜负，这时候孟良就对焦赞说："今天咱们是来破阵的，不是来单打独斗的，咱们一起上。"焦赞一点头："好！"于是两人各催战马，冲上阵来。耶律猛和岳胜勉强能打个平手，忽然又冲上两员大将，他顿时心慌意乱，招架了二十多个回合，被岳胜一刀砍于马下，焦赞补上一鞭，顿时结束了他的性命。接着三个人杀进朱雀阵，按照桂英此前的布置，把朱雀阵冲了个七零八落，彻底瓦解了这座大阵。

杨宗峰跟杨宗山两人来到白虎阵前，守卫白虎阵的是一对兄弟，尤达、尤金。这兄弟俩一看宋军前来破阵，赶紧出来迎战，和宗峰、宗山杀在一处。尤达和尤金在辽国也算是武艺不弱的大将，但比起宗峰、宗山却还差一截。杀过三十多个回合之后，先是尤达被宗峰一枪挑于马下，接着尤金也被宗山一枪刺死。守白虎阵的辽兵一看两位阵主双双被杀，赶紧四下奔逃，宗峰、宗山趁势冲击，又破了白虎阵。穆桂英在帅帐中，接连听到探马报告，说白虎、朱雀、玄武三阵相继被攻破，正在高兴，又一探马匆匆来报："报元帅，青龙阵阵主姜飞熊武艺高强，宗勉将军受伤，宗保将军不知去向！"众人一听，顿时大吃一惊。

要知道宗保去了哪里，我们下回再见分晓。

杨家将传奇

杨

第八十二回

战辽将宗英下山
报恩情翠屏让路

上回说到宋军连破三阵，大家正在高兴的时候，忽然接到报告，说宗保和宗勉败在了青龙阵阵主姜飞熊手上。这是怎么回事呢？

原来，一个时辰前，宗保和宗勉率领一支人马杀到青龙阵前，阵里冲出一员大将，手提长枪，截住他俩的去路，此人就是青龙阵阵主姜飞熊。姜飞熊是辽国的武状元，武艺高强，身上有十二口飞刀，百发百中，他还有个妹妹叫姜翠屏，本领不在哥哥之下。萧天佐知道这兄妹俩本领大，专门把他们俩安排在了青龙阵这样一个重要的位置上。宗勉看见辽将出来迎战，就对宗保说："兄长，你在后面压阵，我先去试试。"说着拍马冲上去，两人交手了三十多个回合，姜飞熊一看，这杨宗勉刀法精奇，自己不是对手，于是虚晃一枪，假装败下阵来。宗勉飞马就追，追着追着，姜飞熊忽然转过身子，一扬手一道白光直奔宗勉而去。宗勉赶紧一闪身，一把飞刀已经钉在了肩膀上，他大叫一声，险些掉下马来。姜飞熊圈马回来，举枪就刺，这时候宗保在后面看见宗勉受伤，赶紧催马冲上前来，两个人杀了十几个回合，姜飞熊一看宗保的武艺比宗勉还高，又扔出一把飞刀。这次宗保早有防备，举枪一挡，这飞刀就落了地，没想到姜飞熊又一扬手，同时甩出了三把飞刀，宗保举枪挡开两把飞刀，第三把飞刀却把宗保战马的额头划了道口子，战马受惊，一声长嘶，撒腿就跑，宗保控制不住战马，只好落荒而去。

宗保的战马受伤，一路狂奔，跑出去至少有三十里路，才慢慢停了下来。宗保看到不远处有一座道观，于是前去敲门，不一会儿，门"吱呀"一声打开，走出一个年轻道童，双手合十："不知道施主到此有何贵干？"宗保赶紧行礼："在下是宋朝战将，因战马受惊到了这，我想请问一下小师父，这去边关该怎么走？"道童一听，又把宗保上上下下打量了一番，眼中含泪，扑通一声跪下："宗保哥哥，请受小弟一拜！"宗保惊讶得赶紧后退两步，仔细看了看这个道童，反应过来了："你是宗英兄弟！"兄弟俩多年没见，今天在这相逢，非常激动。

杨宗英怎么在这呢？原来，宗英还不到五岁的时候，就被一位高人带到深山里去学习武艺，这位高人就是这座道观的观主青云道长。宗英带着宗保去见师父，想要下山杀敌。青云道长点点头："如今你武艺已经学成，是到了下山的时候了。"说完，他一挥手，两名道童从后院里牵来了一匹战马，战马上还驮着一副盔甲，青云道长对宗英说："这是为师送给你的下山礼物。"宗英非常高兴，他给师父磕了三个头，和宗保一起下山向宋营而去。宋营这边大家正在焦急地等待宗保的下落，没想到宗保不仅安然无恙地回来，还把宗英也带回来了，都非常高兴，特别是杜金娥和老太君，拉着宗英，端详过来端详过去，和宗英聊了整整一晚上。

第二天一早，杨宗英对穆桂英说："元帅，请给我一支人马，我去破那青龙阵。"宗保也站出来说："我见过那姜飞熊的飞刀，我陪宗英一起去！"穆桂英点点头："好，杨宗英、杨宗保，你们两人率领一万五千人马去破青龙阵，记住千万小心！"他们走后，穆桂英不放心，又请杜金娥和杨排风带一支人马随后接应。

杨家将传奇

宗英和宗保来到青龙阵前。宗保就上前骂阵，姜飞熊出来迎战，他一看见杨宗保就高叫："杨宗保，昨天你就败在了我的手上，今天又来送死吗？"宗保还没来得及回话，宗英上来说："兄长，杀鸡焉用宰牛刀，这小子交给我了！"说着他催马上前，两个人各举长枪杀了二十几个回合，宗英一枪就把姜飞熊的头盔给挑落了，姜飞熊吓出一身冷汗，拨马就走，宗英一看拍马就追，这可把宗保吓坏了，赶紧在后面喊："宗英，小心飞刀！"其实宗英早就有准备，他看见姜飞熊逃跑，就把自己身上的流星锤给取下来了。他看姜飞熊的手一伸，知道对方要扔飞刀，赶紧先下手为强，一扬手，流星锤直奔姜飞熊。姜飞熊的手刚刚捏到飞刀的刀柄，就听见脑后风声，想躲已经来不及了，这一锤打得他口吐鲜血，差点摔下马来。宗英追上去举枪要刺，突然听到对面一声高喊："休得伤我哥哥！"接着一员女将挥刀冲上前，把宗英拦住。这员女将就是姜飞熊的妹妹姜翠屏，宗英一看，来了一位女将，赶紧举枪相迎，两个人打了二三十个回合，宗英飞起一枪直刺姜翠屏小腹，姜翠屏再想躲闪已经来不及了，她眼睛一闭，暗想自己要死在这了。结果只听"刺啦"一声，战袍被撕开一个口子，自己却没受伤。杨宗英本想一枪刺死姜翠屏，但转念一想，自己跟她无冤无仇，何必取她性命。于是，他把枪头一偏，只是挑落了姜翠屏的战袍。姜翠屏知道宗英手下留情，赶紧虚晃一刀，败回本阵。

宗保看见宗英在前面连胜两阵，心里非常高兴，赶紧率领大队人马和宗英一起杀进了青龙阵。宗保见辽兵纷纷四散，让出一条道来，不由得有些担心，对宗英说："宗英，这青龙阵，不比其他三阵，里面有不少机关埋伏，咱们可要小心。"宗英刚刚连胜两场，心里高兴，听宗保这么一说，一摆手："兄长不必担心，两个阵主都被咱们杀败了，青龙阵里还能有多少机关？"说着拍马就冲了上去。宗保担心兄弟吃亏，也只好带领人马追了上去。两人在青龙阵里冲了七八里路，突然一声炮响，闯出两队辽兵，宗保一看不好，赶紧和宗英拨马就走，结果背后又有一队辽军冲来。宗保看旁边有一座小山坡，一催战马，对宗英说："走！"两人就带着身边的几百名士兵冲上山坡坚守。

宗英和宗保被困在山上，到了夜间，兄弟俩率领着几百人马往外冲。正走着忽然一声炮响，一支人马拦住去路，为首一员大将正是姜翠屏，身后一万弓箭手，把宗保他们团团围住，只等一声令下，万箭齐发，宗保他们是插翅难逃。这时候姜翠屏纵马来到阵前："杨宗英，你还有何话说？"杨宗英冷笑一声："既然中了你的埋伏，还有什么好说的。"姜翠屏看着杨宗英，忽然长叹一声："杨将军今天手下留情，饶我不死，我怎么能忘恩负义。今晚我放你们过去，明日阵前再来交战！"说着把刀一挥命令弓箭手："四下散开。"宗保、宗英一看，赶紧率人马冲了过去，宗英走出去没多久又回来了："多谢姜将军，如果萧天佐因为这事降罪你们兄妹，你们可以来投奔宋营，我们一定以礼相待。"

要知道后事如何，我们下回再见分晓。

杨家将传奇

杨

第八十三回　说心事翠屏归宋
　　　　　　听谗言金童行刺

　　上回说到姜翠屏感激杨宗英的不杀之恩，于是把宗保和宗英放出了青龙阵。兄弟俩回到营中，大家看到两人平安无事，悬着的心才放下来。宗保就把姜翠屏放他俩走的事，说了一遍，孟良在旁边乐了："宗英贤侄啊，那姜翠屏八成是看上你了。"宗英脸一红："叔父别开玩笑，那姜翠屏可是辽国的敌将。"

　　当天晚上回到营房中，宗保就问桂英："我在阵前看得清楚，宗英和姜翠屏的确互有好感，你看姜翠屏有没有可能归顺我们？"桂英点点头："有这个可能，但我们还得等机会。"第二天早上，穆桂英刚刚召集众将讨论破天门阵的事，就有士兵进来报告："元帅，外面有一员女将，指名让宗英将军出去交战！"桂英赶紧问："带了多少人马？""就她一个！"大家听了都是一愣，穆桂英心中暗暗高兴，赶紧抽出一支令箭："杨宗英，你也单枪匹马出去迎战！只准败不准胜，把这姜翠屏引开。"杨宗英一愣："啊？"杜金娥瞪他一眼："啊什么，还不快去！"宗英一看母亲都发话了，赶紧答应一声，转身就出去了。

　　姜翠屏怎么一大早就来找杨宗英挑战呢？原来昨天晚上他放走宗保和宗英之后，回去跟姜飞熊大吵了一通，姜飞熊骂她："你阵前放走敌人，要是萧元帅知道了，你我都吃不了兜着走！"结果姜翠屏一怒之下，第二天一早，不带一兵一卒就来到宋军阵前，找杨宗英挑战。没多会儿就看见杨宗英也单枪匹马出来了，姜翠屏看见杨宗英来了，大刀一挥，对他说："昨天你饶我不死，我也放了你一马，今天咱们就来拼个你死我活！"说着举刀就砍。宗英赶紧举枪招架，他按照穆桂英的叮嘱，打着打着就慢慢地远离了战场，姜翠屏紧追不放，转过一处山脚，忽然有一员女将迎了上来，杨宗英吃惊地叫道："母亲？"姜翠屏一听这女将是杨宗英的母亲，不由得一愣，杜金娥面带微笑，把手中的枪交给宗英，自己催马上前，对姜翠屏说："姜姑娘，昨天你放了宗英，萧天佐知道了一定不会放过你们，我看姑娘也是女中豪杰，不如归顺我们宋营。"姜翠屏一想，杜金娥说得对啊，可我要是投降宋营，他们能信任我吗？杜金娥看出了姜翠萍的心事，又对姜翠萍说："姑娘，我大胆问一句，你是不是喜欢我们家宗英？如果是的话，我可以为你做主。"姜翠屏一听脸马上红了，不由微微点了点头。杜金娥一看高兴了："孩子，既然如此，就跟我回宋营吧，等战事一了就给你俩成亲。"

　　杜金娥带着杨宗英和姜翠屏回到宋营，把事情一说，大家纷纷向两人道喜。姜翠屏对穆桂英说："元帅，我愿意带人马去破青龙阵，只是打破青龙阵之后，请放我哥哥一条生路。"穆桂英连连点头："翠屏妹妹尽管放心，你已经许配给宗英，就都是一家人，我们一定不会伤害姜将军。"接着穆桂英下令，让杨宗英和姜翠屏带领一支人马去破青龙阵。姜翠屏率领人马闯入青龙阵，她本来就是青龙阵的阵主，对里边的埋伏机关非常熟悉，不到半个时辰，就攻破了青龙阵，姜飞熊正在大帐里养伤，忽然听人说姜翠屏带领宋军打破了青龙阵，又惊又怒。赶紧骑上战马，在几个亲兵的保护下逃了出来，结果迎面正撞上姜翠屏和杨宗英，姜翠屏对他说："哥哥，我已经投奔了大

337

宋，你还是跟我一起归顺大宋吧。"姜飞熊心想："我妹妹投降大宋，破了青龙阵，萧天佐饶得了我吗？"于是长叹一声："算了，算了，就依你吧。"

穆桂英正要吩咐摆下酒宴给姜家兄妹接风，忽然有人报告说来了一个年轻人，要见杨延昭元帅。那个年轻人进来，看见六郎赶紧跪下："伯父，小侄任金童，这里有礼了。"六郎一听这个年轻人是任金童，赶紧上前把他扶起来："贤侄，终于见到你了。"前面说过，六郎的好朋友任堂惠替六郎而死，临死前给六郎留下一封书信，书信里就拜托他一件事，让他寻访自己走失的儿子任金童，六郎一直记挂在心里。今天见任金童找上门来，他是又惊又喜。他扶起任金童，看了又看，连连点头："真像你父亲。"任金童对六郎说："伯父，我当初走失以后，被我师父救了，他教了我一身本领，后来听说我父亲去世，您在边关和辽兵交战，所以师父就命我下山前来投奔您。"六郎连连点头："好好好！"他看着任金童，想起任堂惠，忍不住泪如泉涌。过了一会儿，六郎带着任金童来到老太君的营帐，他走进去，兴冲冲地对老太君说："母亲，任贤弟的儿子任金童来了！"老太君一听："堂惠的儿子？快，快让他进来！"任金童走进来，给老太君行礼，老太君看着任金童也是热泪盈眶，他在老太君这里聊了好半天，才告辞出来。

当天晚上任金童跟六郎说："伯父，今晚我能不能跟您多聊一会儿？我想多听听我父亲的事。"六郎一点头："好，今晚你就住在我的帐中，咱们多聊一会儿。"这天晚上，六郎就跟任金童聊起了当年如何结识任堂惠的事，但他聊了一会儿，发现任金童已经不知不觉睡着了。他心想，这孩子一定是连日赶路太过劳累了，也就没叫醒他。六郎今天心情好，多喝了几杯，也觉得有些困，往床上一躺，迷迷糊糊睡着了。这时候，任金童突然睁开了眼睛，小心翼翼地站起身来，走到六郎的身边，抽出宝剑，对着六郎就刺了下去。

　　任金童的宝剑刚刚举起还没落下，一块石子飞来，正打在他的手腕上，他一松手，宝剑"当啷"落地，接着宗保、宗勉、宗英、宗峰、宗山全围上来了："大胆的任金童，竟敢半夜行刺！"这时候六郎被惊醒了，赶紧问："怎么回事？"宗保气呼呼地对六郎行了礼："父帅，今天下午祖母叫我们兄弟过去，她说跟任金童聊天的时候，总看他眉间带些杀气，有些不放心，就让我们今天晚上埋伏在这，以防万一，没想到这小子真的要刺杀您！"六郎心里纳闷，他就问任金童："金童，我跟你父亲是结拜兄弟，你为何要杀我？"任金童心一横，眼睛一瞪："杨延昭，你害死我父亲，还在这装好人！"六郎一听，不由得长叹一声："金童啊，你上了别人的当了。你父亲的确是为我而死，但他可不是我害死的，你来看！"说着，六郎就从自己随身的行囊里取出任堂惠当年写给他的那封信："孩子，就算你不认识你父亲的笔迹，但你今天是突然来的，我不可能提前准备这样一封长信来骗你吧！"任金童接过那封信看了一遍，不由两眼发直："哎呀，我中了吕中的奸计，他骗我说您才是害死我父亲的罪魁祸首，差点害死伯父。"他赶紧跪下："伯父，是我一时糊涂，险些伤了您的性命，我甘愿受罚。"他把如何遇到吕中，又如何到了辽国跟六郎讲了一遍。

　　要知道六郎会如何处置任金童，我们下回再见分晓。

339

杨家将传奇

杨

第八十四回　中暗器三将负伤
　　　　　　盗解药宗英遇险

上回说到任金童知道错怪了六郎，赶紧跪下请罪。六郎一把把任金童拉起来："任贤弟为我而死，你今天就算是真的把我杀了，我都不会怪你，何况又只是虚惊一场呢。"他接着对宗保等人说："刚才既然是误会，你们就不能再对金童有任何怨气，以后要把他当作你们的亲兄弟一样。"宗保等人连连点头："父帅放心。"

第二天一早，任金童跟六郎说："伯父，我想先回天门阵去，就对吕中说，我没有找到机会下手，等到您破天门阵的时候，我里应外合，帮您一起破天门阵。"六郎点点头："你回去可要千万小心。"于是任金童告别六郎，悄悄地返回了天门阵。

任金童走后，穆桂英又和众将商议准备去破铜锁阵，这时候宗峰和宗山抢着说："昨天宗保和宗英刚刚破了青龙阵，宗勉身上还带伤，这一仗就让我们兄弟俩来打吧！"穆桂英点点头："既然如此，你们两人率三万人马，前去打这铜锁阵。"两人率领人马来到铜锁阵前，宗山就对宗峰说："兄长你在后面压阵，我去挑战！"说着拍马冲上前去。没过一会儿，铜锁阵的阵主苏何庆手提大砍刀冲了出来，两个人杀了二三十个回合，苏何庆一刀砍过去，宗山躲闪不及，这一刀就砍在了他的后背上，宗山顿时眼前一黑，摔下马来。宗山一落马，宗峰急了，赶紧冲上前去，护住宗山，他和苏何庆杀了三十多个回合，不是对手，也只好败下阵去。苏何庆乘势追杀，幸亏高琼、郑印和呼延丕显率军赶来接应，郑印看见宗山受伤，宗峰战败，不由得气往上撞，催马直奔苏何庆，两人大战了五六十个回合，苏何庆虚晃一刀，拨马就走，郑印拍马就追，高琼赶紧高叫："大哥快回来！"这时就见苏何庆一挥手，郑印闻到一股香气飘来，顿时天旋地转，摔下马来。苏何庆回马举刀要砍，呼延丕显、高琼双双杀出，呼延丕显救起郑印，高琼则挺枪和苏何庆杀在一处，两人打了三十多个回合，苏何庆手又是一抖，高琼也落下马来。呼延丕显赶紧率领人马冲上去，拼死救回高琼，败回大营。

　　本来宋营这边正等他们成功的好消息呢，结果不一会儿败报传来，五员大将伤了三个，大家都大吃一惊，赶紧前去探望。宗山伤势虽然重，但好在是皮肉伤，休养一段时间就好了，郑印和高琼却是昏迷不醒，随军的医生也是束手无策。姜飞熊在旁边说："这苏何庆用的八成是迷魂帕。这东西就是一块手帕，但里面藏着非常厉害的毒药，顺风的时候只要一抖，对方闻到了会立刻昏迷，几天后会毒发身亡。"大家一听都非常担心，这时候宗英挺身而出："我去铜锁阵把解药偷回来。"桂英一点头："你千万小心。"

　　当天晚上杨宗英混进了铜锁阵，他悄悄来到苏何庆的帅帐，趴在外面往里偷看，就听见苏何庆在和自己的部将说："今天我用迷魂帕连伤宋营两员大将，三天之后，他们就得毒发身亡。"他的部将说："驸马爷您要小心，宋军说不定会派人来偷解药。"苏何庆一笑，指着旁边的盒子说："看到没有，解药和迷魂帕都藏在这个盒子里。我就不信宋军能有人来到我的大帐里把它偷走。"宗英在外面听了暗暗高兴，等大帐里没人了，他一个箭步冲进大帐，伸手就想去拿那盒子，忽然"扑通"一声，他顿感天旋地转，掉进了一个陷

杨家将传奇

阱里。接着他就听见有人哈哈大笑，杨宗英抬头一看，苏何庆和几十个士兵正站在陷阱边上，这才明白，自己中计了。苏何庆让手下人把杨宗英捆上，问道："你是什么人，胆敢来偷我的解药？"杨宗英一挺胸膛："我是七郎杨延嗣之子杨宗英，今天落到你手里，要杀要刚，悉听尊便！"苏何庆一听非常高兴，他想："杨家小将里最厉害的就是杨宗保跟杨宗英，如今杨宗英被我活捉了，这功劳可不小。"他一挥手："先把他押下去，明天一早送到萧元帅那里请功！"

第二天一早，苏何庆派部将押着杨宗英，刚刚出了铜锁阵，迎面就来了一人，这人不是别人，正是任金童。任金童行刺失败后又回到了天门阵。到昨天下午的时候，任金童在吕中身边，听说苏何庆连胜三员宋将。他心里一动，暗想："苏何庆的迷魂帕有剧毒，我得想办法把他的解药偷出来，送到宋营去。"于是就对吕中一抱拳："道长，我在大营里闲着无事，不如也派我到铜锁阵去，帮着苏何庆驸马杀几个杨家小将，也好出了我这口气。"这天清早任金童刚到铜锁阵，就碰见他们押着杨宗英出来，任金童赶紧一摆手："把人押回去，我要见苏何庆驸马有话说。"

任金童来到大帐，苏何庆知道他是吕中身边的人，对他也挺客气："任将军你来此有何贵干？"任金童就对苏何庆说："驸马，我跟杨六郎有杀父之仇，所以请道长派我来助你一臂之力。"接着他又对苏何庆说："既然你已经活捉了杨宗英，不妨拿他当个诱饵，引杨家将不断来攻铜锁阵，凭你的本事，一定能把他们一举歼灭！"苏何庆觉得这个想法不错，赶紧吩咐人："把杨宗英给我押到后边去。"接着他就和任金童闲聊起来，正聊着，忽然有人来报，说外面有宋军挑战。苏何庆正想出战，任金童一摆手："驸马，我先去试试。"苏何庆点点头："将军小心。"任金童披挂上马来到阵前，一看对面两员宋将，正是杜金娥和杨宗保。两人正在阵前挑战，就看见铜锁阵里出来一队人马，为首一人居然是任金童。杜金娥赶紧拍马冲上前去，两个人打了几个回合，任金童低声说："婶娘，宗英哥哥被捉了，不过你放心，我来想办法救他！"杜金娥一听放了心，两个人打了三十多个回合，杜金娥装作抵挡不住的样子，败下阵去。任金童也不追赶，收兵回了铜锁阵。

这天夜里，任金童悄悄地偷出了迷魂帕和解药，来到了关押杨宗英的帐篷。他一看四下无人，便来到帐中，挑断了宗英身上的绑绳，兄弟俩悄悄溜出了铜锁阵，回到宋营。

苏何庆到天亮的时候，才发现任金童居然是内奸，后悔不已，这时候听说杨宗保率人来破阵，赶紧提刀上马来到阵前。杨宗保催马上前，和他杀在一处，杀了五六十个回合，宗保虚晃一枪，突然直刺苏何庆面门，苏何庆赶紧闪躲，结果用力过猛，摔下马来。他眼睛一闭，心想，自己死定了。没想到宗保反而跳下马来，双手把他扶起："驸马受惊了。"

要知道宗保为什么不杀苏何庆，我们下回再见分晓。

杨家传奇

第八十五回　宗保义释苏何庆
宋军大破天门阵

　　上回说到杨宗保和苏何庆交手，把他打落马下。让苏何庆不解的是，宗保不但没有杀他，反而双手把他扶起。他疑惑地问宗保："杨将军，你为何不杀我？"宗保笑着说："我大宋和流沙国往日无冤，近日无仇。贵国国王听信吕中的挑拨，才派驸马和公主远涉山水，来和我大宋作对。驸马听我良言相劝，早日罢兵回去，两国永为兄弟，难道不是一件好事吗？"苏何庆听了连连点头，他一拱手："多谢杨将军不杀之恩，我这就回去准备退兵。"苏何庆上马回到大营，找来公主一商量，公主也感激杨宗保对苏何庆的不杀之恩。于是两人下令撤军，不到半个时辰，铜锁阵土崩瓦解①。

　　穆桂英一看天门阵外的各阵都已经被打破，于是传令升帐，几十员大将分列两边。穆桂英首先抽出一支令箭："杨延德听令！"五郎挺身而出："末将在！"穆桂英对五郎说："请五伯父带领宗保、宗英、宗峰率一支人马闯入天门阵中央玉皇阵，砍倒指挥台上的吊斗，让天门阵失去指挥。这一路至关重要，五伯父千万小心！"五郎答应一声，领命而去。接着穆桂英又下命令：张金定、耿金花去破飞虎阵，董月娥、罗氏女去破王母阵，马赛英、杨排风

---

①　土崩瓦解：形容完全崩溃，不可收拾。

去破火雷阵，八姐、九妹去破地仙镇，呼延赞带呼延丕显去破迷魂阵，岳胜带孟良、焦赞去破通天阵，王全斌带郎千、郎万去破九阴阵，石守信率领吴巨、马凯去破落雁阵，石延超率领岑林、柴干去破玉堂阵，众将一一领命。然后穆桂英又对六郎说："请父帅率领一支人马继续留守大营保护八王、老太君以及此前受伤的众位将士。"六郎也赶紧一抱拳："遵命。"接着穆桂英下令："各军出发！"

再说辽军大营，萧天佐和吕中听说任金童反去宋营，苏何庆率领流沙国人马离开，正在困惑，这时候探马来报，说宋军杀奔天门阵而来，两人大吃一惊，赶紧起身出帐指挥。先说五郎杨延德，他率领杨家小将一路杀奔玉皇阵而来，被玉皇阵守将金龙太子截住，杨宗峰挺枪上去交手，杀了十几个回合，便被金龙太子一棍打飞了掌中银枪。宗保、宗英双双杀上前去，截住这金龙太子，五郎趁机杀到大旗之下，挥起大斧，用力向大旗的旗杆砍去。今天在大旗吊斗上指挥的正是耶律德方，他看见五郎在下面要砍断旗杆，赶紧一箭射去，正中五郎肩膀，五郎咬紧牙关，继续猛砍，几斧下去，这大旗的旗杆终于支撑不住，"咔嚓"一声折为两节，在吊斗里的耶律德方也被摔死在地上。这时候，宗保、宗英两人也不是金龙太子的对手，危急时刻，穆桂英率人马杀到，她弯弓搭箭，远远一箭射去，把金龙太子射于马下。

玉皇阵被攻破，天门阵各阵之间失去联系，顿时陷入了各自为战的混乱之中。黄琼女趁机命令连弩营调转方向，向辽军密集的地方猛射，辽军顿时死伤无数。萧天佐看见玉皇阵被攻破，又听说耶律德方已死，不由大怒，率领一支人马，直奔大阵中央而来，正好碰上五郎杨延德，两人各挥大斧杀在一处。

马赛英、杨排风去破火雷阵，遇上土金秀，杀过三十个回合，排风一棍

将土金秀打落马下。土金秀的副将正想下令点燃火雷,宋军一拥而上,把守在火雷旁边的辽兵杀散,破了这火雷阵。接下来石守信攻下了落雁阵,石延超打破了玉堂阵。董月娥、罗氏女打破了王母阵。

岳胜带领孟良、焦赞去破通天阵,守通天阵的是鲜卑国的元帅黑靼令公马荣,此人用一口大砍刀,武艺高强,岳胜和他交手,抵挡不住,只好拨马败走,这时候正好黄琼女赶来。马荣不知道黄琼女已经归顺宋朝,猝不及防,被黄琼女一刀砍于马下。

呼延赞父子去破迷魂阵,迷魂阵守将是黑水国的元帅铁头黑太岁,他听说来破阵的是铁鞭王呼延赞,心里已经怕了三分,又听说玉皇阵被攻破,索性率军逃回黑水国,呼延赞父子不费吹灰之力破了迷魂阵。再说萧天佐在玉皇阵中奋力厮杀,穆桂英返身杀回,两人杀了五六十个回合,穆桂英看准机会一刀砍去,把萧天佐劈于马下。这时候飞虎阵、地仙阵、三才阵、神火阵、天水阵、赤云阵、紫霞阵、曜①日阵、伏龙阵等阵陆续被攻破,一座天门大阵被搅了个七零八落。

要知后事如何,我们下回再见分晓。

---

① 曜(yào):日光,照耀。

第八十六回

六郎幽州教五子
两国议和庆升平

上回说到杨家将大破天门阵，辽军元帅萧天佐被穆桂英一刀斩于马下，吕中见天门阵已被攻破，赶紧换上一套衣服，趁乱逃走。萧后在后面的御营中，只听到前面杀声震天，正准备派人前去探问，大将牛金气急败坏地冲进来说："陛下，天门阵已经被攻破，萧天佐元帅、耶律德方大将都已经阵亡，吕中军师不知去向，请陛下快走，末将断后！"萧后听了大吃一惊，赶紧命木易驸马和银镜公主保驾，牛金、白天龙断后，匆匆向辽国京城逃去。

穆桂英攻破了天门阵，乘胜追杀，辽军丢盔卸甲，死伤无数。在萧后的大营里，穆桂英还缴获了不少书信，拿到了王钦通敌的铁证。这一仗杀得辽国元气大伤，人人心惊，个个胆寒。穆桂英收兵回边关，八王和六郎接到捷报非常高兴，一边派人把王钦打入囚车，等皇上发落，一边备下庆功宴席，为众人庆功。在宴席上，穆桂英就说："如今天门阵已破，辽军胆寒，我们何不趁势收复幽州城？"八王一听，连连点头："桂英所言极是，你尽管用兵，我来奏明皇上。"第二天，穆桂英率领大军直逼幽州，天门大阵一破，萧后逃回京城，幽州城里防守空虚，守将见宋军大军杀到，只好弃城而走。六郎来到幽州城，登上城头，想起二十几年前七弟杨延嗣在幽州城外力杀四门的情景，不由得感慨万千。

杨家将传奇

两天之后，六郎陪着老太君和八王，杨门女将和杨家小将以及边关众将一起随行，来到金沙滩，祭祀当年在这里战死的大郎、二郎、三郎。六郎对宗保、宗英、宗峰、宗山、宗勉五人说："我兄弟八人受你祖父的教导，共保大宋江山，从幽州城到金沙滩，从两狼山到天门阵，几十年来，虽然兄弟凋零，但保国安民之志不改，你们兄弟五个也要继承我们杨家的风骨，只要还有我杨家将一人一骑在，就绝不容他人践踏我大宋河山！"小兄弟五人一起躬身："孩儿们记住了！"

再说萧后逃回京城，惊魂方定，下令清点人马，五十万大军损失大半，辽国有名的大将，有三分之二死在了天门阵里。接着又听说宋军马不停蹄收复了幽州，更是惊慌。她赶紧招三位驸马前来商议，四郎一看时机已到，就上前说："陛下，两国连年交战，百姓遭难，以我之见不如跟大宋和谈，从此两国永罢刀兵。"韩延寿也说："如今我军新败，国力大衰，如果宋朝对我们没有什么苛刻要求的话，商量议和也是个好办法。"萧后点点头："既然你们都主张和谈，看来大势已去。我年轻的时候雄心勃勃，想着一统天下，建功立业。这些天随着败军一同退回京城，有了更多的想法。这天下啊，说到底是老百姓的，他们追求的是安居乐业，过上好日子。如果两国和平能够让他们永远摆脱战乱之苦，我还有什么好坚持的呢？"韩延寿、四郎、八郎一起拱手："陛下圣明！"

第二天，萧后正式传旨，命木易为使臣前往宋朝和谈。四郎接旨，没几天就来到了幽州。他向八王转达了萧后请求议和的意思，八王一听非常高兴："好好好，两国议和，百姓不用再受战火之苦，延辉你这功劳不小！我这就转奏皇上，派使臣和辽国议和！"

几天后皇上的旨意到了幽州，同意宋辽议和，请八王全权处理议和之事，重赏穆桂英、杨六郎等边关将士，封穆桂英为浑天侯，又命令将王钦就地正法①。八王接到同意议和的旨意之后，就对四郎说："你和八郎既是天波府杨家将，又是辽国驸马，萧后委托你主持议和，我也把这重任交给你和八郎，相信你们一定能完成任务。"四郎躬身答应："延辉一定尽心！"于是四郎带着宋朝的议和文书，回到辽国京城。

不久之后，宋辽和谈的事情确定下来。萧后来到边境，八王则代表宋真宗和萧后签订盟约，两国为兄弟之邦，永不侵扰。就这样，在杨家将的努力下，大宋的边关再次恢复了平静。很长一段日子里，百姓们安居乐业，不再受战乱之苦。而杨家将世代保国的故事也一直流传至今，成为了中华民族精

349

① 就地正法：就在原处执行死刑。

神传承的重要组成部分。

　　想知道杨家将、呼家将和寇准等人的更多故事，请看《大宋群英传·包青天传奇》。

·杨六郎大战韩延寿·

夜审潘仁美·